Plongeon
et autres sauts

Plongeon et autres sauts

Selma Guettaf

Couverture : www.cptn.studio.com

www.mosteditions.com

ISBN 978-2-931109-02-1

Dépôt légal : décembre 2022

Selma Guettaf

Plongeon et autres sauts

Récits

most
éditions

Partie I

Plongeon

Roman

Tout roman est une autobiographie fantasmée.

James JOYCE, *Ulysse*

Un plongeon, sans hésitation. Une chorégraphie. Avant le vertige. Tel que m'a appris mon grand-père. Depuis sa disparition il y a plusieurs années, je n'avais pas remis les pieds dans l'eau. Alors, j'ai prié pour que rien n'entrave ou ne fausse mon bond. Un désir de se fracasser, en souplesse, de livrer un corps inanimé, transformé. Ce même corps, qui a produit suffisamment de mouvements, qui a lutté, dansé, baisé, et qui cherche à présent à livrer une dramaturgie.

Ce geste est important. C'est le dernier, de mon vivant.

L'air est vif. Mon souffle est sonore, lyrique. L'apparence de l'eau. De bleu joyeux et de blues. Et son regard humain. Un bleu d'histoires, hypnotique. Je me suis entraîné pour ce mouvement qui demande rigueur et verticalité. Je me sens prêt. Je frissonne et éprouve du plaisir. Je peux observer quelques spectateurs aux yeux ahuris. « Viens, viens ! » Je prends mon souffle. Prolonge mon inspiration, mon immobilité. L'espace s'ouvre à moi. J'entre dans une autre dimension. Une musique résonne dans mes oreilles. Ce sont bien ses doigts, quand il jouait du piano. Cette douceur…

Qu'est-ce que ça fait d'être ailleurs, grand-père ?

« Son acte cache un grand chagrin d'amour. » J'entends cette phrase lorsqu'on sort mon épave de l'eau. La voix d'une personne âgée. D'après les spectateurs présents, je ne corresponds pas à l'image que l'on se fait du suicidé. J'ai plongé avec confiance, avec beauté, et non pas avec effarement. Beaucoup de questions. Comment pourrait-on croire qu'un homme de mon allure mette fin à ses jours ? Justement, je me devais d'être habillé pour l'occasion.

Et il y a mes interrogations. Cette vaine question de l'identité : bien que mort, je me demande encore qui je suis.

Des mains manœuvrent mon corps comme une arrestation policière violente, me donnant l'impression d'être un délinquant. Un ballet se forme autour de moi. Pour m'apaiser, je me figure un rituel mortuaire. Une danse. J'espère que ceux qui filment ce moment en sont dignes. Je me sens sacré. Je suis soumis à leurs mains et en même temps souverain, parce que je suis un événement.

On présuppose ma souffrance, curieux de la détermination avec laquelle je me suis jeté. De quelle manière l'eau m'a pénétré et m'a submergé. J'aimerais être un objet précieux. C'est douloureux de les imaginer aussi présents, profitant de l'absence de ma voix pour me raconter. Ma vie ne peut leur appartenir aussi facilement. On me photographie. Je trouve ça fou. J'ai envie de crier : « Dégagez, vous me faites perdre mon temps ! Vous ne correspondez absolument pas au public que je cible. » Ces heures leur paraissent tout à coup plus exaltantes. Je désespère. On n'a rien à faire ensemble.

Un vieillard qui se prétend médium se met à raconter mon histoire. Elle est douce, fascinante. Celle d'un homme amoureux d'une femme. Leïla. Qui le trompe, une énième fois. La nuit, elle disparaît, part rêver avec un autre. Puis, un matin, avec appréhension, la gorge un peu serrée, elle lui annonce : « Je suis amoureuse. » Très vite, elle sourit, se met à se confier ouvertement, lui narre sa nouvelle relation, toutes ses tricheries. « Il n'a pas pu survivre longtemps », gémit le prétendu médium. C'est la première fois que je me retrouve dans cette situation : être conté, tout en étant là et sans pouvoir intervenir. C'est dur de rester enfermé dans cette animation extérieure.

Je te l'accorde. J'ai été malmené par les femmes. Je leur en veux. Mais ces détails de vie que tu m'inventes, vieillard, ne m'appartiennent pas. J'ai écrit des romans, grâce à des femmes. Et à cause d'elles, mon écriture, un jour, s'est arrêtée.

Mon grand-père était poète. Un individu invisible et en marge qui essayait de vendre ses textes. Bien qu'il eût l'occasion d'écrire pour des célébrités, il était resté une figure méconnue qui partageait avec moi ses angoisses et ses pensées littéraires. Il s'exprimait sans délicatesse. Non, il n'était pas subtil. J'inhalais ses odeurs toxiques, son haleine d'alcoolique. Notre vie curieuse s'organisait au rythme de ses cigares et de ses gorgées de whisky… Quand c'était les vacances, je courais pour arriver le plus tôt possible chez lui. Il me préparait un petit-déjeuner, et tout commençait… De temps en temps, il marmonnait et je comprenais qu'il était temps de le laisser.

Quand il voulait parler de mon père, il disait « cet enculé ». Peut-être parce que ce dernier préférait l'aspect matériel des choses. Une épicerie, voilà qui était concret aux yeux de mon père. Mon grand-père n'appréciait pas cet individu venu d'Algérie qui s'était installé avec sa fille dans un appartement contigu. « Un con et une branleuse. » Non, il n'aimait pas mes parents.

« Un poète qui vend, c'est rare », m'expliquait mon grand-père en agitant ses feuilles. À plusieurs reprises, il me disait « Ah, il faut que j'arrête, ce n'est pas possible, je suis mauvais », mais si tout à coup il recevait une invitation à un salon littéraire, il se mettait à dire « Oh putain ! Je suis pas si mauvais » et à croire qu'il était devenu bon. Il ne se faisait pas beaucoup d'illusions. Il s'était résigné à ne jamais bien gagner sa vie. Je crois qu'il aimait surtout son atelier, et puis il m'avait moi ; il aimait notre relation, moi l'élève et lui l'enseignant.

Sa vie était trop compliquée. Ses amis étaient aussi défoncés que lui. Il y avait en permanence sur son visage un combat silencieux dont j'ignorais tout de la profondeur. Fallait-il arrêter d'écrire ? Se mettre à vendre son cul pour espérer s'en sortir ? Son cerveau lui pondait des plans tous les jours. Il avait besoin d'un signe, mon grand-père, n'importe quelle promesse qui lui aurait fait croire qu'il vendrait mieux la prochaine fois.

Parfois avec mon grand-père, on prenait la voiture et c'était fou. Sa vieille bagnole avait créé chez moi une dépendance. On s'arrêtait dans un café, on mangeait ensemble, on savourait, on allait vers d'autres petits villages ; j'étais un enfant vivant des aventures ! On était de vrais amis.

Un jour ma mère est entrée dans l'atelier. Lorsqu'elle a voulu me récupérer, hurlant que je passais trop de temps ici, mon grand-père l'a recadrée : « Tu ne me traites pas comme ça ! » Ma mère est partie d'un rire cinglant, a menacé de le dénoncer à la police. Il n'a rien dit. Plus tard, mon grand-père m'a expliqué ce qu'elle voulait dire par « dénoncer à la police » : « Une fille assez jolie, mince, petit cul, petits seins. On couchait ensemble de temps en temps. Ça n'a pas duré longtemps. Tu sauras ce que c'est quand tu auras des gosses. Maintenant, elle ne vient plus me voir. » Je me souviens comment je m'étais dit que c'était la faute aux petits seins de ma mère, à ses fesses, comment j'ai haï le corps de ma mère.

On s'arrangeait pour trouver des moyens de se voir, lui et moi. Je n'étais pas fier quand je montais dans sa voiture. Un de mes amis m'aidait sur ce coup. Thibault. Il était chargé de détourner l'attention de mes parents si jamais ils venaient soudainement à quitter l'épicerie. Bien sûr, ça se monnayait. Thibault avait droit à des cigarettes que me refilait mon grand-père. On les fumait ensemble, à l'abri. Petit à petit, d'autres enfants nous avaient rejoints ; la bande des vigiles s'était agrandie, sans mon accord. Mon grand-père ne voyait pas de problème au départ à me filer des cigarettes, mais mes demandes commençaient à devenir constantes et conséquentes. Et quand il a fini par comprendre, il s'est mis très en colère : « Tu me prends pour un con ! » Il m'a viré en me disant que sa porte ne m'était plus ouverte.

Je ne pouvais plus continuer ce jeu. Il n'y a que dans les films où ça se passe bien, ce genre de conneries. Je crois qu'en grande partie c'est à cause de ça que mon parcours a été si particulier. Tout le temps, dans ma vie, je me suis senti à côté.

On commence à devenir intimes, vous et moi. J'ai toujours eu cette certitude qu'il y a dans le monde des choses que je peux raconter. Que je pouvais me les approprier un peu. J'écris des livres, sans aucun problème d'autocensure. J'essaie de faire au mieux. La littérature ne règle pas tous les problèmes humains, mais apporte un peu de rêve. Un individu peut commencer à lire en étant dans un état de désespoir profond et tout à coup, sa vie s'améliore. Car c'est dans sa tête que ça se passe, tous ces fantasmes ; grâce à nos mots. Soudain, il a l'impression que ça a toujours fait partie de lui. Il y a tant de gens qui ont besoin d'être sauvés par le roman. Parfois, il suffit qu'on ouvre un livre… et voilà, le malheur est derrière nous. C'est un mystère. Il n'y a rien à analyser. Le roman nous parle. Le roman a survécu à travers les époques et continue de survivre. Le roman peut devenir une présence magnifique et créer un coup de foudre. C'est cela qui passionne les auteurs. Nous nous intéressons tant au récit, à capter le flot des événements, que nous finissons par embrasser une autre réalité qui nous distancie de nos amis, de nos proches, et qui fait de nous des êtres solitaires.

On m'éloigne. Ma dépouille a peur. Mes parents, mes pauvres parents… Je les imagine dans leur affliction. L'envie d'implorer leur pardon… Je n'ai jamais voulu leur faire du mal.

Est-ce le soir ? Je vous imagine dans votre lit, ouvert aux émotions que je tente de vous transmettre. Vous comprenez, ça aurait été difficile de narrer sans penser une seule fois à vous, sans m'adresser une seule fois à vous. Nous commençons tous les deux à être remplis de secrets. Il y a un trouble. Penser à vous me bouleverse. Je veux que vous le sachiez, que vous continuiez l'aventure jusqu'au bout avec moi en comprenant ce que je ressens, même si c'est un peu humiliant de vous le dire comme ça.

Mes parents ne sont pas venus à la morgue. Ils n'ont pas voulu croire à mon décès. Cela été dur pour eux. Ma sœur est venue à leur rencontre. Elle leur a demandé « Ça va ? » en leur parlant vraiment. Elle qui s'est intéressée si peu à leur état habituellement, m'a semblé très excitée. Personne ne va me croire mais elle est heureuse !

Elle s'est approchée. Je me suis forcé à ne pas l'écouter Toute une leçon. Je suis devenu sourd à son discours alors qu'elle s'étalait en reproches, comme si j'étais encore cet adolescent qui l'insupportait. Elle criait tant, son visage si proche du mien ; j'aurais pu avaler sa voix en ouvrant un peu la bouche. Elle s'est penchée sur mon cadavre gris, j'ai senti l'éclaboussure de ses larmes sur mon torse. Un châtiment. Puis elle est partie, d'un pas décidé, et a fixé un rendez-vous avec nos parents pour les funérailles devant le parking, comme un grossiste avec sa marchandise sur les bras.

En réapparaissant, l'employé de la morgue a été offusqué de cette tache reluisant sur mon torse. J'aurais voulu qu'on ne me nettoie pas. Il ne pouvait deviner que ce crachat contenait les seules larmes que ma sœur avait déversées. Il n'en avait aucune idée ! Je me la suis représentée en train de s'adresser laconiquement à nos parents, déplorant mon comportement égoïste, les paupières tremblantes, le chignon encore plus sauvage que d'habitude, avec des gestes dépités et une gorge qui s'étrangle. Elle s'est promis de ne plus me lire. C'était déjà beaucoup trop de désordre dans son crâne. C'est là où je me suis rendu compte à quel point elle était profondément amère. Elle m'avait perdu.

Mes parents sont des êtres simples, fragiles, sans puissance, démunis. Des commerçants qui n'ont jamais cherché à s'embourgeoiser, qui ne sont jamais allés à l'opéra, qui n'ont jamais organisé de grands dîners avec leurs amis et qui se respectent profondément. La mélancolie, c'est ce que je retiens d'eux. Comme s'ils avaient été endormis toute leur vie. Dans mon écriture, je me suis inventé des familles avec des parents artistes qui s'expriment, qui racontent des choses, à cause de cette atmosphère de silence qui a toujours régné chez nous.

Mes parents voulaient que j'aie un travail. Mais moi, j'avais décidé très jeune que je serais écrivain. Je me souviens de leur étonnement, quand petit, j'improvisais au piano offert par mon grand-père. Le langage musical, le rythme, l'harmonie, voilà tout un univers qui faisait écarquiller leurs yeux à chaque fois qu'ils avaient eu mes cahiers de musique entre les mains. Ils m'ont laissé vivre pleinement mes passions, m'ont poussé à nouer des liens avec toutes sortes d'activités artistiques.

J'ai suivi des études de musicologie avant de choisir la littérature. Pour rapporter un peu d'argent, les vacances, je travaillais chez un fleuriste. Mes parents m'aimaient beaucoup, ne me faisant jamais la moindre remarque, et semblaient chaque soir regretter qu'on n'ait seulement comme dessert, ma sœur et moi, du fromage blanc.

J'adore le fromage blanc.

Elle est venue à mon enterrement. Pourquoi faudrait-il que j'emporte sa voix jusque dans ma tombe ? Je l'ai entendue consoler mes parents, louer mes textes, décrire mon écriture. « Quelle plume... Du gâchis. » Ses paroles m'ont procuré du dégoût. J'ai eu envie de hurler.

J'ai rencontré Élodie lors d'une soirée littéraire. Un événement de lecture. J'y participais, comme plusieurs autres jeunes écrivains. Je m'étais présenté sur scène avec une feuille qui portait les stigmates de mes tremblements, habillé de manière cérémonielle ; la lumière bleue aggravait les lignes de mon visage.

Je slalomais sur la scène, tâtonnais, mettais du temps pour prendre le micro. Percevaient-ils ma peur ? Émouvais-je l'assistance ? J'avais répété ce texte pendant des semaines. Comment le *dire ?* Et comment l'*incarner* ? Quel acte physique ? J'avais étudié les petits mouvements qui pouvaient dégager un je-ne-sais-quoi et faire vibrer le spectateur. J'avais consulté des amis qui évoluaient dans la danse. J'avais appris à me concentrer sur mon physique afin de donner à interpréter mon corps, en imaginant un fil invisible au-dessus de ma tête.

Ce texte couvait depuis quelque temps sans que je trouve le moyen de le transmettre. Et voilà que sur Instagram, il y avait eu cette publication à propos d'un club de lecture. Moi qui rêvais d'exister, c'était enfin l'occasion !

Silence dans cette salle de spectacle avec sa petite audience. J'étais immergé dans ce que j'allais lire et dans ma proximité avec le public. Une sorte d'intimité avec le propos, une ambiance spécifique. Quelques personnes me regardaient, d'autres sirotaient leur verre, draguaient leur partenaire, continuaient à se parler. Je dissertais pour ces quelques individus qui rivaient leurs yeux sur moi. J'étais parfaitement conscient de mon côté *bad boy* alors que ma bouche négociait les silences, offrait sa respiration.

Soulagement, relâchement des muscles. Mes mots plaisaient. Personne ne niait la puissance de ma voix. Merci… merci… C'était dingue ! On se dit que notre art a abouti. J'étais convaincu d'avoir fait le bon choix.

Besoin de respirer. De sortir.

Élodie

C'est intéressant d'entendre une voix jeune qui ne connaît encore rien à l'édition. Quand on a une vingtaine d'années, on ne parle pas d'argent. Ça nous fait honte. On ne cherche pas à savoir qui est payé plus que nous. On ne prête pas attention à la clause de préférence. On ne négocie rien. On signe sans consulter qui que ce soit. On croit à son texte et puis c'est tout. J'aime retrouver cette candeur, la côtoyer quelque temps en espérant dénicher une perle.

Dans ce lieu où il n'est plus question de best-seller ou de gérer l'ego d'un écrivain, mon regard s'adoucit, mon ouïe retient sa voix fébrile. Sa peur me séduit. Ça fait quoi de lire son texte sans placer d'attentes, sans savoir qu'un éditeur est là et qu'il voudrait peut-être imposer sans tarder un rythme de production ?

Je devine une discipline qui me charme. Et une expression de visage qui dit : « Je n'ai pas de limites. » C'est intéressant d'accueillir un écrivain avec un appétit, des envies. Ça peut parfois bouleverser toute une collection. Je les préfère sans parcours journalistique, vierges de tout, passionnants, capables de méduser l'auditoire.

J'aime mes auteurs. Je partage une solidarité avec eux. Ils se reposent sur moi pour que leurs œuvres ne ternissent pas, pour qu'on leur rende constamment hommage. Je m'appelle Élodie Pernot. J'édite.

Mes auteurs sont un peu en marge et n'ont pas d'autorité. Quand notre relation devient suffisamment intime, je les laisse venir chez moi le temps d'un verre, pour discuter du texte, célébrer l'achèvement d'un manuscrit qui a été maintes fois repris... Ils se sentent reconnaissants car ils ont l'impression que je veille sur eux. Je leur procure un sentiment de sécurité. J'incarne une espèce de pouvoir et ils se plient volontiers à mes règles. La plupart des écrivains sont à la recherche d'une reconnaissance paternelle.

Lui est venu chez moi dès le premier soir, parce que je l'y ai autorisé. Après avoir joui de son corps, j'aurais dû appeler un taxi pour qu'il soit reconduit chez lui comme un malpropre. Mais je l'ai laissé passer la nuit dans mes draps. Je me suis réveillée en songeant sérieusement à le publier s'il me remettait un bon manuscrit.

C'est peut-être cette force juvénile qui m'a happée, ou son hésitation quand il essaie de s'exprimer et qu'il se perd dans ses mots. Il ne maîtrise plus rien, bafouille. Je me demande si cela viendra à changer. Une chose est certaine, il ne comptera pas les heures en écrivant.

Je vis seule dans mon appartement. C'est très désordonné. Personne ne me fait chier. J'y suis bien. J'ai une dizaine de playlists qui résonnent en permanence, constituées de voix masculines. J'aime entendre les hommes chanter encore et encore. J'ai besoin de leurs éclats de rire. J'aime qu'ils enchantent mon quotidien.

Les écrits introspectifs me touchent particulièrement. Mon travail consiste à influencer un auteur pour qu'il réalise son rêve. Ce n'est pas facile de comprendre ce que cherche à dire un écrivain. De le présenter sur une quatrième de couverture. Les quelques lignes qui résument le livre ne disent rien de l'ouvrage. C'est un travail complexe qui participe à la chaîne éditoriale.

Il y a les essais et il y a la fiction. Ce n'est pas la même nature de texte. Le domaine de la fiction est ma spécialité. Je piège le lecteur par le choix du titre, de la couverture, car il faut bien l'attraper par un moyen ou par un autre. Je privilégie l'originalité. Comment ça se passe ? Je reçois des manuscrits, je lis et en général je refuse. Ce n'est pas ça qui va constituer mon programme éditorial. Par contre, j'aime faire venir des textes à moi en étant en connexion avec des scènes de lecture. Très souvent, c'est suite à des discussions que je décide de publier – ce que j'appelle ma politique d'auteurs. J'ai des idées précises en tête. Mais ce qui est important, ce n'est pas ce qu'on leur demande d'écrire, aux auteurs, plutôt ce qu'ils peuvent écrire spontanément, car ils ont besoin de ressentir cette douleur de l'accouchement, avoir conscience de cette histoire qui grandit en eux.

J'engage la conversation, de façon à leur montrer la route à suivre. Ils me font tout un numéro parfois sur la liberté de création, avant de finir par céder. On parle du contrat, de l'avance qu'ils vont toucher. Après cela, ils se mettent au travail.

Les livres de mes auteurs, j'aime les conserver. Je les relis le soir, en dehors de toute question de marché. C'est très compliqué de se mettre dans la peau d'une simple lectrice, mais ça me semble important de rester personnellement concernée par ce qu'ils écrivent. Par moments, je peux être surprise, je me dis : « Ah, c'est moi qui suis à l'origine de cette parution ! » C'est là toute la difficulté. De garder ce rapport empathique avec son auteur, cette volonté de le ménager et de le bousculer pour recevoir un bon manuscrit.

J'ai choisi d'être une figure occulte. Je donne naissance à des bouquins sans chercher à revendiquer quoi que ce soit.

J'ai assez de confiance en moi pour me dire que je n'ai rien à prouver. Ma sœur et moi avons grandi en côtoyant les milieux artistiques. Aujourd'hui, elle compose des albums, je dirige des collections. Contrairement à elle, je ne publie pas sur les réseaux sociaux. Pas d'image à entretenir. Personne ne me connaît virtuellement. C'est moi qui décide de tout. Il faut que le nom d'une maison d'édition flambe sans qu'on arrive à savoir qui se cache derrière les choix éditoriaux. Dans ce genre de structure, le Moi n'a pas sa place. On est là pour porter des livres, pas pour les signer. Ça ne me ferait pas mouiller de voir mon nom sur une couverture. Il faut être un auteur pour vouloir se mettre à nu de cette façon !

Son verre à la main, elle est venue me féliciter. Elle m'a demandé s'il y aurait d'autres scènes. Honnêtement, je n'en sais rien. J'espère être rappelé. Il y a un besoin physique chez moi de prendre la parole.

J'essaie de me détendre. Je n'ai plus conscience du temps. Pendant que mes yeux la détaillent, cette question surgit : « Que veut dire aimer ? » Est-ce une question de rythme cardiaque ? Ou bien quelque chose d'autre, de plus subtil ? Je soupçonne chez moi, à l'égard de cette femme aux traits sévères, à l'élégance masculine, naître un sentiment amoureux.

Elle m'a entraîné vers l'extérieur, a placé une cigarette dans sa bouche et a attendu. Je n'ai pas tout de suite compris qu'elle voulait que je la lui allume. Après m'avoir balancé le briquet, elle m'a demandé de devenir son auteur. Pas question de reculer. J'ai failli chialer sans retenue.

Quelque chose a commencé avec elle, s'est établi. Son excentricité m'a séduit. Je suis invité dans son monde. Moi qui viens d'une famille où être écrivain ne va pas de soi, on m'a accordé tout à coup une place sur la scène littéraire que je n'ai pas cherché à conquérir. Je me suis demandé, très sérieusement, si c'était là mon destin, alors qu'elle m'expliquait ses attentes en matière de romans. Elle voulait être choquée, bousculée. Elle ne voulait pas de manuscrits mais un écrivain ! Un cheval de course. Ses yeux brillaient.

Plus tard dans la soirée, elle m'a montré sa chambre, son lit. Délicatement, sans assaut, je me suis agrippé à elle. Je l'ai étreinte fortement pour qu'elle sente à quel point elle me faisait bander, et à quel point elle saisissait ma vie, la chamboulait, la stimulait.

Je ne comptais pas la décevoir.

On prend des chambres dans des hôtels ou bien on va chez elle. Je suis discret, je pars souvent la nuit. Avec ma panoplie de grimaces, j'essaie de la faire rire. J'aurais aimé pouvoir raconter qu'elle est tombée folle amoureuse de moi, mais non. Le problème, c'est l'argent. Elle paye pour tout. Parfois, elle oublie que je suis son amant. Elle insiste pour le taxi, me tend un billet ou deux. Je ne comprends plus. Ce n'est pas de cette façon que j'envisageais d'augmenter mes revenus.

Le soir, je descends à l'arrache des voitures, après qu'on s'est envoyés en l'air. Je me sens comme un paumé ou un crevard, mais je n'ai pas le choix. Je me plie à ses exigences. Je commence à détester mon air jamais frais, fatigué. J'arrive impeccable pour nos rencards, je repars amer. Seul dans la foule, je flippe, je me mens : « elle t'aime ». Je ne peux pas me permettre de me braquer. Je me dis « tu dois lui laisser le temps. Après un mois ou deux, elle t'aimera. » J'attends qu'on passe à la vitesse supérieure mais c'est sans compter sur son côté sombre. Il faut qu'elle comprenne mes sentiments et la nature de notre relation.

Un peu donneuse de leçons, Élodie cherche le pouvoir. Je la trouve encore plus fascinante que mes lectures. Elle me donne envie de poser des mots sur le papier, d'exister par l'écriture. Travailler avec elle est une opportunité folle. J'ai compris, grâce à elle, que la fiction peut nous faire évoluer, ainsi que la promesse d'un avenir littéraire. Admirer le grain sous son aisselle et sentir l'odeur chaude de sa cyprine sont devenus indispensables à mon acte d'écriture.

Être artiste, c'est souvent être fragile et commencer sa vie par des échecs. Élodie me pousse à prêter attention à ma propre sensibilité. Avec elle, je constitue un roman. Des romans. Mon rêve devient possible. J'absorbe ses conseils et les convoque dans une quête esthétique. Comment s'écrivent les premières pages ? Comment surgit le roman ? Quelles techniques ? Elle me conseille toutes les nuits, nue, après qu'on a fait l'amour et que je me réfugie entre ses seins. Je me réveille des heures après, pour fixer des moments. Désir de raconter et de retourner ensuite me coucher auprès d'Élodie.

L'écriture démarre avec Élodie, mêlant audace et précision. J'observe ses premiers cheveux blancs, son corps un peu décharné, ses rides qui font d'elle davantage une femme. Sa nudité provoque un bouleversement en moi. Je reste, toutefois, étonné de voir comment sa vie est si bien réglée. Le café et la radio le matin, les lectures, la maison d'édition en journée, le soir, ce sont des endroits secrets où elle se rend pour approcher la création autrement. Les dîners avec elle m'étourdissent. Elle me présente à des auteurs, à des lecteurs, à des journalistes. J'essaie de sortir de ma confusion, de parler et de comprendre – une démarche laborieuse.

Lorsqu'elle décidera de me faire rencontrer les autres, j'apprendrai que ce ne sont pas seulement des auteurs, mais aussi des amants, des amis un peu trop proches, des adorateurs, des minets. Des auteurs avec qui elle flirte, il y en a beaucoup. Prêts à partager avec elle des expériences poétiques et physiques. Il me faut composer avec tout ça. Mais je ne pense à aucun moment que ce que nous vivons tous les deux peut être comparable à ses aventures. Dans ces soirées où je l'accompagne, le désir n'est parfois pas là. Je suis avec elle mais je me sens isolé, seul.

Je veux prouver mes sentiments à Élodie, je la sens réticente. C'est terrible. Elle ne vit que pour l'édition. Elle mène une vie de noctambule. Ses parents, eux aussi, ont travaillé dans l'édition. Elle ne veut jamais que je sois là quand ils lui rendent visite. Comment fait-elle pour cacher autant de choses ? Elle ne m'embrasse jamais dans la rue. J'ai l'impression qu'elle me guide vers un précipice. Comme une femme qui braque une arme sur vous et vous indique en même temps la direction de sa chambre. L'impression de rouler à grande vitesse, sans pouvoir freiner, tout en sachant qu'on va traverser le pare-brise. Je le ressens physiquement. Comme un danger.

Je me sens chargé, épaissi de tout ça. Est-ce que c'est ça l'amour ? Je continue à accompagner Élodie dans ses sorties littéraires, quand elle assiste à la lecture d'un auteur. Je rencontre des écrivains *actuels,* partage leur intériorité. Les bons contacts, à cette époque, je ne les ai pas. C'est comme ça que j'arrive à décrocher des chroniques par-ci, une collection à codiriger par-là. Se nouent alors des relations.

Je commence à connaître son caractère, très compliqué, ses rendez-vous qu'elle ne manque jamais, ses trahisons, ses bouteilles de vin collectionnées. En harmonie avec sa masculinité, sa grâce, sa force, son agressivité ; sûre, confiante, elle écoute ses désirs et s'y adonne complètement. Elle a pleinement conscience de son pouvoir en tant que femme, et en tant qu'éditrice. J'adore ce qu'elle dégage. En même temps, il y a un épuisement de ma part. C'est compliqué d'exprimer un sentiment pour cette femme détachée qui, bien qu'éditrice de romans, refuse l'intrusion du romanesque dans sa vie.

J'ai l'impression qu'elle attend que je le lui dise. Nous manquons d'intimité tant elle est souvent occupée. Je passe parfois à la maison d'édition, mais je n'ose montrer ma présence, de peur de la déranger. Un amour en silence, sauf quand je m'enfonce en elle au plus profond et que j'accueille son râle. Dans son lit, elle me permet de l'apprivoiser à nouveau. Mes mots, les minutes d'après, surgissent, limpides, avant de s'éteindre.

Je multiplie les lectures, les interventions artistiques, grâce à ses recommandations. Un soir, j'arrive chez Élodie avec des fleurs, une enveloppe contenant mon manuscrit. Le récit commence par : *Veux-tu m'épouser ?* On trinque. Elle s'emballe, me faisant part de la stratégie éditoriale, des contacts presse, de la publicité pour le livre… Et ma demande en mariage ? Quand je finis par lui en parler ouvertement, elle me regarde, comme si j'étais fou. « Tu n'as rien compris, hein » me dit-elle. Elle m'explique, méthodiquement, pourquoi ça n'arrivera jamais. Comment ça a pu m'échapper à ce point ? Elle est mon éditrice !

Je me suis dit : « Ce n'est pas sérieux, tu arrêtes maintenant. Tu n'en as pas marre de te ridiculiser ? Quelqu'un d'autre te remplacera, rapidement. Un jeune écrivain entre vingt et vingt-quatre ans probablement, capable de belles formulations, et qui lui étalera son existence pesante, son besoin de s'échapper. » J'ai pensé à toutes les fois où j'ai manqué de courage et j'ai compris que mon rapport à cette femme serait toujours de l'ordre de la frustration.

Pour moi, l'écriture, c'est principalement avoir conscience d'où l'on vient, de son histoire personnelle avec ses microévénements. Je ne peux pas prendre de distance avec le roman. Quand j'écris, mon « Moi » est impliqué. J'ai couché sur papier bien des fantasmes, des pensées individuelles. J'ai eu souvent le sentiment de représenter une communauté masculine, sensible... Mes écrits ont atteint une audience. L'ombre de mon enfance a longtemps plané sur mes textes, influençant ma vision du monde, m'imposant des règles de vie. L'enfance c'est la première danse. Nos parents nous donnent un rythme à tenir.

L'écriture, je la découvre à travers les rencontres littéraires. Au début, celles-ci ressemblent à un rêve. Des moments chargés qui font naître en moi une personnalité nouvelle. J'ai bien conscience qu'ils pourraient ne plus se reproduire.

Les lecteurs nous montrent que l'histoire ne peut être définitivement bouclée. Il est merveilleux de les voir reprendre le fil et le dénouer à leur manière. Chaque lecteur retient son propre moment clé du texte, là où pour lui se joue une catharsis. Mais faire face au public, et particulièrement aux critiques, n'est pas toujours un exercice facile et enthousiasmant. Petit à petit, la joie est balayée, remplacée par une torture psychologique profonde. La prise de parole devient douloureuse. Elle affecte la gorge. Il y a une charge émotionnelle. Comment se protéger de ça ? Sur qui s'appuyer quand les retours sont mauvais ? Parfois, il vaut mieux ne pas connaître son lecteur. On perd de l'énergie. On s'épuise. J'arrive avec un sentiment d'incapacité, m'enfonce dans mon siège, redoutant la sentence. J'attends que ça se termine. Certains critiques, dépourvus de sensibilité, étriquent le livre, forcent les interprétations, soulignent les récurrences, les failles, avec une telle violence ! Ils oublient la créativité, l'énergie que ça demande. Ils vous détruisent et détruisent le texte. J'essaie de réfléchir mais je ne sais pas toujours expliquer. Moi, l'écrivain, je n'ai pas de mots futés à leur opposer. Au bout du quatrième mois de promotion, j'en ai marre. Je crois que certains critiques jouissent du sabotage des livres.

La vie semble parfois se fragmenter. Je ressens le besoin d'une grande dose de lectures et de voyages. Je me réfugie dans les trains, dans de nouveaux lieux et dans les livres. Ces aventures s'impriment en moi une à une. Je m'isole et fais le vide.

Les lumières de la ville s'éloignent. Je prends le train. Je retourne sans arrêt en Ardèche. Là-bas, il m'est possible de respirer. Une région que j'ai découverte soudainement et que j'ai aimée spontanément. Je loue un gîte. J'ai l'impression que les habitants sont aussi flottants que moi. Je me promène matin et soir. Je n'ai pas amené d'affaires. Ça me plaît d'arriver les mains vides. Les pièces de la petite maison, toute faite de lumière et qui se niche dans un petit village, me renvoient à quelque chose d'intérieur. Isolé dans ce hameau où j'ai froid, je débouche des bouteilles de vin, je me prépare à manger et j'écris.

Je suis obsédé par l'espace. À la recherche du lieu rassurant. Je pensais avoir trouvé le meilleur abri qui soit au monde, quand je reçois un appel de ma sœur. Elle a des soucis. Je suis aux toilettes. Je l'entends renifler, bredouiller qu'elle a besoin de moi.

Je lui ai donné l'adresse, feignant l'indifférence. Je regrette d'avoir répondu. Je ravale mes soupirs exaspérés. J'essaie d'avoir de l'empathie, de penser à sa douleur, mais pour ça, il faudrait qu'elle soit morte. Je tire la chasse d'eau en regardant ma merde et le papier disparaître comme si c'était quelque chose d'extraordinaire. J'ai envie de chier de nouveau. Ma merde s'impose à moi, m'invitant à la réflexion. C'est la fin de ma solitude. Il faut que j'arrête mes habitudes d'indulgence. Elle et moi, on va se cogner. Je le sais, je le sens.

Elle et son foutoir se sont installés chez moi, pour une durée *déterminée*. Je suis étonné par sa récente prise de poids. « J'avoue, je plaide coupable ! » rit-elle en s'attaquant à tout ce qui est sucré dans mes placards. Elle ouvre, trifouille dans les boîtes, prend un biscuit, referme. Je me méfie des personnes qui ressemblent à des enfants.

Je ne la connais pas vraiment cette sœur partie au Québec pour ses études quand j'étais adolescent. Elle m'avait manqué à l'époque. Aujourd'hui, j'ai plus le sentiment d'avoir loupé ma sœur, de ne pas la connaître, sans éprouver de regrets.

Ma sœur se meut dans l'espace comme quelqu'un qui aurait des ennuis à résoudre ; réticente, défiante, avec une forme d'épuisement. À cause de sa nouvelle rupture, elle va mal et ne se voit pas revenir chez nos parents.

Nous sommes nés du même vagin, mais ne partageons pas la même sensibilité. Contrairement à elle, je ne sais pas ce que veut dire « rupture », puisque je ne suis jamais en couple, me laissant aller au plaisir avant de partir égoïstement. Mon corps regorge de récits, de fantasmes, de proximités.

Son irruption me prive de quiétude. Elle ne peut pas comprendre que j'ai besoin de calme pour écrire. Ses pas et sa voix, ses mains qui cassent *accidentellement* la vaisselle, et son corps qui nargue toute pudeur, qui se balade nu chez moi après la douche, parce que « tu te souviens, comme quand on était gamins, qu'on se jetait dans les bras de Maman, tout nus ! » Son rire vulgaire me met mal à l'aise. Et puis quoi encore, tu vas me sortir aussi qu'à cet âge-là, on voulait se marier ? Ce perpétuel duel de force entre elle et moi m'irrite et me dégoûte.

Très vite, elle essaie de devenir une sœur complice, d'instaurer une amitié. Je n'ai aucune volonté de ce côté-là. J'évite de lui parler pour ne pas que le jeu se transforme en une tragédie. Je sens, pourtant, que je perds le contrôle. Je suis dépassé. Je m'isole dans mes activités d'écriture, tâche de travailler sans penser à elle.

Il s'est passé beaucoup de temps avant que je ne comprenne que je ne pourrais pas communiquer avec ma sœur. J'ai un peu plus de vingt ans, et elle un peu moins de trente. Cet âge la rend encore plus inconsciente et immature. Elle plonge niaisement dans l'amour avec toutes ses peines, offrant si facilement ses taches de rousseur sur les épaules, le dos et les fesses. Quant à moi, je déteste ma maigreur. Elle a quelque chose de similaire à la vieillesse ou à la mendicité. On me dit que ça me confère un aspect fragile, touchant, pourtant je ne suis absolument pas une personne qu'on peut briser.

Je n'ai pas un esprit vieux jeu mais je me dis, par exemple, qu'il est temps que chacun soit raisonnable dans ses choix et délimite son espace personnel. Elle est agaçante dans son immobilisme, empêtrée dans ses problèmes relationnels. Elle aurait pu être mariée, avoir des enfants, au lieu de, une énième fois, s'attirer un enfoiré, et venir après squatter chez moi comme une sans-abri.

Aux yeux de nos parents, elle a toujours été l'éclairée, l'intelligente. On croyait que la peinture était son repère et qu'elle avait atteint ce fameux stade de la reconnaissance. Ils ne voyaient pas son jusqu'au-boutisme, le nombre de joints fumés chaque soir. Plusieurs nuits d'affilée, mon téléphone avait sonné une multitude de fois, parce qu'elle avait besoin que je lui parle pour atténuer sa mélancolie. Dans sa salle de bain, elle récidivait ses déboires. J'imaginais son visage. Son intonation me dégoûtait tant elle était sans vie. Je n'aimais pas cette absence de force, cet abandon.

En l'hébergeant, je savais à quoi je m'exposais. À un mur invisible. À ce que chez moi devienne un lieu de dérangement, de malaise. Le soupçon de l'hostilité, de l'offensive, pointe chaque minute passée ensemble le bout de son nez.

Je revis ce vacillement, le même, quand elle revenait à la maison, pendant les vacances, et monopolisait toute l'attention, rendant ma présence fantomatique. Suspension. Je n'existais plus pendant un certain temps. Elle n'avait pas la décence de se contenter d'une petite place, saccageait des mois de complicité avec mes proches et amis. Elle voulait qu'on la voie, qu'on la remarque. Le pire, c'est qu'elle ne semblait pas se rendre compte de son narcissisme, brandissant la carte de la fragilité.

En réalité, elle arrive au pire moment. Je suis lâche. J'ai peur qu'elle sache pour mon actualité littéraire. Je n'admets pas l'humiliation.

« J'ai lu ton livre.
— Ah oui ?
— Tu ne te prends pas un peu pour moi, non ?
— Quoi ?
— Je trouve ça dommage que tu ne m'aies pas envoyé ton manuscrit avant publication. J'aurais pu te conseiller, par rapport à certaines tournures stylistiques… Quitte à être dans le mimétisme schizophrénique, fais-le bien.
— Parce que tu t'y connais en écriture, maintenant ?
— OK, je comprends ton message. "Occupe-toi de ta vie, quoi", c'est ça que tu veux me dire ? »

Elle est mon faux double. Ou je suis le sien. Allez savoir. Quand elle avait quinze ans, c'était elle l'écrivaine de la famille. Des poèmes, des nouvelles, des récits. Mes parents, si admiratifs, ne cessaient de la lire et de l'encourager, l'emmenaient à des salons littéraires où elle pouvait avoir des dédicaces d'auteurs célèbres. Puis, elle s'est dirigée vers la peinture, a fait les Beaux-arts et n'a plus reparlé de littérature. Quand j'ai commencé à écrire à mon tour, mes parents se sont dit que je reproduisais simplement son modèle et n'ont pas cru en la naissance d'une vocation. Ils ont gardé mes carnets dans les tiroirs de leur chambre, ne se sont pas donné la peine de les ouvrir, certains que ma passion se tarirait, comme ce fut le cas pour ma sœur. Ils ont continué toutefois à nous offrir des livres. Contrairement à ma sœur, mes premiers écrits étaient régulièrement faits de ratures et de réécritures. C'était semé de doutes. Je prenais mon rêve très au sérieux.

À cet instant, je suis incapable d'amorcer une discussion posée avec ma sœur.

« Qu'est-ce que tu cherches ? À t'inventer écrivaine, du jour au lendemain ?

— Tu es vraiment con, en fait. Je voulais te proposer une sorte d'arrangement créatif. Je voulais "t'aider". J'ai lu ce que te reprochent les critiques et ils n'ont pas tort… Parfois, c'est mièvre. Ça manque d'intensité. Tu vois, le fait que je débarque chez toi, de manière inattendue, ça devrait t'inspirer un roman au lieu de te rendre aussi arrogant. »

Une soudaine horreur. Je fulmine. Elle continue à se croire supérieure. Son sourire condescendant, méprisant, me donne un haut-le-cœur. Elle est restée cette enfant qui veut tout pour elle. De nous deux, qui s'est réellement construit dans l'ombre de l'autre ? Je ne veux pas en débattre. Cette comparaison à l'autre. Si frivole. Je ne peux que constater qu'elle veut conquérir mon territoire. Peut-être que c'est sa façon de se construire, en s'immisçant coûte que coûte dans ma vie, pensant qu'elle a le droit de tout me dérober parce qu'elle est ma sœur.

« Mes textes ont fait de moi un écrivain.
— Tu deviendras véritablement un écrivain quand tu auras fini de te prendre pour moi. Ton narrateur, c'est moi, je me suis tout de suite reconnue. »

M'attaquer à elle, ce n'est pas ce que j'aurais voulu. Mais je l'ai fait. Je l'ai foutue dehors. J'ai rompu avec elle. Puis, j'ai appelé un taxi. Ma mâchoire, si serrée, me cuisait. J'ai tout observé par la fenêtre, pour être sûr de la voir monter dans ce taxi. Sa figure contre la vitre, sa bouche articulant je ne sais quoi. Je prends une profonde inspiration. Quelque chose de terriblement dur vient de se terminer.

La sœur

À chaque rupture, je peins. Ces ruptures forment la colonne vertébrale de mon geste artistique. Le corps imposant de Bastien, la prononciation pas très élégante de Clément, les cheveux courts de Yann, les angoisses de ne pas plaire de Bilal, les doigts fins d'Oussam, l'air complètement terrorisé d'Adam. Comme tout artiste, j'ai une espèce de voyeurisme pervers. Un détail peut retenir mon attention, une faille s'avérer pertinente. Parfois, j'implore presque : « Recommence ce que tu viens de faire, là. Enlève tes chaussures. Mets-toi plus à l'aise ! » De ces brèches naissent mes tableaux. Je n'aime pas les surfaces lisses, rassurantes. Et puis, je n'hésite pas à donner le change, à exposer ma nudité jusqu'à avoir l'air dégoûtante. Il n'y a pas de perfection qui soit. C'est ça, le chemin vers la vérité.

La création occupe mon temps. Je danse, peins, m'intéresse à la marginalité et écris de la poésie pour mettre des mots sur mes états d'âme. J'anime souvent des ateliers, griffonne dans des cafés en réinventant la langue. Je me suis toujours accrochée à ça. Je note tous les jours sur des carnets. Comme si je préparais un documentaire. Je creuse beaucoup de questions, décrypte certains événements, puis me rends compte qu'il faut que j'invente un personnage ; je n'arrive pas à aller vers le romanesque. Il a bien de la chance, lui ! Écrire, ça doit le libérer de beaucoup de choses. Je n'ai pas réussi avec les mots, moi. Pourtant, je travaille tout le temps ! Ça me frustre et ça m'empêche de vivre, de vieillir sans arriver à consommer le roman. Heureusement qu'il y a la peinture. Je gagne ma vie avec ça. Je bouffe avec ça. J'ai des dettes à payer mais je n'abandonnerai jamais la peinture. Je suis comme une alcoolique, j'ai mes dépendances.

À force de squatter chez mon frère, nous sommes devenus proches. Proches sans s'entendre. Proches dans la haine de l'autre. Tous les deux, très fragiles. Pas de famille proprement dite. Des parents trop simples. Un grand-père belliqueux, condamné à plusieurs années de prison dans sa jeunesse, qui occupait une maison pas loin de la nôtre. Je n'aimais pas ce type. Un jour, il était venu me chercher en voiture à l'école. Il va sans dire que j'avais refusé de monter. « Dégage », lui avais-je crié. Alors il s'était mis à klaxonner, s'était mis en pétard et m'avait insultée devant tous mes camarades... Bien sûr que c'était un voyou !

Je ne crois pas à la posture d'écrivain incarnée par mon frère. Je pense qu'après ce bref succès, il ne connaîtra que des échecs. J'ai inspiré ses écrits, mais ça, il n'en parle jamais.

La lecture a occupé notre enfance. Nos parents nous ont toujours demandé quel livre nous étions en train de lire. Ils ont su nous intéresser à ça. Pourquoi avons-nous développé un rapport à l'écrit complètement différent ? J'ai toujours été la première à ne pas le condamner. Quand il faisait pipi au lit et que notre chambre empestait l'urine, il grimpait jusqu'au mien. Comme un marchand de sable, je l'endormais en inventant des contes. Je lui apprenais à vivre dans la fiction, à se réfugier en elle pour tirer de certaines situations pénibles la force de résister.

Mon frère joue bien trop au malin. Il va encore se faire entuber, j'en suis sûre. Mais bon, ce qui me préoccupe en ce moment, ce sont mes soucis financiers. Curieusement, personne n'est chaud parmi mes connaissances pour m'héberger... Pourquoi ne fait-on pas attention à moi ?

Je reçois un coup de téléphone d'un pote : « Qu'est-ce que tu fais demain ? » Le lendemain, on est partis. Le voyage se transforme en trois, quatre voyages. J'ai l'impression que ma route n'est pas du tout tracée et que je me découvre en permanence. Ça me stresse. Je stresse. Je ne suis jamais à l'abri. Je veux me sentir à l'abri. On mange des burgers pourris. On boit beaucoup d'alcool. Les concerts, la fumette. Je crois que c'est une question de survie chez moi. J'ai l'air désinvolte. Ma folie me permet d'endurer tant de choses. Il faut dire que je ne sais pas me prendre en charge, payer de façon constante un loyer. Comment fait-il, lui ? Par moments, quand je n'ai pas assez de sous, je fais le tour des amis pour voir qui peut m'en prêter. Certains habitent de beaux quartiers et gagnent bien leur vie. J'admets que mes tableaux ne se vendent pas très bien. J'ai énormément de dettes à rembourser. À chacun ses problèmes.

Des mecs infidèles et qui ne peuvent jamais me dépanner, voilà le type de gars que je connais. Mais il y a toujours quelqu'un pour partager une chambre, un voyage... et nous voilà repartis. J'arrive à tenir comme ça. Je voudrais connaître des rencards et un peu de romantisme, apprendre à rester sur mes gardes quand un mec me drague. Je voudrais arrêter de faire de la merde et d'embêter mon frère. Je pensais qu'on pouvait s'entraider, mais il y a eu ce séjour auquel ses nerfs n'ont pas su résister, où l'on a basculé dans la violence. L'intime révèle beaucoup, peut faire du mal ou du bien. Il me reproche volontiers d'être intrusive et moi je le hais car il est dramatique. Sa dépression est fatigante. Elle rejaillit dans ses romans et ennuie son public. Je l'imagine mal perdurer.

Dans mes livres, les personnages ne se déplacent pas, ils s'échappent. Ils se mettent à une certaine distance, incapables d'aller vers l'autre. Ce sont des personnages extrêmement violents, impulsifs, ivres, androgynes. Ils sont mus par des désirs qui les transforment. Ils et elles ont des conversations profondes. Il n'y a plus de sanglots. Le texte les désamorce tous. Il y a de l'optimisme. On se sépare sans heurts. Je me souviens de ma respiration surtout, en écrivant ces chapitres sur la fuite, difficile.

Être un écrivain publié, accumuler les chapitres, les nouvelles, les dîners, les apéros, et croiser de temps en temps Élodie, se sentir plus sûr de sa plume et de sa virilité. Lors d'un événement artistique, je fais la connaissance d'Emma, une dessinatrice. J'oublie l'écriture. Je deviens ce petit garçon qui invite son amie dans sa chambre pour lui chuchoter à l'oreille ses histoires de féerie, et elle les dessine.

Emma aime se jeter sur moi et m'étreindre. Elle m'offre son intérêt, son excitation. Elle a un appétit urgent. Emma ne connaît pas bien le milieu littéraire. On se lit. Chacun vient voir l'autre à ses signatures. Nous partageons nos opinions sur la création et le public. Elle semble affectée par tout ce que je dis, valorise mes paroles. Nous avons des discussions passionnées à propos de la recherche du récit, du scénario. Comment surprendre le lecteur ? Avec quels mécanismes de narration ? Sa vie personnelle est néanmoins loin de la quiétude. Emma assiste, désemparée, au divorce de ses parents, tout en essayant d'apaiser les choses. Elle me plaît dans son introspection, l'angoisse ne la quittant jamais, tout en ayant cette réserve qui me sidère. Notre couple, pendant tout le printemps et l'été, est merveilleux, provoquant en moi cette stupeur… J'ai des sentiments !

Quand Emma s'est endormie lors d'une pièce de théâtre, ronflant profondément, je me suis senti seul. Une solitude qui m'a pris à la gorge. Et puis, j'ai éprouvé un soupçon d'intolérance. Je ne peux imaginer un artiste qui ne s'intéresse pas au théâtre, au cinéma ou à l'art ! Je commençais à me sentir mal à l'aise. Je réalisais soudainement que je m'étais habitué à sa présence permanente et éveillée. L'autre qui s'endort est une angoisse. S'ennuie-t-il avec nous ? Que ressent-il vraiment ? Est-ce que son amour diminue ? C'est psychologiquement épuisant d'être à l'affût. Ça nous rend presque paranoïaques, parce qu'on interprète chaque frémissement, chaque reniflement, chaque geste. Le visage de l'être aimé devient une exposition. Le couple absorbe l'énergie du corps et de l'esprit. Mais je voulais quand même être garant de notre histoire. Quand la pièce s'est terminée, je l'ai réveillée doucement en embrassant ses paupières.

Il fait chaud. L'air est suffocant. Écrire devient compliqué. Je me transforme en un auteur à la recherche du sujet. J'éprouve une véritable détresse des mots, de la page blanche. Je n'arrive pas à dépasser un certain nombre de pages ; à peine une quinzaine quand me vient cette intuition : les actes artistique et amoureux pourraient se confondre. Emma m'apparaît, tout à coup, comme un phare vers lequel je pourrais manœuvrer pour trouver mon histoire. Petit à petit, je retrouve dans la vie d'Emma de quoi nourrir mon récit, de quoi me rassurer par rapport à une prochaine publication. Je commence à la raconter avec une part d'imagination, et beaucoup de vérité.

Mes yeux s'attardent sur sa silhouette, sur les plis de ses vêtements, sur ses petites habitudes quand elle se maquille, se douche ou pisse. Mes yeux la grignotent du matin au soir.

Emma m'obsède, littéralement. Je suis ivre, capable de ne plus dormir. Plus je l'observe, plus j'entre dans les profondeurs de ce que je veux écrire. Je prends un vrai plaisir à l'épier, à la décrire. Pourtant, je sens que je vais trop loin, que je suis en train de kidnapper cette femme, de violer son intimité. Je raconte ses règles, ses a priori, ses gênes, tous ces moments qui la mettent dans l'embarras. Ses fantasmes, ses trouilles, certaines de ses habitudes, comme lorsqu'elle se change en fixant la fenêtre, craignant un regard indiscret. Or, le regard scrutateur et obscène est là, à quelques centimètres d'elle. Je viens l'embrasser, elle se laisse aller, se détend. Mais il y a cette pudeur, un résidu de crainte. Elle préfère éteindre toute lumière avant. Je découvre un autre sens à la femme. Je la sens comme une page de littérature. Une femme qui me fait éjaculer et écrire. Ce sentiment que l'acte sexuel pourrait se confondre avec l'écriture. Ça doit être l'idéal d'un écrivain. J'imagine la littérature comme le sexe d'une femme. J'écris, je lui fais l'amour. Je lui fais l'amour, j'écris. Mon regard la déshabille. Mon regard ne supporte pas que son regard s'éloigne. J'ai l'impression de la violer.

C'est pourtant un livre tendre, amoureux, écrit avec empathie.

En fait, même quand les choses se passent bien dans une relation, il faut rester sur ses gardes. Parfois ça va tellement vite que tu n'as pas le temps de remarquer quoi que ce soit. Emma préfère les clubs à l'opéra. Forcément, ça fatigue les nerfs. Et puis elle ne paye rien. Je me retrouve à l'inviter tout le temps ; ma banque tolère de moins en moins mes découverts.

Emma tombe sur mes notes alors que je ne suis pas chez moi. Je ne lui demande pas pourquoi elle les a lues. Parce que c'est ça la vie, on peut croire qu'on connaît des gens et se tromper. J'ai compris bien plus tard que quand je la laissais, elle était comme une enfant à la recherche d'un trésor ; elle fouillait partout. Elle m'accuse de mensonges. Je me sens trahi. Ça me fait tellement mal. Son souffle. Sa voix. Elle scande que mes déclarations d'amour sont fausses. Que notre routine amoureuse est une mise en scène. Elle tremble. Maladroitement, j'essaie de me rattraper : « Tu es une femme que j'aime tellement, tu peux me croire. » Emma crie, proteste. Pour elle, notre relation n'a pas de sens. Je préfère son sourire quand je lui offrais des fleurs, le matin. « Tu es irrécupérable. » Mots dévastateurs. Elle a besoin de se battre avec moi. Son visage est une tempête. Elle me frappe, me griffe. Mon langage, dépourvu d'affection, lui ordonne sommairement de partir.

Je suis pressé de donner au public notre histoire. C'est un acte sacré. Je n'ai plus en tête que mon clavier. Il faut que j'évoque cette période fusionnelle pour sceller notre séparation. Je ne suis pas tout à fait sûr que ça plaise. J'en parle à Élodie, avec toujours autant de désir dans la voix. « Oui, fais-en un livre ! » m'encourage-t-elle. Pendant des mois, j'ai pianoté, fébrilement. Avant que ma mémoire ne défaille. Mon manuscrit terminé, je me suis dit : « Maintenant, tu peux oublier cette femme. »

Sa bande dessinée, d'une ironie cinglante, éclipse mon livre. Incisive, mordante, criant son dégoût de moi. Une œuvre savoureuse, d'après les lecteurs. Son sens de l'humour ne lui a pas fait défaut. Je me trouve confronté dès les premières pages à ma propre stupidité : un auteur qui veut décrire sa femme. Mon regard qui la pénètre devient ridicule.

L'ironie noire de ses dessins a pulvérisé mes mots et a modifié à jamais mon image. Je ne suis plus cette jeune plume sensible et pleine de délicatesse.

Je place sa bande dessinée au centre de mon étagère, pas par sentimentalisme mais pour bien me souvenir de la manière avec laquelle je me suis fait enculer. Je pourrai ainsi y penser longtemps. Je n'ai aucune consolation. Il n'y a personne à qui je peux dire : « Ce n'est pas ce qu'il s'est passé ! »

J'avais un salon. J'étais tendu. Comme je le redoutais, nous nous sommes croisés. Heureusement, nous nous sommes regardés en chiens de faïence. On était deux auteurs matures et professionnels. Tout de même, ma parano habituelle faisait que je ne la lâchais pas du regard. À la fin de la journée, j'en ai eu ras le cul d'elle ! Cela dit, j'ai voulu aller la saluer. Quand je suis passé devant sa table, j'ai cru distinguer une espèce de poupée vaudou… Quand j'y pense, maintenant, elle avait pas mal de babioles. Plus tard, nous sommes allés prendre un verre. Parce que ce n'est pas facile d'arrêter le sexe, on a continué à se sauter pendant quelques salons, et puis chacun a repris ses habitudes sérieuses.

Emma

Un cercle avec des bougies. La photo de ma grand-mère sur la table. Je gratte. Mélange l'herbe. Récite et ressens. C'est aussi puissant qu'une transe. Des êtres m'ouvrent leurs portes.

Ce n'est pas bon de me faire confiance. Ni de profiter de ma vulnérabilité. Ce n'est pas une décision irrationnelle. Je te donne l'occasion de te construire une vie. Meilleure. De réapprendre. Les plantes de ma grand-mère m'accompagnent dans mes rituels depuis toute petite et me protègent. Elles m'aident à me concentrer, à me connecter aux énergies d'autres femmes sorcières.

Quand on rentre dans mon appartement, on se dit : « C'est peut-être une sorcière ». C'est ce que je recherche. Comme j'exerce un métier pas du tout courant, on se focalise généralement sur ça, et on croit que ma déco est une simple folie de dessinatrice.

Je me souviens qu'en parcourant ton manuscrit, instantanément je me suis dit : « Je suis morte ! » Eh ! Je ne suis pas une femme comme ça ! Je ne plaisante pas là-dessus. Ce que tu ne savais pas, c'est que moi aussi, je sais me servir du réel. J'y suis allée à fond. J'ai raconté notre histoire à ma sauce, éprouvant une véritable catharsis. Je me disais : « Je vais régler mes comptes avec lui ». Je me fiche où ça peut me mener.

J'ai pris beaucoup de plaisir à construire toutes ces images. Planter une ambiance, concevoir ton personnage bizarre, amoureux de son éditrice. Je voulais un écrivain un peu classe avec des airs grandiloquents et, en même temps, sans authenticité. C'est devenu petit à petit amusant – un régal. Tu ne vas peut-être pas me croire mais je t'ai bien observé. Je connais ton anatomie, ton expression corporelle. J'ai mémorisé chaque partie de ton corps.

C'est la joie des auteurs de bandes dessinées de pouvoir proposer des séquences hilarantes. Tout est une question de narration. S'il n'y avait pas eu ton idée de manuscrit sur notre relation, je n'aurais jamais eu cette idée. Très vite, te raconter, ça m'a passionnée. Je n'ai pas lâché.

En exagérant les défauts de ton écriture et tes obsessions littéraires, je ne pouvais que mieux frapper. Tu es devenu le personnage central de ma bande dessinée, un personnage avec lequel les lecteurs ont aimé passer du temps. Pour moi, c'était facile d'aller chercher ces petits tics, ces attitudes, et de les dessiner en développant une histoire. Je me souviens comme j'étais pétrifiée en lisant les feuilles de ton manuscrit, tant tu faisais de moi une petite créature en détresse psychologique. Mon livre a le goût de la rancœur.

J'ai reçu un prix pour ma bande dessinée.

Je ne garde plus un souvenir triste de notre relation. J'ai réussi à t'oublier. À oublier ces petits détails que j'avais auparavant idolâtrés. J'ai toujours eu besoin de ces rituels de sorcellerie pour me relever. Mon super pouvoir ! Quand j'étais gamine, on ne pouvait pas m'enlever cet univers-là. Le dessin et l'apprentissage de la sorcellerie de ma grand-mère m'ont servi.

J'avais énormément d'espoir pour notre relation. J'avais vraiment aimé ce que tu me présentais : les œuvres d'art, les ouvrages, les pièces de théâtre... Mais je n'avais pas à devenir prisonnière de ton esprit. J'ai pris le temps de me remettre de ton égocentrisme. Tu n'étais pas ému par la beauté. Tu n'avais aucune tendresse, aucune sincérité. Je n'en garde plus aucun souvenir. Ça m'a même rendue populaire, cette aventure. Je suis celle qui a eu le dessus. Le dessin, c'est vraiment mon truc. Tu n'avais pas compris à quel point j'étais forte là-dessus. Tu n'as véritablement rien cerné de moi.

Un baiser sur mes lèvres me réveille. On rit.

Je ne sais pas faire la fête. Mais parfois quelque chose jaillit. Une envie de boire et de me droguer toute la nuit. Mon corps danse dans les boîtes, se libère, se frotte à d'autres. Mon corps a besoin d'être dans ces endroits. Mon regard accroche, déshabille, excite. Ça me paraît délirant. On échange des sourires, et puis je ferme les yeux et repense à ces visages… J'oublie mon travail, j'oublie l'œuvre et mes questions. Tant pis si vous n'ouvrez plus mes livres. Tant pis si vous parcourez rapidement les chapitres sans vous arrêter un seul moment. J'écrirai dans ce cas des histoires de viols dans lesquelles je raconterai comment je vous ai acculé, lecteur, dans un coin, car à ce que je sache, aujourd'hui, la littérature a encore tous les droits. Peut-être qu'un jour on dénoncera certaines pratiques d'écriture, en attendant je suis libre d'abuser de vous, textuellement.

Le mal du pays ou je ne sais quoi. Son vagin me manque. Tout en elle me manque. Je m'imagine des scénarios où elle débarque chez moi et je la rattrape, capture ses lèvres ; ça se transforme en levrette et elle jouit.

Ces boîtes, territoire fantasmagorique. Lieu sublime, charnel et odorant. Un théâtre. Et si vous aviez été là ? Je me rappelle ces mouvements. Ce qui se présente à moi me fait ressentir des vagues d'émotion. Choisir un corps, celui qui nous attire le plus, et puis l'abandonner quand on s'ennuie. Vice. Je repère ce couple. Tiens, et si on se parlait ? Sans être pudiques. On s'en fiche de nos carrières. Je n'ai qu'une envie. Partager l'intimité de ce couple. La conscience de la transgression. Baiser. Je suis excité. Je me dis : « Tu peux y aller à fond. » J'y vais. Je couche.

Le livre fonctionne parfois comme un piège. On l'achète et puis on est pris dans le récit. Lire un auteur, c'est comme l'embrasser.

Des jeux. Face à deux corps. Entre la danse, le frôlement, l'excitation. On se perd dans cette grande liberté. Leur appartement. Leur lit. Leur odeur. Leurs vêtements. Je nous observe dans les miroirs et tire ma langue saburrale. Je n'ai plus d'appétit. Je ne veux aucun aliment en bouche. Je suis un homme séparé qui se remet de son ancienne liaison en côtoyant un couple. Toutes les nuits sont éveil, paroles, regards, orgasmes. Parfois on sort. Je me souviens de la grimace du vendeur de la boutique de sex-toys, quand tous les trois nous sommes entrés pour acheter des jouets. Son visage dégoûté. Et nos impitoyables sourires. On part dans les cinémas. On se promène dans les parcs. Dans les marchés, on traverse le bruit, les saveurs. On va à des brocantes, on essaie des tenues, on se déguise.

Nos corps se touchent. Nos doigts et nos bouches font circuler le joint. Une fumée hallucinogène, *high,* s'échappe de nos lèvres. Chez eux, il m'arrive de griffonner. De manière bordélique. J'essaie de faire des plans, ça me dépasse. Écrire m'évite de parler. Je les regarde du coin de l'œil. Ils me demandent de leur montrer. Je leur fais croire que mon prochain livre sortira en arabe, pour qu'ils abandonnent l'idée de lire. Je leur récite *L'Androgyne* d'Abû Nuwâs, *La trace d'un baiser*, et *Le cœur battant*, et rêve. Ils chuchotent dans mon oreille, caressent mon ventre, étalent ma souillure. Je ferme les yeux… et repense à la nudité de ma sœur, à mon utilisation consciente ou non de notre histoire. Je devrais rejeter cette mémoire et tous ces objets qui m'associent à elle. Je me rends compte qu'elle traverse mon écriture, que je ne pourrai presque pas écrire autre chose. Elle est la première concernée par mes textes. Et en même temps, elle constitue une entrave à mon geste créatif. Je leur souris et me lève. M'habille dans une odeur de sexe, de sueur et de jouissance. Aujourd'hui, on est quitte. Je veux dire, l'image de mon cadavre ne la quittera plus.

Ne me jugez pas hâtivement, je ne vous ai pas tout dit. Je marche avec une énergie vitale. Je reçois un message d'Élodie qui veut me retrouver. Je n'ai pas le temps de soigner ma barbe, de défroisser mes vêtements, mais je me sens confiant, plein de sensualité. C'est masturbatoire. À la limite de l'explosion. J'ai appris à mettre ma jalousie de côté. Je ne lui en veux pas d'en côtoyer d'autres. Et je compte le lui dire. Je marche vers elle, le goût d'un homme, d'une femme, sur mes doigts et dans ma bouche, avec un sentiment de joie débordant. Je ressens un véritable attachement envers mon éditrice. Je prépare mon discours, le murmure. « Écoute, ça ne me dérange plus que tu fréquentes tous ces écrivains… Ça ne me dérange pas… Tu as raison, cette liberté est importante. Et je devrais être le premier à le savoir. Mais il y a ce désir que je ressens… Tu m'as donné l'opportunité de sortir de mon milieu, de gommer ma banalité et d'approfondir mon rapport avec les mots. Je passe des nuits, des jours pour constituer *une phrase* ! Si tu pouvais voir dans quel état ça me met. Merci, Élodie ! »

« Il faut qu'on mette les choses à plat », m'avertit-elle dès mon arrivée, bouche amère. Son air grave, ridé, me déstabilise. J'hésite à demander « Quoi ? » Pour la première fois, je trouve que son visage manque de fraîcheur. Je suis décontenancé par sa raideur qui décompose mon corps. À cet instant, les mots sont importants. Ce que je vais répondre… Mais je me souviens surtout de mon silence. Écrasé, je suis écrasé. Je me sens laid. Je compte mes membres. Le nombre de mes doigts et de mes orteils. Je revois leur physionomie. Je n'arrive pas à les déployer. Je prends conscience que c'est mon éditrice que je vois aujourd'hui, pas une femme qui aurait l'intention de me séduire.

Élodie veut me parler de « travail », de la question du mode d'écriture. Je tends l'oreille. Mes yeux, peu à peu, se baissent. Sa chemise est impeccable de blancheur, repassée, boutonnée strictement. Je cherche inutilement le bout de sein qui pointe, l'ouverture de trop. Elle est comme une mère qui appelle son enfant à table. Elle n'admet aucun « non ». Je dois répondre à son injonction, m'asseoir, manger comme elle voudrait, mastiquer avec le rythme qu'elle voudrait, et maintenir un air de reconnaissance tel qu'elle le voudrait. Quelle vie as-tu menée, Élodie, pour imposer autant de règles ? Elle m'explique que mon écriture manque de masculinité et frustre mes lecteurs. Il n'y a pas assez de désir. « Tu comprends, on vise un public. Tu n'écris pas pour toi-même. Or, dans tes derniers ouvrages, c'est l'impression que tu donnes. Je ne sais pas, moi, exploite tes origines algériennes ! » Justement, Élodie, je pensais à un texte sur le viol. Moi, l'écrivain d'origine algérienne, violerais ma lectrice/mon lecteur à travers le livre. Ça te parle plus, ça ?

J'essaie de lui parler de son appartement pour suggérer et faire affluer des souvenirs à sa mémoire. Est-ce qu'elle a pu réparer le pommeau de douche ? Et cette clé de la cave qu'elle n'arrêtait pas de chercher, est-ce qu'elle l'a enfin retrouvée ? Je n'insiste pas. Il faut dire qu'elle ne bronche pas. Dès le moment où je l'ai revue, j'ai su que ça n'allait pas être possible de se parler de façon personnelle. Sa voix m'empêche d'exister. Et si on changeait les mots ? Et si on les prononçait lentement, en chuchotant, en leur donnant une dimension poétique, de rêve ? « Merci pour tes livres. Merci d'avoir accepté de mener une vie recluse pour offrir quelque chose de toi au lecteur. » Pourquoi ne peut-elle pas dire ça ? Ses lèvres attirent mon regard. Ses lèvres, j'ai le sentiment qu'elles me disent : « Comment tu te sens après les mots que je viens de t'asséner ? Oui, tu vas mettre du temps pour réaliser… Tu ne vas pas encaisser. Tu vas te taire pendant une trentaine de secondes, voire plus. Je me sens victrice. C'est la joie des éditeurs, ces réactions d'écrivains. Je peux te dire même que notre intention première de travail, c'est d'arriver à ça. » Elle ne serait aussi dure avec un gros auteur. Moi, je suis un mec qui écrit bien mais qui ne fait pas de best-seller.

Il paraît qu'on écrit avec ce qu'on est. Notre exploit ? Écrire un livre pendant plusieurs mois pour qu'il soit lu en quelques jours, parfois en quelques heures ! Nous essayons de conquérir ce terrain de lecture. À mes yeux, cela n'a jamais été une question de nombre de lecteurs mais de temps de lecture. On ne parle jamais de ce temps de lecture, si crucial, si significatif, qui traduit tout un rythme. Comment le lecteur vibre à nos mots. Le temps de lecture signifierait donc le génie de l'écrivain. Nous nous rappelons allègrement des livres que nous avons lus d'une traite. Ceux-là laissent une trace, ont un effet sur nous aussi profond qu'un acte amoureux. En tant qu'écrivain, c'est ce que je garde en tête. J'écris en me disant qu'il faut que ce lecteur me lise comme s'il était emporté par un désir puissant.

Qu'est-ce que je suis ? Un corps. Masculin. Comment qualifier le fait d'écrire ? J'associe cela à la fragilité, à la liberté. À la liberté d'être fragile. Je jette des mots et des silences sur des carnets. J'essaie d'associer le lecteur à mes sens et à mes tourments. Élodie use de son pouvoir. « Sinon, tu peux te diversifier, éditorialement. On est un peu en mode freinage dans notre département, mais tes textes peuvent circuler autrement. » Ses mots viennent interdire à jamais ma voix. Ce glissement de nos échanges fait de moi un homme malheureux.

Désorientation totale. Ébranlé, je n'avance pas, je titube. Comment ne pas s'effondrer ? Je fume un paquet de cigarettes. Ça ne me suffit pas. J'aimerais devenir l'objet-livre, pour mieux comprendre comment écrire, comment retenir l'attention d'Élodie et échapper à son dédain. Laisser trace dans le monde littéraire. De préférence, pérenne. Les mots, je ne sais plus comment les aligner. Certains auteurs partent pour un chèque. D'autres parce qu'ils ne sont pas suffisamment traités comme des stars. Comme tous ces écrivains, j'espérais, moi aussi, que si un jour je venais à changer de maison d'édition, ce serait parce que *je l'aurais décidé*.

J'ai l'impression de traverser toutes sortes de phases. Je croyais que l'écriture allait tout me révéler, tout résoudre. Ma vie est restée banale. J'ai écrit mes livres en manipulant, en ne disant jamais la vérité. Plus j'écris, plus je deviens joueur. Plus j'écris, plus je suis perdu. Le livre me baise peu à peu. Je l'ai compris plus tard. Élodie a le pouvoir, elle m'a propulsé, puis m'a laissé tomber. Toute réconciliation est impossible.

J'ai cru qu'elle allait m'appeler pour dire qu'elle déconnait. À 23 heures, rien. Passé minuit, rien. Des prolongations en perspective. Le lendemain, rien. Le surlendemain, toujours rien. Et trois jours après, le même néant. Commencent mes angoisses. Je n'ai qu'une hâte, qu'elle revienne sur ce qu'elle a dit, qu'elle me délivre de ce stress et me dise qu'elle faisait ça pour flirter. Je suis resté quand même six jours à attendre. Je ne pouvais pas dormir. Je n'ai pas arrêté d'aller aux toilettes. J'ai eu une espèce de gastro-entérite. La salle de bain était devenue *ma pièce*. Je me vidais les intestins, littéralement.

À bout de forces, j'appelle ma sœur.

« Mon éditrice veut que je mette plus de "bites" dans mon texte.

— …

— Allô, tu m'entends ?… Tu m'entends ?

— Non, pas très bien. Écoute, j'ai un vernissage ce soir, il faut que je raccroche.

— Attends, je suis en train de te parler de mon éditrice. C'est important, bordel. »

Elle raccroche.

Nos parents n'ont jamais su s'exprimer. Mon père, notamment, était d'une timidité maladive. Mes parents n'ont pas cette figure de « durs ». Ils sont doux et attendent que leurs enfants s'imposent à leur place. Il y avait un besoin de dire tout ce qui a été difficile à avouer. Oublier mes parents, oublier les interdits de mes parents. Tout ce qui semble effrayant : les poils, les seins, les excréments… L'idée de l'interdiction du sexe, de ces terrains transgressifs que l'on conquiert.

Je mets mon manteau, file vers le dehors, pénètre dans ma voiture.

C'est un trajet nocturne, mélancolique, comme une fugue. Je me dilue dans cette nuit, dans ce monde, sur cette route. J'ai posé mon carnet sur mes genoux. C'est difficile d'écrire et de conduire. D'habitude, je travaille la nuit, au moins pendant une heure. Je ne veux pas, à cause de ce voyage, déroger à cette règle. Je balance quelques mots. Sans aucun plan. De manière désordonnée. Et roule.

Je reçois le message d'un ami qui vient de finir la lecture de mon dernier livre.
« Hé, ton roman est cool ! C'est émouvant. Bravo pour cette belle composition ! »

Friand de communication, je lui réponds aussitôt : « Il fallait que je retrouve quelque chose au creux de moi. Créer avec ma solitude. Faire le lien avec mes fantômes intérieurs. » La solitude ne m'est pas difficile à vivre. Je n'ai jamais eu besoin de la pallier. Mais j'aime de temps en temps discuter, tout en restant éloigné. Je lui explique que je suis en voyage, le mets au courant de ce qui se passe et lui promets de le contacter dès mon retour. Il me demande d'être prudent sur la route. Instinctivement, je ralentis.

Je me suis garé et suis descendu comme un fou.

Mon irruption dans la galerie, au moment où tous les invités étaient partis, fait qu'elle a ces yeux exorbités qui ont l'air de beugler : « Non, non, ce n'est pas possible ! » C'est à ce moment-là la déchirure, le point de bascule. C'est de ça que peut naître un livre. De cet indicible. J'ai l'impression d'être un *looser* du fait de ne pas trouver les mots pour justifier ma présence.

Je ne sais pas trop ce qu'est une œuvre d'art. Je ne sais pas comment circuler dans cet espace. Son espace. Oui, j'ai bien conscience que c'est *son* espace. Mes pas martèlent le sol. Où me mettre ? Où m'arrêter ? L'emplacement des tableaux et leur hauteur provoquent en moi un vertige. Je m'attarde.

Pour la première fois, je regarde attentivement les tableaux de ma sœur et j'ai envie de m'exclamer comme une personne qui aurait l'habitude de ces lieux : « J'ai compris ! – C'est très beau ! – C'est extraordinaire ! – Quelle intensité ! » Tous ces corps peints qui m'entourent. Je suis happé par sa manière de les saisir mais incapable de dire, d'aborder avec elle sa pratique. J'ai juste envie de traverser ces corps qui me semblent presque sacrés, pour avoir une bonne raison de partager leur silence. J'explore la galerie comme si je tombais sur une impasse. L'interdiction de toucher me met mal à l'aise. Cela n'a rien à voir avec la relation tactile que l'on peut avoir avec une feuille.

Et puis, tout à coup, mon visage se vide de ses couleurs. Observer me fracasse. Je vois apparaître ma disparition. Je suis effaré de me reconnaître dans quelques-uns des tableaux de ma sœur. Colère froide. Je ne comprends rien. Ma respiration me fait mal. Je suis mis à nu. Son travail donne à voir le chaos de mon enfance avec une foule de détails, comme si c'était quelque chose de spectaculaire. Comment oser en parler sans mon consentement ? Je n'y comprends rien. Quelle force l'a poussée à m'anéantir ? Tiens, maintenant je te vois. Telle que tu es vraiment. Et je me rappelle toutes ces bestioles que tu écrasais, petite, sans hésitation.

J'en décroche un et regagne ma voiture dans un claquement sec de portière. Elle crie.

Ces moments anciens dont je parle. Je les ai quand même lissés. Comme un artisan. Je triche. Je supprime des chapitres. Je ne me plie à aucun ordre. Je pioche, glane. Je privilégie quelques moments et un point de vue, le mien, parce que j'ai toujours baigné dans une folie égocentrique. Ce que je vous raconte, il faut le voir comme un atelier d'écriture ou un chantier littéraire. Par exemple, la mélancolie est ce qui marche le mieux. Aussi, on ne peut pas mettre tout *le temps*, dans un livre. Il y a un choix temporel à faire. Une expérience. On raconte, après avoir trouvé un principe narratif, en essayant de faire en sorte que le lecteur ne s'aperçoive pas qu'on a tout de même éludé des années. On choisit. Je ne m'étale pas, par exemple, sur le trajet du retour, alors qu'il a été pénible. Je ne vous raconte pas comment j'ai mis la musique à fond et chanté fort. Et puis comment, soudainement, je me suis heurté à la mort. Pas celle qu'on imagine douce et accueillante, mais l'autre, qui ressemble à un monstre. J'ai bifurqué violemment pour ne pas faucher l'ombre d'un animal qui avait surgi. Terreur. Impossible de dire si c'était une biche, un renard ou un sanglier. Dans l'habitacle, la charogne étendait son odeur. Je me suis retourné, pâle. Mon regard ne recherchait pas la bête, il s'attardait sur le tableau, brisé. L'apprenti faiseur d'histoires que je suis aurait-il oublié que la vie reste toujours plus choquante que la fiction ? Ça, je n'ai pas forcément envie de le raconter. Un jour, j'arrêterai peut-être d'écrire des romans parce que la vie l'aura emporté. À ce moment-là, une espèce de prise de conscience. Je sais que je suis prêt à n'importe quoi pour ne pas perdre ma sœur, mais je sais aussi que c'est inévitable. Alors, j'ai roulé, un peu plus euphorique, un peu plus léger. Comme quelqu'un qui aurait coulé, qui remonterait à la surface et qui reprendrait sa respiration.

À force d'obstination, on finit par sortir la tête de l'eau. C'est bien ce qu'on dit. Mais parfois, notre tête, nous n'avons pas envie de la sortir. On se laisse entraîner… ce n'est pas vraiment difficile. Le reste est une affaire de courant.

J'aimerais qu'on m'enterre avec des pages de livres. J'ai beau être un écrivain, imaginer ma tombe me dépasse. C'est important pour moi, le rire des femmes. La poésie. L'humour. Je voudrais que tout cela soit réuni pour mon enterrement. On fait descendre mon cercueil. Pour calmer ma peur, je revois certaines lignes écrites par Banana Yoshimoto qui embellissent la mort. Ses codes littéraires, son style Ses romans m'ont puissamment influencé. Fantasmer ses personnages, c'est avoir l'impression de les rencontrer. Je n'ai jamais visité le Japon, mais je suis persuadé qu'écrire dans ce pays-là est la plus belle évasion poétique qui soit.

Je repense à la robe de deuil de ma sœur, comment son regard est fixé au loin... Mes parents, leur visage blême, cramponnés à ses bras. Je me dis que je les ai arrachés à leur monotonie. Tout le monde les observe. Je ressens une telle émotion… Je repense à ma trajectoire de vie, à mes relations, à l'indifférence de ceux qui m'entourent, aux enfants que ma sœur n'aura jamais, ou un jour, et qui se blottiront contre ses jambes pour l'écouter me raconter. L'homme qui manque.

La fin. La chute. Ça a mis du temps à se mettre en place. Concevoir une idée de scène. Nourrir plusieurs hypothèses. Il ne faut pas croire que les auteurs maîtrisent toujours leur sujet jusqu'à la fin. Il arrive qu'on ne la trouve jamais. On tourne autour. Ou qu'on ne veuille pas couper le fil avec le lecteur.

Avant de partir, j'ai besoin de beaucoup vous parler. Cette idée de la fin me semble presque ridicule. Peut-être que j'ai été à côté de la plaque ! J'ai l'impression de me chercher tout le temps. Après tout, je suis quelqu'un de très naïf. Je sais que le lecteur pourrait être étonné de lire ça, car jusqu'à maintenant je n'ai donné à lire que le côté tendu de ma vie. Il y a pourtant, je vous assure, quelque chose de trivial dans ma vision du monde. Et je pense que je dois ça à la phrase… qui vient opérer un décalage, qui fait que j'embrasse tout ce qui est vertigineux avec banalité. J'ai choisi la fin comme quand on décide de se faire tatouer. Il n'y a rien de très réfléchi.

Quelques jours avant mon suicide, je prends un verre avec Jérôme. Il se trouve que c'est la dernière personne avec laquelle j'ai voulu dialoguer. Je décide que nous boirons du bon vin. Nous prenons une bouteille à plus de vingt euros. Comme c'est un ami formidable, il s'emballe avec moi. Ses paroles mettent de la musique dans l'air. Je lui parle de mon sujet de livre et de la décision que j'ai prise. Nos imaginaires et nos fantasmes se rejoignent. Lui, est plutôt dans la musique. Un des sujets qui le passionne : l'apocalypse. Thème présent dans tous les projets qu'il développe. Il éprouve à en parler une jubilation qui me contamine. La finitude. Le deuil. Et du fait que la vie n'est peut-être qu'une préparation à ça, avec des moments de désir qui nous évitent l'ennui. Aborder la destruction avec Jérôme m'enchante. Il me fait écouter quelques morceaux de sa composition. Je réalise que les femmes que j'ai aimées récemment ont constitué le désastre de ma vie. L'ivresse fait que j'en parle à Jérôme avec plaisir. Je me rends compte à quel point j'ai été malheureux ces derniers temps. Il s'enthousiasme, attire mon attention sur le fait que c'est le fond de tout ce que j'ai écrit. Ce qui se passe entre une femme et moi, j'ai besoin de le romancer. Il me dit que si on avait été en temps de guerre, on se serait certainement engagés, tous les deux, sans hésiter. Parce que c'est un terrain où il n'y a généralement que la mort et les hommes. On aurait été comblés. À cet instant, je pense que mon ami est fou. Paradoxalement, il me plaît d'être d'accord avec lui. Comme des gamins, on se met à imaginer quels soldats nous aurions été. J'évoque Edouard Malassis, un personnage dont parle une certaine écrivaine. Un gars né dans une famille d'artistes et qui a pourtant choisi la guerre… Il meurt dans un hôpital à Batna, en Algérie, précisé-je à Jérôme. Et puis on discute des textes qui ont réveillé en nous une créativité. On a tous un texte qui nous a ébranlés à un moment donné. C'est le soir où je me dis qu'il est temps de changer l'histoire du roman. J'ai l'impression tout à coup de servir à ça. Jérôme tape vigoureusement sur mon épaule. Je ressens vraiment que je suis à côté d'un *pote*. Mes mots le rendent ainsi. Pour moi, c'est très important que je le révèle de cette façon. Je me suis toujours dit qu'un jour, j'écrirais un roman dans lequel j'aurais un très bon pote qui m'épaulerait, qui me dirait « Tu es bon. Continue ce que tu fais. Tu n'as besoin d'écouter personne. » Je procédais de la même manière avec les étudiants qui étaient avec moi en cours de musicologie. Le soir, quand je rentrais chez moi et que je me mettais à écrire, ils devenaient tous des membres de ma famille. J'aime le décalage de Jérôme et comment il est assumé. Sa vigueur qui attire les filles. Comment il s'impose. Il bouge son torse, sa tête, et on se met à le suivre car ce serait difficile de résister à son mouvement. Il s'exprime sans frein, avec une énergie qui me paraît à chaque fois encore plus vierge.

Et puis, avant qu'on se quitte, il commence à m'exposer un truc. Jérôme est vautré dans l'herbe. Cette nuit, il doit bosser comme portier et me propose que je le remplace. Je me tais. Il m'avance la somme. Il n'a pas arrêté de dire qu'il connaît très bien les gens avec qui il traite. Qu'il les connaît même personnellement. Des amis d'amis. C'est un peu moins de stress. Je ne me suis jamais imaginé vendeur de shit, mais là c'est pour un soir, pour dépanner un ami, et je compte me suicider de toute façon. Me faisant passer pour un expert, je lui demande combien il compte m'en refiler. Puis je ne sais pas, je me dis que ce serait bien d'essayer, que la vente du shit c'est peut-être l'adrénaline qui manque à ma vie. La bonne affaire. Il m'a donné l'adresse du rendez-vous. À moi de me la jouer voyou.

Devant l'immeuble, ma confiance disparaît. Ce n'est pas du tout facile d'amener une marchandise. Je n'ai pas trop parlé. Arrivé sur place, j'ai livré au client. Deal terminé. Je ne me suis pas senti à l'abri ce soir-là en rentrant chez moi. Encore moins quand, le lendemain, Jérôme a été arrêté. Je l'ai imaginé dire aux flics : « Si vous voulez, je connais aussi un écrivain qui m'a dépanné », et je me suis accroché à l'idée de mon suicide.

Dans la maison de mon grand-père, il y avait des livres terrifiants. Il me tendait un bouquin et me disait : « Ce sont de vrais événements. Il faut que tu t'accroches à ça. » C'était souvent des livres qui parlaient de luttes, de guerres. Il avait accès à la culture, à l'art. J'ai appris à écrire à ses côtés.

L'espace de mon enfance m'échappe. Il n'a pas de contours géographiques. Il n'existe pas, il s'impose. Je ne l'ai pas choisi. Un espace où je me sens étranger. Je n'ai pas eu la chance de grandir au centre du monde, dans une ville animée et culturelle. C'était un petit village qui aurait pu disparaître sans que personne ne le sache. Je ne vois pas à quoi je pourrais le comparer. Un endroit si simple qu'on a l'impression que tout peut chavirer en quelques secondes. Un endroit trop réel à mon goût. Il arrive que l'on se sente en exil là où l'on a grandi. C'était un sentiment insupportable de faire partie de cette communauté de gens. Enfant, il me plaisait d'imaginer un loup venant souffler sur mon village et l'emporter comme un tas de paille. La scène se rejouait dans mon imaginaire. Ça en dit long sur la valeur qu'avait à mes yeux cet endroit. Tout le monde se scrutait, se surveillait à la limite de l'asphyxie. Je crois que ça avait fait naître en moi une paranoïa. Je ne pouvais avoir d'existence propre. La fiction me permettait de me prouver à moi-même que j'allais devenir une personne importante, que je n'allais pas étouffer au sein d'un groupe d'individus sans empreinte. Aujourd'hui, je me demande si cet entourage-là ne serait pas à l'origine de mon œuvre.

Cet univers ne m'intéresse plus. Il ne me manque pas. Aux personnes qui me connaissent, je ne leur dévoile pas d'où je viens. J'ai bien trop de scrupules. C'était en tout cas impossible de déménager pour mes parents, qui portaient notre train-train quotidien à bout de bras.

Je passais mes journées à courir. Ce que je ne pouvais pas faire dans notre appartement, tant il était petit. À chaque fois, ma mère me demandait où j'allais. N'importe où. Loin d'ici.

Notre appartement ne ressemblait à rien. Pas de décoration particulière. Pas de tableaux. Pas de salon. Pas de fauteuils. Pas d'objets d'art. Ma sœur et moi rêvions de tapisser les murs. Les pièces n'avaient pas de charme, à part la cuisine peut-être, où ma mère chantait. Les portes des chambres et de la salle de bain restaient entrouvertes à cause de la claustrophobie de mon père. Nous n'avions pas d'intimité. Le seul endroit marquant de mon enfance, c'était l'atelier de mon grand-père, à l'influence folle sur moi. Cet espace de travail fondateur me donnait le goût des mots, de la création, en même temps que la chair de poule, et où il me disait : « Tu feras mieux que moi. » C'était son lieu, porteur de sa présence, de ses souvenirs, là où il écrivait. Mon grand-père était source d'inspiration pour moi. Je le regardais aligner les vers et c'était le point de départ de ma révolte.

J'ai toujours su que je n'écrirais pas sur mon enfance. Les cailloux, les bracelets, les aquarelles, le papier, les bonbons, les crayons, les insectes, les souris, les fleurs, le petit jardin qu'on cultivait avec ma mère, les chansons certains soirs de week-end et nos danses en famille, les lectures, les bouts de textes, les livres, la bibliothèque, les pots de peinture. Les années passent vite quand l'enfance est paisible. Il m'est impossible de réécrire l'histoire de mon enfance, mais il y a cet épisode marquant et irréparable qui me submerge. Je revois nettement les yeux, abîme, de mon père. Et quelque chose de l'ordre de la démence chez ma mère qui, ce jour-là, avait comme perdu la tête. J'ai tout de suite pardonné, alors même que je n'avais pas encore pris conscience de ce qui se jouait. Un écran devant les yeux me séparait d'eux et me protégeait, bien qu'ils essayassent de le crever, de le traverser.

Pourquoi n'avais-je pas parlé ? Moi, l'enfant qui avait cette obsession des mots…

J'allais à l'école. Sa voiture bleue s'est arrêtée. Je suis monté.

Il m'a confié ses nouveaux projets de poésie. Il avait beaucoup écrit ces derniers temps. Il s'exprimait confusément.

Il y avait un lac près duquel il s'est garé. C'est le premier souvenir net que je garde. Il est resté dans sa voiture à regarder le plafond. Longtemps. Je perdais les minutes. Il pleurait contre le volant. C'était un endroit où il n'y avait aucun autre spectateur. Un moment que seulement nous deux pouvions vivre.

On était proches. Je ne pouvais manquer aucun de ses gestes. À cet instant, son corps était encore vivant et animé. « Expansivement » vivant. Il sortit de la voiture, enleva ses vêtements un à un et marcha vers l'eau. Il dégageait la magie des premières lignes d'un roman, des premières notes d'une partition. Il s'est retourné vers moi une dernière fois : « Maintenant, tu me vois vraiment », avais-je cru l'entendre dire. Puis l'eau l'a recouvert.

J'étais en apnée. Je ne savais pas comment rentrer. Ma démarche était frénétique. J'étais un petit morceau d'enfant qui se déplaçait, qui revenait à lui-même et qui espérait regagner l'espace rassurant de son village. Je marchais aussi vite que je pouvais. J'étais terrifié d'avoir raté l'école. J'avais peur de me faire gronder. J'avais beaucoup parcouru les rues, brouillé par les larmes, par la peur.

J'avais été l'unique témoin du suicide de mon grand-père. Mes yeux grands ouverts sans plus rien capter. Mes poings serrés, sans rien saisir. Il m'avait fallu du temps pour dire. Vingt minutes pour articuler un son. Un cri. M'appuyer sur mes sensations. Mes oublis poussaient mes proches dans leurs retranchements. Mes yeux, une boîte noire, sont le seul témoignage. Non, je ne sais pas ce qui s'est passé. Comment pourrais-je le savoir ?

Le suicide de mon grand-père restera une énigme, un mystère. Au fur et à mesure de ses créations, il était devenu de plus en plus fou.

Je ne suis jamais retourné à cet endroit figé qui avait enseveli mon grand-père.

Se sentir comme une créature. Revivre continuellement ces instants. Se réveiller subitement la nuit avec des « Ah ! » la bouche grande ouverte, les yeux sidérés. Je traverse un tunnel de rumeurs qui me rappellent sa voix, sans que je n'arrive à la stabiliser dans des paroles. La chute a commencé à ce moment-là. Tragique dérive. Sentir que je venais de l'autre côté. Quoi que je fasse, je resterai cet enfant revenu du lac, incapable de plonger et de chercher le corps de son grand-père.

Mes parents avaient un problème avec la mort. Ils ne pouvaient pas poser un cadre de parole. Quant à moi, j'avais fait mon choix. Écrire.

J'étais revenu à son atelier, les minutes qui avaient suivi sa disparition, comme porté par un élan. Je n'avais pas réfléchi, j'avais agi. Je m'étais emparé de ses feuilles qui représentaient un talisman à mes yeux.

Le dixième anniversaire de sa mort, j'ai enfin osé le lire. J'ai eu le sentiment que ses textes m'étaient adressés. Des feuillets où il avait mêlé récits et poésie et qui m'ont puissamment influencé, me permettant d'avoir un regard précieux sur sa vision de l'art. Comme un éclairage sur la relation au texte. Petit à petit, je me suis mis à arranger, à enrichir, à réorganiser, construisant des nouvelles. J'allais ensuite les entonner dans des bars, m'aidant de vin pour me persuader que ma réécriture était meilleure que sa poésie. Je comptais : 1, 2, 3, 4… et lâchais prise.

Ce fut plus compliqué quand j'ai voulu écrire des choses longues, d'une soixantaine de pages. Je n'ai pas honte de mon œuvre. Je me suis un peu servi de sa poésie mais tout le reste est de moi. Je n'ai pas eu de mal à trouver une narration. J'arrivais à écrire sur tout ce que je voulais. J'ai appris seul les techniques, en testant les voix narratives, les points de vue. Et pourtant, sans son texte, Élodie ne m'aurait probablement jamais repéré. Le poids de ses écritures resterait donc toujours en moi.

Je n'ai jamais su transmettre sa mémoire. Chacune des phrases que j'ai pu écrire m'apportait un peu de ses angoisses, m'associant davantage à lui.

Je sens que quelque chose sonne faux dans mes textes. Je suis un voleur tombé dans le piège de sa fascination. Certains me diront que ce qui compte, c'est d'être capable d'écrire un roman. Mais si cette imagination est brouillée par un univers qui n'est pas le mien… Est-ce que mes personnages viennent vraiment de moi, au final ?

En écrivant, on ne peut qu'atteindre à un moment donné une forme d'impuissance. En tant que romancier, je ne peux que conclure un pacte avec la perte. C'est difficile à expliquer… On est juste réduit à accoucher d'idées qui disparaîtront une fois le livre refermé.

L'écriture est casse-gueule. Peut-être parce que l'on est habité par nos ancêtres, ou peut-être parce qu'elle est en permanence un acte douloureux où nos rapports avec les éditeurs sont irréconciliables.

Je ne cherche plus à dépasser le deuil ou à… C'est le moment où mon cercueil touche la terre.

À la question « Pourquoi ce suicide ? », il a fallu que je m'étale. Je ne sais pas faire court.

Partie II

Autres sauts

Nouvelles

Toutes les nuits

Avant de se coucher, Sabrine mettait toujours en marche un disque qu'elle aimait bien. Elle allumait la petite lampe de chevet, prenait une clope, un verre de vin rouge, et se taisait. Elle aimait rester pour quelques minutes, seule dans cette faible lumière, avec les mots, l'alcool et la fumée de sa cigarette. J'étais sûr que si j'entrais dans la chambre à ce moment-là, je la surprendrais émue jusqu'aux larmes, tout en se retenant de pleurer. Sabrine me permettait par sa sensibilité exacerbée et sa vulnérabilité de me sentir nécessaire.

De santé fragile, elle tombait souvent malade. Son corps souffrait d'anémie, d'anorexie, de coliques, d'infections urinaires… Il lui arrivait de se sentir faible des journées entières, de rester alitée, attendant que je m'occupe d'elle, que je l'aide à rassembler les petites parcelles de son corps pour les réanimer. Dans ces moments-là, elle rentrait dans des délires où tout réalisme disparaissait, comme si elle franchissait cette frontière où l'irrationnel côtoyait le rêve et n'en faisait qu'un.

Elle avait besoin de subterfuges pour être heureuse. Le sexe, les boîtes, les soirées. Une fois sobre et seule face à elle-même, elle arborait une gueule… à vous faire pâlir. Parfois elle me demandait « pourquoi s'accrocher si ça ne fait que se répéter ? » et elle souriait de ses yeux vides, tristement grands ouverts, rangés par les maux. Des nuages lui obstruaient continuellement le cœur, la rendaient chaque jour plus maigre. C'était sans doute pénible. Ça risquait probablement d'empirer, mais je ne pouvais me résoudre à l'abandonner.

Gamine, sa mère la traitait de cadavre, à cause de ses cernes et de ses lèvres pâles. Sa mère c'était un peu le monstre de son enfance, une goule qui attendait dans le noir de sa chambre, l'étourdissant de peur. Elle était à l'origine de son rapport aliéné avec son corps ; sa certitude de mourir jeune, dans un hôpital, condamnée à végéter comme un objet inutilisable, une plante privée de lumière.

Je me demandais constamment ce qui se passait dans sa tête de taciturne. Cette fille, c'était un clair de lune. Mon clair de lune. Son apparence négligée était peut-être sa manière de se protéger, de se créer un rempart ; Sabrine ne portait guère de tenues appropriées. Elle s'habillait comme une délinquante, sans grâce, les vêtements jamais lavés, cachant par tous les moyens son corps, ses formes. Et puis cette forte odeur de tabac froid sur la peau… Tout son être était imprégné d'une sorte d'affranchissement. Depuis bien longtemps, elle n'avait que faire des diktats sociaux.

Sabrine aimait marcher dans les rues ; la nuit, surtout. Frileuse comme elle était, on aurait cru qu'elle voulait choper la crève. Dans le silence de notre appartement, je restais des heures à l'attendre. Son absence me cognait sur les nerfs. Je finissais toujours par attraper mon blouson, enfourcher ma moto et partir à sa recherche. C'était là tout le problème avec Sabrine : elle ne me demandait jamais rien, elle attendait simplement que je vienne vers elle. Sabrine, en arabe, signifie : *l'attente, la patience, l'espoir…*

Je pouvais reconnaître sa chevelure ébène et sa peau blafarde, bleutée à cause du froid. Et puis, avec le temps, j'avais fini par localiser les endroits où elle traînait. Je descendais de ma lourde machine et venais poser ma main sur son épaule. Bien sûr, à chaque fois, elle était gelée. Je retirais alors ma veste pour la balancer sur ses épaules. « *Allez, viens... On rentre.* » Certains soirs, c'était plus compliqué. Elle changeait de bar, de rue, de square, et je me retrouvais à me demander, tout en serrant les dents, si ça ne l'amusait pas, finalement, de jouer à cache-cache avec moi, si elle ne me prenait pas du tout au sérieux. Je pouvais la retrouver en train de chanter à tue-tête, ou en train de se rouler un pétard avec des inconnus ; ce n'est pas qu'elle n'avait pas peur du danger, mais elle le provoquait pour fricoter avec.

J'avais cessé de l'interroger, irrité par son chapelet de *je ne sais pas. « Sabrine, y a-t-il au moins quelque chose que tu sais ? – Oui, je t'aime. – Alors, pourquoi tu m'fais ça, pourquoi tu m'ignores ? – Je ne sais pas. »* Devant ses yeux brillants comme des lanternes, je perdais ma faculté à m'énerver. Cette fille, si perdue dès son réveil le matin, en pyjama toute la journée, en hiver comme en été, se ruant sur les livres comme sur du chocolat, n'était pas capable de tenir une discussion rationnelle. Prétendre être amoureuse de moi, c'était un peu se foutre de ma gueule. Son corps brindille. L'expression de son visage, comme si elle était au bord de l'abîme. Sa voix empathique. Le choix de ses mots. Elle parlait comme une pute à l'accent russe, avec des fulgurances remarquables. Un peu d'Emmanuel Carrère, je crois. Mais ce qui la rendait bouleversante, c'était son côté fleur bleue.

Je lui préparais son bain. Elle se nichait dans mes bras qui la berçaient doucement, caressés par ses cheveux. On restait dans l'eau tiède à se raconter des histoires, à faire rire l'autre, à se sentir puissamment amoureux. Ce moment suspendu semblait merveilleux. Mais le reste, notre vie, ne l'était pas. Elle tombait en lambeaux. Pourtant, j'avais encore cette obsession de réussir à tout arranger.

Le contrat était signé. Son manuscrit allait être publié. Ses héroïnes étaient des *badasses*, ni plus ni moins. Ce n'était sans doute pas le genre de littérature à changer le monde, mais je lui reconnaissais le mérite d'arriver, tout en écrivant des textes futiles, à défendre une vision personnelle du féminisme. Pendant ce temps, moi je préparais mon disque qui n'était pas encore prêt de sortir. *« Tu trouves pas ça génial ? Je déchire ! – Et comment ! »* Je fis signe. « *On va s'envoyer deux tequilas pour fêter ça. – Y en a plus – Du porto alors. – Je ne sais pas s'il en reste... Et puis, si tu ne manges pas, c'est pas la peine de boire. Tu vas encore passer la nuit à dégueuler. – Je vois bien que je te dégoûte. »* Je continuais mes reproches : ses longues nuits d'absence qui devenaient atrocement pénibles, son égoïsme, sa manière de se faire du mal, de se condamner à ne plus vivre. *« Ne sois pas rabat-joie ! »* Elle avait écrit de nouveaux textes, il lui tardait de me les remettre. Et moi donc, de les lire ! Je n'étais pas très bon comédien. Mes paroles n'étaient pas crédibles. Elle voyait bien que je commençais à me désintéresser. Que j'étais fatigué, que sa moue infantile n'y changerait rien. Je lui posai un dernier ultimatum. *« Sabrine, soit tu m'aimes et tu fais un effort, pour moi, soit on arrête. On arrête tout. J'arrête de te materner. Ça ne t'aide pas. – Je te fais du mal ? ».* Je me tus. Elle n'avait pas besoin de réponse. Elle alluma la radio. Sa manière de fuir toute conversation.

Désemparé par sa lâcheté, j'ai juste pris mon sac. Cette nuit, c'est moi qui ne serai pas là.

Djellal

Nos nez rougis par le froid respiraient un air très frais. Je voyais tous ces gens grelotter dans leurs manteaux et pester contre la pluie tandis que j'arpentais les allées givrées en sifflotant. Un petit vent glacial s'engouffrait dans les manches de mes habits. L'hiver me donnait l'impression féroce d'exister. En rentrant, Sihem m'adressa de nouveau des reproches : je n'étais pas présent, je ne prévenais même pas quand je rentrais tard… Avec Sihem, nous nous disputions souvent ces derniers temps. Elle m'attendait en râlant, se plaignait sans cesse. Pour me faire pardonner, je l'invitais au resto. Le coup du resto apaisait tout de suite ses nerfs. Elle mettait une petite robe noire et des boucles d'oreilles scintillantes offertes par sa grand-mère, relevait ses cheveux et enfilait ses chaussures à talon.

En lui tendant son trench pour lui montrer toute mon attention, elle me dit sans se départir de son sourire : « Ne crois pas que je te pardonne. »

⁂

On était installés l'un en face de l'autre, à la table qui se trouvait le plus au fond. Le regard vissé sur la fenêtre, je me voyais tomber. Doucement. Comme un flocon de neige, prenant tout son temps. Il faut dire que je finissais toujours par regretter le coup du restaurant. Je m'ennuyais, ne voyais pas ce que je venais faire ici. Un lieu luxueux pour les vrais couples, ceux qui ont réellement quelque chose à partager ensemble – plus qu'un repas. Une musique romantique résonnait discrètement dans la salle qui, tout en étant vaste, offrait une ambiance intimiste. Des bougies allumées diffusaient un parfum vanillé, rendant le lieu exotique. Les pensées un peu vaporeuses, mes yeux se fermaient presque. Sihem sentait la joie de vivre tout à coup. Son air extasié me faisait frémir. D'effroi. Son maigre appétit se réveillait dans les restaurants huppés et mon portefeuille en prenait un sérieux coup. En un clin d'œil, elle avait déjà vidé son assiette. Elle commanda une crème brûlée pour le dessert, puis me dévisagea.

« À quoi tu penses ? – À rien. » Puis j'ai essayé de me rattraper, maladroitement. Sihem pouvait être détruite si facilement, je n'avais pas le droit de lui faire du mal. « À nous… »

J'étais simplement vidé. Ces repas en tête-à-tête finissaient toujours par me saboter l'appétit.

Quand j'essayais de parler à Sihem de mon travail, elle finissait toujours par m'interrompre, agacée. Il y avait plus important : ses séances d'aérobic, de yoga, les magazines de mode, les films regardés cette semaine, les courses à faire, les robes à essayer, les invités du prochain week-end… et tout un tas de choses qu'elle m'imposait constamment. Alors, je l'écoutais, et taisais mes mots. C'était le prix à payer pour avoir la paix. L'aimer hypocritement. Mentir pour maintenir la subtile fragilité de notre couple. Pour ne pas l'offenser. Parce que Sihem était très susceptible. Et parce qu'elle était la fille de… Si je venais à la décevoir, c'était son père aussi que je décevrais.

Le père de Sihem racontait avec joie, lors de ces dîners qui réunissaient toute la famille, comment, quand sa colère éclatait, il fracassait le crâne d'un de ses chats d'un violent coup de pied. Juste pour déverser sa rage. Après quoi, son visage se tordait en une grimace affreuse, tout en portant son attention sur moi. Et plus il me fixait, plus mon instinct m'avertissait que je me trouvais en présence d'un dégénéré.

Sihem avait connu l'aisance sociale dès l'enfance. Grandir tout en sachant qu'il suffisait juste de demander... Aujourd'hui, elle ne cherchait pas particulièrement à montrer sa différence de classe, mais cela apparaissait malgré elle, dans des gestes furtifs. Quand je l'avais connue, elle prétendait être révoltée par ces jeux d'apparence. Elle scandait qu'elle se moquait de ces codes. C'est bien plus tard que je compris qu'elle en voulait à sa famille, tout en adoptant leur mode de vie. Sa capacité à se mentir était incroyable. Ça lui permettait de se donner un genre. J'ai dû apprendre à apprivoiser sa vanité, son ego.

Au départ, ça ne me dérangeait pas de faire partie de son milieu. Le problème quand on la connaissait intimement, c'était son foutu confort auquel il ne fallait absolument pas toucher. C'était, par exemple, inespéré de partir en voyage sans que tout soit planifié dans les moindres détails. Elle ne savait pas ce qu'était l'aventure, la vraie, celle qui vient le plus souvent quand on n'a pas d'argent, et qu'on s'en fiche un peu de la sécurité sociale. Moi, j'étais un type qui venait d'une famille nettement en dessous du seuil de pauvreté. J'étais sans doute plus authentique qu'elle.

À l'époque, je m'occupais personnellement de faire la couverture de son one-woman-show, la suivant dans sa préparation jusqu'au lancement de sa tournée. C'était mon choix, j'étais tellement fasciné par son écriture théâtralement dostoïevskienne, par son jeu. Peu de gens la connaissaient, mais ce public qu'elle avait conquis au fil des années était affamé d'elle. C'était cathartique, excessif, à l'image de Sihem. Un spectacle brut, avec des choix de mots puissants et poétiques. Elle racontait une vie privée en ruine et des disputes terrifiantes avec sa famille.

Lors des interviews, elle avait l'air sauvage, pleine de mystères. À la fois glorieuse et extrêmement fragile. À mesure que je m'immisçais dans ses secrets, je tombais amoureux de la femme de spectacle. J'allais apprendre par la suite que cette femme était souvent au bord de l'abîme.

Ces soirées au restaurant me bouffaient mon argent et me niquaient l'esprit. Sihem me parla des nouveaux parfums pour cette année, de soins pour la peau et de sprays texturisant. J'ouvris à mon tour la carte des menus. Si on m'avait dit que c'était ça, se marier ! Avoir le cerveau saturé d'un salmigondis de plats qu'on digérait finalement à peine. Je n'en revenais pas d'éprouver une telle indifférence. Ce vide inattendu. Comment avais-je pu l'aimer ? « Omri… ce repas est réellement délicieux. »

Sihem savait qu'elle était diablement excitante quand elle susurrait du bout de ses lèvres charnues « Om-ri ». Elle utilisait des mots en arabe pour séduire. Sortis de sa bouche, ces mots résonnaient délicatement. Elle était la seule que je connaisse qui maîtrisait parfaitement le répertoire d'Oum Kalthoum, de Fairuz, d'Abdel Halim Hafez.

« Tu ne te sens pas bien ? – J'avais un peu la tête ailleurs. » Passant une main sous la table, elle me pressa plus qu'elle ne me caressa la cuisse. « Ne rêve pas trop quand même. » Je toussotai pour m'éclaircir la voix et les idées, fronçant légèrement les sourcils. « Arrête ça. »

⁂

Elle conduisait tranquillement. Avec légèreté. En experte. Filant entre les arbres qui frissonnaient. Nous traversions les bois sans qu'elle m'adresse un mot ou un sourire. Les yeux mi-clos, je finis par m'assoupir. J'aimais bien sa manière de manier le volant. Jamais elle n'accélérait ou ne freinait brusquement. Ses doigts longilignes semblaient spécialement faits pour la conduite. Elle s'était lancée sur le périphérique. Les pneus chantaient sur le béton humide. Le monde était un néant spongieux. Ma nuque se pencha vers la vitre et mon regard endormi croisa quelques silhouettes qui devinrent des pastels d'ombres.

Après avoir garé la voiture, Sihem me dévisagea gravement. Tout entière, elle tremblait. « Tu me caches quelque chose. » C'était Sihem, capable de passer d'un état à l'autre. Quand tu baisses ta garde et crois filer te coucher, elle repart à l'attaque, comme une dingue. Cette personne presque déréglée était ma femme. « J'ai passé une mauvaise journée, ça arrive. – Djellal, sois franc avec moi… – Je n'ai rien à te dire ! »

Je claquai la porte derrière moi et montai, le pas lourd dans l'escalier. Je n'arrivais pas à trouver les mots justes pour la rassurer. Notre couple devenait affligeant. J'espérais qu'elle s'en rendrait compte.

⁂

Sihem n'aimait pas que je m'absente.

J'essayais de contenir mon agacement ce matin-là. Je devais prendre l'avion pour un reportage. Ce n'était pas prévu, mais comme j'aimais le répéter, dans ce métier, il n'y avait jamais rien de prévu. Sihem avait les yeux un peu embrumés. Je l'enlaçai. « Tu manges quelque chose avant de partir ? – Je n'ai pas faim. » Pourquoi se montrait-elle si polie et policée ces derniers temps ? Elle voulut m'embrasser, je la stoppai en plein mouvement, me détournant, un rictus au coin des lèvres. Autant la journée, je pouvais jouer la comédie et me forcer, autant le matin, fébrile, concentré sur mes articles, je n'étais jamais d'humeur. Disons que j'avais pris pour habitude de n'enfiler le masque de l'hypocrisie qu'en fin de matinée. Le regard de Sihem, un trou noir. Visiblement, elle se demandait si elle avait été victime d'une espèce d'hallucination.

J'enserrai sa taille et fis un effort pour capturer ses lèvres. Je déglutis. Je n'avais pas vraiment envie. J'aurais voulu l'étreindre convenablement. Comme un homme qui l'aime. Attraper son poignet à portée de main. L'embrasser, l'enquiquiner, me disputer avec elle, et ensuite nous réconcilier. Mais j'avais surtout envie de sortir et aspirer une bonne bouffée d'air. Instantanément, ma pensée devint claire : m'enfuir. Sihem l'avait compris la première ! Elle l'avait vu sur mon visage.

⁂

Je n'ai jamais été autant dans les trains, dans les gares, atterré, à observer des voyageurs comme moi, seuls, obnubilés par le travail. Je multipliais les missions. Des voyages qui se prolongeaient. Des départs précipités. Mes costumes n'étaient jamais repassés. La cravate en berne. Et un retour que je cherchais par tous les moyens à retarder. Pour ne plus rentrer. Pour qu'on n'ait plus rien à se dire. Je m'échappais. Et pourtant, j'étais infiniment triste dans ces gares où je me rendais très tôt le matin.

Mes paupières gonflées s'entrouvrirent sur un plafond noir. L'odeur persistante de clopes froides qui s'étaient entassées dans le cendrier à côté de moi m'agressa immédiatement les narines, ma gorge était en feu d'avoir trop fumé la veille. La télévision grésillait à l'autre bout de la pièce. Je restai un instant allongé à laisser mes pensées se faire bercer par l'écran défaillant, quand je remarquai un clignotement faiblard sur ma gauche. Je plissai légèrement les yeux, me redressai dans un grommellement sourd. Un message. Sihem : où es-tu ? Quelque part… dans un hôtel miteux qui respire la crasse.

Je crois que je peux affirmer que je suis un déchet.

Pas suffisamment de batterie pour la rappeler. Je me cognai contre les meubles en cherchant le chargeur. Trop fatigué, je me rendormis.

Quand je me pointai devant elle, j'eus l'air plus pathétique que jamais. Épuisé et coupable. J'espérais me faire pardonner. J'espérais avoir assez de larmes pour rattraper toutes les nuits où elle avait pleuré en m'attendant. J'espérais encaisser ses insultes et ses cris de rage. Je pleurais dans ses bras en attendant que les rides tragiques qui striaient son front se dissipent.

Un silence profond, troublé parfois par nos halètements. Elle me tira violemment les cheveux quand les premières vagues d'orgasme la secouèrent. Je portai ma paume de main à sa bouche pour recevoir le cri qui lui montait aux lèvres. Ma verge palpita. Elle me repoussa pour ne pas que je me déverse en elle.

⁂

Dans la vie de tous les jours, Sihem était la femme que j'avais vue sur scène. Hystérique, débordante de sincérité, toujours prête à mettre ses entrailles sur table, maladroitement touchante. Sa douleur imposait le respect. Je savais que le spectacle était son mécanisme de défense, de décompression, alors je l'incitais ces derniers jours à remonter sur scène. Mais elle disait qu'elle ne se sentait pas prête, que cela demandait une énergie qu'elle n'avait pas en ce moment.

Il y avait en permanence une fatigue du présent chez elle.

⁂

Les cheveux négligemment tirés en arrière, je sentais Sihem oppressée. Inquiète. Le dîner attendait dans le four, sans que l'un de nous deux ose y toucher. Ses yeux étaient ceux d'un chat de gouttière.

On était tous les deux d'accord pour manger dehors. Quand c'était aussi tendu, rester cloîtrés n'arrangeait rien.

Ce soir, particulièrement, les mots semblaient rester coincés au fond de sa gorge alors qu'elle avait l'habitude de parler avec une telle aisance. Je consultais le menu. Elle hésita quelque temps sur ce qu'elle ferait de ses mains, puis croisa les doigts comme pour une prière. Elle prit une profonde inspiration. Sa voix avait une sonorité étouffée, comme si quelque chose palpitait tout au fond. « Je suis enceinte. »

J'espérais bêtement qu'elle m'avoue une trahison et me laisse partir. On échangea un regard bref, incertain. Le doute glissait dans ses yeux sombres et déconcertés. « Djellal, qu'est-ce qui se passe ? Qu'est-ce qui a changé ? Tu étais tout plein de rires, de passion. Tu savais partager, tu savais aimer… – Je ne crois pas que tu veuilles réellement le savoir », fis-je en me relevant.

Elle resta debout près de la table, serrant son sac contre sa robe. J'observai son visage de tête de mort, ses yeux vides où se lisait pourtant une espèce d'émotion qui faisait songer à la jungle. Je payai notre consommation et gagnai rapidement la porte sans me retourner. Je partis en lui laissant la voiture. Je ne pouvais plus supporter sa présence. Elle passa la nuit à m'appeler, et moi à effacer ses messages.

Pour la première fois depuis le début de cet hiver, je ne tenais pas solidement sur mes jambes, trop raides. Je me sentais éparpillé, dispersé, et tout m'apparaissait triste. Un froid sec. Un ciel teinté de reflets mauves. Une fatigue du présent. Une fatigue de cette saison. L'écharpe qui enroulait mon cou me piquait. Je la déroulai et la laissai s'envoler. C'était un cadeau de Sihem.

Les yeux perdus dans la contemplation du bistrot, les rasades s'accompagnaient d'imagination foisonnante autour du bébé. Je voyais ses yeux grands ouverts, dans les ténèbres de sa chambre, alors que j'envoyais de la bière sur mes pensées. Mon Dieu, tout sauf ça… Je ne voulais pas de ça. Pas de ça… Je n'étais pas prêt pour des gosses, j'arrivais même pas à ramasser mes chaussettes sous le lit. Je me laissai absorber tant et si bien que je glissai doucement dans une bulle suspendue en dehors du temps et des attentes.

Il était 22 heures passées lorsque je déambulais dans les rues, rompu de fatigue et de désolation. Je vacillais, me heurtais à de nombreuses silhouettes, les déjouant en silence, avec une envie de les retenir, de les supplier de m'emmener quelque part où je pourrais dormir et me réveiller sans appréhension. J'en vins à me diriger vers l'appartement de Mina. Une ex. De ces femmes qui ne veulent pas être aimées. Elle m'accueillait toujours à bras ouverts, quelles que soient les circonstances, quelle que soit l'heure. Notre relation avait été autrefois tumultueuse. Aujourd'hui, elle restait une amie irremplaçable, et même plus. S'apercevant que j'étais totalement abattu, elle me serra contre elle, mélangeant ses cheveux aux miens, m'embrassant au hasard.

J'atterris dans son lit.

⁂

Neuf mois venaient de passer. Neuf mois de préparation, où je m'étais mis dans le crâne que j'accepterais cet enfant, que je serais son père. Je n'étais pas vraiment sûr, mais plus son ventre grossissait, plus je me sentais embarqué. Je n'avais pas le courage d'abandonner Sihem.

On était bien huit ou dix personnes, peut-être plus, dans la minuscule salle. Seul le petit frère de Sihem, un jeune universitaire drogué, se sentait à peu près aussi déplacé que moi au milieu de ce paradis obligatoire. Tout était blanc. Les murs, les fenêtres, le lit, les infirmières, ma femme et le bébé. Un blanc laiteux. Écœurant. La lumière m'éblouissait. Me donnait le vertige. J'avais des sueurs froides et l'impression d'être un peu sale, alors que notre enfant avait ses yeux grands ouverts sur moi. Les yeux de sa mère. Tout le monde gueulait de joie. Tout le monde fixait, hilare, la boule que je tenais dans les bras. Le regard de Sihem se posa plusieurs fois sur moi. Je relevai la tête. Elle était pâle, très pâle, et ses yeux, obscurs.

« Oh, Djellal, elle est si adorable ! » s'écria ma mère, admirative, les yeux pleins de larmes.

Tais-toi et viens la prendre !

Sérieusement, a-t-on jamais vu un bébé moche ?

Mes bras n'en pouvaient plus. Ils étaient lourds tout à coup.

Ma voiture avait une allure de bus. Tous les proches, les amis, s'y étaient entassés, pêle-mêle. On avait mis le chauffage à l'intérieur du véhicule pour la petite. La chaleur me rendait fou. La chemise me collait à la peau et mes aisselles me démangeaient. Ma mâchoire et mon cou me cuisaient. Je desserrai mon col. Les rues étaient paralysées par les embouteillages. Visiblement, il n'y avait que moi que ça embêtait. Soupirant intérieurement, j'entendais les autres ressasser au sujet de Cheïma, ma fille.

Sihem avait l'air consternée. J'ébauchai un sourire pour lui faire signe que tout allait bien.

⁂

J'avais remporté une étonnante victoire contre le sommeil, puisque je dormais à peine deux ou trois heures par nuit, à cause des pleurs répétés de Cheïma, et j'arrivais quand même à travailler correctement. Je m'étais promis que je ferais de mon mieux pour m'occuper de ma fille. Tout ce qui nous arrivait me dépassait mais je n'y réfléchissais plus. J'incarnais un rôle, les scènes se répétaient en boucle, il m'était impossible d'en sortir. Une famille en apparence si sereine qui maquillait ses secrets, ses querelles destructrices.

Il était relativement tard quand je quittai les lieux. Il était difficile de mettre le travail de côté quand on était rédacteur en chef. Les lumières au-dehors clignotaient. Tandis que je conduisais, regardant la lune monter dans le ciel, il me sembla qu'une chape de solitude se referma sur moi. Lorsque j'arrivais enfin au terme d'une journée éreintante, ma fille était très souvent déjà couchée, endormie. Sihem m'attendait en râlant, se plaignant sans cesse du temps qu'il me fallait pour revenir du travail. La première dispute sérieuse en présence de Cheïma éclata ce soir-là. J'essayais de lui expliquer que j'avais beaucoup de travail, que j'étais un peu dépassé mais que je faisais de mon mieux pour partager du temps avec elles. Sihem n'était pas convaincue, refusant farouchement l'idée que le journal puisse passer avant notre famille. Notre nouvelle famille si fragile.

Le ton était très vite monté. Une fureur surprenante. Cette fois, je ne serais ni indifférent ni coopératif.

« Je suis qui, en fin de compte ? Une maîtresse de service, un passe-temps ? Il y a des limites ! Tu m'entends ? Va falloir qu'on règle ça, et maintenant ! » hurla-t-elle à s'en écorcher les cordes vocales. « Tu ne vois pas comment tu exagères ? T'aimes ça, hein, faire des drames, créer le conflit. » Je crus que mes dents allaient se casser tant elles étaient serrées. Mes nerfs prirent le dessus. Brutalement, je lui saisis le bras. « Lâche-moi, tu me fais mal. – Regarde-moi quand je te parle. »

Je raffermis mon emprise. Mes doigts crispés écrasèrent ses muscles. Sihem me gifla à la volée. Ses mâchoires se contractèrent et ses joues se creusèrent. À cet instant, les cris de Cheïma retentirent à travers les murs. Elle ferma les yeux, serrant convulsivement les paupières qui frémissaient. Des larmes affluèrent. Les gouttes d'une averse. Je ne savais plus quelle tempête calmer la première.

⁂

Je continuai à m'absenter. De plus en plus. Sihem ne cherchait plus à connaître les détails de mon emploi du temps. Un fossé était creusé et n'arrêtait pas de s'étendre entre nous. Il n'était plus rare que je disparaisse durant plusieurs jours sans l'avertir. Un jour, pourtant, elle finit par me dire : « Si tu continues comme ça, je m'en vais, et tu ne reverras plus ta fille. » J'étais surpris par le ton las de ses paroles et la détermination que j'y perçus.

⁂

Sihem refit une entrée tumultueuse dans le théâtre. J'allais la voir quelques fois ; son visage se révélait à moi avec toute sa volonté de vivre. Elle captivait son public, comme si elle susurrait « écoute-moi, regarde-moi ». Je ressentais une attraction phénoménale que je savais désormais trompeuse.

Bien après, mes pieds retrouvèrent la neige qui étouffait mes pas, me donnant l'impression que je voltigeais jusque chez moi. Dans mon studio, j'allumai une petite lampe de chevet. J'aurais aimé recréer la même ambiance que celle de tout à l'heure et continuer à rêver.

Fanny

Je me suis rendue à un festival de films en tant que pigiste. L'ambiance des petits festivals est particulièrement plaisante. Chaque jour, après des projections continuelles, je regagne l'hôtel avec cette émotion, comme après un rendez-vous amoureux. Les images intenses me font ouvrir les bouteilles de vin les unes après les autres. Je rédige mes articles, ivre dans ma baignoire, cachée dans l'eau, rêvant de baisers, les yeux brouillés par la vapeur de la salle de bain.

Les films de ce festival… Des scènes de terrasse pour parler de rencontres amoureuses. Des femmes abusées, violentées, ou violées. Des hommes et des femmes en souffrance, comme enchaînés à un quotidien qui les démolit. Une vie conjugale négative, dramatique ou inexistante. Dans chaque couple, dans chaque relation, il y a un peu de moi.

Je vis ces images projetées. Elles composent à présent mon tissu mémoriel. Et quand les personnes qui occupent les sièges se réunissent à la fin d'une projection pour discuter, je me dépêche de m'éloigner avec mes appréciations, mon ressenti.

Bien sûr, je ne peux fuir indéfiniment le public et j'ai besoin de ses remarques pour étoffer mes articles. J'aime me tenir en retrait, écouter discrètement ces conversations fiévreuses qui reviendront après à ma mémoire. J'ai besoin de connaître ses goûts, ses préférences.

Lors de la soirée de clôture, je sirote un verre de whisky. Je me demande pourquoi on ne parle pas du choix des acteurs, des producteurs, de l'écriture du scénario, du déroulement du tournage, ou bien du montage… J'expose spontanément mon avis : « … Je la trouve vraiment bouleversante, cette femme qui vend ses bijoux pour aider son mari à construire leur maison. Je ne sais pas si vous avez remarqué, dans toutes les scènes de repas, on ne les voit manger que des soupes, c'est écœurant. Je me souviens particulièrement de ce moment où il perd son job. Elle, elle est à l'hôpital à cause de son problème de rein, et elle pleure parce qu'elle ne peut pas l'aider financièrement ! Elle est dans un sale état, mais elle ne pense qu'à lui, incapable de ressentir de l'empathie pour sa propre personne… »

Malgré moi, ma voix déraille, se casse… Je n'ai pas besoin de faire semblant quand il s'agit d'aborder la complexité de la femme, ses luttes.

On me coupe la parole : « La femme, toujours en train de se sacrifier pour les autres, pour son mari, pour sa famille… Alors, oui, peut-être que c'était filmé de manière à provoquer l'émotion, mais la thématique, par contre, je l'ai trouvée barbante ! »

Fanny s'est retrouvée par erreur dans la salle. Elle n'avait pas choisi ce film.

Cette cruauté dans la parole. Cette crispation du visage. Un visage inondé par sa chevelure abondante. Graphiste free-lance de profession, illustratrice de bandes dessinées érotiques, elle est un peu droguée, un peu paumée et troublante.

Après l'annonce des prix, le festival s'éloigne déjà, emportant avec lui ses séquences, ses sons, son étrangeté, son décalage. Je repars avec le souvenir flou d'une nuit, déjà en fuite, et son adresse écrite sur un papier, pour « si un jour tu reviens à Metz »... Je décide de mettre mes écouteurs. Dans mes oreilles, *Lastu Adri*, d'Elia Abu Madi, le seul poème pouvant traduire mon état de confusion.

La séparation

J'habite dans un vieil immeuble parisien. Mon esprit est occupé toute la journée par TikTok, Instagram, absorbant la vie de célébrités, d'influenceurs et influenceuses. Encombré, mon esprit ne pense pas à la solitude.

Ma vie se résume à des photographies dans des lieux d'exposition et dans des magazines. Je ne pense à rien de précis quand je prends mon appareil. Mais quand je cherche le sujet d'une exposition, je ressens tout sauf de l'indifférence… Je me passionne pour la vie des autres, pour que ma tête s'emplisse d'imagination.

Notre séparation ne m'a pas surprise. Je sentais que notre couple battait de l'aile. Les disputes devenaient routinières et inévitables. On ne se supportait plus. Tout notre être ne dégageait plus que mépris envers l'autre. Il avait juste un peu pâli en m'expliquant ce jour-là qu'il me quittait. Il n'avait pas besoin de beaucoup de mots. Notre quotidien, nos silences, nos souffrances suffisaient… Son regard néanmoins chavirait. Je me suis demandé lequel d'entre nous souffrirait le plus. Lequel éprouverait vraiment du mal à remonter la pente. J'aurais voulu modeler l'expression de mon visage, y apporter une touche de douceur, mais je n'arrivais pas à enlever cette lueur de reproche qui brillait dans mes yeux et qui le peinait tant. Si on se séparait, c'était son erreur… et que si… que si… ben on n'en serait pas arrivés là ! « Oui, la plupart de nos querelles, c'est à cause de toi ! » J'ai ressenti après le besoin de m'excuser. Je ne voulais pas qu'il m'en veuille. Pourquoi pensais-je que c'était sa faute ?

Il a fait sa valise. J'ai appelé des copines, des copains, et leur ai demandé de rester avec moi pour la nuit. On s'est préparé du thé, je leur ai raconté mes problèmes de couple. Les uns me défendaient en me regardant avec empathie, les autres accusaient en me fixant gravement. Ils avaient préparé leur jeu. Sans eux, j'aurais retenu les larmes, je n'aurais pas explosé. Ils étaient mes magiciens et mes magiciennes.

Après, on s'est revus. Comme des planches, on ne s'est rien dit. On aurait pu se dire « je ne peux pas exister sans toi », mais le mutisme l'a emporté. Naturellement, nous nous sommes plusieurs fois contactés, sans jamais nous ouvrir à l'autre. Pourquoi ne parlons-nous pas ? Ces paroles absentes provoquent une isolation, un tourbillon, et nous incitent à instaurer des frontières, définitivement.

Nous courions ensemble, longtemps. On se faisait des combats sur des consoles de jeux. On se faisait des cadeaux sans attendre d'événement. Alors, pourquoi s'est-on séparé ?

Nous avions beaucoup de travail, lui dans le cinéma, moi dans la photographie. On partageait parfois des repas silencieux. Et quand la bouteille de vin devient elle aussi silencieuse, alors il y a un problème… Moi, je passais des heures dans des livres ou à errer pour mes photos. Lui sortait avec son équipe de tournage, s'amusait des soirées entières, descendait des cocktails et venait rejoindre ensuite mon sommeil agité. Chaque fois, j'éprouvais l'envie irrésistible de me jeter sur lui. Je ne savais pas si c'était pour baiser ou pour l'engueuler. Je choisissais l'option première. C'était bestial. Et ce n'était pas beau.

On savait faire preuve de tendresse, d'esprit de réconciliation. On était très drôles, attachés l'un à l'autre. Un jour, je me suis aperçu qu'il vérifiait mes mails. Il se doutait que je couchais parfois avec d'autres. Pour ne pas craquer. Pour que ça tienne.

Parfois, on ne s'adressait plus la parole, juste comme ça, sans raison. Une rancœur enfouie depuis un temps et qui réapparaissait. Une vexation inavouée à cause de l'ego. D'autres fois, on allait à des soirées et on rentrait bruyamment, puant les joints et l'alcool. La froideur disparaissait. On redécouvrait le corps de l'autre. Mais le plus souvent, on buvait, buvait jusqu'à l'abrutissement et on se couchait.

On évoquait nos souvenirs du passé comme deux gamins virulents. On parlait du lycée. De nos ex aussi. On partait sur des fous rires. On aimait la poésie, les bandes dessinées, les romans, les séries, les films, les expositions… et boire du whisky. Et puis, des matins, on s'évitait, comme si ne dire que « salut » raviverait l'étincelle de la colère. On rasait les murs.

Un matin, il me prit dans ses bras et me dit : « Je t'aime. » J'ai capturé ses lèvres. Je l'aimais beaucoup. Il y avait des baisers, de la tendresse, de la férocité. On était tous les deux des êtres paumés dans une débrouille quotidienne, anxieux, ridés, amers.

On m'invite à passer des week-ends. J'y vais. Je prends mes tickets et voyage. Des voyages longs, durant lesquels le vent me fouette la nuque et le visage. Je pars les week-ends dans les domiciles d’amis, cogne doucement aux portes, attends qu’on m’ouvre. Je m’échappe. Je rentre toujours avec cette sensation de vide. Je ne comprends pas pourquoi je ne me suis pas encore débarrassée de sa présence. Alors je me mets à jeter toutes ses affaires.

Les Éditions Most s'engagent pour la préservation de l'environnement en utilisant du papier fabriqué à partir de bois en provenance de forêts gérées de manière responsable.

Imprimé en Allemagne
ISBN 978-2-931109-02-1

D/2022/14963/01

Judith Pella

Wer bist du, Fremder?

FRANCKE
Verlag der Francke-Buchhandlung GmbH

Die deutsche Bibliothek - CIP-Einheitsaufnahme

Pella, Judith
Wer bist du, Fremder? / Judith Pella. [Dt. von Eva Weyandt]. -
Marburg an der Lahn : Francke, 1999
ISBN 3-86122-421-6

Originaltitel: Beloved Stranger

Published by Bethany House Publishers, Minneapolis, USA

35037 Marburg an der Lahn
Deutsch von Eva Weyandt
Umschlaggestaltung: Reproservice Jung, Wetzlar
Satz: Verlag der Francke-Buchhandlung GmbH
Druck: Schönbach-Druck, 64390 Erzhausen

Francke-Lesereise

1

Der trübe Novembertag bot den richtigen Rahmen für Shelby Martin, um Abschied zu nehmen von ihrem Vater. Die graue Kälte hielt ihr Herz fest im Griff und ließ sie frösteln. Sie fand keinen Trost in der großen Menge von Trauernden, die sich am Grab versammelt hatten, auch nicht in dem Gedanken, daß ihr Vater ein Held war. Ein alter Mann, dessen Leben sowieso bald zu Ende wäre, lebte, weil Mike Martin ihn aus einem brennenden Gebäude gerettet hatte. Mike Martin war tot, damit ein achtundsiebzigjähriger Mann leben konnte.

Was für eine grausame Ironie des Schicksals.

Zum hundertsten Mal erinnerte sich Shelby daran, daß ihr Vater nicht verbittert gewesen wäre. Er hatte seinen Job getan, einen Job, den er liebte und auf den er stolz war. Mike Martin war Feuerwehrmann in Los Angeles gewesen. Er hätte genausogut bei dem Versuch, ein Kätzchen zu retten, ums Leben kommen können. Immer wieder hatte er Shelby gesagt, daß er jedes Mal, wenn er seine Uniform anzog, ein gewisses Risiko einging. Vermutlich hatte sie ihm nie richtig zugehört. Sie hatte nie daran gedacht, daß er ums Leben kommen könnte. Ihr Dad konnte doch nicht einfach sterben ... Er konnte sie nicht allein lassen.

Ein Windstoß fegte über den Friedhof hinweg, aber Shelby bemerkte es gar nicht. Die Worte des Pastors prallten an ihr ab. Er faselte vom ewigen Leben, der Auferstehung und anderen Dingen, von denen Shelby wenig wußte und die ihr eigentlich auch vollkommen egal waren. Tante Lynn hatte die Trauerfeier geplant, weil Shelby sie auf ihre Fragen hin nur verständnislos angestarrt hatte. Es war ihr egal, wohin der Leichnam gelegt wurde. Den Mike Martin, der immer so voller Leben gewesen war, der für Shelby gesorgt, sie beschützt und geliebt hatte, gab es nicht mehr.

Tränen stiegen Shelby in die Augen, während sie über die Endgültigkeit seines Todes nachdachte. Ein Mann in der Uniform der Feuerwehr von Los Angeles überreichte ihr eine gefaltete amerikanische Flagge, und ihr wurde klar, daß der Trauergottesdienst vorüber war. Sie hatte nicht mitbekommen, wie die Flagge einem alten Zeremoniell folgend zusammengelegt worden war und wie Mikes Kollegen feierlich Haltung annahmen. Eine Hand berührte ihren Arm. Shelby fuhr zusammen, es war ihre Tante, die sie aus ihrem Dämmerzustand riß. Sie mußten ans offene Grab treten. Danach war eine kleine Nachfeier in dem Haus vorbereitet worden, das sie mit ihrem Vater bewohnt hatte. Es tat gut, daß Freunde und Familienangehörige kamen, um ihre Anteilnahme zu zeigen. Alle hatten Mike geliebt. Sie war nicht allein in ihrer Trauer.

Shelby drehte sich um, lächelte ihre Tante müde an und trat den langen Weg an, der sie endlich nach Hause bringen würde. Aber der Gedanke an ihr Haus, das ohne ihren Vater so leer sein würde, ließ sie unvermittelt aufschluchzen. Sie ärgerte sich über diese Gefühlsaufwallung. Dad würde wünschen, daß sie stark war. Sie schniefte, mußte jedoch erneut schluchzen.

„Das ist schon in Ordnung, Shelby“, sagte Tante Lynn. „Gott wird dich trösten.“

Shelby schüttelte den Kopf. „Nein ..., es ist nicht in Ordnung.“ Und sie würde Gott auch jetzt nicht um Trost bitten, bisher war sie in ihrem Leben auch ohne ihn ausgekommen. Nicht, daß sie nicht verzweifelt Trost gebraucht hätte.

Shelby fragte sich, warum Tante Lynn überhaupt gekommen war. Sie wohnte in Ventura, zwei Stunden von dem Haus der Martins in Whittier, Kalifornien, entfernt. Doch darüber hinaus war sie nicht einmal Mikes Schwester. Sie war die Schwester von Shelbys Mutter. Sicher, sie hatte die Beziehung zu Mike und vor allem zu Shelby über die Jahre hinweg immer aufrechterhalten, aber seit dem letzten Weihnachtsfest hatten sie sich nicht mehr gesehen. Vielleicht wollte diese Frau nur die Gelegenheit beim Schopf packen und ihr etwas von Gott erzählen. Lynn meinte es gut, und sie hatte an diesem ganzen Tag sogar kaum gepredigt. Shelby schob ihre kritischen Gedanken beiseite. Es war gut, jemanden an der Seite zu haben, der einem sagte, was man als nächstes tun sollte. Ihre beste Freundin Christie Duncan war zum Trauergottesdienst in die Kirche gekommen, hatte dann aber gehen müssen, weil sie noch einen unaufschiebbaren Termin hatte. Sie hatte jedoch versprochen, zur Nachfeier wiederzukommen, wenn sie es eben einrichten konnte.

Lynn half Shelby in ihren Kleinbus. Shelby hatte sich geweigert, in der schwarzen Limousine des Beerdigungsinstituts zu fahren. Und da Lynn der Meinung war, daß Shelby keinesfalls in der Verfassung war, selbst zu fahren, bot sie ihr an, sie in ihrem Wagen mitzunehmen. Das war auch gut so, denn Shelby erlebte die zwanzigminütige Fahrt zu ihrem Haus nur wie im Nebel. Der Nebel verschwand auch in der folgenden Stunde nicht. Mehr als einhundert Menschen zogen durch das Haus, hauptsächlich Mikes Freunde von der Feuerwehr. Auch ein paar von Shelbys Kollegen waren gekommen. Allerdings hatte sie auch nicht mit vielen gerechnet, da sie am liebsten für sich blieb. Sie war nicht gerade eine Einzelgängerin, aber auch kein besonders geselliger Mensch. Erst jetzt erkannte sie, wie sehr sich ihr Leben um ihren Vater gedreht hatte.

Shelby stand im Wohnzimmer, eingehüllt in das leise Summen der Gespräche. Sie gehörte nicht zu ihnen, nahm die Menschen nicht einmal wahr. Sie reagierte wie eine Maschine, lächelte tapfer, schüttelte Hände, umarmte viele und weinte mit ihnen. Später würden die Leute sicherlich sagen, wie tapfer sie sich gehalten hätte. Wie mutig sie sich ihrer Trauer gestellt hätte. Sie würden niemals erfahren, daß es weder Mut noch Tapferkeit waren, die sie an ihrem Platz hielten, sondern allein das Gefühl, ohne die Gegenwart dieser Menschen in tausend Stücke zu zerbrechen.

Sie bemerkte es kaum, als ihr erneut eine Hand hingestreckt wurde. Das Lächeln auf ihrem Gesicht war erstarrt.

„Vielen Dank, daß Sie gekommen sind", sagte sie mechanisch.

„Shelby?" Der seltsam vertraute Tonfall der Stimme riß sie aus ihrem Dämmerzustand, und sie betrachtete die vor ihr stehende Gestalt eingehender.

„Dawn?"

Sie sah sich einer attraktiven Frau Anfang Vierzig gegenüber. Sie hatte lange rötliche Haare, die bestimmt gefärbt waren, um eine so perfekt „natürliche" Farbe zu bekommen. Die Frisur paßte eher zu einer sehr viel jüngeren Frau, einer Frau Mitte Zwanzig, wie Shelby es war. Die Frau war auch sehr jugendlich gekleidet. Sie trug einen schwarzen, kurzen Rock, der ihr sehr gut stand, weil ihre Beine gut geformt und ziemlich braun waren, und einen weißen Pullover, der für eine Beerdigung vielleicht ein bißchen zu eng saß.

Aber das war eben Dawn.

„Ich ... ich mußte einfach kommen“, sagte Shelbys Mutter vorsichtig.

„Sieht so aus.“ Mit ihr vollkommen fremden Menschen hatte Shelby sehr viel herzlicher gesprochen.

„Ich kann es einfach nicht glauben. Man denkt, der andere müßte ewig leben. Dein Daddy war ein Fels in der Brandung. Es ist einfach unbegreiflich ...“ Dawns Stimme versagte ihr, und Tränen rannen ihr über die Wangen und verschmierten ihr die makellose Wimperntusche.

Angesichts des Gefühlsausbruchs der Frau fühlte sich Shelby plötzlich sehr ruhig und beherrscht. Sie wußte, es war einfach die Entschlossenheit, ihren Schmerz nicht mit dieser Frau zu teilen.

„Hol dir doch etwas zu trinken, Dawn.“

„Shelby, ich hatte gehofft, wir könnten uns ein wenig unterhalten.“ Dawn schniefte und betupfte sich die Augen mit einem Taschentuch.

„Jetzt ist wirklich nicht der passende Augenblick.“

„Ich weiß, aber ...“

„Ich muß noch mit so vielen anderen Leuten sprechen.“

„Shelby, ich bin deine Mutter.“

Shelby fuhr leicht zusammen, dann sah sie sich schnell um, um sicherzugehen, daß niemand die Frau gehört hatte.

„Vielleicht später.“ Shelby drehte sich um und ging davon. Sie hoffte, dieses Später würde nie kommen.

* * *

Shelbys Mutter hatte sie kurz nach ihrem ersten Geburtstag verlassen, oder besser gesagt, im Stich gelassen. Ihr Vater hatte Shelby immer gesagt, daß die Frau ihr damit vermutlich einen großen Gefallen getan hätte. Sie war einfach als Mutter nicht geeignet, eine Tatsache, die Mike erst erkannte, als es zu spät war. In vielerlei Hinsicht war Dawn selbst noch ein Kind. Und sogar mit zweiundvierzig umgab sie noch immer eine Aura von Unreife. Mike bemühte sich nach Kräften, Shelbys Zorn auf ihre Mutter zu zerstreuen, aber es gelang ihm nicht sehr gut. Mike zuliebe versuchte Shelby jedoch, nicht einmal sich selbst einzugestehen, daß sie ihre Mutter haßte. Aber sie hatte keine Scheu zu sagen: „Ich habe keine Verwendung für sie“ oder „Sie bedeutet mir gar nichts“.

Ihre ganze Liebe galt Mike, ihrem Vater. Vielleicht hatte sie ihn zu sehr geliebt, vielleicht hatten sie sich zu nahegestanden. Aber Mike hatte die seltene Gabe, Autorität auszuüben, seinem Kind gleichzeitig aber auch ein Freund zu sein. Shelby und ihr Vater hatten über alles gesprochen. Mike hatte ihr geholfen, das richtige Kleid für ihre Schulabschlußfeier auszusuchen, und hatte ihr gezeigt, wie sie den Motor ihres Mustangs Baujahr 1965 reparieren konnte. Er hatte an jedem Bereich ihres Lebens teilgenommen, an ihrer Ausbildung, ihrem gesellschaftlichen Leben, ihren Träumen.

Er hatte gewußt, wie weh es Shelby tat, von ihrer Mutter verlassen worden zu sein. So hatte er sich bemüht, alles, was in seinen Kräften stand, zu tun, um ihr eine bessere „Mutter“ zu sein, als die Mütter vieler ihrer Freundinnen waren. Das Traurige an der ganzen Geschichte war, Dawn hatte Mike nur wegen des Kindes verlassen. Sie hatte eigentlich Shelby verlassen und nicht Mike, doch dies hätte Mike Shelby keinesfalls erzählt. Die Wahrheit hatte sie an ihrem zehnten Geburtstag erfahren. Bei einem ihrer seltenen Besuche hatte Dawn die Geschmacklosigkeit besessen, dies ihrer kleinen Tochter zu erzählen. Sie hatte Shelby ein Geschenk gebracht, das eher für eine Vierjährige gepaßt hätte, und Shelby hatte wenig Begeisterung gezeigt.

„Schätze, ich habe es schon wieder einmal geschmissen“, hatte Dawn gesagt. „Ich bin eben kein mütterlicher Typ. Sei froh, daß ich dich verlassen habe, Kind. So sind wir beide besser dran.“

Shelby hatte mit ihren Tränen gewartet, bis ihre Mutter gegangen war. Dann hatte sie den lächerlichen ausgestopften Hasen in den Mülleimer geworfen. Das war der Wendepunkt in ihrer Beziehung zu ihrer Mutter gewesen. Sie drehte den Spieß der Ablehnung nun um. Anstatt sich nach ihrer Mutter zu sehnen und sich zu fragen, was sie tun könnte, um sie zurückzubekommen, begann sie die Tatsache zu akzeptieren, daß sie keine Mutter hatte – und keine Mutter wollte. Ihr Daddy reichte ihr vollkommen.

Darum empfand Shelby keinerlei Schuldgefühle, daß sie Dawn gegenüber so kühl reagiert hatte. Sie war der Meinung, daß Dawn nicht hierher gehörte. Wenn sie gewußt hätte, daß diese Frau den Nerv hatte, an der Beerdigung teilzunehmen, hätte Shelby sie hinausgeworfen. Na ja, so weit wäre sie vermutlich doch nicht gegangen, aber nur aus Respekt vor ihrem Vater. Keinesfalls hätte sie vor seinen Freunden und Kollegen eine Szene machen wollen.

* * *

Eine Stunde später kam Dawn erneut auf Shelby zu. Nur noch zehn oder fünfzehn Freunde hielten sich im Haus auf. Seltsamerweise konnte Shelby ihren tiefen Zorn auf ihre Mutter nicht heraufbeschwören. Vielleicht hatte ihre Trauer ihn zeitweilig betäubt.

„Liebes, ich habe gesehen, daß du gar nichts gegessen hast", sagte Dawn, „darum habe ich dir einen Teller mit kaltem Fleisch und ein Brötchen gebracht."

„Ich habe keinen Hunger", erwiderte Shelby.

Tante Lynn kam zu ihnen, und Shelby fiel sofort auf, wie unterschiedlich die beiden Schwestern waren. Tante Lynn trug ein schwarzes Strickkleid, das ihr bis fast zum Knie reichte, und eine schlichte Perlenkette. Sie war ein paar Jahre älter als Dawn, hatte etwas Übergewicht, war aber recht attraktiv, wenn sie auch nicht ganz so atemberaubend aussah wie Dawn. Lynn war Hausfrau und seit fünfundzwanzig Jahren mit demselben Mann verheiratet. „Du solltest wirklich etwas essen, Shelby."

Shelby verdrehte die Augen und nahm den Teller. Sie tröstete sich damit, daß sie nur auf ihre Tante hörte und nicht auf ihre Mutter.

„Ich bin erstaunt, daß du noch immer hier bist, Dawn“, sagte Shelby, nachdem sie halbherzig ein paar Bissen genommen hatte.

„Ich hatte gehofft, noch kurz mit dir reden zu können.“

„Mir ist nicht danach.“

„Ich lasse euch beide allein“, sagte Lynn.

„Nein, Tante Lynn!“ Ganz deutlich war die Verzweiflung aus ihrer Stimme herauszuhören. „Außerdem hast du mit Dawn vermutlich viel mehr zu besprechen, immerhin seid ihr Schwestern.“

„Aber ich möchte mit dir sprechen, Liebes“, sagte Dawn zu Shelby.

„Seht mal“, sagte Lynn, „ich lasse euch jetzt besser allein.“ Sie eilte so schnell davon, daß Shelby nicht reagieren konnte.

„Jetzt sitzt du mit mir fest“, sagte Dawn und kicherte wie ein Teenager.

Resigniert seufzend meinte Shelby: „Was willst du?“

„Ich mache mir Sorgen um dich, Liebes ...“

„Würdest du bitte aufhören, mich so zu nennen“, unterbrach Shelby sie brüsk. „Ich bin nicht dein *Liebes* – ganz und gar nicht. Du bist hier, und ich versuche, nur freundlich zu sein. Dad hat mich gut erzogen – aber er hat mir auch beigebracht, nicht zu heucheln. Also, du willst mit mir sprechen – gut. Aber mein Name ist Shelby.“

„Ich weiß. Ich habe diesen Namen für dich ausgesucht“, erklärte Dawn leise und ohne Vorwurf in der Stimme.

„Na großartig.“

„Deinem Dad gefiel er sehr gut.“

„Okay, danke, du hast wirklich einen schönen Namen für mich ausgesucht. Er gefällt mir. Also, was willst du?“

„Wie ich schon sagte, L... – Shelby, ich mache mir Sorgen. Du brauchst mir gar nicht zu sagen, daß das jetzt keinen Zweck mehr hat. Glaub es oder nicht, ich habe mir immer Sorgen um dich gemacht ... Na ja, nicht immer, aber oft habe ich an dich gedacht und mich gefragt, wie es dir geht. Wirklich, es war nicht, als würdest du nicht existieren, auch wenn ich mich so verhalten habe. Doch jetzt ist nicht der passende Zeitpunkt, darüber zu sprechen. Ich wollte dir nur sagen, daß ich gern für dich da wäre. Du brauchst nicht ganz allein zu sein, okay? Vielleicht könnten wir noch einmal ganz von vorn beginnen oder so etwas. Wer weiß, was passieren könnte?"

Shelby verspürte den Drang, laut loszulachen. Sie wußte nicht, ob sie jemals schon mal so viele Phrasen auf einmal gehört hatte. *„Ich möchte für dich dasein ... du brauchst nicht allein zu sein ... noch einmal ganz von vorn anfangen."* Die Frau lebte wirklich in einer Traumwelt.

„Ich brauche niemanden, Dawn", erwiderte Shelby. „Ich werde ganz gut allein zurechtkommen."

„Das wird nicht einfach sein, die Feiertage stehen vor der Tür."

„Ich werde es schon schaffen."

„Warum verbringen wir sie nicht gemeinsam?"

Du machst wohl Witze! dachte Shelby im stillen. Glaubte die Frau im Ernst, Shelby würde mit ihrer Mutter, die sie verachtete, Weihnachten feiern? Keine Chance! Shelby war sicher, daß sie die Feiertage viel besser allein überstehen würde als mit Dawn zusammen.

„Das ist sehr freundlich von dir, Dawn, aber ..." Shelby zerbrach sich den Kopf, um eine plausible Entschuldigung zu finden. „Na ja, eigentlich habe ich über die Feiertage bereits etwas vor." So, das sollte genügen.

„So früh schon?"

„Ja ... ich ... meine Freundin und ich hatten geplant, gemeinsam zu verreisen - na ja, und ich denke, es würde mir guttun, diese Reise trotz Daddys Tod zu machen."

„Wohin?"

„Nach Puerto Vallarta." Shelby war hoch erfreut, wie schnell sie eine Antwort parat hatte. Sie und Christie hatten tatsächlich einmal darüber gesprochen, in den Winterferien nach Mexiko zu fahren – drei Jahre zuvor, als sie noch das College besuchten.

„Oh ... ja, das wird bestimmt nett." Dawn machte sich nicht die Mühe, ihre Enttäuschung zu verbergen.

Shelby bekam Gewissensbisse, weil sie Dawn angelogen hatte. Sie tröstete sich mit der Tatsache, daß dies ja nur eine kleine Lüge war – eine Lappalie im Vergleich zu dem, was Dawn getan hatte, nämlich ihre Tochter im Stich zu lassen.

2

Christie hielt das für eine großartige Idee und war sicher, daß sie sich die Zeit frei nehmen konnte.

„Ich habe seit einem Jahr keinen freien Tag mehr gehabt."

„Christie, ich habe dir doch gesagt, es war nur ein Vorwand, um Dawns Einladung ablehnen zu können."

„Aber es ist trotzdem ein toller Plan für die Feiertage."

„Das letzte, was ich will, ist, in einen Urlaubsort zu reisen, um Sonne zu tanken und Spaß zu haben."

Christie lächelte weise. Sie war groß und hatte volles, seidenweiches, haselnußbraunes Haar, das sie wie ein Modell aussehen ließ. Und außerdem gab sie sich sehr beherrscht, anmutig und damenhaft. Ihre Unterschiedlichkeit war vermutlich der Grund dafür, daß sie seit der Highschool befreundet waren. Shelby war sehr schlank und viel sportlicher als Christie. Sie hatte große braune Augen, und ihre unbändigen blonden Locken fielen ihr bis auf die Schultern. Sie war diejenige, die vor Ideen sprühte, Christie dagegen war die Intellektuelle. Christie glitt ohne anzuecken durch die Werbebranche, Shelby war Lehrerin und jagte den ganzen Tag hinter Kindern her. Shelby war sehr viel weniger „diszipliniert" – vielleicht sogar ein wenig flatterhaft, obwohl sie solche Eigenschaften vehement abstreiten würde, weil sie wußte, daß ihre Mutter sie besaß.

„Vielleicht nicht im Augenblick, Shelby", sagte Christie gerade, „aber in ein paar Wochen, wenn der Schock ein wenig nachläßt und du wirklich anfängst, deinen Vater zu vermissen. Dann denkst du bestimmt anders darüber."

Genau zwei Wochen später, als überall die Weihnachtsdekoration angebracht wurde, das heißt, überall außer in Shelbys Haus, erkannte Shelby allmählich, daß ihre Freundin recht hatte. Es war ihr unerträglich gewesen, in der Schule die Weihnachtsvorbereitungen mit den Kindern zu treffen. Shelby hatte ihren Schülern geholfen, Weihnachtsgeschenke für ihre Eltern anzufertigen, und dabei mußte sie an die kleinen Figuren aus Salzteig denken, die sie im Kindergarten für ihren Dad gebastelt hatte. Mike hatte alles aufbewahrt, was sie je für ihn gemacht hatte, und alle ihre Figuren wurden an den Weihnachtsbaum gehängt.

Bisher hatte Shelby noch nicht den Mut gefunden, die Weihnachtsdekoration aus dem Schrank zu holen.

Eines Tages ging sie ins Einkaufszentrum und kaufte ohne nachzudenken ein Weihnachtsgeschenk für ihren Vater. Es war ein Buch, das er einige Monate zuvor in einer Buchhandlung entdeckt hatte.

„Sieh dir das nur an, Dad", hatte sie ihm gesagt, als sie das Buch *Die Corvette von 1956* fanden. Dies war sein Traumauto gewesen, und er sparte darauf, sich einen zu kaufen, den er sich wieder zurechtmachen konnte.

„Ja, und das Buch kostet beinahe so viel wie der Wagen." Er deutete mit dem Finger auf das Preisschild. Das Buch sollte fünfzig Dollar kosten.

„Du bist den Preis wert."

„Vielleicht bringt es mir ja der Weihnachtsmann."

Shelby hatte verschmitzt gelächelt. „Vielleicht."

Als sie in das Geschäft kam und sah, daß das Buch zehn Prozent billiger geworden war, kaufte sie es. Erst nachdem sie das Geschäft verlassen hatte, fiel ihr ein, daß ihr Dad gar nicht mehr da war, um sein Geschenk entgegenzunehmen. Sie ging nach Hause und weinte den Rest des Abends.

Und dies war kein Ausnahmefall. Immer wieder dachte sie an Dinge, als wäre er noch am Leben – nicht vollendete Pläne, Gerichte, die er mochte, Besorgungen, die sie für ihn machen mußte. Sein plötzlicher, so unerwarteter Tod hatte sie der Gelegenheit beraubt, Abschied zu nehmen, sich an den Gedanken zu gewöhnen, ohne ihn leben zu müssen. Glücklicherweise wußten alle ihre Freunde, daß er tot war – seine heroische Tat war die Schlagzeile der *Los Angeles Times* gewesen. Doch da waren noch immer die Bankangestellten, die Putzfrauen oder der Laufbursche, der ihnen zu den Festtagen immer den saftigen Truthahn brachte, die sie alle mit Fragen nach Mike konfrontierten. Überall und jeden Tag gab es Erinnerungen an Mike Martin.

Die Leute sagten Shelby, schon bald würde sie sich an ihren Vater erinnern können, ohne den Schmerz zu empfinden, aber Shelby glaubte nicht, daß diese Zeit jemals kommen würde. Eine weitere Woche verging, und nichts änderte sich. Während der Schulzeit ging es ihr einigermaßen gut, doch abends, wenn sie allein zu Hause saß, traf sie der Schmerz mit voller Wucht. In wenigen Tagen würden die Weihnachtsferien beginnen, und die einsamen, leeren Stunden würden ihr endlos erscheinen. Darum setzte sich Shelby eines Abends auf das Sofa und dachte über ihr Gespräch mit Christie nach. Sie hatte keinen Appetit auf den Hühncheneintopf, den sie gekocht hatte. Ein paar Wochen in einer Umgebung, wo sie nicht alles an ihren Vater erinnerten, könnte genau das Richtige für sie sein.

Und dann fiel Shelbys Blick auf den alten Sessel neben dem Sofa – der Lieblingssessel ihres Vaters. Bisher war es ihr gelungen, den Sessel erfolgreich zu meiden. Er stand an einem Platz, wo sie nicht vorbeigehen mußte, und wenn sie sich einen Film im Fernsehen ansah, fiel ihr Blick auch nicht darauf. Er war zwanzig Jahre alt – und sah auch so aus. Dad hatte sich geweigert, ihn neu polstern zu lassen, weil er „sowieso schon kaputt ist", wie er immer sagte. Der Sessel war schäbig und altmodisch, und das Sitzkissen war ziemlich eingedrückt.

Shelby erhob sich vom Sofa und ging langsam zu dem Sessel hinüber. Sie blieb einen Augenblick davor stehen wie vor einem Museumsstück. Dann bückte sie sich und legte ihre Hände auf die verschlissenen Armlehnen. Sein Aftershave drang ihr in die Nase. Old Spice. Ihre Kehle war wie zugeschnürt, und ohne nachzudenken, ließ sie sich in den Sessel fallen. Er quietschte, aber nicht so sehr wie bei ihrem Dad, wenn er sich mit seiner massigen Gestalt darin niederließ.

Ganz plötzlich überfiel Shelby ein seltsames Gefühl der Geborgenheit. In gewisser Weise war das unheimlich, aber sie gestattete sich nicht, darüber nachzudenken. Sie wollte dieses Gefühl einfach nur genießen. Es war fast so gut, wie von ihm umarmt zu werden. Als Kind hatte sie sich häufig zu ihm in den Sessel gekuschelt, um seinen Geschichten zuzuhören, fernzusehen oder einfach nur, um ein wenig Zärtlichkeit von ihm zu bekommen.

„Dad, was denkst du?" fragte sie in die Stille hinein. „Hättest du etwas dagegen, wenn ich eine Reise machen würde? Ich meine, falls ich über Weihnachten wegfahren würde? Ich glaube, ich möchte wirklich wissen, ob du etwas dagegen hättest, wenn ich in einen Badeort fahren und ein wenig Spaß haben würde. Wenn ich, wenn auch nur für eine kurze Weile, versuchen würde zu vergessen ..., natürlich nicht dich, aber einfach zu vergessen, wie schrecklich ich mich fühle.

Manchmal denke ich, ich müßte explodieren, wenn ich noch eine Minute länger in diesem Haus bleiben muß. Du warst immer dafür, ein wenig Spaß zu haben, und ich weiß, du würdest nichts dagegen haben. Vielleicht habe ich nur Angst, daß ich dort ankomme und feststelle, daß ich gar nicht mehr lachen oder auch nur lächeln kann."

Shelby ließ ihre Hände über die raue Armlehne gleiten, dann hob sie die Hände an ihre Nase. Der Duft von Aftershave, den sie anfangs wahrgenommen hatte, schien fort zu sein.

„Nein, Dad ... Ich glaube, meine größte Angst ist, daß ich tatsächlich Spaß habe und vergessen könnte." Sie schloß die Augen, fast als erwartete sie eine Antwort auf ihre Worte. Aber der Sessel war kein magischer Ort, der ihr ein Bild oder auch nur die Stimme ihres Vaters wiederbringen konnte. Und doch bewahrte sie die Stimme ihres Vaters noch immer in ihren Gedanken und ihrem Herzen. Sie konnte sich noch an viele der klugen Dinge erinnern, die er ihr im Laufe der Jahre gesagt hatte.

War irgend etwas dabei, das sie jetzt anwenden konnte? Bestimmt würde sie etwas dabei finden ...

„Shelby, folge deinem Herzen und folge deinem Gefühl", hatte er häufig gesagt.

Sie lächelte. Ihr Dad war sicherlich kein Intellektueller. Aber er war trotzdem der klügste Mann, den sie kannte. Und im Augenblick sagten ihr Herz und ihr Gefühl, daß sie hier raus mußte ... und vielleicht sogar ein wenig lachen sollte.

Sie blieb noch eine Weile in dem Sessel sitzen, dann erhob sie sich und ging zum Telefon.

„Hi, Christie“, sagte sie, als ihre Freundin den Hörer abnahm. „Bist du noch immer an einer kleinen Reise interessiert?“

„Sicher, das würde mir gefallen.“

„Puerto Vallarta?“

„Also das wäre großartig, aber zu dieser Jahreszeit herrscht dort Hochbetrieb. Denkst du wirklich, du könntest noch einen Platz für uns bekommen?“ Das sah Christie ähnlich, sofort an die praktische Seite zu denken.

„Na ja ...“

„Und Flugtickets kosten ein Vermögen, wenn man so kurzfristig bucht.“

„Daran habe ich nicht gedacht. Vielleicht sollten wir woandershin fahren.“

„Wow! Du gibst aber wirklich schnell auf!“

„Das war der erste Ort, der mir eingefallen ist ..., aber eigentlich ist es auch egal, wohin wir fahren.“ Shelby wußte nicht, ob sie erleichtert oder schrecklich enttäuscht sein sollte.

„Und wenn es nun arrangiert werden könnte?“

„Das wäre großartig.“

„Und wenn nun eine kluge und gute Freundin bereits in einem Fünf-Sterne-Hotel den Flug gebucht hätte?“

„Du?“

„Ja ... ich habe sofort nach unserem Gespräch gebucht.“

„Und wann wolltest du es mir erzählen?“

„Ich wurde allmählich ein wenig nervös, aber ich wußte, es wäre besser, wenn es von dir käme. Ich wollte dich nicht dazu drängen. Wenn an diesem Wochenende nichts passiert wäre, hätte ich ein wenig Druck ausgeübt.“

„Dann fliegen wir also tatsächlich?“

„Ich habe zwei Wochen in einem herrlichen Hotel gebucht. Es liegt ein wenig außerhalb der Stadt an einem wunderschönen Strand. Einer unserer Direktoren hat alles für mich arrangiert – und selbst vor drei Wochen war es nicht leicht.“

„Ich liebe dich, Christie!“ Shelby hielt inne. „Es wird herrlich werden ... Ich weiß es.“

Sie blickte zum Sessel hinüber, als wollte sie noch eine Bestätigung haben. Und im Geiste sah sie ihren Vater dort sitzen und zustimmend lächeln.

3

Der Flughafen von Puerto Vallarta war überfüllt von Einheimischen, die um die Aufmerksamkeit – und das Geld – der ankommenden Touristen wetteiferten. Shelby entdeckte einen Mann, der ein Schild mit der Aufschrift *Mismaloya Bougainvillea* hochhielt. Sie stieß Christie an und winkte dem Mann zu, dann ergriff sie ihren Gepäckwagen. Doch bevor sie den Mann erreichen konnte, drängte sich die Menge dazwischen, und sie wurden aufgehalten. Mehrere riefen ihnen „Taxi" zu, und andere boten ihnen andere Dienste an. Shelby mit ihrem eingerosteten Spanisch konnte kaum etwas verstehen. Der Mann mit dem Schild ihres Hotels bahnte sich schließlich den Weg durch die Menge.

„Sie wollen ins Bougainvillea?" sagte er, als er sie erreichte.

„*Si*", erwiderte Christie.

„Folgen Sie mir."

Shelby staunte darüber, wie die Menge vor dem Mann zur Seite wich, und innerhalb kürzester Zeit hatten sie das Chaos hinter sich gelassen. Schon bald saßen sie zusammen mit drei anderen Passagieren in einem wartenden Kleinbus. Shelby war noch immer wie betäubt von all den Eindrücken und hörte kaum, wie der Fahrer sie auf interessante Sehenswürdigkeiten in der Stadt aufmerksam machte. Sie war noch nie im Ausland gewesen und trotz der Tatsache, daß sie als Südkalifornierin mit der mexikanischen Kultur durchaus vertraut war, war Mexiko eben Ausland.

Die Spätnachmittagsluft war warm, doch im Dezember war nur wenig von dem feuchten, tropischen Klima zu spüren, das sich später im Jahr in dieser Gegend bemerkbar machen würde. Von der Umgebung sahen sie nicht viel, bis sie die schmalen und überfüllten Straßen der Stadt hinter sich ließen und auf eine zweispurigen Gebirgsstraße kamen. Hohe Felsen erhoben sich auf der einen Seite, und auf der anderen fiel die Straße steil zum Strand ab und gab einen wunderschönen Blick auf die Bucht frei. Gerade als Shelby sich entspannen und die Aussicht genießen wollte, zog der Wagen scharf nach rechts, um einem entgegenkommenden Bus auszuweichen. Sie hatte den Eindruck, sie wären nur mit knapper Not mit dem Leben davongekommen, aber der Fahrer wirkte vollkommen ungerührt und summte sogar ein kleines Lied vor sich hin, als er mit dem Kleinbus wieder auf die Straße fuhr.

Das Hotel machte die Schreckensfahrt wieder gut und half, strapazierte Nerven zu beruhigen. Es war einfach traumhaft, genau wie auf einer Postkarte oder in einem Film. An den Seiten der offenen Bogengänge mit den gefliesten Böden wuchsen tropische Pflanzen in großer Fülle, und natürlich hingen überall rote und fuchsiafarbene Bougainvillen in Töpfen von der Decke herab. Drei Pools waren von Palmen und anderen exotischen Pflanzen gesäumt, die sehr geschickt das sterile „Badeortgefühl“ vergessen ließen. Shelbys und Christies Zimmer war offen, kühl und sehr komfortabel. Es befand sich im fünften Stock, und sie hatten einen atemberaubenden Blick auf das Meer. Shelby war überwältigt. Bestimmt würde sie jeden Tag nur auf dem Balkon stehen und den Ausblick genießen. Christie dagegen war bereit, ihre Umgebung zu erkunden, sobald sie ihr Gepäck in ihrem Zimmer abgeladen hatte.

„Heute abend hast du noch Schonfrist, aber morgen ... Ich werde dich erbarmungslos mit mir herumschleppen“, warnte Christie.

Shelby lächelte. „In Ordnung“, begann sie, dann änderte sie plötzlich ihre Meinung. „Ach, ich komme gleich mit.“

Auch jetzt am Spätnachmittag war es immer noch warm draußen. Sie sahen sich im Hotel um und gingen ein Stück am Strand entlang, wo sie ein kleines Einkaufszentrum entdeckten, das allerdings geschlossen hatte. Es war ein seltsames Haus mit strohgedecktem Dach und Bambuswänden. Ganz bestimmt würde es sich lohnen, sich dort mal umzusehen. Als sie ins Hotel zurückkamen, ging die Sonne bereits unter, und Christie schlug vor, den Hotelclub zu besuchen, um einige Drinks zu nehmen und ein paar Leute kennenzulernen.

Obwohl Samstag abend war, fanden Shelby und Christie einen guten Tisch und lauschten der Mariachi-Band. Shelby wußte, daß Christie schon bald einen netten Jungen kennenlernen würde, und weil sie nicht ausgeschlossen sein wollte, hoffte Shelby, daß dieser junge Mann vielleicht auch einen Freund hatte. Dies war eine Sache, in der sich die beiden Frauen grundsätzlich unterschieden. Christie hatte immer einen Freund, ob nun einen dauerhaften – jemand, mit dem sie mehr als zweimal ausgegangen war – oder eine Eintagsbekanntschaft. Und die Männer sahen gut aus und waren in der Regel erfolgreich – oder befanden sich zumindest auf der Straße des Erfolgs. Christie hatte keine Scheu, sich zuerst den Wagen eines Mannes anzusehen, bevor sie sich von ihm einladen ließ.

Manchmal begleitete Shelby ihre Freundin auf ihrer „Männersuche", aber gewöhnlich ließ sie sie allein gehen. Shelby bevorzugte ruhige Abende, an denen sie sich einen Film ansah, am Strand spazierenging oder durch die Wälder streifte. Wenn sie tatsächlich einen jungen Mann kennenlernte, der ihr gefiel, ging sie mit ihm aus – falls er sie fragte. Aber sie haßte es, sich nach Männern umzusehen. Folglich wurde sie einmal eingeladen, wenn Christie fünfmal mit einem Mann ausging. Sie war jedoch der Meinung, daß dieser eine Abend viel bedeutungsvoller war als bei Christie die fünf. Zur Zeit gab es keinen besonderen Mann in ihrem Leben – eigentlich hatte sie schon seit Jahren keinen festen Freund mehr gehabt. Sich in ihren Lehrberuf hineinzufinden war sehr anstrengend gewesen, so daß sie keine Zeit für eine engere Beziehung gehabt hatte. Doch jetzt, nach zwei Jahren, fühlte sie sich in ihrem Beruf etabliert. Vielleicht konnte sie jetzt darüber nachdenken, eine ernsthafte Beziehung einzugehen.

Shelby hatte gewußt, daß ihre Vorstellung von einem Urlaub in Mexiko ganz anders war als die von Christie, aber ihre Freundschaft ließ es zu, daß jede ihre eigenen Wege ging. Sie würden Spaß miteinander haben, aber sie würden auch die Freiheit haben, unabhängig zu sein. Der einzige Fehler in diesem Plan war die gegenwärtige Situation. Christie fühlte sich ganz besonders verantwortlich für Shelby und überhörte immer wieder die Forderungen, sie allein zu lassen. Shelby schrieb dies der Tatsache zu, daß Heiligabend war, obwohl sie beide übereingekommen waren, den Festtag zu vergessen.

Am ersten Weihnachtstag tauschten sie nur morgens ihre Geschenke aus, danach wurde nicht mehr von Weihnachten gesprochen. Sie gingen zusammen in die Stadt, und später wollte Christie eine Fiesta am Strand mitmachen.

„Ich denke, ich bleibe heute abend im Hotel“, erklärte Shelby, die genau wußte, daß Christie nicht lange allein bleiben würde.

„Komm schon, Shelby. Ich habe gehört, daß diese Veranstaltungen viel Spaß bringen.“

„Ich würde mir gern einen Film ansehen.“

„Das kannst du doch immer tun. Komm schon.“

„Wie kommt es, daß du plötzlich so fürsorglich bist, Chris? Ich bin sicher, du wirst viel Spaß haben – ohne mich.“

„Das ist es nicht, es ist ...“

„Was?“

„Wir sind doch hergekommen, um uns zu amüsieren, das ist alles.“

„Und heute abend werde ich mich amüsieren und mir einen Film ansehen.“

„Ich glaube einfach nicht ... das heißt ... na ja, diese Fiesta soll toll werden. Vielleicht ist ja der Richtige dabei.“

„Ich bin nicht auf der Suche nach dem Richtigen.“ Shelby betrachtete ihre Freundin argwöhnisch. „Du hast Angst, mich allein zu lassen, nicht?“

Christie zuckte die Schultern. „Also, es ist Weihnachten. Du kannst nicht allein bleiben.“

„Ich würde lieber allein bleiben, als mit einem Haufen feiernder Fremder zusammenzuhocken.“

„Lieber als mit mir?“ Jetzt schmollte Christie.

„Du weißt doch, daß das nicht so ist. Für mich ist der Festtag vorbei.“

„Ich werde dich am Weihnachtsabend nicht allein lassen.“

„Vielleicht sollten wir hier ein paar Regeln aufstellen“, meinte Shelby. „Wir haben immer viel Spaß miteinander, weil wir keine Erwartungen an den anderen stellen. Das sollte sich jetzt nicht ändern. Es ist okay, wenn ich dann und wann einmal allein bleibe –

ich verspreche es. Und jetzt geh zu deiner Fiesta, und laß mich einen Film ansehen. Und wenn du heute abend ins Hotel kommst, werden wir ein Eis holen und uns bis spät in die Nacht unsere Erlebnisse erzählen."

„Du wirst mir also von deinem Film erzählen?" fragte Christie mit offensichtlichem Sarkasmus.

„Wenn du Glück hast."

„Ich weiß nicht ..."

Shelby kannte Christie gut genug, um zu wissen, daß sie dort sein wollte, wo etwas los war, und nicht so gern bei ihrer Freundin zu Hause sitzen würde.

„Verschwinde hier. Schsch! Ich will allein sein!" Shelby versuchte eine Greta-Garbo-Imitation.

Schon bald war Christie gegangen. Und Shelby war allein.

Sie stellte das Fernsehgerät an und schaltete durch die Sender, bis sie auf einem Kanal eine bekannte Szene aus dem Film *It's a Wonderful Life* entdeckte. James Stewart stand auf einer Brücke und überlegte, ob er springen sollte. Dieser Film war keine gute Wahl für diesen Abend. Auf den nächsten beiden Kanälen lief gar nichts, dann erneut eine Szene aus *It's a Wonderful Life*.

Seufzend lehnte sie sich zurück. Der Film war schon fast vorbei, und vielleicht kam danach ja etwas Interessantes. Im übrigen war es ziemlich harmlos, den Festtag mit James Stewart zu verbringen. Über die Sorgen des armen George Bailey nachzudenken war die ideale Art, ihre eigenen zu vergessen.

Shelby vergaß jedoch, wie sehr sie das Ende des Films immer ergriffen hatte – selbst unter normalen Umständen. Dieses Mal jedoch war es nicht die zu Herzen gehende Reaktion von Freunden und Familien, die zusammengekommen waren, um George Bailey zu retten, die sie besonders anrührte. Auch nicht der Ausspruch vom „reichsten Mann auf der Welt". Dieses Mal war es eine kleine, fast unbedeutende Szene, die sie die Fassung verlieren ließ: Die Szene, in der George Bailey seine kleine Tochter in den Arm nimmt. Shelby dachte darüber nach, daß das Kind beinahe seinen Vater verloren hätte.

Und das war es. Während der nächsten halben Stunde schluchzte Shelby hemmungslos und konnte sich nicht beruhigen.

Wie dumm war sie gewesen zu glauben, sie könnte ausgerechnet diesen Abend allein verbringen! Dachte sie tatsächlich, diese Reise könnte ihren Schmerz lindern? Das Ganze war ein riesengroßer Blödsinn. Sich in die Nähe von glücklichen, sorglosen Menschen zu begeben, war die dümmste Idee, die sie je gehabt hatte. Aber das war das schreckliche Dilemma, in dem sie nun steckte – sie mußte entweder allein oder in der Menge unglücklich sein.

Shelby schniefte lautstark und versuchte, sich mit einem Taschentuch die Tränen fortzuwischen. Plötzlich sprang sie auf. Wenn sie jetzt nicht das Zimmer verließ, würde sie den Rest des Abends weinen. Wenn sie unter Menschen war, würde sie sich zumindest zusammennehmen müssen. Sie ging in ihr Zimmer und suchte eine bequeme Hose und einen weißen Baumwollpullover heraus, der ihre Bräune zur Geltung brachte. Die Zeit, Make-up aufzulegen, nahm sie sich nicht – ihre Augen waren zu rot und ihr Gesicht aufgedunsen. Es hätte ihren Zustand nur noch unterstrichen. Allerdings legte sie ein wenig Lippenstift und Rouge auf, um etwas frischer auszusehen. Dann ging sie zur Tür.

* * *

Shelby war erleichtert, als sie Christie an einem Tisch in der Bar entdeckte. Und natürlich war sie in Begleitung nicht nur eines Mannes, es saßen sogar zwei Männer an ihrem Tisch.

„Oh Shelby, gerade haben wir von dir gesprochen." Christie blickte sie triumphierend an und grinste. „Das sind Dan und Larry. Ich wußte nicht, was ich mit zwei gutaussehenden Männern anfangen sollte und wollte dich gerade von deinem Film wegholen."

„Ich schätze, ich habe dir diese Mühe erspart."

„Dann setzen Sie sich zu uns?" fragte Larry. Shelby hatte sofort bemerkt, daß Christie Dan bereits in Beschlag genommen hatte. Nicht, daß es sie interessiert hätte. Beide Männer waren groß und gutaussehend.

„Warum nicht?" Shelby wären eine Million Ausreden eingefallen, aber sie sah keinen Grund, den anderen mit ihrer Stimmung den Abend zu ruinieren.

Sie gab sich große Mühe, fröhlich zu sein. Sie lachte an den passenden Stellen, sie tanzte, wenn sie gefragt wurde, sie trank jeden Margarita, der ihr gebracht wurde. Und niemand schien ihr gezwungenes Verhalten zu bemerken oder sich dafür zu interessieren. Vielleicht fiel nur ihr das auf.

Später gingen sie zum Strand hinunter, wo eine Band spielte und die Leute tanzten, aßen und sich amüsierten. Shelby hatte den Eindruck, daß es allen eigentlich egal war, mit wem sie zusammen waren, solange irgend jemand den leeren Platz an ihrer Seite ausfüllte. Doch ihr wurde ebenfalls klar, daß ihr eine solche Situation nicht gefiel, nicht einmal unter den besten Umständen. Nicht ihre Niedergeschlagenheit oder Trauer waren der Grund dafür, daß sie Larry und Dan langweilig fand. Sicher, sie sahen gut aus, waren beneidenswert braun und muskulös - genau Christies Typ. Aber ...

„Also, Shelby", sagte Larry, als sie sich zwischen zwei Tänzen entspannten, „wieviel verdienen Lehrerinnen denn heutzutage?"

„Ich glaube, wir werden unterbezahlt", redete sich Shelby heraus. Sie hatte nicht vor, einem Fremden so etwas zu erzählen.

„Dreißig-, vierzigtausend Dollar, würde ich sagen."

„Wie ich schon sagte ..."

„Warum wird man Lehrerin, wo Frauen heutzutage doch so viele Möglichkeiten offenstehen?" Er winkte den Kellner heran. „Im Börsengeschäft ist das große Geld zu machen." Er hielt inne und lachte laut. „Ich wollte Sie nicht beleidigen. Aber ich habe in diesem Jahr eine sechsstellige Zahl verdient und bin erst fünfundzwanzig. In fünf Jahren werde ich mich vom Geschäft zurückziehen können, wenn ich möchte."

„Wie schön für Sie." Merkte er denn nicht, daß sie das überhaupt nicht interessierte?

Er fuhr fort. „Was für ein Portfolio haben Sie? Nach dem Tod Ihres Vaters sollten Sie wirklich darüber nachdenken, was Sie mit Ihrem Geld machen. Bestimmt haben Sie doch eine hohe Versicherung von der Feuerwehr bekommen. Also passen Sie nur auf, daß Sie nicht aus lauter Trauer unklug handeln. Sicher, im Augenblick ist es schwer, aber in einem Jahr wird es noch viel schlimmer sein, wenn Sie eines Morgens aufwachen und feststellen, daß Sie einen Haufen Zinsen verloren haben, weil Sie Ihr Geld haben herumliegen lassen."

Shelby starrte ihn nur an. Ihr fiel keine passende Antwort ein.

„Ich könnte Ihnen ein paar gute Investitionen verschaffen. Natürlich keine windigen Warentermingeschäfte. Aggressive, aber sichere Anlagen – das ist, was ein Mädchen wie Sie sicher haben möchte."

„Ich ... ich ... äh, ich werde darüber nachdenken, Larry." Sie trank ihren Drink. „Wollen wir tanzen?" Vielleicht würde ihn das für eine Weile zum Schweigen bringen.

Noch zwei weitere Stunden hielt Shelby es aus, dann verkündete sie, sie sei müde, und verzog sich. Larry war offensichtlich verstört. Und Christie war so ungehalten über sie, daß sie nicht einmal versuchte, sie zum Bleiben zu bewegen.

Um acht Uhr am nächsten Morgen war Shelby bereits angezogen und wollte ins Restaurant hinuntergehen, um zu frühstücken. Es freute sie zu sehen, daß Christie, die spät in der Nacht ins Zimmer zurückgekehrt war, ihr anscheinend nicht mehr grollte. Als Christie aus ihrem Zimmer kam, hatte sie schon wieder neue Pläne für sie geschmiedet.

„Dan möchte segeln gehen. Hast du Lust?"

„Chris, gestern war ich irgendwie nicht gut drauf."

„Ich werfe dir das nicht vor. Es war Weihnachten, und ich habe gemerkt, wie schwierig das für dich war. Komm mit uns. Das wird Spaß machen."

„Du meinst, Larry möchte, daß ich mitkomme?"

„Nein ... eigentlich hat er eine andere kennengelernt. Auf jeden Fall haben die beiden andere Pläne."

„Dann also nur du und Dan?"

„Er sagte, es wären auch noch andere dabei."

„Ich weiß nicht ..."

Als Christie einen verzweifelten Seufzer ausstieß, wußte Shelby, daß sie ihre Freundin nicht schon wieder enttäuschen konnte.

Sie trafen sich eine Stunde später mit Dan in der Lobby und nahmen ein Taxi zum Hafen, der eine halbe Stunde vom Hotel entfernt im nördlichen Teil der Stadt lag. Unterwegs erwähnte Dan beiläufig, dieser Segeltörn sei eigentlich eine geschäftliche Angelegenheit. Er wollte das Boot testen. Es stand zum Verkauf, und dies war eine gute Gelegenheit, kostenlos einmal segeln zu gehen.

„Dann wollen Sie eigentlich gar kein Boot kaufen?" fragte Shelby vorsichtig.

„O doch, eines Tages möchte ich mir schon ein Boot zulegen", erwiderte Dan schnell. „Aber man muß sich doch eine Menge Boote anschauen, bevor man eine solche Entscheidung trifft."

„Eines Tages ...?"

„Sie werden uns den Ausflug doch nicht verderben, indem Sie zu viele Fragen stellen, Süße?"

Shelby zuckte bei seinem vertraulichen Tonfall zusammen. „Ich weiß nicht, das gefällt mir nicht."

„Shelby, wir tun doch nichts Unrechtes", sagte Christie.

„Hey, wenn sie nicht mitkommen will ..." Offensichtlich hatte Dan nicht vergessen, daß Shelby seinen Freund am Abend zuvor einfach sitzengelassen hatte.

„Na ja, ich komme auch nicht mit, wenn sie nicht will", erwiderte Christie.

Shelby verspürte den Drang zu schreien.

Das Taxi erreichte den Hafen. Der größte Teil des Hafengebietes war für Frachter und Dampfer der kommerziellen Schiffahrt reserviert. Auf der einen Seite lag der von Restaurants und Geschäften gesäumte Jachthafen.

„Vielleicht sehe ich mich hier ein wenig um", schlug Shelby vor.

„Shelby, bitte komm doch mit. Es würde mir keinen Spaß machen, wenn ich wüßte, daß du allein hier herumläufst", bettelte Christie.

Shelby wurde plötzlich klar, daß sie den anderen die Freude verdarb, wenn sie noch weitere Einwände erhob. So zuckte sie die Achseln und dachte, daß es tatsächlich ein interessantes Erlebnis werden könnte, solange sie sich nur von Dan fernhielt.

Sie fanden den Landungssteg, an dem das Boot, die *Seabird* lag. Ein Mann, der gerade an Deck eine Leine aufwickelte, sah auf, als Dan ihm etwas zurief.

„Sind Sie Frank Stefano?“ fragte Dan.

„Sie müssen Dan Thomas sein.“

Auf Dans Nicken hin fügte der Mann mit Namen Stefano hinzu: „Kommen Sie an Bord.“

„Ich hoffe, Sie haben nichts dagegen, daß ich ein paar Freunde mitgebracht habe.“

„Kein Problem.“

Sie stellten sich einander vor, während Stefano allen an Bord half. Der Mann war Mitte bis Ende Zwanzig und sah mit seiner gebräunten Haut und seinem welligen schwarzen Haar aus wie ein Mexikaner, aber er sprach akzentfreies Englisch. Shelby sah sich um, konnte aber niemanden sonst an Bord entdecken. Er schien allein zu sein.

„Schönes Schiff“, sagte Dan. „Wie alt?“

„Zwanzig Jahre“, erwiderte Stefano. Sanft ließ er seine Hand über die Holzreling gleiten und Shelby bemerkte, daß das Holz an einigen Stellen rau war. „Muß ein wenig aufgemöbelt werden. Ich bin einfach nicht oft genug hier, daß ich es in Schuß halten könnte. Die Hafenleute tun, was sie können, aber ...“ Er zuckte die Achseln.

„Kommen Sie denn nicht aus Puerto Vallarta?“ fragte Dan.

„Aus Südkalifornien. Ich habe die meisten meiner Ferien mit meiner Familie hier verbracht, aber in letzter Zeit war ich nicht mehr so oft hier. Darum wollen wir das Boot verkaufen. Es ist eine Schande, daß es hier liegt und nicht benutzt wird. Ganz zu schweigen von den Liegegebühren. Es sieht großartig aus, wenn es ein wenig aufgemöbelt worden ist. Elf Meter lang und ziemlich leicht zu handhaben. Aber das können Sie ja selbst ausprobieren. Wir sollten ablegen.“

Es dauerte eine Weile, bis der Motor gestartet, die Leinen eingeholt und die Instrumente eingestellt waren. Dann steuerte Stefano das Boot aus dem Hafen. Nachdem sie das Hafengewässer hinter sich gelassen hatten, bot er Dan an, das Boot zu übernehmen.

„Na ja, eigentlich bin ich selbst noch kein Seemann“, redete sich Dan heraus. „Mein Partner bei diesem Geschäft konnte leider nicht mitkommen. Er bringt mir das Navigieren bei. Für den Augenblick wäre es besser, wenn Sie das Boot steuern. Ich merke dann schon, wie es läuft.“

„Natürlich gern. Sie können mich alles fragen.“ Stefano hielt inne, dann fügte er hinzu: „Ach, die Bar unten im Salon ist gut bestückt. Bedienen Sie sich ruhig. Ich bin sicher, Sie wollen sich sowieso unten umsehen.“

„Großartige Idee.“ Dan ging zur Luke, die unter Deck führte, und Christie folgte ihm.

„Kommst du mit?“ fragte Christie an Shelby gewandt.

„Noch nicht.“ Shelby war es schon peinlich genug, auf dem Boot zu fahren, sie wollte sich nicht noch an dem Essen und den Getränken des Mannes bedienen.

Außerdem stellte sie fest, daß es ihr auf dem Wasser gefiel, und sie genoß den Ausblick vom Boot – die Jachten im Hafen, die Felsen mit den darauf erbauten Häusern und Bungalows und sogar die im Freien aufgespannten Wäscheleinen in den ärmeren Gebieten. Das klare Wasser schimmerte und glitzerte in der Morgensonne. Gegen zehn Uhr morgens wurde es bereits warm. Doch Shelby, die nur weiße Shorts und eine ärmellose dunkelblaue Bluse trug, fror ein wenig. Sie holte sich ein Sweatshirt aus ihrer Tasche und zog es an. Wie froh war sie, daß sie so viel Verstand besessen hatte, es einzupacken.

„Heute ist es ziemlich windig“, sagte Stefano.

„Ja. Es ist in Puerto Vallarta eigentlich kühler, als ich gedacht habe.“

„Aber auf jeden Fall sind Sie darauf vorbereitet.“ Er deutete auf ihr Sweatshirt. Er selbst trug ein weißes T-Shirt, braune Shorts und Sandalen, ihm schien die Temperatur nichts auszumachen.

Sie lächelte und nickte, und obwohl das Gespräch verstummte, blieb sein Blick noch eine Weile an ihr hängen. Seine Lippen verzogen sich zu einem leichten Lächeln; offensichtlich war es ihm peinlich, daß sie ihn dabei ertappt hatte, wie er sie anstarrte. Dann mußte er sich wieder auf sein Boot konzentrieren, denn zwei andere Jachten kamen ihm entgegen.

Shelby beobachtete ihn schweigend. Smalltalk hatte ihr noch nie gelegen, und sie scheute sich, sich näher mit Stefano zu beschäftigen, da sie noch immer Gewissensbisse hatte wegen Dans Verhalten. Sie konnte Dan und Christie unten lachen und plaudern hören und hatte das Gefühl, wenn sie sich nicht von ihnen absonderte, könnte die Tour ziemlich peinlich werden. Wie sehr wünschte sie sich, sie hätte ihrem ersten Impuls nachgegeben und wäre im Hafen zurückgeblieben, um einen Einkaufsbummel zu machen. Doch als sie zu Stefano hinübersah, stellte sie fest, daß er die Fahrt zu genießen und sich keinerlei Gedanken darum zu machen schien, daß sein zukünftiger Käufer sich mehr für den Salon interessierte als dafür, wie das Boot zu steuern war. Sie betrachtete ihn eingehend und war fasziniert von der Art, wie er in seine Tätigkeit versunken zu sein schien. Als er plötzlich in ihre Richtung sah, wandte sie den Blick ab, viel zu schnell, als daß es nicht aufgefallen wäre.

„Würden Sie mir gern helfen ..., Shelby, nicht?“ fragte er.

„Na ja, also, ich bin noch nie gesegelt“, erwiderte Shelby.

„Ich muß jetzt die Segel hissen. Sie brauchen nur das Steuerrad zu übernehmen und das Boot in den Wind zu drehen.“

„In den Wind ... und das ist ...?“

Er winkte sie zum Steuerrad heran, und als sie neben ihm stand, wendete er das Boot, so daß sie ganz deutlich den Wind auf ihrem Gesicht spürte.

„So zum Beispiel“, erklärte er. „Wenn Sie noch einen weiteren Hinweis brauchen, sehen Sie einfach zur Spitze des Hauptmastes hoch“ – er deutete in die angegebene Richtung – „um sicher zu sein, daß der Pfeil von Ihnen wegzeigt.“

„In Ordnung.“

Bevor er mit dem Hissen der Segel begann, rief er zu Dan und Christie hinunter, um ihnen mitzuteilen, was er vorhatte. Dan antwortete, er würde gleich hochkommen. Stefano entfernte die Schutzhüllen von den Segeln, und als seine anderen Passagiere noch immer nicht aufgetaucht waren, zog er an der Leine des Hauptsegels. Nachdem er es zur Hälfte hochgezogen hatte, blieb es stecken, und er mußte zum vorderen Deck laufen und ein wenig an der Falleine rütteln, um sie zu lockern, bevor er zurückkam und erneut an der Leine zog. Dieses Mal ging alles glatt. Er befestigte die Leine, dann entfaltete er den Klüver. Shelby merkte sich die Fachausdrücke, als er ihr erklärte, was er gerade tat. Er wirkte glücklich und zufrieden und schien seinen Spaß zu haben.

Als er die Segel gesetzt hatte, war Shelby ein wenig enttäuscht, daß sie ihren Platz verlassen mußte. Es hatte ihr Freude gemacht, das Steuerrad der Jacht zu halten, obwohl sie eigentlich nur wenig getan hatte, außer an Deck zu stehen mit den Händen an der glänzenden, glatten Oberfläche des Holzes.

„Das wird eine schöne Fahrt, wenn der Wind so bleibt", sagte er, als er das Steuer wieder übernahm und das Segelboot hinaus in die Bucht steuerte.

„Das hat Spaß gemacht", sagte Shelby.

„Sie können es auch gern weitersteuern, wenn Sie möchten."

Doch als sie mehrere andere Jachten in der Bucht entdeckte, verlor Shelby den Mut. „Vielleicht noch mal, wenn nicht so viel Verkehr ist."

Er lächelte und lachte leise – ein freundliches, warmes Lachen, obwohl sie beide sich eher reserviert begegneten. Shelby wurde mehr und mehr bewußt, wie seltsam dieser Ausflug war. Sie überlegte, ob sie Stefano nicht vielleicht besser von Dans kleinem Täuschungsmanöver erzählen sollte, ehe er sich noch mehr Mühe machte. Aber er ergriff das Wort, bevor sie zu einem Entschluß gekommen war.

„Ihr Freund Dan scheint an dem Boot nicht sehr interessiert zu sein."

„Er ist nicht mein Freund", verteidigte sich Shelby schnell. „Das heißt, ich habe ihn gerade erst kennengelernt. Christie – also, sie ist meine Freundin – hat gestern abend seine Bekanntschaft gemacht, und er hat uns eingeladen."

„Ich verstehe."

„Wirklich?"

„Na ja, ich muß mich fragen, ob Dan tatsächlich ernsthaft daran interessiert ist, mein Boot zu kaufen – oder irgendein Boot. Wenn ich sechzigtausend Dollar hinblättern sollte, hätte ich ein paar mehr Fragen, was den Kauf angeht. Und falls ich mich tatsächlich für das Segeln interessieren würde, wäre ich ganz bestimmt zur Stelle gewesen, als die Segel gesetzt wurden. Das sagt viel über ein Boot aus. Der Salon ist recht nett, aber ..."

In diesem Augenblick kamen Dan und Christie an Deck. Beide trugen ein Glas mit einem roten Fruchtsaft in der Hand.

„Es ist toll da unten", bemerkte Dan.

„Hey, sieh nur, die Segel sind gesetzt", rief Christie.

„Es ist doch okay, wenn wir nach vorne gehen, oder?" fragte Dan.

„Fühlen Sie sich wie zu Hause", erwiderte Stefano.

Shelby blickte ihn verwirrt an, nachdem sich die anderen verzogen hatten. „Das macht Ihnen gar nichts aus?"

„Es ist eine Gelegenheit, hinaus aufs Wasser zu fahren."

„Ja, aber mit Fremden?"

„Das macht mir wirklich nichts aus. Sie können also ruhig entspannen. Genießen Sie die Fahrt. Für einen solchen Ausflug würden Sie auf den Mietbooten fünfzig Dollar pro Person zahlen."

„Es ist mir trotzdem peinlich ..."

Er zuckte die Schultern, dann meinte er mit einem verschmitzten Lächeln: „Hier, übernehmen Sie das Steuer, und verdienen Sie sich Ihre Fahrt."

„Aye, aye, Captain!" erwiderte sie und lachte. Ihre Anspannung war verschwunden.

Sie steuerte, und er erklärte ihr hin und wieder, was zu tun war, während er die Segel ausrichtete. Ungezwungen plauderten sie miteinander.

„Und woher kommen Sie, Shelby?"

„Aus Kalifornien. Whittier."

„Drehen Sie ein wenig mehr steuerbord – genau, nach rechts. Sind Sie schon lange in Puerto Vallarta?"

„Erst seit drei Tagen. Was ist mit Ihnen?"

„Eine Woche oder so. Hier verliert man leicht jegliches Zeitgefühl."

„Ich schätze, das ist bei mir noch nicht der Fall."

„Genießen Sie Ihren Aufenthalt nicht?"

Sie zuckte die Achseln. „Ich bezweifle, daß es etwas mit dem Ort zu tun hat." Sie seufzte und spürte, wie sich die altbekannte Melancholie wieder in ihr breitmachte. „Ich weiß nicht ..." Dann wechselte sie entschlossen das Thema. „Sie müssen diesen Ort sehr gut kennen, wenn Sie so häufig hierherkommen, oder? Sind Sie Mexikaner?"

„Ja, auf beide Fragen. Aber ich kam in den Vereinigten Staaten auf die Welt. Meine Eltern wurden hier geboren, waren aber noch sehr klein, als sie in die Staaten kamen. Meine Großeltern von beiden Seiten immigrierten vor mehr als vierzig Jahren."

„Aber sie kamen von hier, aus Puerto Vallarta?"

„Damals gab es Puerto Vallarta noch kaum. Sie kamen aus Guadalajara, aber die Eltern meiner Mutter besaßen Land hier und kamen häufig her, um die Seeluft zu genießen. Nach mexikanischen Maßstäben waren sie recht wohlhabend, doch sie führten ein ziemlich bescheidenes Leben. Allerings war die politische Lage so instabil, daß sie nie wußten, wie lange es gutgehen würde. Schließlich überwarf sich mein Großvater mütterlicherseits mit der Regierung und wanderte nach Amerika aus. Sie verloren ihren gesamten Besitz in Guadalajara, aber irgendwie haben sie es geschafft, das Land hier zu behalten. Die Eltern meines Vaters waren Arbeiter in Kalifornien."

„Das hört sich so an, als könnten Sie ein Buch über Ihre Familie schreiben."

Er zuckte leicht stirnrunzelnd die Achseln. Irgend etwas hatte ihn verstimmt. Schnell wechselte sie das Thema.

„Die Grundstückspreise müssen nach Richard Burtons Film *Die Nacht des Leguan* hier doch in die Höhe geschossen sein, zumal er und Liz Taylor hier ihre berühmte Liebesaffäre hatten", meinte sie.

„Meine Familie hätte mit dem Besitz ein Vermögen verdienen

können, aber wir haben in jedem Jahr unsere Ferien hier verlebt. Das war einfach herrlich. Grandma würde nicht im Traum daran denken, es zu verkaufen. Nicht einmal jetzt, wo es so wenig genutzt wird. Trotzdem, ich bin wütend auf Richard und Liz. Es war ein herrliches Fleckchen Erde, bevor sie es berühmt gemacht haben. Natürlich war ich damals noch gar nicht geboren, aber nach den Geschichten meiner Großmutter ist es der idyllischste Ort der Welt gewesen."

„Es ist noch immer wunderschön ..., vermutlich muß ich es nur mit anderen Augen sehen."

Stefano betrachtete sie einen kurzen Augenblick, dann lächelte er verlegen. „Mit Ihren Augen ist doch alles in Ordnung."

Seine liebenswerte Ernsthaftigkeit, gepaart mit seiner Verlegenheit, bezauberte Shelby, und sie vergaß ganz, verlegen zu werden. Sie sah ihn an und entdeckte eine Tiefe in seinen Augen, die in auffallendem Kontrast zu ihrer oberflächlichen Unterhaltung stand. Sie wunderte sich über diesen Mann, auf dessen Gesicht beim Segeln ein so jungenhaftes Staunen lag, sich dann auf geheimnisvolle Weise überschattete oder aufhellte, wenn er die Lippen zu einem ironischen Lächeln verzog. Sie wußte, es würde ein Abenteuer sein, alle Nuancen herauszufinden. Sie war versucht, ihn mit Larry zu vergleichen, aber selbst nach dieser kurzen Begegnung konnte sie sagen, daß ein riesengroßer Unterschied zwischen dem oberflächlichen Börsenmakler und diesem Mann bestand, der im Augenblick vor ihr stand.

Ihr kurzer Austausch, der schnelle Blick, durch den sich Fremde in gute Freunde verwandeln, schien sehr lange zu dauern. Shelby spürte ihr Herz klopfen und zwang sich, den Blick von ihm abzuwenden. Christie und Dan saßen noch immer vorne im Boot und lachten und tranken.

„Ich sollte besser auf das Wasser sehen", meinte sie nervös.

„Sie machen das großartig. Sie scheinen ein Naturtalent zu sein."

„Es macht Spaß, aber ich würde mich ganz schön mies fühlen, wenn wir einen Zusammenstoß hätten."

„Ich würde nicht wollen, daß Sie sich mies fühlen." Er lächelte und legte seine Hand beunruhigend dicht neben ihre auf das Steuer. Sie wollte loslassen, aber er hinderte sie daran.

„Sie brauchen nicht loszulassen. Wir können uns die Last doch teilen, oder?"

„Ich bin noch nie auf einem Segelboot gewesen. Es ist wundervoll."

„Es gibt nichts Vergleichbares."

Wieder diese Ernsthaftigkeit. Er meinte, was er sagte, und Shelby hatte den Eindruck, daß seine Worte eine tiefere Bedeutung hatten.

„Segeln Sie auch in Kalifornien?"

„Ich habe ein eigenes Boot. Die *Seabird* gehört übrigens meiner Großmutter. Auf jeden Fall habe ich ein kleineres Boot in King's Harbor. Ich weiß nicht, was ich tun würde, wenn ich es nicht hätte. Ich habe den Eindruck, daß es mich in eine andere Welt bringt. Vielleicht bin ich sogar ein anderer Mensch, wenn ich auf See bin. Zumindest für kurze Zeit ..."

„Ich glaube, jeder braucht so etwas."

„Und welches ist Ihre Fluchtmöglichkeit, Shelby?"

„Ich denke, ich entfliehe der Realität durch Bücher und Filme. Aber vor allem ..." Sie hielt inne, weil ihr klar wurde, daß sie gerade etwas sagen wollte, das sie nur wenigen Menschen erzählt hatte. Sie lachte nervös. Nun war es an ihr, verlegen zu sein, denn sie war nicht daran gewöhnt, über persönliche Dinge zu sprechen, nicht einmal mit Menschen, die sie gut kannte, geschweige denn mit einem Fremden. Aber sie machte weiter, da sie spürte, daß ihre Gedanken bei diesem Mann sicher aufgehoben waren. „Ich habe das noch nicht vielen Menschen erzählt. Vielleicht habe ich selbst nicht einmal viel darüber nachgedacht. Ich repariere unheimlich gern Autos – das habe ich von meinem Vater gelernt. Wenn ich den Kopf unter die Haube meines Mustangs stecken kann, scheinen alle meine Probleme ihre Bedeutung zu verlieren. Aber wie Sie schon sagten, nur für eine Weile."

„Die Probleme verschwinden nie richtig, nicht? Wir können nur so tun, als ob."

Es lag ein trauriger Unterton in seinen Worten, und Shelby wußte nicht, wie sie antworten sollte. Aber bevor sie überhaupt ein Wort herausbrachte, kamen Christie und Dan zu ihnen zurück.

Die alte Unsicherheit war wieder da, und während der folgenden Stunde wurde nur oberflächlich geplaudert, bis sie wieder in den Hafen einliefen. Während Stefano das Boot an seinen Liegeplatz steuerte, hielt Dan eine wenig überzeugende Rede darüber, daß er zuerst mit seinem Partner sprechen und sehen müsse, wie weit die Finanzierung vorangeschritten war. Stefano blinzelte Shelby zu, schüttelte Dan die Hand und sagte ihm, er könnte ihn über den Makler erreichen, wenn er mehr erfahren wollte. Dan sprang vom Boot, und Stefano half Christie beim Aussteigen. Doch als Shelby sich zum Gehen wandte, legte er ihr sanft die Hand auf den Arm.

„Würden Sie heute abend mit mir zum Essen ausgehen?"

„Ja", erwiderte sie einfach. Die Einladung hatte sie eigentlich nicht erstaunt.

„In welchem Hotel sind Sie untergekommen?"

„Im Mismaloya Bougainvillea."

„Ich hole Sie um sechs Uhr ab."

4

Es war nur ein Abendessen, aber an diesem Abend passierte etwas Unglaubliches. War es nur, daß sie zum rechten Zeitpunkt am rechten Ort gewesen war? Oder konnte es Schicksal sein?

Shelby wußte die Antworten auf diese Fragen nicht, aber sie war der Meinung, daß es eigentlich auch egal war. Von dem Augenblick an, als Frank ihr Hotel betrat, wollte sie das, was passierte, nicht durch Philosophieren verderben. Sie war nicht auf der Suche gewesen nach einem Mann oder einer Beziehung. Doch beides hatte sie gefunden, und das war so schön, daß sie instinktiv wußte, zuviel Nachforschen und Nachdenken würde den stillen Zauber ihrer Beziehung verderben. Der Tod ihres Vaters hatte ihr das Herz gebrochen, und sie stellte fest, daß sie Frank davon erzählte. Und irgendwie hatte Frank jedes zerbrochene Stück ihres Herzens sanft und respektvoll aufgehoben – es kamen keine oberflächlichen Antworten, kein Gerede über Investitionen, Profite und Zinsen.

„Manchmal bin ich des Trauerns so schrecklich müde", gestand sie ihm bei Salsa und Chips in einem kleinen Restaurant in Puerto Vallarta. „Und doch möchte ich es nicht vollkommen loslassen. Ich möchte nicht vergessen, wie viel er mir bedeutet hat."

„Vielleicht ist Trauer nicht immer schlecht. In einigen Kulturen werden die geliebten Menschen durch das Ausmaß der Trauer geehrt. Sie ehren Mike Martin dadurch."

„Haben Sie auch schon jemanden verloren, der Ihnen nahestand, Frank?"

Er schüttelte den Kopf, und eine tiefe Falte bildete sich auf seiner Stirn. Er schwieg eine ganze Weile. „Ich trauere mehr um die Lebenden", bemerkte er leise.

„Möchten Sie darüber sprechen? Ich habe das Gefühl, daß sich unser Gespräch nur um mich dreht."

„Das sollten Sie nicht. Ich fühle mich sehr geehrt, daß Sie mir so etwas anvertraut haben."

Shelby verzog das Gesicht. „Ich habe Ihnen zuviel auferlegt, nicht?"

Er lächelte. „Nein ..., ich habe nicht den Eindruck."
„Nein, anscheinend nicht ..."
Ihr Essen kam, und sie wandten sich leichteren Themen zu. Sie sprachen über das, was sie machten und mochten. Shelby liebte das würzige mexikanische Essen; Frank war damit aufgewachsen und bevorzugte ein gutes Steak. Shelby sprach über ihren Lehrberuf; Frank erzählte von dem mexikanischen Restaurant der Familie, das er in Südkalifornien führte. Shelby sprach über ihr Hobby – das Autoreparieren –, Frank über das Segeln. Es war die Art der Unterhaltung, die man während des Essens führte, aber die ganze Zeit empfand Shelby ein Gefühl der Unzufriedenheit, als würden sie nur ihre Zeit vertun und als gäbe es weit wichtigere Dinge, über die sie sprechen sollten. Sie wollte ihm von ihrer Mutter erzählen – und sie sprach nie über ihre Mutter, wenn es sich eben vermeiden ließ.
Sie fragte sich, ob er ebenso empfand. Obwohl er weit weniger über sich sprach als sie, spürte sie, daß dies eher was mit seiner Persönlichkeit zu tun hatte und daß nicht Zurückhaltung ihr gegenüber der Grund dafür war. Trotzdem, Shelby wollte alles über ihn wissen, und es machte ihr nichts aus, wenn sie sich anstrengen mußte, ihn zum Reden zu bringen.
War es möglich, daß sie sich erst seit wenigen Stunden kannten?
Als sie ihre Mahlzeit beendet hatten, fragte Frank: „Haben Sie Lust, noch ein wenig in der Stadt herumzulaufen, bevor ich Sie zu Ihrem Hotel bringe?"
„Gern."
Doch wie es in Mexiko üblich war, dauerte es lange, bis die Rechnung kam. Als sie endlich das Restaurant verließen, war es bereits dunkel geworden, doch auf den Straßen herrschte reger Verkehr, und auch Fußgänger waren viele unterwegs. Ein großer Teil der Straßen waren noch mit Kopfsteinpflaster gepflastert, und obwohl einige auch asphaltiert waren, befanden sie sich nicht in bestem Zustand, selbst wenn sie einigermaßen sauber waren. Aber Frank führte sie sicher und gewandt durch den schrecklichen Verkehr. Shelby fragte sich, ob der Grund dafür seine Erfahrung war oder ob es einfach an seinem Wesen lag. Vermutlich von beidem ein wenig.

Sie wußte so wenig über ihn.

„Frank", begann sie, als sie über die alte Brücke mit Kopfsteinpflaster spazierten. „Ich muß Ihnen etwas sagen." Sie sah zu ihm auf, und er nickte ihr ermutigend zu. „Normalerweise bin ich Menschen gegenüber, die ich nicht kenne, nicht so offen. Ehrlich, ich trage mein Herz nicht auf der Zunge. Und ich möchte nicht, daß Sie einen falschen Eindruck bekommen. Es ist nur, daß ..." Shelby hielt inne, weil es ihr schwerfiel in Worte zu fassen, was ihrer Meinung nach zwischen ihnen passierte. Vielleicht hatte sie auch ein wenig Angst, daß es nicht auf Gegenseitigkeit beruhte.

In der Mitte der Brücke zog er sie beiseite. Sie standen nebeneinander am Brückengeländer und starrten hinunter auf den dunklen Fluß, der langsam dahinfloß. „Heute auf dem Boot gab es einen Augenblick", sagte er, während er das Wasser betrachtete, „da wußte ich, daß ich mit Ihnen an einem Ort wie diesem stehen würde – und ich würde in Sie hineinsehen, und Sie würden in mich hineinsehen. Ich hätte nicht vorhersehen können, daß es so schnell passieren würde, aber ich wußte, daß es so kommen würde."

„Wie ... was war es?"

„Sie sind ein aufrichtiger Mensch, Shelby. Das habe ich sofort gemerkt, als Sie an Bord der *Seabird* kamen. Der Gegensatz zwischen Ihnen und Menschen wie Dan und sogar Christie war so groß wie Tag und Nacht. Und Sie waren der Tag – ein heller und leuchtender Tag! Ich habe diese hektischen Menschen so satt, Männer und Frauen, die nur darauf aus sind, das andere Geschlecht auf sich aufmerksam zu machen. Sie haben nicht versucht, meine Aufmerksamkeit auf sich zu ziehen, und trotzdem haben Sie genau das getan."

„Auf dem Boot?"

„Sie haben auf dem Boot nichts empfunden?"

„Sie wissen, daß es so war. Vermutlich kann ich Ihnen sogar den genauen Zeitpunkt sagen, von dem Sie sprechen."

„Ist das Liebe auf den ersten Blick?"

„Oh ..." Ein elektrischer Schlag durchzuckte sie. Gab es das wirklich? Liebe auf den ersten Blick. Liebe ...? War es möglich?

„Jetzt trage ich mein Herz auf der Zunge.“ Frank sah sie an. Seine dunklen Augen durchdrangen sie mit einer Intensität, die sie den Atem anhalten ließ. „Ich bin noch nie verliebt gewesen, Shelby ..., und dabei war ich schon einmal verheiratet. Aber ihre Seele hat die meine nie erreicht, nicht so wie im Augenblick.“

„Haben Sie Ihre Seele meiner geöffnet, Frank?“

„Nein, aber ich könnte es ..., ich könnte es wirklich.“

„Ich denke, ich möchte, daß Sie es tun, aber nicht im Augenblick. Es ist noch zu früh und zu schwer, alles zu verarbeiten.“ Shelby setzte sich in Bewegung.

Er ging neben ihr her. Sie berührten sich nicht, und doch spürte sie seine Nähe, und es war alles so *richtig*. Sie betrachtete ihn verstohlen und wunderte sich erneut über die Verbindung, die zwischen ihnen bestand. Er sah zwar gut aus, aber nicht auffallend gut, er war mittelgroß und wog etwa achtzig Kilo. Er hatte keine breiten Schultern, und die Muskeln zeichneten sich auch nicht unter seinem weißen Poloshirt ab. Doch es lag eine Standfestigkeit in seiner Gestalt und seinen Gesichtszügen, die sie beeindruckte. Sein Kinn stand etwas vor, und über seinen dunklen, engstehenden Augen wölbten sich dichte, dunkle Augenbrauen. Shelby wollte sich mehr Zeit nehmen, ihn zu betrachten; sie wollte sich die Narbe näher ansehen, die von dem Augenwinkel seines rechten Auges bis zu seiner Wange lief und die er unbewußt häufig berührte. Sie fragte sich, woher sie wohl rührte, und instinktiv wußte sie, daß er noch andere Narben hatte, die sie nicht sehen konnte – Narben auf seinem Herzen und nicht auf seinem Körper.

„Was haben Sie gemeint“, fragte sie plötzlich, „als Sie davon sprachen, daß Sie die Lebenden betrauern?“

„Ich wünschte, ich hätte zu einigen Menschen eine bessere Beziehung, das ist alles. Meine Eltern ... mein Bruder.“

„Ich wußte nicht, daß Familien manchmal so langweilig sein können.“

„Aber Sie hatten eine ideale Beziehung zu Ihrem Vater.“

„Und jetzt ist er tot, und ich habe nur noch meine Mutter.“

„Sie haben nie von ihr gesprochen.“

„Der Grund dafür ist, daß ich mir wünsche, sie würde nicht existieren. Aber sie existiert, und vermutlich muß ich mich dieser Tatsache irgendwann stellen. Sie hat mich verlassen, als ich ein Jahr alt war. Konnte mit der Verantwortung nicht fertig werden. Sie ist eine ziemlich oberflächliche Person – noch immer hat sie keine Ahnung, wer sie ist und worum sich ihr Leben dreht."

„Wissen Sie es? Weiß das überhaupt jemand?"

„Ich denke, eine Mutter sollte schon wissen, wo es lang geht, damit sie ihre Kinder führen kann. Aber vielleicht ist das auch zuviel verlangt."

„Und vielleicht kann eine Mutter auch zuviel führen."

„Ist dies eine Beschreibung Ihrer Mutter?"

Seine Lippen verzogen sich zu einem leichten Lächeln. „Meine Mutter ist ein Fels – nein, vielleicht eher ein Ruder. Das ganze Schiff fährt ihren Weg, oder überhaupt nicht."

„Zumindest ist sie kein Anker."

Er stieß ein trockenes, humorloses Lachen aus. „Manchmal kann sie auch ein Anker sein."

Schon bald saßen sie wieder in seinem alten schwarzen Dodge. Es war erst neun Uhr, und sie waren übereingekommen, daß sie den Abend noch nicht beschließen wollten. Er fuhr durch die Stadt, dann über die gewundene zweispurige Straße, die zu Shelbys Hotel führte. Drei Meilen vor dem Hotel bog er in eine steile und steinige Seitenstraße ab. Er schaltete das Allradgetriebe ein, und selbst damit mußte sich der verrostete alte Pick-up anstrengen, die steile Straße hochzufahren. Eine fünfminütige Fahrt durch üppige Vegetation brachte sie zu einem flachen, gepflegten Grundstück, auf dem ein weißes Stuckhaus mit einem roten Ziegeldach stand. Es war ein typisch mexikanisches Haus.

„Das Haus meiner Großmutter", erklärte Frank einfach.

Das Haus selbst war bescheiden, nicht größer als ein normales Einfamilienhaus. Es war alt, doch gut gepflegt, trotz der Tatsache, daß die Pflanzen und Büsche in der Nähe des Hauses ein wenig zu groß geworden waren. Die Umgebung war es, die es zu etwas ganz Besonderem machte. Es war auf einer Klippe erbaut, und von seiner Rückseite sah man hinab in das üppig bewachsene Tal, während man von vorne den Blick auf das Meer hatte. Frank und Shelby stiegen aus und gingen zur Meerseite. Der Mond spiegelte sich auf dem Wasser, und phosphoreszierende Wellen brachen sich am Sandstrand. Seit ihrer Ankunft in Puerto Vallarta hatte Shelby häufig zu den Häusern hinaufgesehen, die sich in die Felsen schmiegten, und sich gefragt, wie sie wohl aussahen – oder vielmehr hatte sie sich gefragt, welche Aussicht man wohl von ihnen haben würde.

„Eines Tages werden wir von hier oben den Sonnenuntergang beobachten", sagte er leise, fast andächtig.

„O ja ..."

„Von hier aus können Sie Los Arcos sehen." Er deutete auf eine Felsformation etwa eine halbe Meile von der Küste entfernt. „Dort kann man gut schnorcheln. Wir werden eines Tages dorthin segeln."

Sie nickte.

„Und natürlich Playa Mismaloya. Ihr Hotel liegt ein wenig südlich von Los Arcos. Und noch etwas weiter südlich sind die Überreste des Szenenaufbaus von *Die Nacht des Leguan* zu sehen. Dahin fahren wir auch."

Sie blickte ihn an und lächelte.

„Zuviel?" fragte er sie mit einem leicht verlegenen Lächeln. „Ich möchte Ihnen alles zeigen, mit Ihnen zusammensein."

„Ich möchte auch mit Ihnen zusammensein."

„Aber ...?"

„Es ist nicht zuviel und doch ein wenig beängstigend. Ich versuche noch immer, es zu analysieren ..."

„Warum?" unterbrach Frank sie. „Können wir es nicht einfach als ein seltenes, zauberhaftes Ereignis betrachten, das wir ergreifen und genießen? Die meisten Menschen erleben niemals, was wir heute gefunden haben."

„Wollen Sie sagen, wir sollten für den Augenblick leben?"

„Nein, ich sage, wir sollten für heute und morgen – und sogar für immer leben. Falls es ein Immer gibt, falls es eine solche Sicherheit im Leben gibt, möchte ich, daß Sie sie mit mir teilen."

„Woher wissen Sie das?"

Er antwortete ihr nicht sofort, sondern nahm seine Brieftasche aus der Tasche und holte ein Foto hervor. Es war ein Familienfoto, ein Mann und eine Frau Anfang Dreißig mit zwei Kindern, einem etwa sechsjährigen Jungen und einem vierjährigen Mädchen. Für dieses Foto waren sie geschrubbt und ordentlich gekämmt und trugen ihre besten Kleider. Sie sahen aus wie eine typisch amerikanische Familie.

„Wer ist das?" fragte Shelby.

„Eine Freundin, deren Sohn mit seiner Familie auf dem Foto abgebildet ist, hat meiner Großmutter dieses Bild geschickt. Ich weiß nicht, wie die Leute heißen, ich habe sie nie kennengelernt. Ich habe meine Großmutter gefragt, ob ich das Foto haben könnte, weil es mir gefiel." Frank hielt inne und biß sich auf die Lippe. Er blickte aufs Meer hinaus. „Ich trage es als Erinnerung an das, was ich vom Leben erwarte, mit mir herum. Das ist ziemlich lächerlich, weil mein ganzes Leben bisher vollkommen anders und überhaupt nicht normal verlaufen ist. Es gab sogar eine Zeit, wo ich über solche gewöhnlichen, sogar langweiligen Leute gelacht hätte. Aber jetzt nicht mehr. Ich beneide sie jetzt sogar."

„Dann bin ich also eine willkommene Möglichkeit, Ihren Traum zu erfüllen?"

„Sie verstehen mich nicht." Er legte ihr die Hände auf die Schultern und drehte sie zu sich herum. „Ich suche schon lange und beurteile die Frauen nach der Frau auf dem Foto. Ich habe viel darüber nachgedacht. Ich weiß, was ich möchte."

„Mich?" flüsterte Shelby.

„Ich wußte es, als wir uns auf dem Boot trafen." Er seufzte. „Ich nehme an, ich überrumpele Sie. Aber stellen Sie sich nur vor, nach der langen Zeit des Suchens finde ich Sie und erkenne, daß auch Sie etwas für mich empfinden. Ich denke, das ist mir zu Kopf gestiegen."

Shelby strich ihm eine Haarsträhne aus der Stirn. Und im nächsten Augenblick lehnte sie sich mit geschlossenen Augen an ihn und küßte ihn. Als sie sich umarmten, strömte die Leidenschaft durch sie hindurch, als wäre ihre Seele aus einem tiefen Schlaf erwacht. Er reagierte, drückte sie so fest und gleichzeitig so zärtlich an sich, daß sie nicht wußte, was sie denken oder tun sollte. Darum überließ sie sich einfach seiner Umarmung und versuchte nicht daran zu denken, was passieren könnte.

Und dann löste er sich von ihr.

„Du sollst wissen, Shelby, daß es an diesem Abend nicht darum ging. Ich habe dich nicht mit hierhergenommen, um dich zu verführen. Ich wollte nur, daß du auch diese Seite von mir kennenlernst. Mehr als alles in der Welt habe ich Angst davor, das zu verderben, was zwischen uns passiert ist, indem ich etwas tue, was wir später bereuen könnten." Frank betrachtete sie eingehend mit seinen dunklen, durchdringenden Augen. „Du hast auch Angst davor?"

„Ich weiß nicht, was ich am meisten fürchte", erwiderte Shelby atemlos. „Mich zu verlieben ... oder die unglaublichste Liebe zu verlieren, die mir jemals begegnet ist."

Er nickte und nahm ihre Hand. „Wir wollen zum Strand hinunterfahren, ein wenig spazierengehen und uns noch besser kennenlernen. Erst dann können wir unsere Ängste beilegen."

5

„Ich glaube es nicht", sagte Christie, als Shelby gegen Mitternacht das Wohnzimmer ihrer Hotelsuite betrat. „Ich muß einmal auf dich warten." Sie legte ihre Zeitschrift beiseite und setzte sich auf die Kante des Sofas.

„Du bist bestimmt selbst gerade erst zurückgekommen." Shelby zog sich einen Sessel heran.

„Ich bin tatsächlich erst kurz hier", gestand Christie.

„Dan?" Aus irgendeinem Grund, den sie nicht hätte erklären können, wollte Shelby nicht über ihren Abend reden. Christie, die immer nur oberflächliche Beziehungen zu Männern einging, hätte vermutlich nicht verstanden, was Shelby erlebte.

„Nein, er entpuppte sich als ziemlicher Langweiler. Ich habe ihn nach dem Mittagessen abserviert. Aber ich habe einen anderen Mann kennengelernt. Er ist viel netter – und auch reich. Er ist Computersystemanalytiker – frag mich nicht, was das ist –, aber auch seine Familie hat viel Geld. Wir haben zusammen zu Abend gegessen und gingen nachher zur Strandfiesta. Es hat Spaß gemacht. Wie war es bei dir?"

„Frank ist auch sehr nett. Wir hatten einen wirklich schönen Abend."

„Wirst du ihn wiedersehen?"

„Morgen zum Frühstück, und danach wollen wir uns ein paar Sehenswürdigkeiten anschauen. Hast du etwas dagegen?"

„Nein, jetzt fang nur nicht an, dir um mich Gedanken zu machen. Außerdem werde ich mich vermutlich sowieso mit Ted treffen – das ist der Mann, den ich kennengelernt habe. Wir können uns doch jederzeit sehen."

„Bist du sicher?"

Christie verdrehte die Augen. „Keine Diskussion mehr. Wer weiß? Einer von diesen Typen könnte ja der richtige sein."

Shelby zuckte beiläufig die Achseln und streckte sich. „Also ... ich glaube, ich gehe zu Bett. Frank holt mich um halb neun ab." Sie ging in ihr Zimmer und war erleichtert, daß sie eine weitere Unterhaltung vermeiden konnte.

* * *

Sie frühstückten im Freien in einem überfüllten Café am Rande eines großen Marktplatzes, auf dem gerade die Stände aufgebaut worden waren. In Franks Nähe fühlte sich Shelby entspannt. Sie konnte das Treiben um sich herum verfolgen, ohne das Gefühl zu haben, Smalltalk machen zu müssen. Sie bestellte eine Tortilla mit Rührei, geschmolzenem Käse und viel Salsa. Er entschied sich für Eier und einfache Tortillas. Während sie auf ihr Essen warteten, tranken sie den starken mexikanischen Kaffee.

Auf der Straße dirigierte ein Mann mit einem verkrüppelten Bein an einer vielbefahrenen Kreuzung den Verkehr. Er trug eine offiziell wirkende orange Weste, obwohl er sonst für seine Aufgabe ziemlich ungeeignet erschien. Für einen Mann jedoch, der so stark gehbehindert war, meisterte er seine Aufgabe mit bemerkenswerter Autorität. Erstaunlich gelassen pfiff er mit seiner Pfeife, winkte die Autos in die eine oder andere Richtung. Die Fahrer gehorchten ihm sofort, und diejenigen, die seinen Anweisungen nicht folgten, wurden von dem Mann beschimpft. Es war ein faszinierender Anblick, und Shelby beobachtete eine Weile wie gebannt die Szenerie.

„Das gibt es nur in Mexiko“, bemerkte Frank trocken.

„Er ist großartig“, erwiderte Shelby. „Ich wünschte, ich hätte eine Videokamera. Es wäre eine hervorragende Lektion für meine Schüler. Es würde ihnen helfen, Menschen mit körperlichen Behinderungen anzunehmen und ihre erstaunlichen Fähigkeiten zu erkennen.“

„Unterrichtest du gern?“ fragte er, als ihr Essen kam.

„Ich liebe es. Es gibt nichts, was ich lieber täte.“

„Es ist selten, daß jemand so zufrieden mit seiner Arbeit ist.“

„Von deiner Arbeit hast du noch gar nicht viel erzählt. Ich nehme an, du empfindest nicht dasselbe dafür.“

„Es ist nur ein Job. Vermutlich sollte ich dankbar sein, daß meine

Familie einen so angenehmen Posten für mich hatte, als ich ihn brauchte, obwohl ich sicher bin, daß meine Großmutter sie überredet hat, mir diese Stelle anzubieten. Meine Eltern hätten das von sich aus nicht getan."

„Was haben sie denn gegen dich?"

Sein Blick wanderte von ihr zur Straße hin. Sie fragte sich, ob er versuchen würde, ihre Frage zu umgehen. An seinem finsteren Gesichtsausdruck merkte sie, daß er nicht gern über sich oder vor allem über seine Familie sprach.

„Weißt du, Shelby, ich war nicht immer der Mensch, den du jetzt kennengelernt hast." Er sprach leichthin, doch seine Augen blickten sie ernst an. „Früher habe ich immer nach Schwierigkeiten gesucht – und sie auch gefunden. Ich habe nur einen Bruder, der jünger ist als ich, und der Idiot sah zu mir auf, wollte mir in meinen Fußstapfen folgen. Doch als ich beschloß, reinen Tisch zu machen, wollte er mir aus irgendeinem Grund nicht folgen. Vielleicht steckte er bereits zu tief im Schlamassel, vielleicht war er auch aus seiner Heldenbewunderung herausgewachsen. Na ja, meine Eltern werfen mir vor, ich hätte ihn vom rechten Weg abgebracht."

„Du hast ihn doch nicht gezwungen, oder?"

„Nein, natürlich nicht", verteidigte sich Frank. Seine Augen umwölken sich. „Es ist unmöglich, ein Kind davon zu überzeugen, auf der Schule zu bleiben, auf seine Eltern zu hören. Ich habe mich selbst nicht daran gehalten, also hätte mich nicht überraschen sollen, daß er es auch nicht tat. Es war mein Fehler."

„Das scheint eine schreckliche Last zu sein."

„Ich würde alles tun, um ihm zu helfen, aber er will meine Hilfe nicht annehmen."

„Bist du ... mit dem Gesetz in Konflikt geraten?"

„Das liegt jetzt alles hinter mir. Ganz bestimmt. Aber du verstehst sicher, daß ich mich nicht gern an meine Vergangenheit erinnere."

„Aber es klingt so, als würden deine Eltern dich nicht vergessen lassen."

„Das ist die Untertreibung des Jahrhunderts." Er bestrich eine

Tortilla mit Butter und konzentrierte sich auf sein Essen. Shelby verstand den Hinweis und sagte nichts mehr über seine Eltern.

„Wollen wir nach dem Frühstück ein wenig bummeln gehen?“ fragte sie statt dessen.

„Gute Idee. Es ist ein Abenteuer, das ich sehr gern mit dir erleben möchte.“

„Als wir angekommen sind, bin ich einmal mit Christie einkaufen gegangen. Wir waren überwältigt. Aber mein Spanisch ist ziemlich eingerostet.“

„Es wird Spaß machen, dir alle Tricks zu zeigen.“

Nach dem Frühstück gingen sie zu dem Hauptmarkt in der Nähe der beiden Brücken über den Cuale. Frank konnte fließend Spanisch und hatte ein Talent zum Handeln.

„Sie erwarten von dir, daß du handelst“, erklärte er ihr. „Sie wären sogar enttäuscht, wenn man den genannten Preis einfach so akzeptieren würde.“

In einem Geschäft entdeckte Shelby eine wunderschön bestickte Einkaufstasche, und Frank erteilte ihr eine Lektion über Einkaufen auf mexikanisch.

„Cuánto vale?“ fragte er den Verkäufer.

„Ah, Sie haben ein sehr gutes Auge“, erwiderte der Mann auf englisch. Aber er sprach mit einem starken Akzent. „Das ist Handarbeit, sehr schwierig. Ich kann es für *ciento cincuenta pesos* verkaufen. Gutes Geschäft.“

„Ich gebe Ihnen *ochenta pesos.*“

„O nein ...“, stöhnte der Mann, und Shelby war nicht erstaunt, daß der Verkäufer sie so gequält ansah. Sie fand auch, daß Frank wirklich einen sehr niedrigen Preis genannt hatte, weniger als die Hälfte des geforderten Preises.

„Dies ist alles Handarbeit, sehr kompliziert. Ich habe den Frauen im Dorf zugesehen, als sie es gemacht haben. Es dauert wirklich sehr lange“, beharrte der Verkäufer. „Ich nehme einen großen Verlust in Kauf, aber einhundertdreißig Pesos muß ich unbedingt dafür haben.“

Sie handelten noch eine Weile, Frank ging auf neunzig Pesos hoch, doch der Händler wollte nicht tiefer als einhundertundzwanzig Pesos gehen. Schließlich wandte sich Frank zum Gehen.

„Nein, *gracias*." Er nahm Shelbys Hand, und sie verließen das Geschäft.

Die Tasche war wunderschön, aber sie hatte ihr Herz nicht daran gehängt. Sie hatten gerade den Durchgang zum nächsten Geschäft erreicht, als der Händler ihnen nachrief. Frank blinzelte Shelby zu, und ihr wurde klar, daß dies zum Spiel gehörte.

„In Ordnung", sagte der Händler mit einem tiefen Seufzer, „Ihnen gebe ich sie für einhundertzehn Pesos. Ich kann nichts verdienen, wenn ich sie für weniger abgebe."

Frank zuckte die Achseln. „Wir sind nicht interessiert. Einhundert Pesos."

„Oh, aber dann verdiene ich ja nichts mehr", jammerte der Händler.

Frank schlenderte im Laden umher und sah sich noch ein paar andere Waren an. Es kamen noch mehr Käufer herein, und schon bald wandten sich Frank und Shelby erneut zum Ausgang. Aber der Händler fing sie ab, bevor sie die Tür erreichten.

„Okay, Ihnen gebe ich sie für einhundert Pesos", flüsterte er. „Aber erzählen Sie es niemandem. Ich verdiene nichts daran, aber die hübsche Dame wird nett damit aussehen, nicht?"

Das Geschäft wurde besiegelt, Frank gab dem Händler das Geld, und Shelby nahm die Tasche vom Stapel. Draußen wollte sie Frank das Geld geben, aber er wollte es nicht annehmen.

„Es macht zu viel Spaß", sagte er. „Das ist es wert."

„Na gut, dann bezahle ich das nächste Mal."

Sie schlenderten über den Markt, auf dem viele Stände mit den unterschiedlichsten Waren standen. Am Morgen waren noch nicht so viele Käufer unterwegs, so daß die Händler ihnen viel Aufmerksamkeit schenkten. Nicht selten kam es vor, daß Shelby sich, wenn sie mehr oder weniger zufällig eine Ware berührte, plötzlich beim Handeln ertappte. Sie kaufte schließlich ein Silberarmband, das sie eigentlich nicht besonders interessiert hatte, aber das Handeln hatte sie so fasziniert. Nach einer Weile gewöhnte sie sich an diese Art des Einkaufens. Sie handelte so gut sie konnte und machte ein paar sehr gute Geschäfte. Sie versuchte, nicht über die Tatsache nachzudenken, daß sie die Hälfte des Zeugs, das sie kaufte, weder brauchte noch wollte. Frank neckte sie, sie würde ihren Beitrag dazu leisten, die Wirtschaft Mexikos anzukurbeln.

Als sie genug vom Bummeln hatten, suchten sie sich ein Café, in dem sie zu Mittag aßen. Dann spazierten sie zur Südseite des Flusses und zur Playa de los Muertos, einem der bekannteren Strände in der Stadt. Mittlerweile tummelten sich dort die Touristen, und die Verkäufer wanderten durch die Menge und priesen ihre Waren an, die sie in Koffern bei sich trugen oder sich über den Arm gehängt hatten: Spitzendecken, Silberschmuck, geschnitzte Masken oder an einem Stock gebratenen Fisch. Es war wohl kaum ein friedlicher, romantischer Spaziergang, wenn sie an jeder Biegung die Händler abwehren mußten, aber es war ein Abenteuer, und sie erlebte es mit Frank zusammen. Shelby stellte fest, daß sie seine Gesellschaft mehr und mehr genoß. Er war wie ein Edelstein mit vielen Facetten. Er hatte seine ernsten Augenblicke, und dann hatte Shelby das Gefühl, ihn nicht erreichen zu können, aber er hatte auch einen wunderbaren Sinn für Humor und brachte sie häufig zum Lachen. Der Tod ihres Vaters wurde bald zu einer schwachen, weit entfernten Erinnerung.

Und so vergingen die Tage. Sooft sie konnten, waren sie zusammen, erforschten die Stadt, suchten viele interessante Plätze auf, die Touristen nur selten zu sehen bekamen. Sie fuhren mit dem Boot aufs Meer hinaus, um zu schnorcheln oder an Stellen zu schwimmen, wo die Touristen normalerweise nicht hinkamen. Manchmal hielten sie sich an den Händen, dann und wann küßten sie sich auch, aber es war nie mehr. Es kam vor, daß Shelby ihre Leidenschaft kaum bezwingen konnte. Aber Frank machte ihr immer wieder klar, daß sie nicht das in Gefahr bringen sollten, was sie gefunden hatten, indem sie der körperlichen Leidenschaft nachgaben. Shelby war damit einverstanden – wirklich –, aber es fiel ihr nicht leicht, wenn er ihr so nah war, wenn sie noch lange, nachdem sie sich getrennt hatten, seinen Kuß auf ihren Lippen spürte.

Eines Tages, nachdem Shelby bereits eine Woche in Puerto Vallarta war, wanderten sie zu der Kulisse des Films *Die Nacht des Leguans*, der nicht weit von Shelbys Hotel entfernt gedreht worden war. Sie mußten einen steilen Pfad hochsteigen, und nur ein paar Schilder wiesen darauf hin, daß sie die bekannte Stelle erreicht hatten. Es war nichts übriggeblieben, was einer Filmkulisse ähnelte, und das, was noch stand, war verfallen. Aber von der Bergspitze hatten sie einen atemberaubenden Blick auf das Meer.

„Ich liebe das Meer", sagte Frank, als er auf die endlose Weite blickte. „Ich fühle mich dann so lebendig. Manchmal denke ich, ich würde gern in die Mitte des Meeres laufen und immer davon umgeben sein."

„Aber das würde doch genau das zunichte machen, was du daran liebst."

„Ach ja ... Ist das nicht das große Dilemma des Lebens?" Abwesend fuhr er mit dem Finger über seine Narbe. „Da ist immer die andere Seite – so nah, daß man kaum sagen kann, wann die Freude vom Tod verschluckt wird."

„Das ist ziemlich tiefsinnig, Frank", neckte sie ihn. „Wenn nicht sogar deprimierend."

Er wandte sich ihr zu. Seine Augen blickten sie so traurig an, daß sie erschauderte. „Ich möchte dich niemals deprimieren, mein Liebling. Ich möchte deine Freude sein, dein Leben, auch wenn das bedeutet ..." Er brach ab, wandte sich abrupt wieder dem Meer zu. „Weißt du, dort drüben liegt ein kleines Dorf ...", er deutete in Richtung Süden am Strand entlang, „das man nur übers Meer erreichen kann. Es heißt Yalapa. Viele einheimische Frauen waschen ihre Kleider noch immer im Fluß, und wenn nicht die Touristeninvasion wäre, würden sie noch immer so leben wie vor hundert Jahren."

„Das würde ich gern sehen." Shelby war erleichtert, gleichzeitig aber auch beunruhigt, daß er so abrupt das Thema gewechselt hatte.

Wie sehr wünschte sie, sie könnte die tiefen Geheimnisse dieses Mannes ergründen – die Sätze beenden, die er so oft unvollendet im Raum stehenließ. Und doch scheute sie sich davor, tiefer zu graben. Sie wollte, daß er sich ihr freiwillig öffnete. Sie wußte, es würde nichts an ihrer Beziehung ändern. Nein, sie würde ihn deswegen nur noch mehr lieben.

6

Am folgenden Tag segelten sie nach Yalapa, und das Dorf war tatsächlich so eigentümlich, wie Frank es beschrieben hatte. Sie machten eine Wanderung ins Innere des Landes, und hier war die Zeit tatsächlich stehengeblieben.

Der Weg, den Frank sie führte, war stellenweise sehr schmal, steinig und häufig von Buschwerk überwachsen. Gelegentlich kamen sie an einer Hütte vorbei, aber die meiste Zeit liefen sie durch ziemlich wildes, unbewohntes Terrain.

Einmal kamen ihnen zwei Männer mit einem Maultier entgegen. Sie ignorierten Shelbys freundlichen Gruß, riefen Frank aber ein schnelles *Hola* zu. Später passierte dasselbe, als ein anderer Einheimischer ihnen entgegenkam.

„Sind sie Touristen gegenüber feindlich eingestellt oder so etwas?“ fragte Shelby. „Ich versuche doch nur, freundlich zu sein.“

„Mit den Touristen verdienen sie ihren Lebensunterhalt“, erwiderte Frank. „Das hat damit gar nichts zu tun. Du solltest es nicht persönlich nehmen. Sie wollen nur nicht, daß ich Anstoß nehme.“

„Du? Warum?“

„Der mexikanische Mann neigt dazu, sehr eifersüchtig zu sein. Diese Männer ignorieren deinen Gruß, weil sie nicht wollen, daß ich denke, sie würden mit dir flirten.“

„Machst du Witze?“

„Ganz und gar nicht. Das ist ein Stück Machismo. Davon hast du doch schon gehört, nicht?“

„Natürlich. Aber ich verstehe nicht, was das mit Eifersucht zu tun hat.“

Frank schob einen vorstehenden Zweig aus dem Weg. „Um ein richtiger Mann zu sein, müßte ich auf ihr angebliches Flirten reagieren. Sie erwarten eine ... Reaktion, und um Schwierigkeiten zu vermeiden, ignorieren sie dich.“

„Du meinst, sie haben Angst, daß du auf sie losgehst, wenn sie mit mir flirten?“ fragte sie amüsiert.

„Ja, denn das würden sie tun. Es könnte sich zu einer sehr ernsten Angelegenheit entwickeln."

„Du würdest einen Mann doch nicht wirklich schlagen, nur weil er mich gegrüßt hat, oder?"

„Ich bin viel zu zivilisiert, um so etwas zu tun ..." Sein Tonfall war ebenso neckend wie ihrer, doch in seinen Augen lag keinerlei Humor. „Ich glaube, ich kenne keinen Mann, der sanfter ist als mein Vater. Aber als ich ein Junge war, hat ein Freund meines Vaters mit meiner Mutter geschäkert. Ich glaube nicht, daß er mehr getan hat, als ihr zuzublinzeln, aber mein Vater hat den Mann beinahe zu Brei geschlagen. Ich habe dabei zugesehen. Und anstatt entsetzt zu sein, habe ich gedacht, was für ein Mann mein Vater doch ist. Das ist etwas, das wir schon sehr früh lernen, und egal, wie amerikanisiert wir sind, es ist schwer, das ganz abzuschütteln."

„Und was halten die Frauen davon?"

Mit düsterem Blick wandte er sich ihr zu. „Sie lernen schon sehr früh, dies zu ihrem Vorteil zu nutzen."

In diesem Augenblick kamen sie an eine Lichtung, von wo aus sie den Fluß sehen konnten. „Sieh nur, dort", sagte Shelby, der kaum bewußt wurde, wie erleichtert sie war, das Thema wechseln zu können. Zum ersten Mal erblickten sie eine Gruppe von Frauen, die am Flußufer hockten und ihre Wäsche wuschen. Ihre Unterhaltung war vergessen, und wieder einmal waren sie bezaubert von der reizvollen Landschaft.

Später, als sie wieder im Hotel Bougainvillea angekommen waren, schlug Frank ein kleines Restaurant in dem kleinen Dorf Mismaloya ganz in der Nähe des Hotels vor. Shelby hatte dieses Dorf noch gar nicht wahrgenommen, obwohl es nur eine knappe Meile von ihrem Hotel entfernt lag. Wie in Mexiko üblich, war es ziemlich schäbig und konnte wohl kaum als malerisch bezeichnet werden. Obwohl es ganz in der Nähe des Hotels lag, sollte es ganz offensichtlich keine Touristenfalle sein. Es gab eine Hauptstraße mit ein paar wenig ansprechenden Geschäften auf jeder Seite. Nur ein kleiner Laden bot die Art von Waren an, die einen Touristen interessierten. In dem Dorf gab es eine Kirche und sogar einen Kinderspielplatz mit einem Trampolin und Tischspielen. An diesem Abend war das Dorf festlich mit Fahnen und Papierdekorationen geschmückt. Frank nahm an, daß am Abend eine Fiesta stattfinden sollte. Er grüßte einige einheimische Bekannte und erklärte Shelby, daß er Mismaloya so gut kannte, da das Haus seiner Großmutter ganz in der Nähe lag. Er achtete immer darauf, wenigstens einmal bei Tony zu essen, wenn er im Land war.

Während sie den Hügel zu dem Restaurant hochstiegen, holten zwei Jungen sie ein.

„*Hola!*“ sagte der größere von beiden. „Sie wollen zu Tony?“

„*Sí*“, erwiderte Frank.

„Sollen wir Ihnen den Weg zeigen?“

„*Está bien*“, erwiderte Frank. Er verschwieg, daß er sich hier gut auskannte, weil die Jungen so eifrig darum bemüht waren, ihnen zu helfen.

Shelby merkte, daß die Dorfkinder dies aus reiner Freude taten. Sie wollten Kontakt zu den wenigen Touristen haben, die in ihr kleines Dorf kamen.

„Wie heißt ihr ...“, begann Shelby, doch dann brach sie ab. „Ich meine ..., *cómo os llamais?*“

„Ihr Spanisch ist gut“, sagte der Junge, der sich offensichtlich zu ihrem Sprecher gemacht hatte. „*Me llamo Miguel.*“

„*Me llamo Raul*“, antwortete der andere Junge.

„Wie schön, euch kennenzulernen. *Me llama Shelby* und ...“ Aber hier war sie mit ihrem Spanisch am Ende, und sie beendete den Satz auf englisch. „Das ist Frank.“

„*Su esposo?*“

Shelby blickte schnell zu Frank hinüber, und ihre Wangen röteten sich. Frank lächelte sie nur an. Sie wußte, daß er neugierig war, wie sie diese unschuldige Frage beantworteten würde.

„Nein, nicht mein Mann. Nur ein Freund ... ein sehr guter Freund.“ Sie lächelte Frank verschmitzt an. Er nahm ihre Hand und drückte sie sanft.

„Woher kommst du?“ fragte Miguel, der den Austausch zwischen den Erwachsenen nicht bemerkt hatte.

„Aus Kalifornien", erwiderte Shelby.

„Ich habe einen Bruder in Los Angeles."

„Hast du ihn schon besucht?"

„*Sí*. Vielleicht werde ich auch eines Tages dort wohnen."

„Hast du hier in der Schule Englisch gelernt?"

„Nein, in L. A."

„Also, ich muß sagen, dein Englisch ist sehr viel besser als mein Spanisch. Du wirst in den Staaten bestimmt gut zurechtkommen."

Als sie sich ihrem Ziel näherten, kamen sie an einem großen Hibiskusstrauch vorbei. Miguel pflückte eine rote Blüte und reichte sie Shelby. Gerührt nahm sie sie entgegen.

„*Gracias*", sagte sie.

Um nicht abseits zu stehen, pflückte auch der schweigsame Raul eine Blüte und reichte sie ihr. Sie nahm sie mit Dank entgegen.

„So, da sind wir", sagte Miguel, als er vor einem alten, aber bezaubernden Lehmhaus stehenblieb. Auf einem Schild über der Tür stand einfach nur „Bei Tony".

„Es war sehr schön, euch kennenzulernen, Miguel und Raul. Vielen Dank, daß ihr uns hierhergebracht habt", sagte Shelby.

Frank griff in seine Tasche und reichte jedem von ihnen einen halben Dollar, den sie mit aufgerissenen Augen und überschwenglichem Dank entgegennahmen.

„Das hat ihren Tag gerettet", sagte Shelby, als sie die schmalen Stufen zu dem Restaurant hinaufstiegen.

„*Du* hast ihren Tag gerettet", gab Frank zurück. „Wie alle meine Tage, seit ich dich kennengelernt habe."

Das Essen war das beste, das sie hier in Mexiko je gegessen hatte, und der Kellner servierte mit solchem Charme, daß alles einfach perfekt war. Sie nahmen sich Zeit beim Essen, beobachteten den Sonnenuntergang über dem Meer, während ihnen das Dessert und Kaluah-Kaffee, eine Spezialität des Hauses, serviert wurden. Es war bereits dunkel, als sie das Lokal verließen, und der volle Mond stand hoch am Himmel. Im Zentrum des Dorfes hatte das Fest bereits begonnen. Viele Einheimische und eine Handvoll Touristen schlenderten die Straße entlang, während ein Dutzend Kinder sich auf dem Spielplatz tummelten und mit großer Begeisterung lachend auf dem Trampolin herumhüpften.

Am Ende der Hauptstraße befand sich die Kirche. Sie war schwer zu beschreiben, aus grauen Steinen gebaut, mit einem flachen Dach – wohl kaum eine typisch katholische Kirche Mexikos. Doch mit den Lampions und Girlanden im Hof wirkte die Kirche sehr ansprechend. Etwa dreißig Leute hielten sich im Kirchhof auf.

„Ich frage mich, was hier wohl los ist", meinte Shelby.

„Wir wollen es uns einmal ansehen."

Frank nahm sie an der Hand und führte sie die Stufen hoch zum Hof der Kirche. Die Blumengirlanden aus Papier, die den Hof schmückten, waren am Dach der Kirche befestigt und führten über den Hof zu einem kleinen Glockenturm am anderen Ende des Hofes. Sie ließen das Gebäude einladend erscheinen. Und bei näherem Hinsehen entdeckten sie, daß die Leute nur im Hof standen, weil die Kirche gerammelt voll war. Viele standen bereits in den Gängen und hinter den Bänken. Doch weil alle in der Kirche standen, sogar die Leute in den Bankreihen, konnte Shelby nicht erkennen, was sich am Altar abspielte.

Frank ging auf eine alte Frau in der Nähe der Tür zu. *„Senora, es esta la boda?"*

Sie grinste ihn mit ihrem zahnlosen Mund strahlend an. *„Sí! Es la boda de Juan Ramirez y Agueda Gómez."*

„No los conozco. Pero gracias, señora." Er wandte sich an Shelby. „Es ist eine Hochzeit", erklärte er. „Sie müssen angefangen haben, als wir noch im Restaurant saßen. Traditionsgemäß gibt es vor der Trauzeremonie einen Umzug durch den Ort. Schade, daß wir ihn vom Restaurant aus nicht gesehen haben."

„Ja, das ist wirklich sehr schade." Jetzt verstand Shelby, warum die Kinder in bunten Kostümen mit gefiedertem Kopfschmuck im Kirchhof spielten. Sie sahen aus wie aztekische Krieger. Bestimmt hatten sie bei der Prozession mitgemacht. „Wollen wir warten und einen Blick auf Braut und Bräutigam werfen?"

„Was habt ihr Frauen nur immer mit Hochzeiten?" Frank grinste.

„Und dich interessieren Hochzeiten wohl gar nicht?"
„Nur meine eigene Hochzeit ist wichtig."
„Ich bin sicher, deine Braut wird dem nicht widersprechen."
„Ich hoffe nicht."
Plötzlich spürte Shelby, daß sie nicht mehr über irgendein unbestimmtes Ereignis sprachen. Ihr wurde heiß bei der Art, wie er sie ansah. Es konnte kein Zweifel an dem bestehen, was er dachte.
„Frank, ich ..."
Er legte den Arm um sie und zog sie an sich. „Du weißt, daß ich dir einen Heiratsantrag machen werde?"
„Ich – daran hatte ich nicht gedacht." Aber sie wußte, daß sie log. Sie hatte mehrmals darüber nachgedacht und vergebens versucht, diese Gedanken zu vertreiben.
„Ich möchte dich heiraten, Shelby, und mein Leben mit dir teilen. Ich wußte das von Anfang an."
„Vielleicht wußte ich es auch."
„Und doch weiß ich, daß es so plötzlich kommt – zu plötzlich."
Sie blickte zu ihm auf. Die Lichter der Lampions spiegelten sich in seinen dunklen Augen und verliehen ihm ein fast verzaubertes Aussehen. Und tatsächlich hatte sie das Gefühl, als würde sie einen Traum erleben. Es war unglaublich, daß sie hier mit einem Mann über Heirat sprach, den sie erst seit einer Woche kannte. Und doch erschien ihr alles so richtig zu sein. Wenn sie ehrlich war, so mußte sie zugeben, daß sie sich ein Leben ohne Frank nicht mehr vorstellen konnte.
„Warum sollten wir uns einen willkürlichen Zeitrahmen auferlegen?" hörte sie sich sagen. „Wird es in einer Woche besser sein? In einem Monat? Einem Jahr? Ich hoffe, unsere Liebe wird immer tiefer werden, aber wird sie *richtiger* werden?"
„Was sagst du?"
„Ich weiß es nicht ..., außer daß ich sicher bin, nicht mehr nach meinem Seelengefährten suchen zu müssen."
„Bist du sicher?"
„Ja. Ich möchte zweifeln, in Frage stellen ..., aber ich empfinde nur Gewißheit."

„Willst du sagen, daß wir, wenn wir in die Staaten zurückkehren, über ein Hochzeitsdatum sprechen können? Daß wir vielleicht sogar eine Hochzeitsreise nach Puerto Vallarta planen können, wo alles begonnen hat?“

„Oder wir könnten beides auf einmal erledigen.“

„Was meinst du damit?“ Frank sah sie vorsichtig an, als ob er genau wüßte, was sie damit sagen wollte, es aber nicht glauben könnte.

„Wir sind doch jetzt hier, und ich habe noch eine Woche Urlaub, bevor ich wieder arbeiten muß. Reicht das für eine Hochzeitsreise?“, fragte sie.

„Warte eine Minute! Höre ich richtig? Du willst hier und jetzt heiraten?“ Zum ersten Mal entdeckte sie reine Fassungslosigkeit in seinen Gesichtszügen.

„Ich bin vollkommen verrückt geworden?“ kicherte Shelby, die sich über die Tatsache hinwegsetzte, daß sie wie ihre Mutter klang.

„Vollkommen.“

„Aber ich habe nicht das Gefühl, verrückt zu sein, Frank. Wenn wir sowieso heiraten wollen, warum dann noch warten?“

„Und ich dachte, ich würde dich überrollen ...“

„Wir können natürlich warten. Ich würde warten, wenn ich müßte. Aber ich möchte nichts anderes.“

„Ich auch nicht.“

„Warum dann warten?“

„So einfach, wie du es darstellst, ist das nicht“, erklärte er. „Wir müssen Formulare ausfüllen und Bluttests machen, und wir brauchen Papiere.“

„Sind das unüberwindliche Hindernisse?“

Er lächelte verschmitzt.

„Wir sind hier in Mexiko, und ein Schein hier und ein Schein da in die Hand gedrückt, kann jedes Hindernis aus dem Weg räumen.“

Sie sahen sich im schwachen Lichtschein an, der vom Kirchhof auf sie fiel, und ihre Augen gaben das Versprechen, das ihre Herzen schon längst empfunden hatten.

7

„Du willst was?“

„Ich werde heiraten, Christie, und ich möchte, daß du meine Brautjungfer wirst.“

Mit einer solchen Reaktion hatte Shelby gerechnet. Natürlich war sie von Natur aus recht impulsiv, aber weil sie sich nach Kräften bemühte, das unter Kontrolle zu behalten, war es nicht immer offensichtlich. Und obwohl Christie von dieser häufig unterdrückten Eigenschaft wußte, war sie bei dieser unerwarteten Ankündigung ein wenig schockiert. Shelby wünschte sich nichts weiter als die Unterstützung ihrer Freundin. Zwar war sie entschlossen, diese Hochzeit unter allen Umständen stattfinden zu lassen, und sie würde auch allein heiraten, wenn es nötig sein sollte. Doch ihre beste Freundin an ihrer Seite zu haben, würde eine Hochzeit in einem fremden Land ein wenig angenehmer gestalten.

„Wow, Shelby, mach doch ein wenig langsamer. Das meine ich ernst, laß es doch langsam angehen. Weißt du überhaupt, was du tust? Hast du einen Margarita zuviel getrunken?“

„Ich weiß ganz genau, was ich tue“, erwiderte Shelby so fest entschlossen, daß selbst sie ein wenig erstaunt war. „Ich liebe diesen Mann, wir werden heiraten, und ich sehe keinen Grund zu warten. Ich möchte keine große, dumme Hochzeit in den Staaten. Außer dir ist sowieso niemand mehr da, der mir viel bedeutet und den ich dabeihaben möchte.“

„Shelby, tust du das, weil du Angst hast, nach Hause zurückzukehren und allein zu sein?“

„Jetzt versuche nicht, das Ganze zu analysieren, Chris. Wir lieben uns. Das hat nichts mit meiner Trauer zu tun. Es ist Liebe, nur Liebe.“

„Drängt er dich?“

„Christie! Ich dachte, ich könnte auf dich zählen, aber ... vergiß es.“ Sie erhob sich und wollte den Balkon verlassen, wo sie im Morgensonnenschein saßen.

„Nun warte doch", sagte Christie ein wenig verständnisvoller. „Kannst du mir denn nicht die Zeit geben, das alles erst mal richtig zu verdauen?"

Shelby kehrte zu ihrem Gartenstuhl zurück. „Es ist schwer zu erklären. Ich bin einfach sicher." Sie mäßigte ihren Tonfall. „Wir könnten uns natürlich verloben und sechs Monate oder ein Jahr warten. Vielleicht sollten wir das tun, vielleicht wäre das das richtige. Aber es gibt Zeiten, wo ein Mensch seinem Instinkt folgen muß und nicht unbedingt der Logik."

„Aber wie gut kannst du ihn denn in so kurzer Zeit kennenlernen, Shelby?" fragte Christie, deren Selbstsicherheit sichtlich erschüttert war. „Woher weißt du, daß er nicht nur auf der Suche nach einsamen, hilflosen Frauen ist ..."

„Also jetzt reicht es aber!" fuhr Shelby sie an.

„Aber du warst doch nicht einmal auf der Suche nach einem Mann."

„Und das ist es, was mich mehr als alles andere überzeugt. Ich habe keinen Mann gesucht, aber jetzt kann ich mir mein Leben ohne ihn nicht mehr vorstellen. Ohne Frank würde ich eine ähnliche Leere empfinden wie nach dem Tod meines Vaters. Chris, du hast bestimmt schon von Seelenverwandtschaft gehört, von der einen wahren Liebe ... Nun, ich weiß, daß Frank meine große Liebe ist. Mehr kann ich nicht sagen."

Christie legte ihre Hand auf Shelbys. „Wer bin ich, daß ich dem widersprechen könnte? Wann findet die Hochzeit statt?" Sie lächelte, und Shelby seufzte erleichtert auf.

„Übermorgen. Eine einfache Trauung auf dem Standesamt."

„Dann gehen wir jetzt besser einkaufen."

Eine Stunde später durchstöberten sie in der Stadt die Boutiquen nach der passenden Hochzeitsausstattung. Shelby wollte Frank um zwei Uhr nachmittags vor dem Standesamt treffen, um alle Formalitäten zu erledigen. Als sie ankamen, wartete Frank bereits auf sie. Christie umarmte ihn fest, was einer ernstgemeinten Gratulation gleichkam. Nach diesem Einkaufstag war sie Feuer und Flamme. Christie bot sogar an, mit Frank das Ticket zu tauschen, damit er mit Shelby zusammen nach Hause zurückkehren konnte. Daraufhin sammelte Christie alle ihre Einkäufe zusammen und kehrte ins Hotel zurück, während Frank und Shelby sich an die schwierige Arbeit machten, die schwerfälligen mexikanischen Behörden in Gang zu bringen.

Die Empfangsdame am Standesamt machte ihnen wenig Hoffnung. Allerdings lächelte sie ein wenig, als Frank ihr sagte, sie wollten in zwei Tagen heiraten. Da die Unterhaltung auf spanisch geführt wurde, verstand Shelby kein Wort. Dann und wann erklärte ihr Frank, was gesagt wurde. Die Frau gab ihnen einen Haufen Papiere, die sie ausfüllen sollten, und setzte sie auf den Terminplan, aber sie war sehr skeptisch, daß Shelby und Frank es schaffen würden, alle Formalitäten rechtzeitig zu erledigen. Das größte Hindernis war der Bluttest, aber Frank wußte, was hier zu tun war.

Sie fuhren in das Dorf Mismaloya. Mittlerweile war es vier Uhr nachmittags, und das Dorf sah vollkommen anders aus als noch am Abend zuvor. Es war kaum jemand auf der Straße zu sehen, und obwohl ein großer Teil der Dekoration noch nicht abgenommen worden war, wirkte bei Tageslicht alles ein wenig schmuddelig. Frank stellte den Wagen vor dem verlassenen Kinderspielplatz ab. Als sie ausstiegen, nahm er Shelbys Hand und führte sie zu einem Gebäude, über dem ein Schild mit der Aufschrift R. Sanchez, M. D. hing. Er klopfte an die Tür, aber niemand öffnete.

„Es ist Siesta“, erklärte Frank. „Zweifellos schläft der alte Saufkopp.“

„‚Alter Saufkopp‘?“ fragte sie alarmiert. „Er wird den Bluttest machen?“ Sie war nicht sicher, ob es ihr recht war, daß ein „Saufkopp“ sie mit einer Nadel stach.

„Bei mir bist du in Sicherheit, mein Schatz. Ich werde dich nicht in Reichweite seiner Nadeln lassen.“ Er klopfte erneut an die Tür, dieses Mal lauter. Als noch immer keine Antwort kam, öffnete er die Tür. „Hey Doc“, rief er und trat ein. Shelby folgte ihm.

Der Raum sah aus wie damals im Wilden Westen, nur nicht so sauber und auch nicht so gut ausgestattet. Die Beine des Untersuchungstisches waren verrostet und der Lederbezug an einigen Stellen aufgerissen. Das Glas der Medizinschränke war so dreckig, daß man kaum den Inhalt erkennen konnte. Eine schwarze Katze lag auf einem Tisch inmitten der Instrumente und Tücher.

„Frank", rief Shelby entsetzt, „falls ich je krank werde, erschieß mich lieber, bevor du mich hierherbringst."

Er lächelte. „Nur wenige Leute suchen hier medizinische Versorgung. Aber Doc Sanchez hat so seine Methoden, wenn er mittlerweile auch fast nur noch Medizin verschreibt, illegale Drogen besorgt oder falsche Formulare ausfüllt."

„Und falsche Bluttests macht?"

„Genau."

„Woher kennst du ihn?"

„Oh, er ist ein alter Freund der Familie. Früher war er ein ziemlich guter Arzt."

Eine verschlafene Stimme unterbrach ihr Gespräch. *„Quién está allí? No sabe que la oficina está cerrada?"*

„Doctor, soy yo, Francisco Stefano."

Kurz darauf erschien ein alter Mann, vermutlich Ende Sechzig oder Anfang Siebzig, in der Tür, die zum Untersuchungszimmer führte. Sein weißes Haar und sein stoppeliger Bart standen in krassem Gegensatz zu seinem dunklen, wettergegerbten Gesicht. Er war klein und gebückt und trug ein schmutziges Unterhemd und eine sackartige Hose mit Hosenträgern, die an beiden Seiten herunterhingen. Selbst aus der Entfernung konnte Shelby die Alkoholfahne riechen, die ihn umgab.

Als sich die blutunterlaufenen Augen des Doktors auf Frank richteten, verzog sich sein Mund zu einem breiten Grinsen. Seine gelben, verfaulten Zähne wurden sichtbar.

„Francisco! Mi amigo! Cuánto tiempo que no te veía." Er ergriff Franks Hand mit seiner schmutzigen, arthritischen Pranke und schlug Frank mit der anderen Hand auf den Rücken.

Sie sprachen Spanisch, und wieder einmal verstand Shelby nur sehr wenig.

„Also, was führt dich zu meiner bescheidenen Hütte?" fragte Dr. Sanchez auf Spanisch.

„Ich möchte Sie um einen Gefallen bitten, Doc."

„Du weißt, daß ich dir immer gern helfe. Ich erinnere mich noch mit Freude an deinen Großvater, möge er in Frieden ruhen. Er war ein guter Mann und hat mir oft geholfen, wenn mein Geldbeutel wieder einmal leer war. Geht es deiner Großmutter gut? Sie ist lange nicht mehr hier gewesen."

„Es geht ihr gut, sie ist so munter, wie eine siebzigjährige Frau nur sein kann."

„Gut. Also, was kann ich für dich tun? Du weißt, ich unterhalte noch immer einige der Kontakte, die du in der Vergangenheit häufig genutzt hast. Ich glaube, sie würden noch immer gern Geschäfte mit dir machen, auch wenn es nun schon ..., wie lange ist es her, seit ich für dich tätig geworden bin?"

„Nein, nein, Doc. Darum geht es nicht. Ich habe ein ganz anderes Anliegen. Ich möchte übermorgen hier in Mexiko heiraten und brauche ein paar Unterlagen."

„Und dies ist die hübsche Braut?"

„Sí." Frank blickte Shelby an und lächelte.

„Ein wunderschönes Gringo-Mädchen. Aber Francisco, warum heiratest du nicht in den Staaten? Wäre das nicht einfacher?"

„Drüben in den Staaten ist gar nichts einfacher, nicht für mich. Aber wie auch immer, wir wollen hier heiraten, wo wir uns kennengelernt und ineinander verliebt haben."

„Und du bist verliebt, nicht wahr, *Amigo*? Ich sehe das in deinen Augen."

„Ja, sehr sogar. Also, können Sie uns helfen, Doc?"

„Aber gern! Ich kenne jemanden im Gesundheitsamt, der den richtigen Stempel auf eure Formulare drücken kann. Aber zuerst brauche ich ein paar Informationen. Und natürlich kostet das ein paar Pesos."

* * *

Sie gaben dem Doktor die nötigen Informationen und verabredeten sich für den übernächsten Tag, Mittwoch, um ein Uhr vor dem

Standesamt. Er würde alle Dokumente mitbringen, die sie brauchten. Danach kehrten Shelby und Frank zum Bougainvillea zurück und beschäftigten sich am Pool mit den Formularen, die die Frau im Standesamt ihnen gegeben hatte. Shelby füllte die Angaben für die Braut aus und reichte das Formular dann an Frank weiter. Sie sah ihm über die Schulter, als er seine Angaben machte. In die Rubrik „Schulbildung“ schrieb er Highschoolabschluß.

„Kein College?“ fragte sie.

Frank schüttelte den Kopf. „Macht es dir etwas aus, eine bessere Ausbildung zu haben als ich?“

„Ganz und gar nicht. Es ist nur, ich wußte es nicht.“

„Fragst du dich jetzt, wieviel mehr du noch nicht weißt?“

„Ja, aber ich habe ja ein ganzes Leben lang Zeit, alles herauszufinden.“

„Vielleicht sollte ich dir einiges sagen ...“ Seine Stimme klang auf einmal sehr ernst.

„Nichts könnte meine Gefühle für dich ändern. Ich kenne dein Herz, Frank, und mehr brauche ich nicht zu wissen.“

„Aber ...“

„Sag nichts mehr. Nicht jetzt.“

Er wandte seine Aufmerksamkeit wieder dem Formular zu und gab als letztes die Adresse seiner Eltern an. Seufzend legte er den Stift beiseite, dann sah er sie mit liebevollem Blick an. „Ich weiß nur, daß ich dich liebe, Shelby...“

Sie nickte und führte seine Hand an ihre Lippen. „Ich weiß.“

8

Shelbys Hochzeitstag begann in der Dämmerung, als sie sich nach einer schlaflosen Nacht aus ihrem Bett schälte, Jeans und eine langärmelige Bluse anzog und hinunter zum Strand lief. Am grauen Himmel waren bereits rosa Streifen zu sehen, die den neuen Tag ankündigten. Das Wasser war ruhig, sah fast aus wie Glas, und nur die Wellen brachen sich sanft am Strand. Um diese Zeit hielt sich Shelby allein am Strand auf. Fort waren alle Sonnenanbeter, fort auch die aufdringlichen Händler, die ihre Waren anpriesen.

In gewisser Weise wünschte sich Shelby, sie hätte sich gezwungen, noch ein wenig zu schlafen. Der Tag hätte viel einfacher begonnen, wenn sie später zusammen mit Christie erwacht wäre und sich sofort in die hektischen Hochzeitsvorbereitungen gestürzt hätte. Sie war nicht auf einen Spaziergang am Strand aus gewesen, bei dem ihr so viele Gedanken durch den Kopf gingen. Sie wollte nicht in Frage stellen, was passierte, und damit möglicherweise seine Schönheit und Spontaneität verderben.

Sie würde Frank heiraten. Sie wußte nicht, warum sie so entschlossen war, es jetzt zu tun. Vielleicht hatte sie Angst, daß der Zauber, der hier in Puerto Vallarta über ihrer Beziehung lag, gebrochen würde, wenn sie warteten.

„Ich will nicht darüber nachdenken!“ sagte sie laut und trat in den Sand.

Sie begann zu rennen. Ihre Füße flogen über den nassen Sand. Sie rannte, bis sie außer Atem war, ihr Herz raste und ihre Brust weh tat. Nach zehn Minuten ließ sie sich erschöpft und keuchend auf den Sand sinken. Es tat gut. Dann lief sie zurück zu ihrem Zimmer. Beim Eintreten machte sie so viel Lärm, daß Christie auch bestimmt aufwachte.

Das hektische Treiben, das nun folgte, war ihr sehr viel willkommener, als sie zugeben wollte.

* * *

Falls Shelby doch noch irgendwelche Zweifel hegte, so wurden sie in dem Augenblick erstickt, als sie Frank erblickte. Er wartete vor dem Standesamt auf sie, und die Liebe, die sie in seinen Augen las, war mehr, als jede Frau sich wünschen konnte. Er trug eine braune Hose und ein weißes Leinenjackett mit passendem Hemd und einer konservativ gemusterten Krawatte. Noch nie hatte sie ihn so gekleidet gesehen. Er sah großartig aus.

Dasselbe dachte er auch von ihr, das sah sie an dem bewundernden Blick, mit dem er sie betrachtete. Sie trug ein weißes Baumwollkleid mit einem Faltenrock. Der Saum war nach typisch mexikanischer Art reich bestickt, ebenso der Halsausschnitt. Christie hatte ein Wunder mit ihren Haaren vollbracht, es zu einem französischen Zopf geflochten und eine pinkfarbene Hibiskusblüte hineingesteckt. Shelby wußte, daß sie gut aussah, sie wußte, daß sie strahlte, sie wußte, daß es richtig war.

Sie, Frank und Christie blieben vor dem Standesamt stehen und warteten auf Dr. Sanchez. Die Parkbänke in der Nähe waren zu rostig und schmutzig, so daß sie sich darauf nicht niederlassen konnten. Sie sahen noch einmal nach, ob sie die erforderlichen Papiere hatten. Frank hatte einen Paß und seinen Führerschein dabei, Shelby hatte nur ihre Geburtsurkunde und ihren Führerschein. Frank erzählte ihnen, er hätte mit dem Beamten alles geklärt, das hieß, er hatte dem Mann ein Bestechungsgeld bezahlt, damit er die Tatsache übersah, daß sie keine Touristenkarten besaßen und er seine Scheidungsurkunde nicht zur Hand hatte. Er hatte auch alle notwendigen Papiere ins Spanische übersetzt.

„Jetzt brauchen wir nur noch Doc", erklärte Frank. Er betrachtete sie einen Augenblick. „Bist du nervös?"

Shelby zuckte nichtssagend die Achseln. Sie wollte nicht darüber nachdenken. „Wird die Zeremonie in Spanisch abgehalten werden?"

„Vermutlich. Macht dir das etwas aus?"

„Das ist mir egal – solange es legal ist."

„Das ist es."

Endlich kam Doc in Begleitung von zwei Freunden, die als zusätzliche Zeugen fungieren konnten, falls vier erforderlich waren.

Sie begaben sich ins Standesamt, eine breite Treppenflucht hinauf in den zweiten Stock, wo die Trauung vorgenommen werden sollte. Ein Paar war noch vor ihnen dran, darum schlenderte die Gruppe im Korridor umher, bis sie aufgerufen wurden.

„Und es macht dir auch bestimmt nichts aus, daß es keine große Hochzeit in der Kirche ist?“ fragte Frank. Sie standen Hand in Hand ein wenig abseits von den anderen.

„Ich denke, es wäre eine Schande, wenn es mir etwas ausmachen würde. Ich bin schon seit Jahren nicht mehr in die Kirche gegangen. Macht es dir etwas aus, daß ich nicht katholisch bin?“ Da standen sie, nur wenige Augenblicke vor ihrer Hochzeit, und entdeckten noch immer grundlegende Dinge übereinander. Shelby schob solche Gedanken beiseite und konzentrierte sich auf Franks Antwort.

„Meine Familie ist katholisch, aber ich bin schon vor Jahren aus der Kirche ausgetreten.“

„Noch etwas, das wir gemeinsam haben – wir sind beide geistlich Verworfene.“

„Ich gehe zwar nicht in die Kirche, aber bei dem anderen bin ich mir nicht so sicher. Glaubst du überhaupt nicht, Shelby?“

„Ich weiß nicht genau. Vielleicht bin ich eher ein Agnostiker. Ich denke einfach nicht viel darüber nach.“

„Ich bezweifle, daß ich je Agnostiker oder Atheist sein könnte ... wegen meiner Großmutter.“

„Aus Respekt vor ihr?“

„Gewissermaßen, aber ...“

Das Gespräch wurde unterbrochen, als der Beamte ihre Namen aufrief. Frank und Shelby hielten sich noch immer an den Händen, als sie ins Zimmer traten. Der Beamte winkte sie zu der Stelle, an der ein älterer, distinguiert wirkender Herr stand.

Danach ging alles sehr schnell, obwohl Frank ihr die Worte des Standesbeamten übersetzte. Nach weniger als fünf Minuten sagte Shelby: „Ja, ich will.“

Und der Richter verkündete: „*Los declaro marido y esposa.*“

Es war Christie, die die folgenden Worte sagte. „In Ordnung, die

Braut darf geküßt werden!“ Und sie machte Fotos mit ihrer Kamera von dem großen Ereignis.

* * *

Shelby erwachte mitten in der Nacht. Mondlicht schien durch das Fenster auf das Bett. Verschlafen überlegte sie, was sie aufgeweckt hatte. Dann hörte sie ein Geräusch und setzte sich verwirrt auf. Einen Augenblick lang hatte sie vergessen, daß sie nicht allein im Bett lag. Frank lag neben ihr, aber er warf sich unruhig hin und her. Schweißtropfen standen auf seiner Stirn, und er stöhnte gequält.

„Oh nein ... nein!“ murmelte er und warf sich noch heftiger herum.

Shelby streckte die Hand aus, um ihn aufzuwecken. Doch in diesem Augenblick fuhr er schreiend im Bett hoch. Er keuchte heftig.

„Frank ...?“ rief sie leise.

Er sah sie erstaunt an. „Shelby ...? O Shelby! Sag mir, daß du wirklich da bist ... und die andere ein Alptraum war.“

„Ich bin wirklich da, mein Liebling. Es ist alles in Ordnung“, beruhigte sie ihn.

„Wirklich? Ist wirklich alles in Ordnung?“

Sie rückte näher an ihn heran und legte ihre Arme um ihn. „Möchtest du mir von deinem Traum erzählen?“

Er blickte sie entgeistert an und schüttelte den Kopf. „Nein! Halte mich einfach nur fest. Es wird weggehen. O Gott, bitte mach, daß es weggeht!“

Shelby legte ihre Arme um seine zitternden Schultern und hielt ihn für den Rest der Nacht fest.

* * *

Das Licht der Dämmerung fiel durch das Fenster, als Shelby erneut erwachte. Die beunruhigende Unterbrechung ihres Schlafes in der vergangenen Nacht durch Franks Alptraum schien gar nicht passiert zu sein. Doch wußte sie, daß sie es sich nicht eingebildet hatte.

Frank war von dem Traum tief erschüttert worden, er hatte gezittert und Angst gehabt. Sie hatte ihn wie ein verängstigtes Kind beruhigen müssen – Frank, der normalerweise immer so beherrscht war. Was hatte ihm nach ihrer unglaublich schönen Hochzeitsnacht solche Angst gemacht?

Frank schlief nun tief und fest. Shelby überlegte, ob sie dem Ganzen vielleicht zu viel Bedeutung beimaß. Alle Menschen hatten dann und wann Alpträume – sie hätte es genausogut treffen können. Warum sollte sie so viel Aufhebens darum machen? Statt dessen kuschelte sie sich näher an ihren Mann. Mein Mann. Sie war nun Mrs. Frank Stefano. Im stillen sprach sie den Namen mehrmals vor sich hin. Es klang sehr gut. Frank und Shelby. Shelby Stefano. Ihre Schüler würden sie nun Mrs. Stefano nennen.

Sie war verheiratet! Allein der Gedanke ließ sie vor Freude und Angst, vor Staunen und Vorfreude erzittern. Ein ganz neues Leben lag nun vor ihr. Noch vor zwei Monaten hatte sie sich so verloren und hoffnungslos, so leer und allein gefühlt. Nicht ganz ohne Schuldgefühle dachte sie an ihren Vater. Er wäre damit einverstanden, ganz bestimmt. Ihm würde Frank gefallen. Und wenn er noch am Leben gewesen wäre, hätte er an ihrer Hochzeit teilgenommen. Einen Gedanken konnte sie jedoch nicht beiseite schieben, sosehr sie sich auch darum bemühte. Würde dies eine von den Gelegenheiten sein, wo er sagte, daß sie genauso impulsiv war wie ihre Mutter? Nein, er würde sie verstehen. Er verstand sie immer.

Frank rührte sich nicht, und obwohl sich Shelby nach seiner Gesellschaft sehnte, brachte sie es nicht über sich, ihn zu wecken. Sie schlüpfte aus dem Bett, nahm ihren seidenen Morgenmantel und verließ barfuß das Zimmer. Sie übernachteten im Haus der Stefanos in den Bergen über dem Strand von Mismaloya. Es war die perfekte Umgebung für ihre erste Nacht als Mann und Frau.

Shelby ging in die Küche und bereitete die Kaffeemaschine vor, damit sie sie anstellen konnte, wenn Frank erwachte. Sie schnitt Gemüse und rieb Käse für Omelettes, dann stellte sie alles beiseite und ging in das Wohnzimmer. Aus dem großen Panoramafenster sah man hinaus auf das Meer. Es war ein atemberaubender Blick.

In jeder Hinsicht war es ein ganz bezauberndes Haus. Shelby könnte für immer hier wohnen, in dieser Welt, die der Märchenwelt so ähnlich war, von der sie als Kind immer gelesen hatte. Als sie vor dem Fenster stand, ließ sie ihre Gedanken die malerischen Pfade der Zukunft entlangwandern, wo sie „glücklich bis an ihr Ende" lebten. Sie hatte keinen Grund zu glauben, es könnte anders sein. Das Leben war für sie im Augenblick einfach nur schön.

Sie war so in Gedanken versunken, daß sie zusammenschrak, als sich eine Hand auf ihre Schulter legte.

„Ich wollte dich nicht erschrecken", sagte Frank.

„Ich war in Gedanken gerade weit weg."

„Angenehme Gedanken, hoffe ich."

Sie nickte und lehnte sich an seine Brust. Er legte den Arm um sie. „Ich bin nie glücklicher gewesen, Frank."

„Das ist gut. Und so soll es auch immer bleiben."

Lächelnd und zufrieden seufzte sie. „Immer ...", flüsterte sie.

* * *

Sie hatten gefrühstückt und saßen bei einer letzten Tasse Kaffee zusammen, als ein Brummen den friedlichen Morgen unterbrach. Das Geräusch nahm Form an und schien von einem Fahrzeug zu stammen, möglicherweise einem Transporter mit einem lauten Motor. Die Räder hörten sich auf dem Feldweg an wie die eines Panzers.

„Besuch?" wunderte sich Shelby laut. Hatte Christie ein Transportmittel gefunden und wollte ihre frisch verheiratete Freundin besuchen?

Frank erhob sich und sah zum Fenster hinaus.

„Wer ist es?" fragte Shelby.

„Bleib hier. Ich kümmere mich schon darum", erwiderte Frank und ging aus dem Zimmer.

Shelby ging zum Küchenfenster und sah gerade noch, wie Frank den Hof überquerte. Das Fenster ging zur Rückseite des Hauses hinaus, wo die Straße endete. Es war tatsächlich ein Transporter –

ein alter Halbtonner mit einem verrosteten Fahrerhaus. Zwei Mexikaner sprangen aus dem Wagen und gingen auf Frank zu.

Sie sprachen Spanisch, und Shelby nahm sich vor, ihre Sprachkenntnisse aufzufrischen, wenn sie nach Hause kam. Zuerst schien die Unterhaltung friedlich zu verlaufen, dann deutete einer der Fremden auf die Ladefläche des Transporters. Frank schrie die Männer an, doch das einzige Wort, das Shelby verstand, war *„Estúpido!“*

Die drei redeten noch eine Weile miteinander. Franks Stimme klang sehr verärgert, und er sprach kurz angebunden, aber Shelby konnte nicht verstehen, was er sagte. Schließlich stiegen die beiden Fremden sehr unzufrieden wieder in ihren Wagen und fuhren mit quietschenden und durchdrehenden Reifen viel zu schnell davon.

„Was war denn los?“ fragte Shelby, als Frank zurückkehrte.

„Nichts“, antwortete er kurz angebunden, und einen Augenblick lang waren seine Gesichtszüge so hart wie während des Gesprächs mit den Fremden. Dann schien ihm bewußt zu werden, was er da tat, und er fügte freundlicher hinzu: „Sie hatten sich nur verirrt.“

„Du hast dich verhalten, als wären es Terroristen oder so etwas.“ Sie gab sich Mühe, dem Ganzen nicht soviel Gewicht beizumessen, um der Anspannung entgegenzuwirken, in der Frank sich befand.

„Sie ... wollten nicht fahren, als ich sie dazu aufforderte. Ich hatte Angst, sie hätten tatsächlich etwas vor.“

„Sie wirkten ziemlich finster.“

„Hier in der Gegend kann man gar nicht vorsichtig genug sein.“

Sie ging zu Frank und legte die Arme um ihn. „Aber in deiner Nähe fühle ich mich vollkommen sicher, mein lieber Schatz.“ Als er nicht sofort reagierte, trat Shelby zurück und starrte in seine dunklen Augen. Ein schmerzlicher Ausdruck lag darin. „Was ist los, Frank?“

„Nichts.“

„Ich ... ich weiß nicht, was ich denken soll, wenn ich einen solchen Ausdruck auf deinem Gesicht sehe.“ Der Gedanke, daß sie so wenig über ihn wußte, nagte an ihr. Als Frank dort draußen im Hof gestanden hatte, war er ihr genauso fremd erschienen wie die beiden Eindringlinge.

„Hast du Angst, daß du vielleicht einen Fehler gemacht hast?“ Seine Stimme paßte zu dem verletzlichen, gequälten Ausdruck seines Gesichts.

„So etwas darfst du nicht einmal denken, okay?“

Er legte ihr die Hände auf die Schultern und spürte ihre Wärme. „Was habe ich nur getan, Shelby?“

„Das klingt so, als würdest du denken, du hättest einen Fehler gemacht.“ Es fiel ihr schwer, diese Worte auszusprechen.

„Nein ... Ich liebe dich. Aber wenn ich dich nun nicht beschützen kann?“

„Ist es das, was dir Sorgen macht?“ Wieder zwang sie sich, leichthin zu sprechen, ein Lächeln ihren Mund umspielen zu lassen. „Ich bin ein modernes Mädchen, weißt du? Man kann mich wohl kaum als hilflos bezeichnen.“

„Aber du hast einen Mexikaner geheiratet.“ Auch er bemühte sich, der Situation den Ernst zu nehmen. „Und egal, wie sehr ich auch versuche, modern zu sein, die alten Gewohnheiten sind nur schwer abzuschütteln. Also bist du für mich ein kostbarer Edelstein, der auf einen Sockel gelegt werden muß ...“

„Ach du meine Güte! Jetzt habe ich wirklich Angst.“

„Ich werde versuchen, meine Instinkte im Zaum zu halten. Aber ich werde trotzdem für dich sorgen.“ Dieses Mal nahm Frank sie in die Arme, und seine Anspannung ließ langsam nach. „Du bist ein Edelstein, ein Geschenk, wenn auch ein unabhängiges, modernes. Ich werde niemals aufhören, mich darüber zu wundern, daß ich dich gefunden habe, Shelby, und daß du meine Liebe erwiderst.“

Sie nickte schweigend und ließ die Leidenschaft ihrer Umarmung für sich sprechen.

9

Shelby blickte durch das Fenster auf die stark befahrene Straße hinab. Sogar an einem Sonntag herrschte reger Verkehr, und sie dachte sehnsüchtig an ihr Haus im ruhigen Whittier, in dem sie mit ihrem Vater gewohnt hatte. Dies hier war Franks Wohnung, eine erstklassige Unterkunft, da nur die Straße sie vom Strand trennte. Die Wohnung lag im zweiten Stock, so konnte sie aus dem Fenster aufs Meer sehen, ein ungehinderter Blick trotz der Geschäfte auf der anderen Seite der Straße.

In Puerto Vallarta hatten sie und Frank keinen Gedanken daran vergeudet, wo sie wohnen würden, wenn sie nach Hause kämen. Erst nachdem das Flugzeug in Mexiko gestartet war, hatten sie das Thema angesprochen. Sie hatten darüber gelacht, daß sie eine so wichtige Angelegenheit übersehen hatten, aber keiner von ihnen hatte an die „reale Welt“ denken wollen, solange es nicht absolut notwendig war. Die zweitägigen Flitterwochen in Mexiko hatten die beiden wie im Traum verbracht. Für sie hatte nichts anderes existiert als ihre wunderbare Liebe.

Zwei Stunden vor der Landung mußte das Thema ihrer Zukunft, zumindest ihrer unmittelbaren Zukunft angesprochen werden. Shelby hatte kein Problem damit, zu Frank in seine Wohnung am Strand von Redondo zu ziehen. Die lange Fahrt zu ihrer Schule in Whittier würde sie in Kauf nehmen. Sie konnte auch ohne die Erinnerungen leben, die überall in ihrem Haus zu finden waren. Sie würde das Haus abschließen und überlegen, ob sie es eines Tages vermieten oder vielleicht sogar verkaufen sollte.

Es tat ihr sogar gut, an einem neuen Ort zu leben, ein neues Leben zu beginnen. Und sie hatte es so nah bis zum Strand! Was könnte man mehr wünschen? Im Sommer würde es wundervoll sein, den ganzen Tag am Strand zu liegen. Im Augenblick wirkte das Meer nicht so einladend, denn im Januar war es ziemlich kalt. Trotzdem freute sich Shelby auf einen Strandspaziergang am Abend, wenn Frank nach Hause kam. Es würde sie an Puerto Vallarta erinnern.

Sie hatte den Tag damit verbracht, ihre Sachen auszuräumen und sich die Gegend anzusehen. Jetzt bemerkte sie entsetzt, daß es bereits sechs Uhr war. Sie ging in die Küche, um nachzusehen, was sie zum Abendessen kochen könnte. Sie nahm an, daß Frank hungrig sein würde, wenn er nach Hause kam, und keinesfalls wollte sie an ihrem ersten „normalen" Tag in ein Restaurant gehen. Doch ihre Absichten, eine gute Hausfrau zu sein, wurden zunichte gemacht, als sie sich die Küchenschränke und den Inhalt des Kühlschranks ansah. Ihre Vorräte waren mehr als mager. Offensichtlich hatte Frank nicht für sich gekocht. Zweifellos aß er meistens im Restaurant.

„Jemand zu Hause?" ertönte seine Stimme aus dem Wohnzimmer.

„Ich bin in der Küche", rief sie und wandte sich zur Tür in dem Augenblick, als er erschien.

Sofort lagen sie sich in den Armen.

Er lachte leise. „So schön war das Nachhausekommen noch nie."

„Das will ich doch hoffen!" sagte sie und küßte ihn erneut.

Gemeinsam schlenderten sie ins Wohnzimmer.

„Ich bin heute früher gegangen", erklärte er.

„Früher?"

„Weißt du denn nicht mehr? Ich habe gesagt, daß ich normalerweise erst gegen zehn oder elf Uhr abends aus dem Restaurant komme."

„Ach ja, das hatte ich vergessen. Es ist ja klar, daß du abends arbeiten mußt, wenn die Leute zum Essen ausgehen. Es gibt noch so vieles, was wir voneinander nicht wissen, nicht?"

„Wir müssen daran denken, über alles einmal zu sprechen."

Sie beugte sich vor, um ihn zu küssen. „Das fällt schwer, weil es so viele Dinge gibt, die uns besser gefallen."

Er nahm sie wieder in die Arme, und eine Zeitlang waren alle praktischen Dinge vergessen. Es war Frank, der sie vorsichtig in die Gegenwart zurückholte.

„Es gibt einen Grund, warum ich heute so früh nach Hause gekommen bin", erklärte er.

„Du meinst, einen anderen außer dem Wunsch, den Abend zu

Hause mit deiner Frau zu verbringen?" schnurrte Shelby, die sich dicht an ihn drückte.

„In deiner Nähe fällt es mir schwer, vernünftig zu denken ..., aber ... da gibt es, äh, ein oder zwei Dinge ... Na, was war es noch ...?" Er küßte sie leidenschaftlich, dann legte er ihr die Hände auf die Schultern und hielt sie in Armeslänge von sich. „Also gut, du kleine Verführerin, laß mich sprechen."

„Ist das nicht komisch?" sagte Shelby lachend. „Der *Mann* will in einer solchen Situation sprechen."

„Du machst mich noch verrückt, Frau!"

„Also gut, was wolltest du mir sagen?"

„Worüber?"

„Daß du so früh nach Hause gekommen bist ..."

„Ach ja. Also, ich hoffe, du hast nichts dagegen, aber ich habe Pläne für uns beide für heute abend."

„Werden wir in deinem Restaurant essen?"

„Nein. Meine Großmutter möchte dich gern kennenlernen. Bist du bereit dazu?"

„O ja! Ich kann es kaum erwarten, ihre Bekanntschaft zu machen."

„Und du bist nicht nervös?"

„Sollte ich?"

„Sie wird dich lieben wie ich. Und ich weiß, auch sie wird dir gefallen."

***

Shelby war erstaunt zu sehen, wo Inez Querida, Franks Großmutter mütterlicherseits, wohnte. Es war eine einfache Umgebung für die Besitzerin einer Kette von fünf gutgehenden Restaurants. Ihr Haus lag am Rande von San Pedro, wo die Armut überall sichtbar war. Frank erklärte Shelby, seine Großmutter würde schon seit dreißig Jahren hier wohnen. Nachdem sie und ihr Mann in den ersten Jahren ein Nomadenleben als wandernde Farmarbeiter geführt hatten, war sie nicht bereit gewesen, noch einmal umzuziehen, obwohl die Kriminalitätsrate in diesem Gebiet in den vergangenen zehn Jahren um fünfzig Prozent angestiegen war.

Das Haus war ein weißer Bungalow mit einem hübschen Garten, der von einem hüfthohen Zaun umgeben war. Ein Cockerspaniel begrüßte sie bellend am Tor.

„Siéntate la galleta!" sagte Frank, als er das Gartentor öffnete. „Der Hund heißt Cookie und versteht nur Spanisch", erklärte er Shelby.

Der Hund sprang an Shelby und Frank hoch, als sie in den Garten eintraten. In seiner Begeisterung konnte das Tier sehr hoch springen. Shelby lachte und tätschelte sein seidenweiches rotbraunes Fell.

„Ermutige sie nicht noch", ermahnte Frank sie.

„Aber sie ist so süß."

„Wirst du auch unsere Kinder so verwöhnen?" lachte Frank, als er zum Haus ging.

Sofort wurde Shelby ernst. Außer daß Frank ihr das Foto gezeigt hatte, das er in seiner Brieftasche bei sich trug, hatten sie noch nicht darüber gesprochen, eine Familie zu gründen. Sofort wurde sie von einer Million Gedanken bestürmt. Wie bald? Wie viele Kinder? Was war mit ihrem Beruf? War sie bereit? Aber schnell schob sie diese Gedanken beiseite und zwang sich, sich auf das Jetzt und Hier zu konzentrieren. Einen Schritt nach dem anderen, ermahnte sie sich.

Als sie die Stufen zur Veranda hochstiegen, wurde die Tür geöffnet.

„Wer sagt, *la galleta* sei kein guter Wachhund?" sagte die Frau in der Tür mit sehr starkem Akzent. Frank hatte Shelby erklärt, daß die Familie normalerweise in Gegenwart der Großmutter Spanisch spreche, aber aus Respekt vor Shelby würden sie zum Englischen überwechseln. Die ältere Frau beherrschte die Sprache, obwohl sie viel lieber in ihrer Muttersprache redete.

„Na ja, zumindest bildet sie ein Empfangskomitee." Frank trat vor, umarmte die Frau und gab ihr einen Kuß auf die Wange. *„Hola, abuelita."*

„Ach, Francisco, ich bin so froh, daß ihr kommen konntet. Ich habe dich vermißt, als du fort warst."

Sie war sehr klein und ziemlich stämmig. Ihr breites Gesicht war dunkelbraun und voller Falten, vor allem an den Augen und den Mundwinkeln. Ihr Haar war weiß und in einem Knoten zurückgesteckt. Sie trug ein einfaches Baumwollkleid mit praktischen Sandalen an den Füßen. Sie war das vollkommene Bild einer Großmutter. Und dieses „Bild" stürmte plötzlich auf Shelby los.

„Meine neue Schwiegerenkelin!" Ohne zu zögern, nahm sie Shelby in den Arm. Dann trat sie ein wenig verlegen zurück und fügte hinzu: „Ich hoffe, du hältst mich nicht für voreilig. Aber ich konnte mich einfach nicht bezähmen."

„Ganz und gar nicht", erwiderte Shelby. „Sie glauben gar nicht, wie gut es tut, sich so willkommen zu fühlen."

„Kommt herein, kommt herein, dann werde ich dich richtig willkommen heißen. Du weißt nicht, wie sehr ich dafür gebetet habe, daß mein Francisco eine Frau findet, die er liebt."

Sie führte sie in ein geschmackvoll eingerichtetes Haus. Ihre Möbel bestanden überwiegend aus viktorianischen Antiquitäten, die sich in ausgezeichnetem Zustand befanden und vermutlich sehr teuer gewesen waren. Auf jedem Tisch und Regal standen gerahmte Fotos – Schulabschlußfotos, Hochzeitsfotos und Babybilder – aus jedem Jahrzehnt seit den vierziger Jahren. Shelby hoffte, sie würde die Zeit haben, sich die Bilder genau anzusehen und die von Frank herauszufinden. Sie nahm sich vor, ihre wenigen Fotoalben ihrer Familie aus ihrem Haus zu holen.

Shelby mußte sich neben Mrs. Querida auf das Sofa setzen, Frank nahm ihnen gegenüber in einem Sessel Platz.

„Das Abendessen wird gleich soweit sein", erklärte Mrs. Querida, „aber wir haben noch ein paar Minuten Zeit, um uns zu unterhalten. Ich möchte alles über eure Hochzeit hören. Habt ihr Fotos?"

„Ja", erwiderte Shelby. „Ich lasse sie gerade entwickeln, aber wir haben nur Schnappschüsse, nichts vom Fotografen."

„Das ist doch wenigstens etwas."

Shelby nickte. „Wissen Sie, Mrs. Querida, bevor ich irgend etwas anderes tue, muß ich mich wohl bei Ihnen bedanken."

„Wieso, Shelby?"

„Wenn Sie Frank nicht gebeten hätten, nach Ihrem Haus in Mexiko zu sehen, hätte ich ihn vielleicht nicht kennengelernt. Ich bin Ihnen sehr dankbar, daß Sie es getan haben."

„Soweit ich mich erinnere, war es Frank, der mich gefragt hat, ob er nicht fahren könnte. Er sagte, er müsse eine Weile ausspannen von dem Streß seines Jobs. Ich glaube also, nicht mir müssen Sie danken, sondern einer höheren Macht, die wußte, daß Sie Francisco dort kennenlernen würden."

„Vermutlich", erwiderte Shelby unverbindlich.

„Das ist doch auch nicht wichtig", meinte Frank. „Wir haben uns kennengelernt, und nur das interessiert mich."

„Das stimmt, *nieto*!" Mrs. Querida lächelte ihren Enkel an.

„Dann macht es Ihnen also nichts aus, Mrs. Querida, daß wir geheiratet haben, ohne es irgend jemandem zu sagen?"

Mrs. Querida zuckte die Achseln. „Ich möchte nicht lügen. Ich hätte sehr gern an Franciscos Hochzeit teilgenommen, aber das liegt nicht in meiner Hand. Ich vertraue unserem Herrn, daß er uns so führt, wie es richtig ist."

„Na ja, äh ..." Shelby wußte nicht, was sie sagen sollte.

„Es tut mir leid, ist es Ihnen peinlich, wenn ich so etwas sage?"

„Ich ..."

Frank griff nun ein. „Ich fürchte, *Abuelita,* ich habe eine Frau geheiratet, die in diesen Dingen genauso denkt wie ich."

„Es ist gut, wenn Mann und Frau gleich denken", erklärte Mrs. Querida mit einem trockenen Lächeln. „Und ich werde nicht versuchen ..."

„Nein, bitte, Mrs. Querida. Fühlen Sie sich frei zu sagen, was Sie möchten. Ich habe eine Tante, die genauso redet wie Sie, ich bin also daran gewöhnt. Und, wer weiß, vielleicht haben Sie ja recht. Manchmal frage ich mich tatsächlich, ob Gott Menschen führt, die nicht einmal an ihn glauben."

„Dann glauben Sie gar nicht an ihn?"

„Ich denke schon. Vermutlich denke ich nur nicht so viel darüber nach. Ich hoffe, Sie können darüber hinwegsehen, Mrs. Querida. Ich möchte gern, daß wir beide miteinander auskommen. Ich spüre, wie wichtig Sie Frank sind, darum würde mir das viel bedeuten."

„Ich bin sicher, wir werden Freunde werden." Sie blickte zu Frank hinüber und lächelte. „Du hast eine gute Wahl getroffen, Francisco. Ich weiß, du brauchst meine Billigung nicht, aber ich möchte dir das trotzdem sagen."

Frank beugte sich vor und nahm Shelbys Hand. „Eine der besten Entscheidungen, die ich je im Leben getroffen habe."

Mrs. Querida betrachtete ihren Enkel mit großem Stolz. „Wir alle machen Fehler, Francisco. Zumindest warst du vernünftig genug, deinen zu erkennen, bevor es zu spät war."

„Ich hoffe – und ja, manchmal bete ich sogar, daß es nicht zu spät ist."

„Ach, mein Nieto, du mußt eine positivere Lebenseinstellung bekommen, vor allem jetzt, da alles gut zu werden scheint."

Er nickte, doch seine Augen blickten noch eine Weile sehr nachdenklich, dann schien er diese Stimmung abzuschütteln. „Ich bin halb verhungert, *Abuelita!* Wann essen wir?"

Das Abendessen verlief sehr angenehm. Mrs. Querida hatte Roastbeef mit Kartoffeln und grünen Bohnen gekocht. „Francisco haßt mexikanisches Essen", erklärte Mrs. Querida. Das wußte Shelby bereits über ihren Mann. Sie hatte gehofft, mehr von Mrs. Querida zu erfahren, aber die alte Frau schaffte es, das Gespräch immer wieder auf Shelby zu bringen. Als Shelby die Fragen zu sich selbst nicht beantwortete, erzählte Mrs. Querida von Puerto Vallarta, als es noch ein verschlafenes Dorf gewesen war und sie als Kind den Sommer dort mit ihren Eltern verbracht hatte.

Nach dem Abendessen gingen sie wieder ins Wohnzimmer, und Shelby sah sich die Fotos an. Mrs. Querida ging neben ihr her und erklärte ihr die Bilder. Shelby war besonders an den Fotos von Frank interessiert und neckte ihn, wenn er verlegen wurde. Es gab einen recht unbehaglichen Augenblick, als sie ein Foto von Franks Eltern betrachteten.

„Und was halten deine Eltern von deiner Frau, Francisco?" fragte Mrs. Querida.

„Du weißt ganz genau, daß ich noch nicht mit ihnen gesprochen habe", erwiderte Frank kleinlaut.

„Ich dachte, du hättest sie vielleicht angerufen, nachdem wir heute nachmittag miteinander telefoniert hatten."

„Nein", erwiderte er einfach.

Seine Großmutter seufzte.

„Ich möchte sie gern kennenlernen", meinte Shelby fröhlich, doch sie zuckte zusammen, als Frank sie anfunkelte.

Würden sie jetzt ihren ersten Streit haben? Aber es sah so aus, als sei seine Wut nicht gegen sie gerichtet.

„Francisco, es ist an der Zeit, daß du mit deinen Eltern Frieden schließt", sagte Mrs. Querida.

„Warum? Und warum sollte ich den Anfang machen? Meine Eltern haben sich von mir abgewandt, nicht umgekehrt."

„Und sie haben den Eindruck, du hättest sie betrogen. Siehst du denn nicht, daß es ein Teufelskreis ist? Jemand muß den ersten Schritt tun, sonst wird es niemals enden."

„Dann sollen sie ihn tun." Frank war genauso hart und unerbittlich wie vor ein paar Tagen, als er die Eindringlinge von dem Hof in Puerto Vallarta gescheucht hatte.

„Ich hätte sie beinahe heute abend eingeladen, ohne dir etwas davon zu sagen", gestand Mrs. Querida.

„Wag so etwas nur nicht, *Abuelita.* Eine solche Täuschung wäre nicht willkommen." Franks Stimme war so kalt, daß seine Worte beinahe wie eine Warnung klangen.

Eine lange Stille folgte, bis Shelby, die das Schweigen nicht mehr ertragen konnte, ein sehr altes Foto heraussuchte, von dem sie sicher war, daß es sich bei den Leuten darauf nicht um Franks Eltern handelte. „Wer ist das?" fragte sie.

„Das ist das Hochzeitsfoto meiner Eltern", erklärte ihnen Mrs. Querida.

„Die Spitzenmantilla ist einfach wundervoll!"

„Ich habe sie noch immer. Sie ist besonders verpackt und in gutem Zustand. Ich hatte gehofft, meine Tochter oder eine meiner Enkelinnen würde sie zu ihrer Hochzeit tragen, aber bisher haben sie alle amerikanische Hochzeiten bevorzugt. Ich werde sie dir irgendwann einmal zeigen."

Sie blieben noch zehn Minuten, doch Frank schwieg die ganze Zeit, und Shelby und Mrs. Querida übernahmen das Reden. Auch auf der Heimfahrt war Frank schweigsam. Sie konnte nichts tun, um die Mauer, die er um sich herum errichtet hatte, zu durchbrechen. Und in dieser Nacht schliefen sie zum ersten Mal jeder in seinem Bett, ohne sich zu berühren. Als Shelby versuchte, ihn zu umarmen, schob er sie beiseite.

10

Am nächsten Tag rief er sie in der Schule an, um sich bei ihr zu entschuldigen. Es war ihr sehr schwergefallen, morgens die Wohnung zu verlassen, während Frank noch schlief. Die bedrückende Stimmung hing wie eine dunkle Wolke über ihnen, darum verbesserte sich ihre Laune nach dem Telefonanruf gewaltig. Trotzdem war Shelby beunruhigt wegen Franks dramatischem Stimmungsumschwung am vergangenen Tag.

Am Telefon sagte er ihr, er würde sie zum Abendessen ausführen. Ohne nachzudenken fragte sie, ob sie nicht im Restaurant der Familie, im Casa del Mar, essen könnten, wo er auch arbeitete. Natürlich wollte sie das Restaurant gern kennenlernen, und sie freute sich darauf, dort zu essen. An seinem Zögern hätte Shelby merken müssen, daß ihre Bitte ein Fehler gewesen war, doch bevor es ihr aufging, hatte er ihr schon gesagt, sie solle sich um sieben dort mit ihm treffen.

Casa del Mar, eine Kette von fünf von der Familie geführten Restaurants in Los Angeles, war ein bekanntes familienorientiertes Mittelklasserestaurant. Die Wände waren mit bunten gewebten Decken, Sombreros, Macheten dekoriert, und im Hintergrund spielte mexikanische Musik. Die Kellnerinnen trugen Bauernblusen und weite rote Röcke. Man fühlte sich hier tatsächlich wie im „guten alten Mexiko", wie die Werbung versprach. Franks Restaurant war nur wenige Kilometer von seiner Wohnung entfernt.

Als Shelby ankam, war Frank noch nicht da, aber die Empfangsdame teilte ihr mit, er würde bald kommen. Sie führte Shelby zu dem Tisch, den er für sie reserviert hatte – offensichtlich der beste im ganzen Restaurant in einer abgelegenen Nische, wo nur noch zwei andere Tische standen. Und davon war im Augenblick nur einer besetzt.

Als Frank fünfzehn Minuten später kam, umarmte er Shelby herzlich, und sie hoffte, daß der Vorfall vom Tag zuvor nun wirklich hinter ihnen lag. Aber in seinen Augen lag ein ernster Blick, den sie zu ignorieren versuchte, als eine Kellnerin an ihren Tisch kam, um ihre Bestellung entgegenzunehmen. Er erklärte ihr nicht den Grund für seine Verspätung, und sie fragte nicht danach. Es waren nur ein paar Minuten gewesen, und Shelby dachte, daß er vielleicht länger gearbeitet hatte.

Die Kellnerin war sehr um sie bemüht, aber es war nicht peinlich. Die junge Frau gab sich in Franks Nähe sogar recht entspannt, wie auch die anderen Angestellten, denen sie begegneten. Das zeigte Shelby, daß Frank ein guter Chef sein mußte, was sie keineswegs überraschte.

Sie begannen mit Chips und Salsa. Frank ignorierte die Salsa und knabberte nur an den Chips. Shelby war ausgehungert und machte sich mit großem Appetit über die Vorspeise her. Es gab zwei Sorten der ausgezeichneten Salsa: die scharfe und die milde. Sie bevorzugte die scharfe. Frank betrachtete sie amüsiert.

„Ich glaube, du hast mich nur wegen des Restaurants geheiratet", neckte er sie. Sehr zu ihrer Erleichterung schien er aufzutauen.

„Das ist die perfekte Verbindung. Ich liebe mexikanisches Essen. Aber einen gewissen Mexikaner liebe ich noch viel mehr."

„Du weißt immer das Richtige zu sagen." Er lächelte.

„Sag mal, magst du mexikanisches Essen nicht, weil du den ganzen Tag damit zu tun hast oder aus Rebellion gegen deine Familie?"

Sein Lächeln verschwand. „Wir wollen nicht über meine Familie sprechen."

„Und wer hat gerade noch gesagt, ich würde immer das Richtige sagen?" Shelby suchte krampfhaft nach einem neuen Gesprächsthema, während sie einen Schluck von ihrem Getränk nahm. „Mein erster Tag in der Schule war ein richtiges Ereignis. Eines meiner Kinder hat seinen Hamster mitgebracht. Das Tier entwischte aus seinem Käfig, und wir haben den Rest des Tages damit verbracht, es wieder einzufangen. Im Klassenzimmer gab es eine Million Verstekke, und als wir es am wenigsten erwarteten, kam das kleine Ding aus seinem Versteck und hat uns zu Tode erschreckt. Ich bin so froh, daß ich es schließlich schaffte, den Hamster sicher und gesund in seinen Käfig zu verfrachten."

„Du mußt eine wundervolle Lehrerin sein", meinte er nachdenklich.

„Ich hoffe es. Ich liebe meine Tätigkeit. Die Kinder sind einfach prächtig. Na ja, sie haben auch schon mal ihren schlechten Tag. Der erste Schultag kann eine Katastrophe sein. Dieses Jahr hatte ich ein kleines Mädchen, das noch nie von seiner Mutter getrennt war. Drei Tage lang hat es die ganze Zeit geweint. Mit seinem Weinen hat es ein paar andere Kinder angesteckt, die diese ganze Schulidee sowieso schon in Frage gestellt hatten. Ein paarmal hatte ich einen ganzen Weinchor."

Sie hielt inne und seufzte. „Das scheint schon so lange her zu sein, daß ich es beinahe vergessen hatte."

„Seit September ist viel passiert."

„Ich habe vergessen dir zu sagen, was die Kinder von meinem neuen Namen halten. Aus irgendeinem Grund haben sie Schwierigkeiten, ihn auszusprechen. Meistens kommt ‚Stepano' heraus – falls er ihnen überhaupt einfällt. Ich muß gestehen, ich habe auch manchmal Probleme damit."

„Es ist irgendwie ungerecht, daß eine Frau ihren Namen ändern muß, wenn sie heiratet, und ein Mann tut gar nichts."

„So spricht ein wahrhaft befreiter Mann!" Shelby grinste.

„Ich versuche es zumindest."

„Also, mach dir keine Sorgen, Liebling, du wirst auch deine Opfer bringen müssen. Was ist mit deiner Junggesellenfreiheit?"

„Ich war nie richtig frei, bis ich dich getroffen habe." Die Intensität seiner Stimme stand im krassen Gegensatz zu ihrem neckenden Tonfall.

„Oh Frank ..." Sie griff nach seiner Hand. Doch bevor sie noch etwas sagen konnte, wurde ihr Essen gebracht. Sie wußte sowieso nicht, was sie hätte sagen sollen, da ihr klar war, daß seine Worte nur die innere Traurigkeit widerspiegelten, die ihn zu verfolgen schien.

Sie hatten ihr Essen noch nicht halb aufgegessen, als drei Männer in ihre Nische kamen. Shelby nahm an, sie würden sich an den leeren Tisch setzen, doch sie blieben an Franks und Shelbys Tisch stehen. Alle drei waren Mexikaner und ziemlich raue Gesellen. Shelby schätzte sie sofort als Rowdys ein.

„*Hola,* Frank!" sagte einer, der der Anführer der Gruppe zu sein schien. Er war etwa so groß wie Frank, gut gebaut und hatte dunkle, wellige Haare und einen gepflegten Bart über seinen dünnen Lippen. „Ich habe gehört, daß du hier zu Abend ißt, und wollte herüberkommen, um dich zu begrüßen. Wir haben uns lange nicht gesehen, *Amigo.*"

„Hallo, Barcelona. Ich bin beschäftigt." Frank sprach gedämpft, und es klang gar nicht, als würde er nach langer Zeit einen Freund wiedertreffen.

„Hey, Mann! Das ist keine Entschuldigung." Barcelona schlug Frank freundschaftlich auf die Schulter. „Wir sind doch *compadres*, oder? Du und ich haben vieles zusammen erlebt, und es verletzt meine Gefühle, wenn du mich so zurückstößt, wie du es gerade getan hast."

„Es ist nicht persönlich gemeint."

„Das ist gut zu wissen. Hey, Mann, ich habe gehört, du warst in Mexiko."

„Ja."

„Wir sollten uns einmal zusammensetzen und über deine Reise sprechen."

„Es gibt nichts, worüber wir reden müßten." Diese Aussage erstaunte Shelby natürlich. Frank hatte in Mexiko ja nur geheiratet.

„Früher gab es viel zu besprechen, wenn du aus dem Süden zurückkamst." An Barcelonas Tonfall merkte Shelby, daß seine Worte zweideutig gemeint waren.

„Nicht mehr, Hector." Auch Franks Worte schienen eine doppelte Bedeutung zu haben.

Barcelona zuckte die Achseln und bedachte Shelby mit seinem schmierigen Charme. „Ich bin so unhöflich gewesen, mich deiner hübschen Begleiterin nicht vorzustellen." Er verbeugte sich höflich vor Shelby. „Ich bin Hector Barcelona." Er grinste breit. „Und das hier" – er deutete auf seine Gefährten – „sind meine Kameraden Ricardo und Carlos."

„Nett, Sie kennenzulernen. Ich bin Shelby Ma..., das heißt Stefano."

„Stefano? Frank, du willst doch nicht sagen ..."

„Meine Frau, Hector", unterbrach ihn Frank mit offensichtlichem Widerwillen.

„Wir haben uns tatsächlich viel zu erzählen." Seine Augen wanderten zu Shelby, bevor er sich Frank wieder zuwandte. „Wir müssen uns sehen – wie wäre es mit morgen abend?"

„Ich bin beschäftigt."

„Aber doch nicht für einen alten Freund." Seltsamerweise klangen Barcelonas Worte wie eine Forderung, nicht wie eine Frage. „Wir treffen uns in der Lotto Bar. Du weißt doch noch, wo das ist, nicht? Hey, vielleicht kannst du Ramon mitbringen."

„Ich habe schon seit ein paar Monaten nicht mehr mit meinem Bruder gesprochen."

„Du hast doch seine Telefonnummer, oder? Ich möchte ihn wirklich sehen. Wir haben da noch einige unerledigte Geschäfte, er und ich."

„Ich weiß nicht ..."

„Ich akzeptiere kein Nein als Antwort. Die Getränke gehen auf mich. Bis dann. *Adiós.*" Er wandte sich um und marschierte mit seinen schweigsamen Gesellen davon.

Shelby beobachtete Frank, wie er Barcelona nachsah, bis der Mann verschwand. Sie sah, wie sich die düstere Stimmung vom Vortag wieder auf ihren Mann legte. Sie wollte etwas sagen, hatte aber Angst, das Falsche zu sagen. Darum führte sie die Gabel zum Mund, obwohl sie keinen Appetit mehr hatte, und versuchte, sich auf ihr Essen zu konzentrieren. Franks Blick wanderte zu ihr.

„Wir hätten in Puerto Vallarta bleiben sollen", meinte er finster.

„Irgendwann mußten wir doch in die reale Welt zurückkehren."

„Warum?"

Darauf hatte sie keine Antwort parat. Ein Teil von ihr stimmte ihm zu. Das idyllische Glück ihres Aufenthalts in Mexiko verschwand so schnell wie ein Sonnenuntergang in den Tropen.

„Wir wollen hier verschwinden", sagte er und stand auf, bevor sie eine Antwort geben konnte. Ihr blieb nichts anderes übrig, als ihm schweigend aus dem Restaurant zu folgen.

In Franks Wohnung versuchte sie die Romantik neu zu entfachen, die sie in Mexiko erlebt hatten. Aber er schob sie beiseite, stellte das Fernsehgerät an und setzte sich auf die Couch. Shelby kuschelte sich neben ihn auf das Sofa und legte einen Arm um ihn. Aber seine Distanz war wieder einmal undurchdringlich. Wie gern hätte sie darüber gesprochen, aber sie hatte Angst, alles nur noch schlimmer zu machen. Wenn er nicht über die Vergangenheit sprechen wollte, sollte sie das vielleicht respektieren. Und doch grub die Vergangenheit einen tiefen Graben zwischen sie. Mußten sie nicht darüber reden?

In verwirrtem Schweigen saß Shelby eine halbe Stunde neben ihm, während im Fernsehen eine Dokumentation über das Leben von Benjamin Disraeli gebracht wurde. Sie verstand nicht, wie Frank sich dafür interessieren konnte, aber er hatte sich vorgebeugt und starrte gebannt auf den Bildschirm.

„Möchtest du ein Eis?" fragte sie, als sie das Schweigen nicht mehr ertragen konnte.

„Nein", erwiderte er kurz angebunden.

„Frank, ich kann das nicht ertragen!" platzte sie heraus.

Er ließ sich zurücksinken und seufzte. „Was habe ich dir angetan, Shelby?" Er stellte den Fernseher mit der Fernbedienung ab.

„Ich weiß nicht, was du meinst, Frank, aber ich weiß, daß wir darüber reden müssen."

„Ich hätte niemals hierher zurückkehren sollen. Dich kennenzulernen und mit dir in Puerto Vallarta so glücklich zu sein, hat mich vergessen lassen, was ich hier zurückgelassen habe. Mein Glück hat mich dazu verführt zu glauben, ich könnte dem allen tatsächlich entkommen." Er lachte trocken. „Ich fühle mich wie der Hamster in deiner Klasse, der für ein paar Minuten die Freiheit gekostet hat, aber es war nur eine Frage der Zeit, bis er wieder in seinen Käfig gesperrt wurde. Dieser Ort hier ist wie ein riesiger Käfig. Ich werde niemals daraus entfliehen können!" Er barg stöhnend sein Gesicht in den Händen.

„Wenn es so schlimm ist, Frank, dann laß uns doch fortziehen. Ich gebe meinen Job auf ..."

Er sah sie an und legte seine Hand an ihre weiche Wange. „Das sollte ich eigentlich tun – einfach davonlaufen. Aber ich hätte dich gar nicht erst in alles mit hineinziehen sollen." Er hielt inne und schüttelte bedauernd den Kopf. „Halt mich einfach nur fest, Shelby. Wenn ich mich nur in deine Liebe flüchten kann. Vielleicht wird das ausreichen."

„Frank, kannst du mir denn nicht erzählen, was dich so beunruhigt? In Puerto Vallarta warst du ein ganz anderer Mensch. Natürlich habe ich Anzeichen deiner tiefen Traurigkeit gesehen, aber nicht so wie jetzt. Es ist, als hätte dich die Heimkehr mit einer schrecklichen Krankheit infiziert. Laß mich doch an deinen Sorgen teilhaben. Bitte! Ich kann dir nicht versprechen, daß ich eine Lösung finde, aber wenigstens können wir das gemeinsam durchstehen."

„Verstehst du denn nicht, Shelby? Ich möchte nicht, daß du daran teilhast. Ich möchte nicht, daß du Bescheid weißt. Du bist mein Fluchtmittel ..." Frank brach ab. Offensichtlich hatte er gemerkt, daß er etwas Falsches gesagt hatte.

Shelby konnte das nicht einfach übergehen. „Hast du mich deshalb geheiratet?"

„Ist das ein so schrecklicher Grund? Wolltest du nicht auch deiner Einsamkeit entfliehen? Es gibt schlimmere Gründe für eine Heirat. Das ändert doch nichts an meiner tiefen Liebe zu dir. Kann Liebe denn überhaupt ohne ein Element der Notwendigkeit existieren?"

„Es sei denn, man beschwört Liebe aus dem Gefühl der Notwendigkeit herauf."

„Denkst du, daß das bei uns geschehen ist?"

„Ich hoffe und bete, daß das nicht der Fall ist."

Bete ... Manchmal wünschte sie, sie könnte auch so beten wie ihre Tante. Zweifellos wußte auch Mrs. Querida etwas über das Gebet. Aber Shelby lehnte sich gegen die Vorstellung auf, sich der Religion zuzuwenden, wenn Schwierigkeiten auftauchten. Da sie nicht mehr länger darüber nachdenken wollte und Angst hatte,

Franks Frage weiter auszudiskutieren, sprang sie auf und ging in die Küche. Dort bemerkte sie, daß das Licht am Anrufbeantworter blinkte. Sie ließ ihn abspielen.

„Francisco, Shelby", ertönte die Stimme von Franks Großmutter, „also ärgert euch jetzt nicht, aber ich habe für Sonntag ein kleines Abendessen bei mir zu Hause arrangiert – zusammen mit deinen Eltern, Francisco. Und ich möchte, daß ihr kommt. Deine Mutter will deine neue Frau kennenlernen, und sie hat versprochen, sich zu benehmen. Bitte kommt doch. Auf Wiedersehen."

Da die Küche zum Wohnzimmer offen und nur durch einen Eßbereich abgetrennt war, hatte Frank zweifellos die Nachricht gehört. Ein Blick auf ihn bestätigte ihre Annahme. Er hatte den Kopf erneut in die Hände gestützt.

„Na, das ist doch wirklich das perfekte Ende eines perfekten Tages", meinte Shelby trocken. „Was wirst du tun, Frank?"

„Grandma wird ihre schöne Dinnerparty ohne uns abhalten müssen", erwiderte er entschlossen.

„Ich möchte sie wirklich gern kennenlernen."

„Warum, wenn du weißt, wie sehr mir das widerstrebt?"

„Weil sie zur Familie gehören. Sie sind jetzt *meine* Familie." Sie kehrte zum Sofa zurück.

„Hoffst du, in ihr die Mutter zu finden, die du nie gehabt hast? Also das kannst du vergessen. Es ist ein Traum – wie vermutlich auch alles andere in unserem Leben."

„Ich weigere mich, das zu glauben, Frank. Wenigstens den Teil über uns. Ich weiß, es ist schwer für dich, aber ich würde gern die Gelegenheit haben zu sehen, ob ich eine Verbindung zu deinen Eltern bekomme, auch wenn sie meine Eltern niemals werden ersetzen können."

„Du kannst sie ja so oft besuchen, wie es dir gefällt – aber bitte allein."

„Frank ..."

Unvermittelt sprang er auf. „Ich werde eine Weile weggehen."

„Um diese Zeit?"

„Ich brauche frische Luft."

„Ist ja gut, Frank, du hast gewonnen. Vergiß das mit deinen Eltern."

Er war bereits an der Tür. „Wir werden später darüber sprechen."

Er öffnete die Tür und ging. Shelby sah ihm fassungslos nach. Sie versuchte, sich daran zu erinnern, wie nah sie sich in Mexiko gestanden hatten, aber es gelang ihr nicht mehr so richtig. Im Augenblick spürte sie nur die Distanz. Und diese Distanz wurde noch größer, als sie am folgenden Morgen erwachte und feststellte, daß Frank in der Nacht überhaupt nicht nach Hause gekommen war.

11

Shelby war dankbar, daß Freitag war. Der Rest der Woche war ziemlich trübsinnig verlaufen. Frank hatte ihr keine Erklärung gegeben, wo er die Montagnacht verbracht hatte, und Shelby hatte nicht danach gefragt. Da Frank noch schlief, wenn Shelby das Haus verließ, und sie häufig schon schlief, wenn er nachts von der Arbeit nach Hause kam, fiel es ihnen nicht schwer, heikle Themen zu umgehen. Wenn Shelby es schaffte, wach zu bleiben, bis er nach Hause kam, plauderten sie oberflächlich miteinander. Es hatte keinen Zweck, die wenige Zeit, die sie gemeinsam verbrachten, an Probleme zu vergeuden. Vielleicht würden Frank und sie am Wochenende die Gelegenheit haben, ihre strapazierte Beziehung zu erneuern. Shelby erschauderte bei diesem Gedanken, da sie fand, daß ein solcher Ausdruck eher auf ein Ehepaar paßte, daß einer Scheidung entgegensteuerte, und nicht auf ein Ehepaar, das gerade erst eine Woche verheiratet war. Als sie in ihrer Klasse saß, nachdem die Schüler ins Wochenende gegangen waren, schüttelte sie grimmig den Kopf. Ihre Versuche, die Stunden für die kommende Woche zu planen, waren nicht sehr erfolgreich.

Sie wußte noch immer nicht, was mit Mrs. Queridas Einladung zum Abendessen war. Shelby spielte mit dem Gedanken, sie anzurufen, fühlte sich aber noch zu neu in der Familie, um einen solchen Schritt zu tun. Sie wartete darauf, daß Frank das Thema anschnitt, obwohl es hoffnungslos schien. Vielleicht war es falsch gewesen, ihn zu drängen. Sie hätte sich auf seine Seite stellen müssen. Das würde eine gute Ehefrau tun - das hätte die Frau auf Franks Foto getan. Aber sie wollte seine Familie so gern kennenlernen. Vielleicht konnte Shelby eine Brücke zwischen Frank und seinen Eltern schlagen, die Familie irgendwie wieder zusammenbringen.

Plötzlich legte sie ihren Stift nieder und eilte aus ihrem Klassenraum den Flur entlang zum Büro. Und bevor sie ihre Meinung änderte, nahm sie im Lehrerzimmer den Telefonhörer in die Hand. Erst in diesem Augenblick wurde Shelby klar, daß sie nicht einmal

Mrs. Queridas Telefonnummer kannte. Sie mußte bei der Auskunft nachfragen, doch als sie die Nummer endlich hatte, war ihr Entschluß ins Wanken geraten. Nach einer weiteren Minute hatte sie sich erneut davon überzeugt, daß es eine kluge Entscheidung war, und sie wählte die Nummer.

„Hallo, Mrs. Querida?" sagte sie, als Franks Großmutter sich meldete.

„Ja ..." Offensichtlich erkannte die Frau Shelbys Stimme nicht, und diese Tatsache spornte sie noch weiter an. Sie wollte diese nette alte Dame kennenlernen – und von ihr gekannt sein.

„Hier spricht Shelby."

„Natürlich! Ich hätte es wissen müssen."

„Das ist schon okay. Ich rufe nur an wegen der Nachricht, die Sie vor einigen Tagen auf unserem Anrufbeantworter hinterlassen haben. Es tut mir leid, daß ich mich nicht früher gemeldet habe."

„Ich kann mir vorstellen, daß Frank zuerst darüber nachdenken mußte."

„Na ja, eigentlich schon ... Auf jeden Fall möchte ich Ihnen sagen, daß wir kommen werden. Um welche Zeit sollen wir da sein?"

„Ich bin so froh, daß ihr kommt! Sagen wir drei Uhr. Ich hätte es gern früher gelegt, aber ich weiß, daß Freitag und Samstag die hektischsten Tage im Restaurant sind."

Daran hatte Shelby nicht einmal gedacht, und ganz flüchtig kam ihr der Gedanke, daß ihre Hoffnung, am Wochenende mit Frank wegfahren zu können, sich vermutlich nicht erfüllen würde. Sie verabschiedete sich von Mrs. Querida, dann packte sie ihre Sachen zusammen und fuhr nach Hause. Fast freute sie sich über den Berufsverkehr. Sie hatte Angst, Frank gegenüberzutreten. Sie wußte nicht, wie andere Ehepaare solche Angelegenheiten bereinigten. Ihr Dad hätte zweifellos an ihren vernünftigen Menschenverstand appelliert, aber bisher hatte das bei Frank keinen Erfolg gehabt. Diese Erkenntnis war wie ein Tritt in den Magen. Sie wußte nichts über die Ehe und nur sehr wenig über die Beziehung zwischen Mann und Frau.

Was sollte sie tun?

Frank war jedoch nicht zu Hause, als sie kam. Warum sie mit ihm gerechnet hatte, wußte sie nicht. Sie mußte sich erst noch an seine Arbeitszeit gewöhnen. Auf dem Anrufbeantworter war eine Nachricht hinterlassen worden. Sie stammte von Frank.

„Hi, ich dachte, daß du vielleicht zu Hause bist", ertönte seine Stimme. „Ich schätze, ich habe dich verpaßt. Ich werde heute lange arbeiten. Tschüs."

Niedergeschlagen ließ sich Shelby in einen Sessel sinken und stellte das Fernsehgerät mit der Fernbedienung an. Doch sie war so aufgebracht, daß sie die Abendnachrichten gar nicht mitbekam. Franks und ihre Arbeitszeiten waren so, daß sie sich praktisch nie sahen. Nach den zwei Wochen, die sie zusammen verlebt hatten, und ihren tiefen Gefühlen in Mexiko, fühlte sich Shelby nun schrecklich leer. Es war fast so schlimm wie beim Tod ihres Vaters. Plötzlich traten ihr Tränen in die Augen, und ein Schluchzen entrang sich ihren Lippen. Bevor sie wußte, was geschah, hatte sie hemmungslos zu weinen begonnen.

War ihre Ehe vorüber, bevor sie richtig begonnen hatte? Wie dumm und arrogant von ihr zu glauben, sie könnte eine Ehe führen, ohne auch nur das geringste darüber zu wissen. Genau so hätte sich auch ihre Mutter verhalten – sie wäre hineingesprungen, ohne auch nur darüber nachzudenken. Shelby hatte aufgehört zu zählen, wie oft ihre Mutter geheiratet hatte. Laut schniefend schimpfte sie im stillen auf ihre Mutter und machte sie für ihr eigenes Unglück verantwortlich. Als sie noch klein gewesen war, hatte sie das immer getan, obwohl es nie geholfen hatte. Und natürlich half es auch jetzt nicht. Es konnte die Dinge zwischen ihr und Frank nicht in Ordnung bringen, und sie wußte trotzdem nicht, was sie tun sollte.

Während sie schluchzte und ihre Tränen zu unterdrücken suchte, hörte sie, wie sich leise die Wohnungstür öffnete. Als sie aufsah, entdeckte sie Frank, der vor ihr stand. Ihr Herzschlag setzte einen Augenblick aus. Er ließ sich vor ihr auf die Knie sinken und legte die Arme um sie.

„Shelby, es tut mir so leid", murmelte er.

„Nein, es war alles meine Schuld."

„Ich liebe dich so sehr. Ich möchte dich nicht verletzen."
„Das ist alles, was ich wissen muß."
Er führte ihre Hände an seine Lippen und küßte sie sanft. „Glaub mir das, Shelby. Egal, was passiert, glaube immer daran."
„Das tue ich."
Er sah zu ihr auf. Auch seine Augen waren feucht. „Ich wünschte, wir könnten nach Mexiko zurückfahren. Vielleicht könnten wir morgen wegfahren – irgendwohin, wo wir allein sein und die Welt ein paar Stunden lang ausklammern können."
„Das habe ich auch gedacht."
Er lächelte. „Du bist das Beste, das mir je passiert ist. Du bist der Lichtschein in meinem Leben."
Erneut stiegen ihr Tränen in die Augen, doch dieses Mal waren es Freudentränen. Sie klammerte sich an ihn, als wollte sie ihn niemals loslassen.

* * *

Als sie am folgenden Tag erwachten, war das Wetter einfach ideal zum Segeln. Der Himmel begrüßte sie mit einem strahlenden Blau, der Wind wehte nicht zu stark, aber gleichmäßig.

Franks Boot war zwölf Meter lang, etwa drei Jahre alt und recht luxuriös ausgestattet. Frank hatte viel selbst daran gemacht, und voller Stolz führte er sie auf dem Boot herum. Er gestand, es nach dem Kauf nach seiner ersten Frau Gloria genannt zu haben. Aber ihre Ehe war kurz darauf in die Brüche gegangen – die Benennung war ein letzter Versuch gewesen, die Ehe zu retten. Shelby hatte bemerkt, daß der Name *Gloria's Barge* am Bug noch zu sehen war, obwohl er anscheinend versucht hatte, ihn zu übermalen.

„Man sagt, es bringe Unglück, den Namen eines Bootes zu ändern", erklärte er, während er das Boot aus dem Hafen steuerte, „aber ich dachte, daß mein Unglück gar nicht größer sein könnte. Jetzt kann ich ihm einen ganz besonderen Namen geben."
„Und welchen?" fragte sie verschmitzt.
„Shelby natürlich."

„Ich weiß nicht ... Das klingt irgendwie nicht gut."

Er dachte einen Augenblick nach, dann fragte er: „Wie lautet dein zweiter Name? Warte, ich erinnere mich, daß du auf deiner Heiratsurkunde keinen angegeben hast."

„Nein. Ich habe keinen ..." Shelby hielt inne, dann zuckte sie die Achseln. „Na ja, ich benutze ihn nicht. Ich wollte ihn ganz legal ablegen, habe es aber bisher noch nicht geschafft."

„Also, wie lautet er?"

Sie zögerte, bevor sie antwortete. „Dawn."

„Das ist perfekt. Die *Shelby Dawn*."

„Es ist der Name meiner Mutter", erklärte sie leichthin.

„Ich verstehe." Er legte tröstend den Arm um sie. „Na ja, wir werden uns etwas noch Besseres einfallen lassen. Nur keine Eile."

Sie saßen nebeneinander, mit der einen Hand hielt er das chromblitzende Steuerrad, während er den anderen Arm um sie gelegt hatte. Sie fühlte sich sicher und glücklich. Sie hatten ja tatsächlich keine Eile; sie würden noch ein Leben lang Zeit haben, sich Namen für Boote auszudenken und ihre gemeinsame Zukunft zu planen. Und ganz allmählich kehrte im Laufe des Tages auch der Zauber von Puerto Vallarta zurück und bestätigte ihnen, daß er Wirklichkeit gewesen war.

Frank fuhr in Richtung Süden die Küste entlang. Manchmal trieb der Wind sie mit einer Geschwindigkeit von fast sieben Knoten pro Stunde vor sich her. Es machte ihnen viel Spaß, vor allem, als Frank Shelby das Steuer überließ. Dies war eine viel größere Herausforderung als das Steuern, wenn der Motor eingeschaltet war, da Shelby auf den Wind achten und das Boot immer so steuern mußte, daß der Wind optimal in die Segel blies.

Obwohl Shelby das Steuern Spaß machte, gefiel es ihr noch besser, sich einfach hinzusetzen und Frank zuzusehen, wie er mit dem Boot umging. Er schien eine tiefgreifende Wandlung durchzumachen. Alle Anspannung, die ihn seit ihrer Rückkehr nach L. A. aufzufressen schien, fiel von ihm ab, und er war wieder der Mann, in den sie sich auf den ersten Blick in Puerto Vallarta verliebt hatte. Allerdings verstand sie noch immer nicht, warum ihn ihre Rückkehr in eine solche Zwangslage gebracht hatte. Über die normalen Belastungen des Alltags hinaus schien Frank von etwas gequält zu werden, das Shelby nicht wußte und das er ihr auch nicht mitteilen wollte.

Sie segelten die Küste entlang und warfen vor Point Vincente in Palos Verdes Anker, wo sie ganz entspannt zu Mittag aßen und den Anblick der atemberaubenden Klippen genossen. Shelby beschloß, das Thema Dinnerparty bei seiner Großmutter zusammen mit seinen Eltern anzuschneiden, solange er noch so entspannt war.

„Frank, ich habe gestern mit deiner Großmutter gesprochen", meinte sie beiläufig.

„Ich bin froh, daß sie angerufen hat. Ich habe vollkommen vergessen, mit ihr zu telefonieren."

„Eigentlich ... äh ... na ja, ich habe sie angerufen."

„Tatsächlich?"

„Na ja, ich ..."

„Nein, ich bin froh, daß du es getan hast. Wie schon gesagt, ich habe es vergessen, und wenn du es mir nicht abgenommen hättest, hätten wir sie hängenlassen. Wie hat sie es aufgenommen?"

„Na ja ..."

„Du hast nicht abgesagt, oder?"

Shelby schluckte. Ein Schatten legte sich über sie, aber daran war nicht der klare Himmel schuld. Sie erkannte allmählich, daß sie einen Fehler gemacht hatte.

„Frank, bitte verzeih mir", sagte sie aufrichtig. „Ich konnte es einfach nicht über mich bringen, ihr abzusagen. Es bedeutet ihr so viel."

„Und dir auch?"

Sie nickte, und Schweigen senkte sich auf sie. Shelby konnte nicht ahnen, was in Frank vorging. Sein Gesicht war vollkommen ausdruckslos. Sie befürchtete, den wunderschönen Tag verdorben zu haben, indem sie das heikle Thema überhaupt angeschnitten hatte.

Doch als er zu sprechen anfing, vertrieb sein zärtlicher Tonfall alle ihre Ängste. „Ich habe es ehrlich gemeint, als ich sagte, ich möchte dich niemals verletzen. Wir werden morgen hingehen."

„Ich möchte dich auch nicht verletzen, Frank. Ich habe nur gehofft, daß dieses Essen vielleicht der Anfang sein könnte, daß einige Wunden heilen, die dich zu quälen scheinen."

Er lächelte sie an. „Vielleicht hast du recht. Wer weiß das schon?"

Er war sehr schweigsam, als sie zum Hafen zurücksegelten, doch es war nicht dieses angespannte, düstere Schweigen, das sie gelegentlich bei ihm bemerkt hatte. Dieses Mal war es eher nachdenklich. Vielleicht dachte er, während er die Narbe an seiner Wange betastete, darüber nach, wie das Abendessen am morgigen Tag wohl verlaufen würde und was er tun könnte, damit es einigermaßen ging. Shelby hoffte das zumindest.

Nachdem sie das Boot im Hafen sicher vertäut hatten, fuhren sie nach Hause. Frank hatte gerade noch Zeit, sich umzuziehen, bevor er sich auf den Weg zum Restaurant machte. Er hatte sich während der Mittagszeit frei genommen, aber keinesfalls konnte er auch abends wegbleiben. Shelby verstand das und war froh, daß sie wenigstens einen Teil des Tages mit ihm verbracht hatte. Sie würde sich am Abend an die Vorbereitungen des Lehrplanes für die kommende Woche setzen.

Sie war gerade damit beschäftigt, Vorlagen für Schneemänner auszuschneiden, als es an der Tür klingelte. Die Uhr an der Wand zeigte acht Uhr abends. Vielleicht war es Christie, die sie mit einem Besuch überraschen wollte. Seit ihrer Rückkehr aus Mexiko hatten sie nicht mehr miteinander gesprochen, und Shelby konnte es kaum erwarten, ihr von ihrem neuen Leben zu erzählen.

Shelbys Enttäuschung war offensichtlich, als sie die Tür öffnete und zwei Männer davor standen, die wie Polizisten aussahen. Der größere von beiden hatte die Statur eines Footballspielers. Sein hübsches Gesicht zeigte keinerlei Regung. Der andere Mann dagegen wirkte ein wenig intellektueller. Er trug einen modernen Anzug und war etwas kleiner und schlanker als sein Begleiter. Auf jeden Fall wirkte er weniger einschüchternd.

„Guten Abend, Madam", sagte der kleinere der beiden. Auch das klang wie bei einem Polizeibeamten. „Ich bin Detective Poole vom Police Department Los Angeles, und das ist mein Kollege, Detective

Liscom." Beide Männer lächelten sie an. „Wohnt hier Frank Stefano?"

„Ja."

„Ist er da?"

„Nein, er ist zur Arbeit. Kann ich Ihnen helfen? Ich bin seine Frau."

„Wann wird er zurückkommen?"

„Erst in ein paar Stunden."

„Arbeitet er noch immer im Casa del Mar auf dem Hawthorne Boulevard?"

„Ja. Worum geht es denn?"

„Wir würden ihm nur gern ein paar Fragen stellen." Während Shelby noch nach einer Antwort suchte, fügte Poole hinzu: „Wir werden ihn im Restaurant aufsuchen. Vielen Dank, Mrs. Stefano."

Sie drehten sich um und gingen davon. Fassungslos und verwirrt blieb Shelby an der Tür stehen.

12

Frank kehrte gegen elf Uhr nach Hause zurück. Shelby lag im Bett und las. Er kam ins Schlafzimmer, warf seine Jacke auf einen Stuhl, zog seine Schuhe aus und lockerte seine Krawatte.

„Hi", sagte er und küßte sie auf die Stirn. Er verharrte noch eine Weile über sie gebeugt und betrachtete sie eindringlich. Dann richtete er sich auf und knöpfte sein Hemd auf. „Ich bin total fertig. Ich schätze, ich bin zu alt, um den ganzen Tag zu segeln und dann abends noch zu arbeiten." Er zog sein Hemd aus und legte es auf denselben Stuhl wie seine Jacke.

Gerade als sie ihm von dem Besuch der Polizei erzählen wollte, ging er ins Bad. Als er zurückkam, begann er von seinem Arbeitstag zu berichten. Da er so selten von seiner Arbeit sprach – oder von den alltäglichen Dingen seines Lebens, schwieg Shelby. Es gefiel ihr, auf seine tiefe, wohlklingende Stimme zu hören und sein Mienenspiel zu beobachten. Die Polizei erwähnte er mit keinem Wort. Vermutlich hatten sie sich nicht die Mühe gemacht, ihn im Restaurant aufzusuchen. Was immer sie gewollt hatten, es war bestimmt unwichtig gewesen.

In Unterhose und Unterhemd schlüpfte er neben sie unter das Laken. Er schloß die Augen, aber sie bemerkte, daß er sich nicht zu entspannen schien. Seine Wangenmuskeln zuckten. Da eine unbehagliche Stille zwischen ihnen herrschte, fühlte sie sich gedrängt, sie zu durchbrechen. Shelby erzählte ihm von einem Film mit Gary Cooper und Rita Hayworth, den sie sich im Fernsehen angesehen hatte, während er arbeiten war. Sie vermutete, daß er in Puerto Vallarta oder einem ähnlichen Ort gedreht worden war und erzählte von der Gruppe Unglücksraben, die in der Wüste nach Gold gesucht hatten.

Plötzlich wandte sich Frank ihr zu und sah sie an.

„Heute abend ist die Polizei ins Restaurant gekommen", sagte er. „Sie waren auch hier und haben dich gesucht. Was ist los?"

Eine ganze Zeitlang antwortete er nicht, und als er schließlich zum Reden ansetzte, kam jedes Wort langsam, beinahe zögernd heraus. „Meine Exfrau ist tot. Ihre Leiche wurde heute in der Nähe von Malibu an Land gespült."

„O Frank, wie schrecklich."

„Ja. Sie können noch nichts zur Todesursache sagen. Vor vier Wochen ist sie von einer Freundin als vermißt gemeldet worden."

„Sie glauben, daß dies vor vier Wochen passiert ist?"

„Es wird eine Autopsie geben, um das herauszufinden. Niemand – nicht einmal die Polizei – nahm diese Vermißtenmeldung besonders ernst. Sie verschwand häufig, ohne irgend jemandem von ihren Plänen zu erzählen. Sie ging keiner geregelten Arbeit nach, hatte keine Verpflichtungen. Ich bin erstaunt, daß überhaupt eine Vermißtenmeldung aufgegeben wurde."

„Ich weiß nicht, was ich sagen soll, Frank. Ich verstehe, daß dies sehr schwierig für dich ist. Du hast sie doch schließlich einmal geliebt."

„Wir haben uns seit der Highschool gekannt."

„Ich wußte nicht, daß es schon so lange war."

„Wir gingen miteinander, seit wir auf die Highschool kamen. Meine Eltern waren sehr damit einverstanden. Ich sollte unbedingt ein mexikanisches Mädchen heiraten, aber die meisten Mädchen an der Schule waren weit unter dem sozialen Status, den sie sich vorgestellt hatten.

Glorias Familie gehörte wie meine zu den alteingesessenen Familien Mexikos – reiche Landbesitzer. Und wie unsere Familie waren sie nach ihrer Einwanderung in die Staaten auf der sozialen Leiter aufgestiegen. Ihr Vater war ein begüterter Anwalt. Gloria war eine gute Schauspielerin. Meine Mutter hat nie gemerkt, was für ein unbändiger Mensch sie tatsächlich gewesen ist. Du kannst dir die Freude meiner Mutter nicht vorstellen, als wir uns in dem Sommer nach unserem letzten Jahr auf der Highschool verlobten. Ich glaube, sie war mehr in Gloria verliebt als ich."

„Und warst du es?"

„Glaube mir, ich hätte nie geheiratet, um meinen Eltern zu gefallen."

„Oh.“ Shelby wußte, es war zuviel verlangt, von ihm zu erwarten, daß er sagte, er hätte sie nie geliebt, obwohl sie sich erinnerte, daß er so etwas in Puerto Vallarta andeutete. Es klang so, als wäre *etwas* zwischen ihnen gewesen, aber Shelby hatte zu viel Angst, ihn danach zu fragen.

„Wir haben in dem Jahr nach dem Schulabschluß zu Weihnachten geheiratet. Eigentlich hat nur sie die Schule abgeschlossen, ich nicht – meine Noten waren nicht gut genug. Auf jeden Fall war sie erst achtzehn, ich war neunzehn. Unsere Ehe hielt sechs Jahre – sechs stürmische, elende Jahre. Ich nahm mir diese Wohnung, um ihr zu entkommen – sie hat nie hier gewohnt“, fügte er hinzu, wie um Shelby zu beruhigen, und das war auch tatsächlich so.

Er fuhr fort: „Ich weiß wirklich nicht, warum wir es überhaupt so lange ausgehalten haben. Sie war sehr katholisch und hatte eine bestimmte, vorgefaßte Meinung zur Scheidung. Doch schließlich mußte sie zugeben, daß alles doch nur noch eine Farce war. Ich hätte dir das alles schon viel früher erzählen sollen.“

„Es hätte doch nichts geändert.“

„Shelby, ich ...“ Er brach ab, sah zur Decke hoch, weil er ihrem Blick offensichtlich nicht mehr standhalten konnte. „Ich wünschte, ich hätte dich nicht in all das hineingezogen.“

„Ich verstehe nicht.“

„Die Polizei glaubt nicht, daß ihr Tod ein Unfall oder Selbstmord war. Sie haben keinen Beweis, aber es ist nur eine Frage der Zeit ...“

„Sie denken doch nicht, daß du etwas damit zu tun hast?“

Er fuhr sich mit der Hand über das Gesicht. „Wer weiß schon, was sie denken? Es könnte schwierig werden, das ist alles. Sie war in einen Haufen Sachen verwickelt – Dinge, mit denen ich früher auch zu tun hatte.“

„Was für Sachen?“

„Illegale Sachen. Ich hätte dir das alles schon viel früher erzählen sollen“, wiederholte er, als ob die Tatsache, daß er dies immer wieder betonte, seinen Fehler wiedergutmachen würde.

„Ich wollte es nicht wissen.“

„Und ich hatte solche Angst, dich zu verlieren.“

„Das ist doch alles vorbei. Es zählt nicht." Sie streckte ihre Hand aus, doch als sie ihn berührte, spürte sie, wie sein Körper sich spannte.

„Ja ... die Vergangenheit ..."

„Frank?"

„Ich habe dir schon einmal gesagt, wie schwierig es ist, der Vergangenheit zu entfliehen. Ich habe es versucht ..., aber sie holt mich immer wieder ein." Er brach ab, atmete tief durch. „Ich muß jetzt schlafen", sagte er und drehte ihr den Rücken zu.

Sein abruptes Verhalten verwirrte Shelby. Gab es nichts mehr zu bereden? Offensichtlich war er noch immer beunruhigt. Und sie hatte noch mehr Fragen. Aber vielleicht war es auch gut, daß das Gespräch beendet war, bevor sie die Frage stellen konnte, die sie am meisten bewegte. War er tatsächlich in die Sache verwickelt?

Aber nein, das war unmöglich. Er war eben fassungslos, weil ein Mensch, den er gekannt hatte, tot war. Das war nur natürlich. Shelby knipste ihr Licht aus. In der Dunkelheit rutschte sie dichter an ihren Mann heran und hielt ihn umschlungen, obwohl er keine Reaktion zeigte.

Irgendwie schlief sie in dieser Nacht doch noch ein, aber als sie am Morgen aufwachte, lag sie allein im Bett. Da sie befürchtete, daß er die Nacht wieder irgendwo anders verbracht hatte, war Shelby erleichtert, als sie Frank in der Küche vorfand. Er goß sich gerade eine Tasse Kaffee ein. Er sah schrecklich aus, als hätte er in der Nacht kaum geschlafen. Sein ungekämmtes Haar stand hoch, und er hatte dunkle Ringe unter den Augen. Außerdem trug er noch immer seine ziemlich zerknitterte Unterwäsche.

„Kaffee?" fragte er.

Sie goß sich eine Tasse ein und setzte sich zu ihm an den Tisch.

„Du siehst nicht gerade ausgeschlafen aus", sagte sie.

„Wir wollen nicht mehr darüber sprechen."

„Ich bin für dich da, wenn du sprechen möchtest."

„In Ordnung."

„Hast du Hunger?"

Frank atmete tief durch. „Sicher. Was haben wir?" Entschlossenheit schwang in seinem Tonfall mit.

Sie stand auf und öffnete den Kühlschrank. Das Angebot war mager. Shelby hatte noch immer nicht die Zeit gefunden, mehr als das Notwendigste einzukaufen. Es war kaum zu glauben, daß sie erst seit einer Woche von Mexiko wieder zurück waren.

„Wie wäre es mit Toast? Ich entdecke sogar ein Glas mit Marmelade."

Als er nickte, machte sie den Toast. Schweigend aßen sie ihr Frühstück. Sie konnte einfach kein oberflächliches Gespräch beginnen, wo es so viel Wichtigeres gab, über das gesprochen werden mußte. Frank war nicht nur schweigsam, sondern auch sehr distanziert. Er hatte sich vollkommen von ihr zurückgezogen. Das war nicht mehr der Frank, in den sie sich verliebt hatte. Nachdem sie ihr mageres Frühstück zur Hälfte verzehrt hatte, sprang sie wortlos auf und zog sich ins Schlafzimmer zurück, um sich anzuziehen. Als sie zurückkam, saß er noch immer in der Küche über einer Tasse kalten Kaffees.

„Ich muß jetzt wirklich mal einkaufen gehen", erklärte sie, „und das ist vielleicht die einzige Gelegenheit, die ich habe." Sie mußte von Frank weg, bevor sie explodierte und alles nur noch schlimmer machte. Einkaufen war eine gute Entschuldigung.

„Okay", erwiderte er müde.

„Du kannst gern mitkommen", lenkte sie ein.

„Nein ..., ich bleibe lieber hier."

Sie nahm ihren Geldbeutel und ging. Es hatte keinen Zweck, im Augenblick über die anstehenden Themen zu sprechen. Wie stand es mit ihren Plänen zum Abendessen? In seiner jetzigen Stimmung hatte es keinen Zweck, ihn danach zu fragen. Sie würde lange, bevor sie bei Mrs. Querida erwartet wurden, wieder zu Hause sein. Dann konnten sie immer noch darüber reden. Vielleicht würde Frank in ein paar Stunden dieses – was auch immer es war – überwunden haben. Gestern nacht war es ihr nur natürlich erschienen, daß der Tod seiner Exfrau ihn schockierte. Aber seine Stimmung hatte sich seither noch verschlimmert. Es war, als wäre er am Boden zerstört und als wäre jemand, den er innig liebte, zu Tode gekommen. Doch gestern abend hatte er ihr erzählt, wie schrecklich seine Ehe gewesen war. Seine Niedergeschlagenheit schien in keinem Verhältnis dazu zu stehen. Empfand er noch immer etwas für Gloria? Gefühle, die er vielleicht nicht einmal sich selbst eingestehen konnte – geschweige denn Shelby?

Zwei Stunden später kehrte sie mit einer Tüte Lebensmittel in die Wohnung zurück. Im Wagen warteten noch drei weitere Tüten, die, wie sie hoffte, Frank nach oben holen würde. Sie öffnete die Tür und eilte zur Küche, um ihre Last abzustellen. Auf dem Weg dorthin bemerkte sie, daß Frank nicht im Wohnzimmer saß und fern sah. War er vielleicht wieder ins Bett gegangen? Doch dann hörte sie seine Stimme aus der Küche.

„Wo hast du gesteckt, Ray?"

Anscheinend telefonierte er, da er keine Antwort auf seine Frage bekam. Dann sprach er weiter.

„Ich mache mir keine Sorgen um dich. Ich bin nur neugierig. Hast du das von Gloria gehört?" Pause. „Das macht es auch nicht leichter. Sie hat es nicht verdient, ermordet zu werden. ..." Pause. „Na ja, sie wissen es nicht. Es ist nur ..., es bietet sich an, das ist alles. Du weißt, was ich meine."

Plötzlich fühlte sich Shelby schuldig, weil sie lauschte. Sie machte viel Lärm mit der Einkaufstüte und den Wagenschlüsseln.

„Ich muß aufhören", sagte Frank schnell. „Ja. Wann? Das ist nicht gut. ... Später ... Okay."

Shelby betrat die Küche, als Frank gerade den Hörer auflegte.

„Ich dachte, du würdest mit dir selbst sprechen", meinte sie fröhlich.

„Das war mein Bruder. Hast du noch mehr Lebensmitteltüten?"

Sie nickte und stellte ihre Tüte ab.

„Ich hole sie." Er trug eine Jeans und ein T-Shirt. Offensichtlich hatte er noch nicht geduscht, denn seine Haare waren noch immer unordentlich, obwohl er versucht hatte, sie zu kämmen. Er sah so ganz anders aus als sonst, sehr viel bedürftiger, so daß sie den Wunsch verspürte, zu ihm hinzulaufen und ihn in die Arme zu nehmen. Aber noch bevor sie ihrem Impuls folgen konnte, hatte er die Küche verlassen.

Als er zurückkehrte, stellte er die Tüten auf die Anrichte, und Shelby begann, ihre Einkäufe einzuräumen. Sie wertete es als gutes Zeichen, daß er bei ihr in der Küche blieb. Vielleicht wollte er gern mit ihr reden und wußte nicht, wie er anfangen sollte. Aber auch sie hatte keine Ahnung, wie sie anfangen sollte. Doch instinktiv wußte sie nach den Fehlern der Vergangenheit, daß es nicht gut war, sofort zur Sache zu kommen.

„Ich hätte mir eine Liste machen sollen, bevor ich in den Supermarkt gegangen bin", bemerkte sie, „und ich hätte dich fragen sollen, was ich mitbringen soll. Ich habe versucht, das zu kaufen, von dem ich dachte, daß du es vielleicht magst, aber ich war nicht sicher."

„Ich mag, was immer du gekauft hast."

„Außer Tortillas und Salsa."

Er lächelte.

„Was ist denn nun dein Lieblingsessen, Frank?" Diese Frage schien angesichts dessen, was in den vergangenen zwei Tagen alles passiert war, so geistlos. Aber Shelby fand es eine gute Frage. Plötzlich war das Alltägliche ein guter Gesprächsstoff.

„Pizza. Und jetzt bin ich an der Reihe. Kannst du überhaupt kochen?"

Sie brach in Gelächter aus. Und er stimmte in ihr Lachen mit ein. Er lachte, wie er selten mal gelacht hatte. Frank sah so unglaublich gut aus. Shelby gefielen die Lachfältchen an seinen Augen, und seine Lippen umspielte ein strahlendes Lächeln.

„Wir müssen ein normales Leben führen", verkündete sie.

„Ich habe noch eine andere Frage", sagte er. Er schien sich für diesen neckenden Austausch zu erwärmen. „Welches ist deine Lieblingsfarbe?"

„Blau. Und deine?"

„Ich habe keine."

„Ach, komm schon. Jeder hat eine Lieblingsfarbe."

Er dachte einen Augenblick nach, dann erwiderte er: „Dann ist es, glaube ich, auch blau – die Farbe des Meeres."

„Das hätte ich wissen müssen." Sie legte gedankenvoll die Hand an den Mund. „Jetzt noch eine gute Frage: Für welche politische Partei bist du?"

„Unabhängig."

„Das ist gemogelt."

„Nein, das ist wirklich so. Alle Seeleute neigen dazu, in ihrem Herzen ein Rebell zu sein."

„Okay ..." Bevor Shelby den Satz zu Ende sprechen konnte, klingelte das Telefon. Frank nahm den Hörer ab und sprach kurz, bevor er einhängte.

„Das war meine Großmutter", erklärte er. „Sie fühlt sich nicht wohl und wollte wissen, ob wir etwas dagegen hätten, bei meinen Eltern zu Abend zu essen. Sie wird dort sein, aber sie schafft es einfach nicht zu kochen."

„Und was hast du dazu gesagt?"

„Zweifellos hat meine Mutter das so arrangiert, damit sie den Heimvorteil hat. Grandma hat nachgegeben, weil sie uns so gern zusammenbringen möchte."

„Wir müssen nicht gehen." Shelby konnte nicht verhindern, daß Enttäuschung in ihrer Stimme mitschwang. In Anbetracht der Umstände war dies vielleicht doch kein so günstiger Zeitpunkt für ein Familienessen.

„Wir wollen es hinter uns bringen." Alle Fröhlichkeit, die noch wenige Augenblicke zuvor zwischen ihnen geherrscht hatte, war verschwunden. Seine hübschen Lachfältchen um die Augen waren verschwunden, und seine Lippen hatten sich zu einem dünnen Strich zusammengezogen.

Die Mauern schlossen sich wieder um ihn. Sie versuchten zwar, ihr zwangloses Geplänkel von vorhin wieder aufzunehmen, doch es war ziemlich gezwungen und ihr Lächeln unecht. Shelby dachte wie so oft in den vergangenen Tagen an die sonnenüberfluteten Strände von Puerto Vallarta und wünschte sich, ihre Träume könnten sie dorthin bringen.

13

Das riesige Haus von Tomas und Dolores Stefano in den Bergen der Halbinsel Palos Verdes hatte Charme – obwohl es keinen einheitlichen Stil aufzuweisen hatte. Der weiße Stuck des Hauses, das rote Ziegeldach und der geflieste Säulengang waren genauso elegant wie das Hotel in Puerto Vallarta. Die das Haus umgebenden Gärten waren wunderhübsch, jedoch ein wenig ungepflegt. Und Shelby konnte nicht genau sagen, ob dies beabsichtigt oder nur zufällig so war. Die Bäume mußten beschnitten werden, ebenso die Bougainvillea-, Azaleen- und Fuchsienbüsche. Sogar im Januar, wo sie normalerweise eine Ruhezeit hatten, wirkten sie wild, außer Kontrolle. Der Garten mußte im Sommer vollkommen verwildert aussehen.

Aber es war nicht das Haus, auch nicht die Pflanzen, die dem Anwesen ein beinahe surreales Aussehen verliehen. Es waren die Statuen im Garten. Shelby kannte sich bei den katholischen Heiligen nicht besonders gut aus, aber alle Statuen – sie zählte zehn allein vor dem Haus – hatten definitiv etwas mit Religion zu tun. Die eine sollte den heiligen Franziskus darstellen. Vögel saßen auf seiner Hand und ein Hase und eine Taube zu seinen Füßen. Eine andere Statue war eindeutig die heilige Jungfrau. Die anderen konnte Shelby nicht benennen, aber viele hielten Kruzifixe oder Bibeln in den Händen. Es war wirklich ein sehr seltsamer Anblick.

Frank beugte sich zu ihr herab. „Willkommen im Reich der Dämmerzone“, murmelte er trocken.

„Das ist sehr interessant. Aber ... warum?“

„Weißt du denn nicht, je mehr religiöse Statuen du herumstehen hast, desto größere Chancen hast du, in den Himmel zu kommen?“

„Das wird ja ein Abend.“

„Sag nicht, ich hätte dich nicht gewarnt.“

Sie kamen zur Tür, und Frank klopfte. Shelby rechnete damit, daß ein Hausmädchen die Tür öffnen würde. Das Haus stand in einer sehr vornehmen Gegend, wo die *crème de la crème* Südkaliforniens residierte. Aber Dolores Stefano kam selbst an die Tür. Nicht eine Minute zweifelte Shelby an ihrer Identität, da Frank ihr sehr ähnlich sah. Sie war nicht gerade schlank und einige Zentimeter größer als Shelby. Man konnte sie als eine gutaussehende Frau bezeichnen, aber nicht als schön oder gar hübsch. Ihr dunkles Haar war kurz geschnitten und lockig, sie trug nur wenig Make-up, eigentlich nur Lippenstift, ein wenig Rouge, und die dichten, dunklen Augenbrauen hatte sie sich mit einem Stift nachgezeichnet. Ihre Kleidung war sehr elegant; sie trug eine beigefarbene weite Hose und eine purpurrote Seidenbluse. Mehrere teuer aussehende Goldketten schmückten ihren Hals. An drei Fingern jeder Hand trug sie protzige, juwelenbesetzte Ringe. Etwas schlaff streckte sie Shelby die Hand hin.

„Ich bin so froh, Sie kennenzulernen, Shelby", sagte sie, nachdem Frank sie vorgestellt hatte. Ihr Akzent war nur noch schwach herauszuhören.

„Und ich freue mich, Ihre Bekanntschaft zu machen, Mrs. Stefano." Shelby wünschte, sie könnte etwas sagen wie: „Frank hat so nett von Ihnen gesprochen." Aber alle würden wissen, daß es eine Lüge war.

Abgesehen von einer kurzen, aber höflichen Begrüßung ignorierte Dolores Frank vollkommen. „Die anderen sind bereits da." Es lag eine Schärfe in ihrem Tonfall, die Shelby nicht richtig einordnen konnte. Nahm die Frau es ihnen übel, daß sie zu spät gekommen waren? Und was meinte sie mit den anderen? Es wurden doch nur sie und Mrs. Querida erwartet, oder?

Sie folgten Mrs. Stefano durch ein mit Marmor gefliestes Foyer. Auch hier hingen Kruzifixe und religiöse Gemälde an den Wänden. Als sie zu dem geschmackvoll eingerichteten Wohnzimmer kamen, war Shelby entsetzt, eine viel größere Gruppe vorzufinden, als sie erwartet hatte. Sollte sie ohne Vorwarnung gleich allen ihren Freunden und Familienmitgliedern präsentiert werden? Sie bedauerte nun, daß sie Franks erstem Impuls nicht gefolgt waren und die Einladung abgelehnt hatten.

Mrs. Stefano hatte alles unter Kontrolle. Sie stellte Shelby den anderen vor. Außer Mrs. Querida waren Franks ältere Schwestern mit ihren Männern anwesend. Die Schwestern hießen Maria und Carla, aber die Namen der Männer vergaß Shelby sofort wieder. Da war noch ein anderes Ehepaar, alte Freunde der Familie, deren Namen Shelby ebenfalls nicht behalten konnte. Und schließlich kamen sie zu Tomas Stefano. Er war ein kleiner Mann, mindestens fünf Zentimeter kleiner als sein Sohn und halb so groß wie seine Frau. Wenn er auch nicht als dick zu bezeichnen war, so war er doch stämmig, hatte ein rundes Gesicht mit einem dichten Schnurrbart. Er schien sehr schweigsam zu sein und wenig zu sprechen. Wenn Frank das Aussehen seiner Mutter geerbt hatte, so hatte er sein stoisches Wesen von seinem Vater mitbekommen.

Die Hors d'œuvres standen zusammen mit einigen Getränken auf einem Tisch bereit. Mrs. Stefano sorgte dafür, daß Shelby und Frank etwas zu trinken bekamen und sich von den Appetithäppchen nahmen, dann führte sie sie zu ihren Sesseln. Nach der Vorstellung war das Gespräch zum Erliegen gekommen. Shelby trank einen Schluck von ihrem Getränk. Sie hatte Angst, Frank anzusehen, da sie wußte, auf ihn konnte sie nicht zählen. Er würde die Situation nicht retten.

„Sie haben ein hübsches Haus", sagte Shelby schließlich, auch wenn es etwas lahm klang.

„Wir werden Sie nach dem Essen ein wenig herumführen", erwiderte Mrs. Stefano. „Wir haben es vor zehn Jahren für uns bauen lassen und sind sehr stolz darauf."

„Und auf alles, wofür es steht", murmelte Frank trocken.

Shelby spannte sich. Würde es schon so bald zum Eklat kommen? Aber Frank wurde ignoriert, und das Gespräch ging weiter.

„Mama sagt, Sie kommen aus Whittier", sagte Mrs. Stefano zu Shelby.

„Ja, wir haben fast mein ganzes Leben lang dort gewohnt."

„Und Ihr Vater ist gestorben?"

„Vor zwei Monaten."

„Ich erinnere mich, in der Zeitung davon gelesen zu haben", meinte Maria.

„Sie müssen sehr stolz auf ihn sein“, bemerkte Mrs. Stefano. „Und was ist mit Ihrer Mutter?“

„Sie ist auch fort.“

„Tot?“

„Nein ... Meine Eltern ließen sich scheiden, als ich noch sehr klein war.“

„Das ist zu schade. Aber Ihr Vater hat Sie großgezogen? Wie ungewöhnlich. Haben Sie noch Kontakt zu Ihrer Mutter?“

„Nein ...“

„Papa“, unterbrach Frank schnell, „was hältst du von dem neuen mexikanischen Restaurant, das eine Meile von unserem entfernt am Torrance Platz eröffnet wurde?“ Am liebsten hätte Shelby Frank einen Kuß gegeben, weil er sie gerettet hatte.

„Das ist nur eine Eintagsfliege“, erwiderte sein Vater. „Wie viele Restaurants haben in den vergangenen fünf Jahren dort eröffnet? Mindestens drei.“

„Das stimmt. Aber wie ich höre, ist das Essen dort sehr gut.“

„Nicht besser als unseres“, erklärte Mrs. Stefano.

„Es gibt kein mexikanisches Essen, das besser ist als unseres“, warf Mrs. Querida grinsend ein. „Du machst dir doch keine Gedanken um dieses neue Lokal, nicht, Francisco?“

„Niemand liebt die Konkurrenz.“

„Du führst das Restaurant einfach so weiter, wie es geführt werden sollte“, erklärte Mr. Stefano, „dann wird das Geschäft schon laufen. Wir haben einen Namen und einen Ruf – und das allein zählt.“

Das Gespräch drehte sich noch eine Weile um das Restaurant, und Shelbys Blick wanderte zu den Fotografien auf dem Klavier in der Nähe ihres Platzes. Zwei der Fotos zeigten Maria und Carla bei ihrem Schulabschluß. Daneben stand noch ein Foto von einem jungen Mann, fünfzehn oder sechzehn Jahre alt, und Shelby fragte sich, ob das vielleicht Ramon war. Von Frank allein gab es kein Foto, was schon beunruhigend genug war, doch das letzte Foto war noch beunruhigender. Das Hochzeitsfoto von Frank und Gloria. Es war eine Nahaufnahme, und ihre lächelnden Gesichter waren allzu deutlich zu sehen. Egal, was Frank ihr erzählt hatte, er sah sehr verliebt aus – oder er war ein guter Schauspieler.

Shelby wußte nicht, was sie von Gloria halten sollte. Sie war sehr schön, mit dichten, dunklen Haaren und dunklen, durchdringenden Augen, die, trotz des Lächelns auf ihren Lippen, ziemlich kalt wirkten. Sie schien eher einer Eisstatue zu gleichen und nicht einem lebenden Wesen. Und vermutlich war das der Grund dafür, daß Shelby erschauderte. Auch drängte sich das Bild dieser ausgesucht schönen Frau, wie sie kalt und tot an einem einsamen Strand lag, in ihre Gedanken.

„Wollen wir nicht ins Speisezimmer gehen? Ich denke, das Essen ist fertig." Mrs. Stefanos Stimme holte Shelby in die Gegenwart zurück. „Shelby, wir dachten, Sie würden vielleicht echtes, selbstgekochtes mexikanisches Essen mögen. Ich hoffe nur, daß es Ihnen besser schmeckt als meinem Sohn."

„Ich liebe mexikanisches Essen. Ich bin sicher, es wird wundervoll schmecken." Sie blickte Frank nicht an, aber sie hatte das Gefühl, sich auf einer schmalen Brücke über einer tiefen Schlucht zu befinden.

Sie gingen ins Eßzimmer hinüber, und alle bekamen von Mrs. Stefano ihre Plätze zugewiesen. Sie selbst begab sich, nachdem alle Gäste Platz genommen hatten, in die Küche. Kurze Zeit später kam sie zurück. Eine Frau, offensichtlich ein Dienstmädchen, folgte ihr. Allerdings betonte Mrs. Stefano ausdrücklich, daß sie und ihre Töchter gekocht hätten. Bevor das Mädchen den ersten Gang servierte, blickte Mrs. Stefano ihren Mann an.

„Bitte sprich das Tischgebet, Tomas."

Stefano nickte seiner Frau zu. „Wir wollen beten. Segne uns, o Herr, und diese deine Gaben, die wir aus deiner Fülle empfangen, durch Christus, unseren Herrn, Amen."

Alle am Tisch außer Shelby sagten Amen und bekreuzigten sich. Sogar Frank bekreuzigte sich, was Shelby erstaunte. Sie hatte gedacht, er würde bei dem religiösen Verhalten seiner Familie nicht mitmachen. Vielleicht hoffte er, den Frieden zu erhalten, indem er seine Auflehnung unterdrückte. Trotzdem fühlte sich Shelby unbehaglich, und Mrs. Stefanos nächste Bemerkung trug nicht dazu bei, ihr dieses Gefühl zu nehmen.

„Sie sind nicht katholisch, Shelby?"

„Nein ..., ich gehöre eigentlich keiner Religionsgemeinschaft an."

„Sie wollen mir doch nicht sagen, daß Sie Atheistin sind?" Der Gedanke entsetzte Mrs. Stefano ganz offensichtlich.

„Nein. Ich glaube an Gott. Ich gehöre nur keiner Kirche an."

Es folgte ein unbehagliches Schweigen. Schließlich trug das Mädchen den Salat und eine große Platte mit den verschiedensten Gemüsesorten und einer Auswahl an heißen und würzigen Paprikasorten auf.

Doch der Aufschub, den das Servieren der Vorspeise brachte, war nur von kurzer Dauer.

„Ach, es ist schön, die ganze Familie einmal zusammen zu haben", seufzte Mr. Stefano, um eine unverfängliche Unterhaltung in Gang zu setzen.

„Nicht die *ganze* Familie", warf Mrs. Stefano spitz ein.

„Dolores, du hast versprochen ...", bat Mrs. Querida.

„Na ja, ich kann einfach nicht anders!" Dolores Stefano kräuselte die Lippen, wie um sich auf die Schlacht vorzubereiten. „Wie kann ich übersehen, daß eines meiner Kinder nicht da ist? Es ist einfach nicht richtig." Ihr Blick richtete sich anklagend auf Frank.

„Du kannst doch Francisco nicht vorhalten ...", begann Mrs. Querida.

„Und warum nicht?"

Frank ergriff das Wort, ehe seine Großmutter antworten konnte. „Ich habe nicht über Rays Leben zu bestimmen. Wenn du ihn eingeladen hast, habe ich ihm ganz bestimmt nicht gesagt, er soll nicht kommen. Wenn er nicht hier ist, dann ist das seine eigene Entscheidung."

„Du hast ihn gegen uns aufgehetzt", klagte Mrs. Stefano ihn an.

Schockiert verfolgte Shelby, wie schnell die Emotionen am Tisch hochschlugen, was nur zeigte, wie stark die Spannung unter der Oberfläche gewesen war. Sie wollte aufspringen und Frank verteidigen, fühlte sich aber zu sehr als Außenseiterin, um sich einzumischen. Ganz zu schweigen von ihrer Furcht, Dolores Stefanos Zorn könnte sich gegen sie richten. Was hätte sie auch sagen können? Daß Frank ein sanfter, liebevoller Mann war, der seine Familie nie hätte verletzen wollen? Darauf würde Mrs. Stefano sofort antworten: „Was wissen Sie schon? Sie kennen ihn ja noch keinen Monat." Wie konnte Shelby dem widersprechen? Und tief in ihrem Innern hatte Shelby das Gefühl, daß sie ihn jetzt noch weniger kannte als zwei Wochen zuvor während ihres Urlaubs in Mexiko.

Das Telefon klingelte, und Shelby war erleichtert. Dolores Stefano entschuldigte sich und ging zum Telefon, doch als sie zurückkehrte, war ihr Gesicht leichenblaß.

„Ich habe gerade eine schreckliche Nachricht erhalten", erklärte sie. „Das war eine Freundin aus der Kirche, die wissen wollte, ob ich das von Gloria schon gehört hätte ..."

Ungewollt stöhnte Frank auf.

„Wußtest du das, Frank?" fragte Mrs. Stefano.

Frank nickte. Sein Vater fragte: „Worum geht es?"

„Gloria ist tot. Sie ist im Meer ertrunken." Schockiertes Schweigen herrschte am Tisch, bevor Mrs. Stefano fragte: „Warum hast du uns das nicht erzählt, Frank?"

„Ich wollte euch das Abendessen nicht verderben."

„Ich kann kaum glauben, daß du nach einer solchen Nachricht überhaupt zu diesem Essen erschienen bist. Das ist einfach entsetzlich! Man sollte meinen, daß du am Boden zerstört wärst."

„Gloria und ich waren geschieden." Frank sprach sachlich, doch seine dunklen Augen funkelten.

„Ja, das wart ihr", sagte Mrs. Stefano barsch. „Ein weiterer Schlag ins Gesicht der Familie."

„Ja, Mutter, ich habe nachts wach gelegen und versucht, mir Wege auszudenken, wie ich euch in Verlegenheit bringen kann. Das ist mein Lebensziel. Ich frage mich, was ich als nächstes tun werde ..."

„Hör auf damit! Zeig ein wenig Respekt vor einem armen toten Mädchen."

Frank warf seine Serviette auf den Tisch und schob seinen Stuhl zurück. „Ich werde mir das nicht mehr länger anhören. Shelby ..."

„Francisco …“, flehte Mrs. Querida. „Bitte, geh nicht.“

„Ich bin nur deinetwegen gekommen, Abuelita. Und wegen Shelby. Ich versuche mein Möglichstes, ein guter Sohn zu sein, aber es ist nie genug. Ich werde nie aufhören, für die Vergangenheit zu bezahlen. Es gibt nichts, was ich tun kann …“

„Du hast schon genug getan“, gab Mrs. Stefano zurück. Shelby begriff nicht, wie die Frau den offensichtlichen Kummer ihres Sohnes so grausam ignorieren konnte.

Frank sprang auf. „Gut, ich bin froh, daß es einmal ausgesprochen worden ist. Es tut mir leid, daß ich auch nur versucht habe, die Situation zu verbessern. Ich merke, daß es vergeudete Liebesmüh war.“ Er wandte sich an Shelby. „Komm, Shelby, wir gehen.“

„Bitte, Francisco“, sagte seine Großmutter.

„Es tut mir leid, *Abuelita.* Es hat keinen Zweck.“ Er ging zur Tür. Shelby folgte ihm erschüttert.

14

Am Montag ging Shelby wie gewöhnlich zur Arbeit, doch sie blieb diesmal nicht nach dem Unterricht zurück, um die Stunden für den nächsten Tag vorzubereiten, sondern verließ die Schule um zwei Uhr, damit sie einige Zeit in ihrem Haus in Whittier verbringen konnte. Sie mußte nachsehen, ob alles in Ordnung war, und sie wollte auch noch ein paar Sachen einpacken und in ihr neues Heim mitnehmen. Auch hatte sie nach dem katastrophalen Abendessen bei den Stefanos Christie angerufen in der Hoffnung, sich mit ihr treffen zu können. Sie hatten überlegt, ob sie vielleicht zusammen zu Abend essen sollten.

Shelby hatte den Verdacht, daß sie nur deshalb in ihr Haus gefahren war, um wieder an ihrem anderen Leben anzuknüpfen – ihrem Leben vor Frank. Im Augenblick hatte sie das Gefühl, ihre eigene Identität aufzugeben. Zuerst war das gut und in Ordnung gewesen, doch nun, da die Realität sie einholte, mußte sie wieder mit dem Teil von ihr in Verbindung treten, der ihr Sicherheit geboten hatte. Sie konnte ihren Vater, die Grundlage dieser Sicherheit, nicht zurückholen, aber vielleicht würde es ihr helfen, dort zu sein, wo sie ein so gutes Leben geführt hatten.

Als sie die Haustür öffnete, rechnete sie damit, daß ihr ein muffiger Geruch entgegenschlagen würde. Doch alles war ganz normal und erinnerte sie daran, daß die Veränderungen noch gar nicht so alt waren. Sie ging in dem Haus mit den drei Schlafzimmern umher, um das angenehme Ambiente der Vergangenheit in sich aufzunehmen. Im Zimmer ihres Vaters blieb sie stehen. Alles war noch so, wie er es an dem Tag vor seinem Tode verlassen hatte. Sogar das Buch von Tom Clancy, das er gerade las, lag noch aufgeschlagen auf dem Nachttisch.

Shelby war froh, daß sie nichts verändert hatte. Irgendwann in der nahen Zukunft würde sie seine Sachen durchsehen und vermutlich das ganze Haus ausräumen und verkaufen müssen, aber im Augenblick brauchte sie es noch so, wie es war. Allerdings gab es ein paar Dinge, die erledigt werden mußten. Der Kühlschrank mußte ausgeräumt und saubergemacht werden. Die Vorräte in den Schränken konnte sie zusammenpacken und in die Wohnung mitnehmen. Außerdem brauchte sie ihre restlichen Sachen. Diese Dinge jedoch hatten keinen Einfluß auf das, was ihr an dem Haus so wichtig war.

Als sie die Küchenschränke durchsah, wurden angenehme Erinnerungen wach. Es fanden sich mindestens ein Dutzend Dosen Ravioli, die ihr Vater ganz besonders mochte. Auch entdeckte sie mehrere Päckchen Schokoladenpuddingpulver – Shelbys Schwäche. Ihr Vater hatte sie im Sonderangebot gekauft und gleich mehrere mitgebracht. Die Kisten füllten sich schnell. In ihrem Mustang würde sie sicher nur die Hälfte transportieren können. Aber sie freute sich darauf, noch einmal wiederzukommen. Es tat gut, hier zu sein – allein und an einem vertrauten Ort. Was bestimmt bedeutete, es tat gut, von Frank entfernt zu sein. Aber Shelby war nicht bereit, sich das einzugestehen. Es war einfach schön, die Spannungen einmal hinter sich zu lassen. Sie stand gerade auf einem Stuhl und räumte das oberste Regal eines Schrankes aus, als sie glaubte, ein Klopfen an der Tür zu hören. Sie hielt inne und fragte sich, ob ihr ihre Einbildung einen Streich spielte – denn schließlich wußte niemand außer Christie, daß sie hier sein würde. Sie wollte es einfach ignorieren, als die Türglocke anschlug. Ein Verkäufer vielleicht? Oder ein Nachbar? Als die Türglocke erneut läutete, stieg Shelby vom Stuhl hinunter und ging zur Tür.

Ihre Mutter stand vor der Tür. Mit ihr hatte Shelby am allerwenigsten gerechnet.

„Hallo Shelby“, sagte Dawn fröhlich.

„Woher wußtest du ...?“

„Ich habe zufällig heute morgen deine Freundin Christie angerufen. Ich mußte ihr aus der Nase ziehen, daß du hier sein würdest. Immer wieder habe ich versucht, dich zu erreichen, aber du bist nie ans Telefon gegangen. Ich habe angefangen, mir Sorgen zu machen.“

Shelby schluckte die spitze Bemerkung hinunter, die ihr auf der Zunge lag. Am liebsten hätte sie sie gefragt, warum Dawn sich nach all den Jahren plötzlich Gedanken um sie machte. „Ich bin beschäftigt gewesen."

„Das scheint mir so. Kann ich ... hereinkommen?"

„Ja, ich denke schon."

„Ich werde nicht lange bleiben."

„Ich wollte auch nicht mehr länger hierbleiben." Shelby trat zur Seite, um Dawn hereinzulassen. „Setz dich", sagte sie und deutete auf das Sofa im Wohnzimmer.

Als Dawn die Kisten bemerkte, fragte sie: „Ziehst du aus?"

„Ich bin bereits umgezogen - nach Redondo Beach." Sofort machte sie sich Vorwürfe, daß sie den Namen des Ortes genannt hatte. Dies wäre vielleicht die ideale Gelegenheit gewesen, Dawn endlich loszuwerden.

„Du meine Güte, das ist aber eine Überraschung."

„Ich bin verheiratet", fügte Shelby unumwunden hinzu. Sie hatte gedacht, sie würde eine größere Genugtuung empfinden, als sie diese Bombe auf ihre Mutter warf.

„Wow! Du machst wohl Witze. Verheiratet? Mit wem? Wann? Ich wußte gar nicht mal, daß du überhaupt einen festen Freund hast."

„Es gibt noch vieles, was du nicht von mir weißt, Dawn."

„Vermutlich. Ich würde trotzdem gern alles darüber hören", meinte sie wißbegierig. Würde sie denn niemals aufgeben?

„Also, ich ..." Shelby sah auf ihre Uhr. „Es ist eine lange Geschichte, und ich habe jetzt wirklich nicht viel Zeit."

„Ich weiß, ich hätte nicht einfach so hereinplatzen sollen", meinte Dawn. „Ich wußte nicht, was ich sonst tun sollte. Shelby, ich bin deine Mutter, wie sehr du das auch leugnen möchtest. Du bist mir wichtig – ich kann es nicht ändern. Kannst du mich denn nicht wenigstens ein bißchen an deinem Leben teilhaben lassen? Ich erwarte doch nicht viel ..., nur ein wenig."

„Es gibt wirklich nicht viel zu erzählen." Shelby war nicht klar, daß dies ihrer eben gemachten Aussage widersprach. „Ich habe in Mexiko jemanden kennengelernt, mich verliebt, und wir haben geheiratet. Er heißt Frank Stefano."

„Ist er Mexikaner?"
„Ist das wichtig?" erwiderte Shelby abwehrend.
„Ich bin nur neugierig."
„Er ist zwar Mexikaner, aber in Amerika aufgewachsen."
„Bist du glücklich ...? Was sage ich? Du mußt unbeschreiblich glücklich sein. Frisch verheiratet und verliebt – wie wundervoll."
„Ich bin glücklich." Sie war es – unbeschreiblich. Oder nicht? Na ja, keinesfalls würde Shelby dies Dawn gegenüber zugeben. „Ich muß jetzt wirklich weitermachen."
„Laß mich dir doch ein wenig bei den Kisten helfen."
„Das brauchst du nicht."
„Ich möchte es aber", erklärte Dawn mit ungewöhnlicher Entschlossenheit.
Sie trugen die Kisten nach draußen, doch nach ein paar Gängen waren sie außer Atem.
Dawn lachte leise. „Junge, ich bin gar nicht mehr richtig in Form."
„Ich auch nicht", meinte Shelby. „Aber mit dem Rest komme ich schon klar. Ich möchte nicht, daß du dich verletzt."
„Keine Angst, ich werde dich nicht verklagen. Aber ich könnte ein Glas Wasser gebrauchen, bevor wir die anderen hinaustragen."
„Möchtest du eine Pepsi? Ich habe noch ein paar Dosen im Kühlschrank, sie sind schön kalt."
„Klingt gut."
Shelby öffnete zwei Dosen und brachte sie ins Wohnzimmer. „Ich hoffe, du hast nichts dagegen, aus einer Dose zu trinken. Ich möchte möglichst kein Geschirr schmutzig machen."
„So schmeckt Pepsi am besten, natürlich schmeckt es auch aus der Flasche sehr gut. Aber heutzutage wird es kaum noch in Flaschen abgefüllt."
Dawn setzte sich auf das Sofa und trank ihre Pepsi. „Shelby, ich weiß, du willst nicht mit mir reden, und vielleicht hast du es auch eilig, aber ich möchte dir etwas sagen. Ich wollte es dir schon bei Mikes Beerdigung erzählen, aber das hat irgendwie nicht geklappt. Es wird nicht lange dauern."
Shelby schämte sich plötzlich wegen ihres Benehmens. Sie setzte

sich auf die andere Seite des Sofas und sah Dawn an. „Dann schieß los, Dawn. Es tut mir leid, daß ich so unhöflich gewesen bin."

„Das macht doch nichts." Dawn hielt inne. Sie nahm einen weiteren Schluck von ihrer Pepsi. Offensichtlich wußte sie nicht so recht, wie sie beginnen sollte. „Also, dann mal los. In mehr als einer Hinsicht, Shelby, habe ich kein Recht, dich nach deinem Leben zu fragen. Ich habe dir nie viel von meinem erzählt. Aber der Grund dafür war in erster Linie, daß ich nicht besonders stolz darauf bin. Nach deinem Vater war ich noch dreimal verheiratet, und alle Ehen sind in die Brüche gegangen. Außerdem hatte ich noch eine Reihe ernsthafter Beziehungen, die aber zu Ende waren, bevor wir geheiratet haben. Ich weiß nicht, wieviel dein Vater dir über mich erzählt hat, aber so wie ich ihn kenne, hat er das bestimmt nicht an die große Glocke gehängt."

Shelby nickte zustimmend, und Dawn fuhr fort. „Es gab schlimme Zeiten. Einer meiner Ehemänner war ein Drogendealer, und ich wurde heroinabhängig. Ich habe eine Entziehungskur gemacht und die Sucht überwunden, aber das war sehr schwer. Ich erzähle dir das nicht, damit du Mitleid für mich empfindest, ich kann das nur nicht auslassen, weil es zu dem hinführt, worum es mir eigentlich geht. Vor sieben Monaten bin ich aus der Entzugsanstalt entlassen worden. Es war nicht meine erste Entziehungskur. Im Laufe der Jahre bin ich immer wieder drogen- und alkoholabhängig geworden. Aber diese letzte war die schlimmste überhaupt – ich, eine Frau mittleren Alters, die praktisch schon Großmutter hätte sein können –, und ich war übler dran als viele Teenager."

„Das wußte ich nicht, Dawn – das mit der Entziehungskur und alles."

„Mike war ein so guter Mann. Nach all den Jahren wollte er mich noch immer beschützen. Aber vermutlich wollte er eigentlich nur dich schützen. Na ja, wie auch immer, das ist meine Lebensgeschichte in Kurzformat. Seit ich die Entziehungskur abgeschlossen habe, wohne ich bei deiner Tante Lynn. Du weißt, wie fanatisch religiös sie sein kann, zumindest habe ich das immer gedacht. Seit Jahren versucht sie schon, mich zu bekehren."

Shelby lächelte. „An mir arbeitet sie auch."

„Auf jeden Fall habe ich es endlich begriffen." Dawn lächelte sie an. „Das wollte ich dir sagen. Ich ... ich schätze, ich wollte, daß du es weißt. Aber mehr noch, ich fühle mich seither so viel besser. Ich gehe jetzt in die Kirche und zu einer Bibelgruppe für Anfänger – das heißt, neubekehrte Christen. Keine Angst, ich werde nie so fanatisch sein wie Lynn. Ich denke, ich habe mit mir genug zu tun – ich kann nicht noch versuchen, andere zu bekehren."

„Ich bin froh, daß du etwas gefunden hast, das dich glücklich macht, Dawn."

„Sieht so aus, als hätten wir beide etwas gefunden." Dawn hielt inne, doch Shelby spürte, daß sie noch mehr zu sagen hatte. „Du sollst nicht denken, daß ich, nur weil ich jetzt an Gott glaube, der Meinung bin, du solltest mich akzeptieren. Das ist es überhaupt nicht, es ist nur, daß ich jetzt glaube, ich könnte – ich weiß nicht – dir eine bessere Mutter sein. Vielleicht einfach nur eine bessere Freundin. Ich weiß, daß ich das nicht verdiene, aber ich wollte dich fragen, ob du vielleicht bereit wärst, dich häufiger mit mir zu treffen, daß wir mehr miteinander sprechen. Ich werde nicht versuchen, deine Mutter zu sein, ich möchte dich nur besser kennenlernen."

Wie konnte Shelby diese aufrichtige Bitte ablehnen? Andererseits waren die vergangenen Jahre nur schwer abzuschütteln.

„Ich verstehe, was du meinst", erwiderte Shelby gleichmütig, „und ich schätze, es würde nicht schaden, wenn ich damit einverstanden bin. Ich kann dir nur nicht versprechen, daß ich plötzlich die Tochter bin, nach der du gesucht hast. Es gibt so vieles, was mich im Augenblick beschäftigt, meine neue Ehe, Dads Tod. Ich weiß nicht, ob ich dir geben kann, was du dir wünschst."

„Ich werde nicht viel von dir verlangen. Vielleicht kann ich dich dann und wann einmal anrufen, oder du kannst mich anrufen."

„Das klingt gar nicht so schwierig."

„Gut! Ehrlich, das ist wundervoll!" grinste Dawn und sah dabei so hübsch und kindlich aus. Sie sprang auf. „Ich habe dich lange genug aufgehalten. Ich helfe dir noch, die Kisten rauszubringen, und verschwinde dann."

Zehn Minuten später waren alle Kisten in Shelbys Wagen verstaut. Dawn hatte sich bereits auf den Weg gemacht, als Shelby ihr hinterherrief: „Dawn, du hast ja meine Nummer gar nicht." Shelby war selbst erstaunt, daß sie Dawn auch noch daran erinnerte. Hätte sie nichts gesagt, wäre sie jetzt aus dem Schneider. Doch die Freude, die sich auf Dawns Gesicht zeigte, lohnte diese kleine Geste. Shelby schrieb Franks Telefonnummer und seine Adresse auf einen kleinen Zettel. Als sie ihrer Mutter den Zettel reichte, dachte sie flüchtig, daß Dawn, wenn sie sich nicht geändert hatte, den Zettel verlieren würde, und Shelby wäre dann auch aus dem Schneider.

Irgendwie gefiel Shelby der Gedanke gar nicht so gut, wie sie gedacht hatte.

15

Frank saß an seinem Schreibtisch im Hinterzimmer des Casa del Mar. Er hatte die Tür offen gelassen, und die typischen Nachmittagsgeräusche drangen zu ihm herein. Im Augenblick konnte er Stille nicht gut ertragen. Leider war Montag – ein flauer Tag im Restaurantgeschäft. Er versuchte, sich wieder auf die Bücher zu konzentrieren, die vor ihm lagen. Wieder einmal wünschte er, seine Eltern wären damit einverstanden, die Buchhaltung auf Computer zu übertragen.

Er stützte den Kopf mit den Händen ab. Auf keinen Fall wollte er jetzt an seine Eltern denken.

Mühsam konzentrierte er sich auf die Zahlen, dann gab er die Endsummen in seine Rechenmaschine ein. Seine Gedanken wanderten erneut ab, dieses Mal zu Shelby. Er fragte sich, ob er wohl nach Hause gehen und die Buchhaltung für heute vergessen könnte. Nach dem katastrophalen Essen im Haus seiner Eltern hatten sie wenig miteinander gesprochen. Sie war mehr als bereit gewesen, darüber zu sprechen, aber er wollte nichts anderes, als alles, was geschehen war, zu vergessen. Das war vor seiner Hochzeit mit Shelby sehr viel leichter gewesen. In der Vergangenheit hatte er in seiner eigenen kleinen Welt gelebt – er hatte ignoriert, was ihm nicht gefiel, sich auf die Dinge konzentriert, die ihn froh machten. Puerto Vallarta hatte auch dazugehört. Mit Erfolg hatte er sein Leben in Kalifornien verdrängt – und sich vollkommen auf Shelby konzentriert. Allerdings hatte er in seiner Begeisterung nicht bedacht, daß Shelby vielleicht an seinem *gesamten* Leben Anteil nehmen wollte, nicht nur an dem, was er für akzeptabel erachtete.

Shelby war der Meinung, eine gute Ehefrau müßte so denken. Sie hatte keine Ahnung, wie gefährlich es war, wenn man zu tief grub. Sie sollte mit dem Anschein der Dinge zufrieden sein. Er wollte nicht, daß sie von der dunklen Seite seines Lebens, das er in Puerto Vallarta zu vergessen gesucht hatte, verletzt wurde.

Vielleicht war er ein Dummkopf, weil er das für möglich hielt.

Seine Finger lagen reglos auf den Tasten der Rechenmaschine, doch dann plötzlich setzte er sie wieder in Bewegung. Er zwang sich, nur an die Zahlen zu denken, an Gewinn und Verlust. Und als die Abrechnung stimmte, wandte er sich einem Stapel Rechnungen zu. Seine Gedanken arbeiteten auf Hochtouren, damit er an nichts anderes denken konnte. Doch seine Flucht in die Arbeit wurde abrupt beendet, als er aus dem Augenwinkel heraus einen Mann in der Tür stehen sah. Er blickte auf und stöhnte innerlich.

„Barcelona", begrüßte er ihn unfreundlich.

„Hola, Frank. *Que pasa*, Mann?"

„Ich bin beschäftigt, Hector. Was willst du?"

„Du bist immer beschäftigt, Amigo. Ich schätze, du warst auch zu beschäftigt, um dich neulich abends mit mir in der Lotto Bar zu treffen. Ich war sehr enttäuscht."

„Das tut mir leid." Ganz offensichtlich meinte Frank nicht, was er sagte. „Ich habe eine große Verantwortung zu tragen."

„O ja." Barcelona trat in das Büro ein und schloß die Tür hinter sich. „Wie zum Beispiel eine neue Frau? Du alter Hund!" Er schlug Frank auf den Rücken. „Und dazu noch ein so hübsches Gringo-Mädchen!" Er lachte leise. Ein lauernder Ausdruck trat auf sein Gesicht.

„Was willst du, Hector? Ich habe nichts mehr mit dir zu tun."

„Ich dachte, da du in Mexiko warst ..."

„Ich habe dir doch gesagt, daß ich fertig damit bin!"

„Sei doch nicht so empfindlich, Amigo. Das ist nicht der Grund, warum ich hier bin. Ich wollte dir wegen der armen Gloria mein Beileid aussprechen."

„Ist schon gut, ich nehme es entgegen. Und jetzt laß mich in Ruhe."

„Was für eine Verschwendung, nicht? Sie war wirklich eine großartige Frau, voller Leben und Tatendrang. Ein Haufen Männer werden um sie trauern."

„Raus hier, Barcelona."

„Einige Männer könnten sogar froh über ihren plötzlichen Tod sein. Ich gehöre natürlich nicht dazu, aber ich könnte möglicherweise ein paar mit Namen benennen. Und dein Name würde ganz oben auf meiner Liste stehen."

„Ich weiß nicht, wovon du sprichst."

„Die Polizei hat mir heute einen Besuch abgestattet."

„Was hast du ihnen gesagt?"

„Ich habe es mir zur Gewohnheit gemacht, der Polizei nie etwas zu sagen. Aber du weißt ja, wenn sie anfangen, Druck auszuüben, dann muß ich meine eigene Haut retten. Wie auch immer, irgendwann werden sie herausfinden, daß Gloria und du eine sehr schlechte Ehe geführt und eine noch schlimmere Scheidung hinter euch habt."

„Ich frage dich noch einmal, Barcelona, was willst du?"

„Wir wollen Gloria vergessen, okay? Ich weiß gar nichts, und es ist mir auch vollkommen egal. Was mir nicht egal ist, sind die Schulden, die du bei mir hast. Dreht sich nicht alles nur ums Geld? Geld war dir einmal sehr wichtig. Denkst du noch an all die schönen Geschäfte, die wir gemacht haben? Ray hat versucht, deinen Platz einzunehmen, aber er ist nicht so klug wie du, Mann. Er wird irgendwann einmal kopfüber in die Scheiße fallen."

„Und ...?"

„Dann vergißt er, wer seine Freunde sind. Es gibt Leute, die du betrügen kannst, und Leute, die tabu sind. Hast du mich verstanden, Frank?"

„Ich glaube schon. Ray schuldet dir also Geld."

„Und jedes Mal wenn ich versuche, mir mein Geld zu holen, schlüpft er mir zwischen den Händen durch. Er ist zwar nicht klug, aber er ist schlüpfrig."

„Und was hat das mit mir zu tun?"

„Ich weiß vielleicht mehr über Gloria und dich als jeder sonst, abgesehen vielleicht von Ray."

„Aber du wirst alles für dich behalten, wenn ich dir Ray bringe?"

„Jetzt verstehen wir uns."

„Wieviel schuldet Ray dir?"

„Zwanzigtausend."

Frank schüttelte den Kopf. Jeder Gedanke, Barcelona vielleicht aus eigener Tasche auszuzahlen, war mit dieser Zahl hinfällig geworden. So viel Geld hatte Frank nicht zur Verfügung. Vielleicht wenn er ein paar Sachen verkaufte. Zum ersten Mal seit einem Jahr bedauerte er, daß er sich von dem profitablen Lebensstil abgewandt hatte, den er früher geführt hatte.

„Ich sehe zu, was ich tun kann", sagte Frank langsam. „Aber ich muß dich warnen: Ich habe keinerlei Einfluß auf Ray."

„Komm schon, Mann. Du bist sein großer Bruder. Er betet den Boden an, auf dem du läufst."

„Das war in der Vergangenheit so."

„Wir wollen hoffen, daß es noch immer so ist. Ich weiß nicht, wie tief du in die Sache mit Gloria verwickelt bist, aber ich schätze, dafür gehst du lange Zeit in den Knast."

„Du bist verrückt, Hector."

„Ich sage dir, wer verrückt ist: Ray ist es. Er ist verrückt, wenn er denkt, er könnte sich mit mir überwerfen und davonkommen." Zum ersten Mal zeigte Barcelona Emotionen. Seine Stimme zitterte, als er sich über den Schreibtisch beugte und seine unheilverkündenden dunklen Augen auf Frank richtete.

„Dem kann ich nicht widersprechen." Frank zuckte mit keiner Wimper und hielt seinem Blick stand. Er sprach mit gleichmütiger Stimme.

„Du bist in letzter Zeit ziemlich überheblich geworden, Frank. Vergiß nicht – ich könnte dich von deinem hohen Roß herunterholen. Ein Wort zu den Bullen und du wärst erledigt."

„Raus, Hector."

„Ich bin fertig mit euch Stefanos." Barcelona marschierte zur Tür, blieb stehen und fügte hinzu: „Du wirst noch lernen, mich nicht zum Narren zu halten."

Frank sah Barcelona nach, wartete, bis seine Schritte verklungen waren, dann nahm er den Telefonhörer zur Hand. Er zögerte. Dies war kein Anruf, den er gern machte, denn dadurch würde er zurückgehen, zurück in die Vergangenheit, in die Welt, die ihn beinahe zerstört hatte und seinen Bruder noch immer kaputtmachte. Aber in einem hatte Barcelona recht: Ray sah noch immer zu Frank auf, obwohl er sich Frank gegenüber arrogant und verächtlich verhielt, weil er nun ein ehrliches Leben führte. Allein aus diesem Grund mußte Frank diesen Anruf machen.

Seine Gedanken wanderten mehrere Jahre zurück zu der Zeit, als er seinen kleinen Bruder zum ersten Mal zu einem Verbrechen verführt hatte. Ray war damals fünfzehn gewesen. Er hatte gerade in der Highschool angefangen und war ein guter Schüler. Frank war achtzehn und hatte die Highschool noch vor dem Abschluß verlassen. Vermutlich wäre er sowieso hinausgeworfen worden. Er war ein sehr schlechter Schüler gewesen und die Hälfte der Zeit vollgedröhnt in die Schule gekommen. Im achten Schuljahr hatte er angefangen, mit Drogen zu experimentieren, die harten Drogen hatte er allerdings nie gemocht. Er nahm Marihuana und bei Partys auch schon mal ein wenig Kokain. Das Dealen mit Drogen fand er viel aufregender. Und allein um die Aufregung ging es. Das Geld hatte er nie richtig gebraucht, denn die Restaurants seiner Familie liefen gut. Es war immer nur der Kick gewesen. Auch hatte es ihm die Gelegenheit gegeben, Gloria zu beeindrucken. Er war besessen von ihr gewesen und von der Vorstellung, ein so hübsches Mädchen an seiner Seite zu haben. Sie hatte ihn mit der Drogenszene bekannt gemacht und Barcelona vorgestellt, einem entfernten Verwandten von ihr.

Ray hatte Medizin studieren wollen, und er hatte auch die passenden Noten dafür. Aber Frank hatte immer nur angeben wollen.

„Ray, du mußt das unbedingt versuchen. Gras ist cool, Mann. Es schärft deine Sinne, vielleicht bekommst du dadurch sogar bessere Noten."

„Ich weiß nicht. ... Mom und Dad werden dich rausschmeißen, Frank, wenn du nicht damit aufhörst. Ich möchte nicht in Schwierigkeiten kommen."

„Ich will sowieso hier verschwinden. Ich habe es so satt, daß sie immer versuchen, mein Leben zu kontrollieren. Denn nur darum geht es, vor allem Mom. Kontrolle, Mann. Wenn du dich jetzt nicht gegen sie stellst, wirst du noch als Mamakind enden." Frank wußte, daß dies die höchste Beleidigung für einen Mexikaner war.

„Ich möchte ein gutes College besuchen."

„Weißt du denn nicht, daß fast alle College-Studenten Gras rauchen? Hey, aber wenn du zu feige bist, Mann ..."

„Ich bin nicht feige!"

„Es ist doch nicht Speed oder Koks. Nur ein wenig Gras ..."

Natürlich konnte Ray nicht zulassen, daß sein großer Bruder ihn für einen Feigling hielt. Er nahm das Marihuana und wurde schon bald ein sehr guter Kunde. Doch innerhalb eines Jahres war Ray bereits auf der Suche nach Kokain. Frank hatte nie verstehen können, warum Ray so die Selbstbeherrschung verlor. Vielleicht hatte er einen körperlichen Defekt, der ihn empfänglicher dafür machte. Frank gab nur ungern zu, daß der Grund eher die Kameradschaft war, die die Drogen zwischen den Brüdern hatten entstehen lassen. Eine Zeitlang hatten sie viel Spaß miteinander - sie kifften, besuchten wilde Partys, hörten harte Rockmusik.

Dann beschlossen Frank und Barcelona, ihren eigenen Drogenvorrat aus Mexiko ins Land zu schmuggeln. Das Dealen war ein gefährliches Geschäft wegen der weitreichenden Kontakte, die man dafür brauchte. Schmuggeln dagegen war sicherer. Und natürlich konnte man viel mehr Geld damit verdienen. Franks Verbindungen in Puerto Vallarta waren ziemlich hilfreich. Sie kauften ein Segelboot – nicht das effizienteste Transportmittel, aber es bot die perfekte Tarnung. Und sie gingen in abgelegenen Buchten vor Anker, um Ware an Bord zu nehmen oder abzuliefern, so daß sie Grenzkontrollen wirksam umgehen konnten. Frank hatte in den Ferien mit der Familie in Puerto Vallarta das Segeln gelernt, er konnte die Fahrten also ganz allein unternehmen und brauchte keine Mittelsmänner.

Und dann wollte Ray mitmachen. Frank hatte ihn nie gezwungen, ihn nie mit Gewalt dazu gebracht, wie seine Mutter immer behauptete. Ray hatte ihn angefleht, mit von der Partie sein zu dürfen.

Danach war alles abwärtsgegangen. Das Geld floß und die Spannung blieb, aber der Preis war eine immer tiefere Verwicklung in die Unterwelt der Drogen, ganz zu schweigen von seinen Konflikten mit dem Gesetz. Irgendwie schaffte es Frank, einer Verhaftung zu entgehen, obwohl es ein paarmal ziemlich knapp gewesen war. Da Ray noch nicht volljährig war, konnte er die riskanteren Jobs übernehmen, denn er würde glimpflich davonkommen, sollte er geschnappt werden. Er mußte ein paarmal vor einem Jugendgericht erscheinen, sehr zur Schande seiner Eltern, und er verbrachte ein paar Wochen in einer Jugendstrafanstalt. Aber vor fast zwei Jahren wurde Ray wieder einmal wegen Drogenbesitzes mit Verkaufsabsicht verhaftet. Damals war er zweiundzwanzig. Er bekam einen sehr harten Richter und wurde zu einem Jahr in San Quentin verurteilt. Und weil Ray sich weigerte, die Namen seiner Partner preiszugeben, mußte er das ganze Jahr absitzen.

Die Haftstrafe beeindruckte Ray nur wenig und veranlaßte ihn nicht, seine kriminellen Aktivitäten einzuschränken. Aber sie war ein Wendepunkt für Frank. Seinen Bruder ins Gefängnis wandern zu sehen und auch ohne die Anklagen seiner Mutter zu wissen, daß er schuld daran war, versetzte Frank einen großen Schock. Zu diesem Zeitpunkt hatte er das kriminelle Leben sowieso schon satt, nachdem er viel zuviel von seiner Schattenseite miterlebt hatte. Rays Haft, die verletzenden Anklagen seiner Mutter und seine katastrophale Ehe mit Gloria trugen dazu bei, ihn die Verworfenheit dessen, was er tat, erkennen zu lassen.

Ray hielt ihn für einen Feigling, daß er nun aufgab, wo sie endlich große Profite einstrichen.

„Du bist nicht für mich verantwortlich, Bruder“, hatte Ray Frank durch das Gitter im Besuchsraum des Gefängnisses gesagt. „Ich bin selbst für mich verantwortlich. Niemand kontrolliert mich.“

Wie gern hätte Frank das geglaubt. Immer wieder hatte Frank diese Worte vor seiner Mutter wiederholt. Aber er wußte, daß es nicht stimmte. Er trug tatsächlich die Verantwortung für Rays Werdegang. Doch er konnte nichts tun, außer sein eigenes Leben ins reine zu bringen und zu hoffen, vielleicht sogar zu beten, daß Ray ihm irgendwann auch auf diesem Weg folgen würde, wie er ihm auf dem anderen gefolgt war.

Doch im Augenblick war dies nur eine schwache Hoffnung. Sogar Franks armseliger Versuch, alles in Ordnung zu bringen, schlug schrecklich fehl. Die Vergangenheit würde ihn nicht loslassen. Er betrachtete den Telefonhörer, als wollte er ihn zwingen, ihm etwas anderes zu sagen. Er wußte, er hatte keine Wahl. Im Tod wie im Leben übte Gloria noch immer eine unglaubliche Macht über ihn aus. Er war ein Narr gewesen zu hoffen, all das wäre mit ihrem Tod zu Ende.

Er wählte die Nummer des Funkempfängers seines Bruders, dann gab er ihren Privatcode ein. Ray hielt sich vermutlich nur vor Barcelona versteckt. Er legte den Hörer auf und starrte ihn weiter an in der Hoffnung, das Telefon würde sofort klingeln. Gleichzeitig fürchtete er sich aber auch vor dem Gespräch.

Als das Telefon tatsächlich kurz darauf läutete, fuhr er zusammen. Aber es war nicht sein Bruder. Es war Detective Poole, der ihn bat, aufs Polizeipräsidium zu kommen. Sie würden sich gern mit ihm über den Tod von Gloria Herrera unterhalten. Frank gefiel der Tonfall dieser „Bitte“ überhaupt nicht. Trotzdem konnte er schlecht ablehnen.

16

„Wir freuen uns, daß Sie kommen konnten“, sagte Detective Poole, der hinter seinem Schreibtisch saß. „Glauben Sie mir, wir wissen Ihre Kooperation zu schätzen. Setzen Sie sich doch bitte.“

Frank setzte sich auf einen Stuhl neben Pooles Schreibtisch, während Liscom, sein Partner, auf der anderen Seite stand und einen Fuß auf einem Stuhl abstützte. Frank, der Erfahrung hatte mit den Taktiken der Polizei, hatte den Eindruck, als wäre dies ein sorgfältig inszenierter Versuch, uninteressiert zu erscheinen. Sofort war Frank auf der Hut.

„Wir haben ziemlich mühsame Kleinarbeit leisten müssen, seit die Leiche Ihrer Exfrau vor einer Woche entdeckt wurde“, begann Poole.

„Vor einer Woche?“ wiederholte Frank.

„Haben wir das bei unserem Gespräch neulich nicht erwähnt? Ja, es stimmt. Sie war eine Zeitlang eine unbekannte Person, während wir die Gebißabdrücke verglichen haben. Eine Leiche, die eine Zeitlang im Wasser gelegen hat, ist beinahe unmöglich zu identifizieren.“

„Der Leichenbeschauer schätzt, daß ihre Leiche einige Wochen im Wasser gelegen hat, bevor sie endlich an Land gespült und entdeckt worden ist“, warf Liscom ein. „Mittlerweile war sie ganz schön angeknabbert. Krebse und kleinere Fische hatten den größten Teil des weicheren Gewebes weggefressen - Nase, Lippen, Ohren, Augenlider waren praktisch nicht mehr vorhanden. Im Wasser geht der Verwesungsprozeß viermal so schnell voran. Wußten Sie das? Auch ihr Haar war von der Wellentätigkeit ausgerissen worden, und was von ihrem Körper noch übrig war, war aufgedunsen - es tut mir leid, Mr. Stefano, das war sehr gedankenlos von mir. Sind Sie in Ordnung?“

Frank leckte sich die Lippen. Er war nicht in Ordnung. Sein Magen krampfte sich zusammen, und alles Blut war aus seinem Gesicht gewichen. Liscoms Entschuldigung war der reinste Hohn, und Frank wußte, daß der Mann genau diese Wirkung beabsichtigt hatte. Frank nickte nur, weil er Angst hatte, seine Stimme nicht unter Kontrolle zu haben, wenn er jetzt sprechen würde.

„Auf jeden Fall", sagte Poole, „können Sie sehen, daß unsere Untersuchungen langsam vorankommen. Wir haben gerade den vorläufigen Bericht des Leichenbeschauers bekommen. Wie es aussieht, ist sie etwa um die Zeit ins Wasser gefallen, als sie als vermißt gemeldet wurde. Und sie wurde betäubt, bevor sie im Wasser landete."

„Betäubt?"

„Schädelbruch."

„Könnte sie nicht gegen einen Felsen geschlagen sein?"

„Der Mörder hat vielleicht gehofft, daß so etwas angenommen wird, aber es gibt Wege, das herauszufinden."

„Dann sagen Sie also, Gloria wurde getötet, bevor sie ... ins Wasser fiel?"

„Eine traurige Sache", antwortete Liscom. „In ihren Lungen befindet sich so viel Wasser, daß wir leider nicht davon ausgehen können. Die arme Frau wurde nicht nur auf den Kopf geschlagen und ins Meer geworfen, sie ist auch noch ertrunken. Es ist durchaus möglich, daß ihre Berührung mit dem kalten Wasser sie aus ihrer Bewußtlosigkeit zurückholte, so daß sie schrecklich gelitten hat, bevor sie ertrank."

„Ein schlimmer Tod", bemerkte Poole mit trauriger Stimme.

Frank fuhr sich mit der Hand über den Mund und schüttelte langsam den Kopf. O Gloria! Warum mußte es so kommen?

„Und was wollen Sie von mir?" fragte Frank so gleichmütig wie möglich.

„Obwohl Sie geschieden waren, hatten Sie, wie wir gehört haben, doch immer noch Kontakt zu Miss Herrera?"

„Wir haben uns so lange gekannt und hatten noch immer gemeinsame Freunde, darum haben wir uns gelegentlich bei gesellschaftlichen Anlässen getroffen. Hochzeiten, Taufen, solche Dinge."

„Und das ist alles?"

„Ja, ich bezahlte ihr noch immer Unterhalt, und in letzter Zeit hatten wir dann und wann eine Auseinandersetzung deswegen."

„Waren Sie mit Ihren Zahlungen im Rückstand?"

„Ich dachte nur, es wäre an der Zeit, die Zahlungen einzustellen."

„Welcher geschiedene Mann denkt das nicht?" meinte Poole lachend. Frank lachte nicht. „Haben Sie darüber gestritten?" fragte Poole nun ernster.

„Nein, natürlich nicht."

„Während Ihrer Ehe haben Sie sich häufig gestritten, stimmt das?"

„Aber ich wurde nie handgreiflich. Ja, es stimmt, wir haben viel gestritten. Darum ist unsere Ehe ja auch auseinandergegangen."

Liscom nahm seinen Fuß von dem Stuhl und setzte sich. Er rieb sich das Kinn und fragte: „Haben Sie sie vor vier Wochen gesehen?"

„Werde ich verdächtigt?" fragte Frank. Er versuchte, seine Ängste zu unterdrücken.

Poole antwortete freundlich. „Sie sind nur ein besorgter Bürger, der der Polizei hilft."

„Das klingt aber gar nicht so."

„Wir möchten nur eine freundliche Unterhaltung führen, Mr. Stefano."

„Ich glaube, ich brauche einen Rechtsanwalt."

„Durchaus nicht", beruhigte ihn Poole. „Ich habe Ihnen nicht einmal Ihre Rechte vorgelesen. Zum jetzigen Zeitpunkt haben wir noch keine Verdächtigen. Wir versuchen nur, ein paar Fakten über die Verstorbene zusammenzutragen. Wir befragen jeden, der sie kannte. Sie haben keinen Grund, sich Sorgen zu machen."

„Oder doch?" fragte Liscom. Er beugte sich vor und sah Frank eindringlich an.

„Nein." Frank hielt seinem Blick ungerührt stand.

„Dann haben Sie doch sicher nichts dagegen, ein paar Fragen zu beantworten. Ich bin sicher, Sie möchten wie jeder andere auch, daß diese schreckliche Tragödie aufgeklärt wird." Wieder spielte Poole den Schmeichler. Den „guten" Polizisten.

„Vor vier Wochen war ich in Mexiko", erklärte Frank, der versuchte, sich zu beruhigen.

„Ach tatsächlich“, meinte Liscom, „das kam aber gerade gelegen, nicht?“

„Hey Marv“, unterbrach ihn Poole scharf. „Stefano kooperiert mit uns. Solche Bemerkungen sind hier vollkommen überflüssig.“

„Ich denke, du übernimmst das besser, Ed“, erwiderte Liscom. „Ich mag es halt nicht besonders, wenn hübsche junge Frauen halb aufgefressen am Strand angespült werden.“ Liscom sprang auf und ging davon.

„Sie müssen Liscom verzeihen“, erklärte Poole. „Er hat eine Tochter, die etwa in demselben Alter ist wie Miss Herrera.“

Frank zuckte mit den Schultern. Liscom war vermutlich kinderlos, aber ein sehr guter Schauspieler.

„Also“, fuhr Poole fort, „vor vier Wochen waren Sie in Mexiko. War das eine Geschäfts- oder eine Vergnügungsreise?“

„Ein wenig von beidem. Ich fahre hin und wieder nach Puerto Vallarta, um nach dem Haus meiner Großmutter zu sehen.“

„Wann genau haben Sie L. A. verlassen?“

„Am sechzehnten Dezember.“

Poole blätterte einige Papiere auf seinem Schreibtisch durch. „Die Vermißtenanzeige wurde am siebzehnten aufgegeben.“

„Ich habe sie an dem Tag, bevor ich abgeflogen bin, noch gesehen“, erklärte Frank. Er versuchte, seine zitternden Hände vor dem Inspektor zu verstecken. „Da ging es ihr noch gut.“

„Vermutlich sind Sie der letzte, der sie lebend gesehen hat – abgesehen natürlich von ihrem Mörder. Sie sagten, es ging ihr gut. Sie verhielt sich nicht ungewöhnlich? War sie deprimiert? Nervös?“

„Ich glaube nicht, daß Gloria jemals niedergeschlagen oder nervös gewesen ist. Sie war sehr kühl und beherrscht.“

„Was haben Sie an ihr gefunden?“

„Ich werde doch verdächtigt, nicht?“

„Das scheint Ihnen ziemlich zu schaffen zu machen.“

„Ich habe sie am Tag vor ihrem Verschwinden getroffen. Wir hatten nicht gerade die beste Beziehung. Sie könnten Schlußfolgerungen daraus ziehen.“

„Ich beschäftige mich mit Tatsachen, Mr. Stefano, nicht mit unbegründeten Schlußfolgerungen. Aber wenn Ihnen die Richtung dieser Fragen nicht behagt, kann ich Sie zu diesem Zeitpunkt nicht zwingen, zu kooperieren."

„Diese Fragen behagen mir ganz und gar nicht. Nicht weil ich schuldig bin, sondern wegen dem, was angedeutet wird."

„Dann möchten Sie keine weiteren Fragen mehr beantworten?"

„Nein."

„Ich denke, dann können Sie gehen. Aber ich möchte Sie bitten, eine Zeitlang in der Stadt zu bleiben. Vielleicht muß ich noch mal mit Ihnen sprechen."

„Ich habe nicht vor zu verreisen", erwiderte Frank und erhob sich.

Er drehte sich um und ging zur Tür, als Liscom die Tür öffnete und darin stehenblieb.

„In der Vergangenheit haben wir Sie nie festnageln können, Stefano, aber ich sage Ihnen, den Mörder dieses Mädchens werde ich schnappen. Ich möchte, daß er für seine Tat bezahlt."

„Dann sind wir uns ja einig", erwiderte Frank gleichmütig.

„Sie sind ein eiskalter M..."

„Geht es hier um eine ethnische Auseinandersetzung, Detective?"

„Nur ein Ausrutscher. Ich wollte sagen, ein eiskalter amerikanischer Mexikaner."

„Darf ich jetzt gehen?"

Liscom trat beiseite. „Adiós, amigo", meinte er beißend.

Frank schob sich schweigend an ihm vorbei. So schnell wie möglich wollte er hier verschwinden. Er machte sich jetzt mehr Sorgen als je zuvor. Das Spielchen, das sie mit ihm trieben, ließ nichts Gutes erahnen. Hatten sie Beweise, oder fischten sie nur im trüben? So wie Liscom sich verhielt, schien es egal zu sein, ob sie Beweise hatten oder nicht. Es war egal, ob Frank schuldig war oder unschuldig. Sie wußten über seine Vergangenheit Bescheid, und in ihren Augen war das genug, den Finger anklagend gegen ihn zu erheben. Aber wie viele Beweise hatten sie? Wußten sie, daß er und Gloria an diesem letzten Abend miteinander gestritten hatten? Hatten die Nachbarn es vielleicht mitbekommen ..., und würden sie der Polizei davon berichten, wenn sie gefragt wurden? Wußten sie, daß Gloria noch immer im Drogenschmuggel tätig war? Zweifellos würde die Polizei annehmen, daß auch Frank noch immer im Geschäft war. Liscom wollte ihn haben. Es war nur eine Frage der Zeit.

Frank war ein Nervenbündel, als er in seinen Ford Ranger stieg, den Motor anließ und sich in den Verkehr einordnete. Mittlerweile war es sieben Uhr abends. Er wünschte sich so sehr, bei Shelby zu sein, aber er wußte, in diesem Zustand konnte er ihr nicht gegenübertreten. Sie würde ihn sofort durchschauen, und keinesfalls wollte er, daß sie nun ihrerseits Fragen stellte. Darum fuhr er eine Stunde lang in der Gegend herum. Beinahe unbewußt hatte er den Weg zu Rays Apartmentgebäude eingeschlagen, aber in seinem Fenster schien kein Licht, und sein Wagen stand nicht auf seinem Parkplatz. Hatte er versucht, Frank anzurufen? Dringender als je zuvor mußte Frank mit ihm sprechen. Er mußte wissen, ob die Polizei ihn bereits verhört hatte. Vielleicht noch nicht, da die Beamten kein Wort über Ray verloren hatten. Aber früher oder später würden sie Ray finden und mit ihm reden. Und was dann?

Frank fuhr den Hermosa Boulevard entlang, doch anstatt zu seiner Wohnung zu fahren, parkte er ein paar Straßen entfernt und ging zum Strand. Für ihn gab es nichts Beruhigenderes als das Geräusch der Wellen, die sich am Strand brachen. Fünfzehn Minuten später war er bereit, nach Hause zu zurückzukehren.

* * *

Liscom ließ sich auf den Stuhl neben Pooles Schreibtisch sinken. „Ich habe es satt, um den heißen Brei herumzureden", sagte er. „Nageln wir diesen Halunken doch fest."

„Ich möchte, daß die Verhaftung niet- und nagelfest ist. Ich bin nicht sicher, ob wir stichhaltige Beweise für ein mögliches Verfahren haben."

„Mir gefällt nicht, wie du ihm um den Bart gehst. ‚Sie sind nur ein besorgter Bürger, Mr. Stefano.' ‚Dies soll nur eine freundliche Unterhaltung sein, Mr. Stefano'", ahmte Liscom seinen Partner nach.

„Wir wollen ihn doch nicht verschrecken, indem wir offenlegen, was wir haben. Was haben wir denn überhaupt, Marv? Zeugen, die den Streit gehört haben. Einen Nachbarn, der ihn später am Abend zurückkommen sah; ein weiterer Streit, dazu ein paar laute Geräusche."

„Wir haben einen Zeugen, der behauptet, Stefano habe sie am vorhergehenden Tag bedroht – das haben gleich mehrere Zeugen in einer Bar gehört. Er hat sie sogar körperlich angegriffen."

„Er hat sie am Arm gepackt."

„Trotzdem, diese Drohungen machen ihn verdächtig. Und was ist mit ihrem Terminkalender, in dem steht, daß Stefano sie an diesem Abend treffen wollte? Wenn du mich fragst, ist das der zwingendste Beweis."

„Wir brauchen aber einen handfesteren Beweis."

„Was ist mit dem Polizeibericht, den wir ausgegraben haben?"

„Der ist fünf Jahre alt."

„Das zeigt trotzdem, wozu der Mann fähig ist. Die Fotos der übel zugerichteten Gloria Herrera lügen nicht."

„Die Beschuldigungen wurden nie erhärtet."

„Verdammt, Ed! Das klingt ja so, als wärst du sein Anwalt."

„Ich möchte nur einen wasserdichten Fall. Gib mir handfeste Beweise, und ich werde den Mann nur zu gern einsperren."

17

Shelby saß auf dem Sofa vor dem Fernsehgerät, als Frank nach Hause kam. Sie war sehr erstaunt, und er erklärte ihr, an diesem Tag wäre im Restaurant nichts los gewesen. Sie lächelte, als er sich neben sie setzte. Es war beinahe so, wie ein normaler Abend sein sollte. Shelby fragte ihn, wie sein Tag gewesen wäre, und da er nur wenig erzählte, beschloß sie, das Thema ruhen zu lassen.

„Also ich hatte einen sehr interessanten Tag", berichtete sie. „Ich fuhr in mein Haus, um noch ein paar Sachen einzupacken, und stell dir vor: Meine Mutter kam vorbei! Und was mich besonders erstaunt, ich fand das gar nicht mal so schrecklich. Sie möchte gern eine Beziehung zu mir aufbauen."

„Das ist gut. Denkst du, du wirst ihr eine Chance geben?"

„Ich habe ihr unsere Telefonnummer gegeben. Aber ... ich weiß nicht. Sie hat mir erzählt, sie hätte angefangen, in die Kirche zu gehen und würde versuchen, ihr Leben in Ordnung zu bringen. Die ganzen Jahre über war sie drogen- und alkoholabhängig. Das wußte ich gar nicht. Bei einem Besuch bin ich sicher, daß sie betrunken war. Aber ich war noch viel zu klein, um mir etwas dabei zu denken, und mein Vater hat nie irgend etwas gesagt."

„Dann tut sie dir jetzt also leid?"

„Eigentlich nicht. Sie hat ihre eigenen Entscheidungen getroffen."

„Wenn jemand abhängig wird, fangen die Drogen an, die Entscheidungen für ihn zu treffen."

„Warst du drogenabhängig, Frank?"

Er schien sich plötzlich unbehaglich zu fühlen, und sofort bereute sie die Frage.

„Nein", erwiderte er langsam, „aber ich habe mich häufig in der Nähe von Abhängigen aufgehalten."

„Was meinst du, wie soll ich mich denn jetzt meiner Mutter gegenüber verhalten?"

„Ich bin der letzte, der dir in Familienangelegenheiten raten kann."

„Ich möchte sie so gern hassen. Aber manchmal wirkt sie so verletzlich, daß mir das sehr schwerfällt. Und ich muß sagen, heute erschien sie mir vollkommen verändert. Ich frage mich, ob sie sich tatsächlich verändert hat."

„Meine Großmutter würde sagen, daß das wirklich so ist, weil Gott in ihr Leben gekommen ist. Du solltest einmal mit meiner Großmutter darüber sprechen. Sie könnte dir einen guten Rat geben."

„Das mache ich vielleicht."

Zu Shelbys großer Enttäuschung klingelte es. Frank erhob sich und ging zur Tür. Er öffnete sie nur einen Spalt, so daß sie nicht sehen konnte, wer da war, und nach einer Weile trat er vor die Tür. Ein paar Minuten später kam er allein zurück.

„Ich gehe noch aus", sagte er.

„Wer war an der Tür?" fragte sie.

Er zögerte etwas, bevor er antwortete. „Mein Bruder."

„Ist er noch da? Ich würde ihn gern kennenlernen."

„Er ist ziemlich in Eile ..." Bevor Frank den Satz zu Ende sprechen konnte, wurde die Tür geöffnet, und Ramon Stefano trat ein. Shelby hätte ihn sofort als einen Stefano erkannt, aber eher aufgrund seiner Ähnlichkeit mit seinem Vater. Er hatte etwa Franks Statur, wenn er auch ein paar Zentimeter kleiner war. Sein Bart ließ ihn aussehen wie eine jüngere Ausgabe seines Vaters. Er hatte kleine, stechende Augen und ein breites, freundliches Grinsen, mit dem er Shelby bedachte.

„Frank, es ist mir egal, was du sagst. Ich werde deine Frau kennenlernen." Ray trat auf Shelby zu und hielt ihr die Hand hin. „Hallo, Schwägerin. Schön, deine Bekanntschaft zu machen!"

Shelby lächelte und nahm die Hand. „Ich bin auch froh, dich kennenzulernen. Bist du sicher, daß du nicht ein paar Minuten bleiben kannst?"

„Wir haben etwas zu erledigen", antwortete Frank schnell.

„Wir brauchen doch nur zu reden", entgegnete Ray und setzte sich Shelby gegenüber in einen Sessel.

„Ich kann schnell einen Kaffee kochen", schlug Shelby vor. „Und ich habe einen Schokoladenkuchen aus dem Gefrierschrank in meinem Haus mitgebracht."

„Nein, wir müssen gehen", erklärte Frank.

„Wenn ihr allein sein wollt ...", begann Shelby.

„Ich werde nicht lange wegbleiben." Frank beugte sich zu ihr herab und gab ihr einen Kuß. „Komm schon, Ray."

Ray zuckte die Achseln. „Manchmal kann er ein richtiger Tyrann sein."

„Es wäre schön, wenn du irgendwann einmal zu einem längeren Besuch kommen könntest", meinte Shelby.

Recht nachdenklich beobachtete Shelby, wie sich die beiden Brüder erhoben und gingen. Wie konnte es nur sein, daß sich ihre Beziehung zu Frank so schnell in nichts auflöste? Seit ihrer Rückkehr von Mexiko schien es immer so zu sein. In der einen Minute verstanden sie sich großartig, dann ein falsches Wort, ein Telefonanruf oder ein Klingeln an der Tür ..., und alles fiel auseinander. Und immer schien es irgendwie mit Franks Familie zusammenzuhängen. Ganz besonders frustrierend war, daß diese Familie nicht einfach verschwinden würde. Frank würde niemals in der Lage sein, ihnen vollkommen aus dem Weg zu gehen. Und das würde ihre Beziehung fortwährend belasten. Shelby fragte sich, wie viele von Franks Stimmungsschwankungen sie noch würde ertragen können. Sie wußte nie, wann wieder eine zuschlug und sie mit ihren aufgewühlten Emotionen zurückblieb.

Shelby beschloß, daß es an der Zeit war, mit jemandem darüber zu sprechen. Sie konnte es einfach nicht allein ertragen. Sie nahm den Hörer ab und wählte Christies Nummer. Ihre Pläne für ein gemeinsames Abendessen waren ins Wasser gefallen, weil Christie sich mit einem Kunden treffen mußte, aber vielleicht war sie schon wieder zu Hause. Shelby war erfreut, als Christie sich meldete und einem Treffen zustimmte. Sie wollten sich in einem Café auf halber Strecke zwischen Whittier und Redondo Beach treffen.

* * *

Frank und Ramon fuhren in Franks Wagen zu einem Nachtclub in San Pedro.

Früher waren sie häufig dort zu Gast gewesen, doch sie hatten dieses Lokal schon längere Zeit nicht mehr besucht. Ray war der Meinung, dort könnten sie miteinander sprechen, ohne einen Bekannten zu treffen. An diesem Montagabend herrschte nicht viel Betrieb in dem Nachtclub, doch die Musik plärrte aus der Musikbox. Die Brüder suchten sich einen Tisch in einer ruhigen Ecke und bestellten jeder ein Glas Pacifico Bier.

„Also, was ist passiert, Bruder?" fragte Ray und nahm einen Schluck des mexikanischen Bieres. „Du hast dich schon lange nicht mehr mit mir in Verbindung gesetzt. Was ist los?"

„Das fragst du mich? Gloria ist tot, und Barcelona sucht nach deinem Versteck. Wo willst du anfangen?"

Ray zuckte gleichmütig die Achseln. Frank merkte an seinem etwas glasigen Blick und seiner unerschütterlichen Haltung, daß er high war.

„Was willst du wegen Barcelona unternehmen?" fragte Frank. Er verzog das Gesicht, als sein Bruder erneut die Achseln zuckte.

„Er macht mir keine Angst. Im Augenblick habe ich ein Geschäft am Laufen. Wenn ich das über die Bühne gebracht habe, werde ich ihn auszahlen, und außerdem werde ich mich gesundgestoßen haben."

„Du machst jetzt deine eigenen Geschäfte? Kein Wunder, daß Barcelona Amok läuft."

„Hey, das ist ein freies Land. Im Gefängnis habe ich einen Typen kennengelernt, der Verbindungen hat zu Cali ..."

„Ray, für so dumm habe ich dich wirklich nicht gehalten", unterbrach ihn Frank.

„Hey, trau mir doch auch mal was zu. Außerdem haben wir sowieso schon mit den Kolumbianern Geschäfte gemacht, nur auf einer niedrigeren Ebene. Jetzt habe ich eben einen direkteren Draht."

„Über Barcelonas Kopf hinweg."

„Mein Mann möchte niemanden sonst in dem Deal haben. Das beschneidet den Gewinn und macht uns dem Gesetz gegenüber verletzlich. Er möchte die Dinge einfach halten. Mir traut er, weil wir zusammen gesessen haben. Er traut nur wenigen anderen. Er hat mir versprochen, ich könnte in nur sechs Monaten eine Million verdienen. Und ich bin bereit, dich mit reinzunehmen, Frank."

„Du weißt es doch besser. Ich mache so etwas nicht mehr." Frank rutschte unbehaglich auf seinem Stuhl hin und her. Jetzt wußte er, warum Ray sich bei ihm gemeldet hatte. In letzter Zeit suchte Ray Frank nur auf, wenn er etwas wollte.

„In Ordnung, ich will offen sein, Bruder. Ich brauche dich. Ich kann diesen Deal nicht machen, solange mir Hector im Nacken sitzt. Wenn du mir helfen kannst, ihn auszuzahlen, könnte ich freier agieren. Und wie ich schon sagte, ich könnte dir alles in ein paar Monaten zurückzahlen - mit einem hohen Zinssatz."

„Selbst wenn ich dir helfen wollte, woher sollte ich denn zwanzigtausend Dollar nehmen? Ich verfüge nicht mehr über so viel Geld."

„Ich habe nie verstanden, warum du alles weggegeben hast. Es war schon schlimm genug, aus dem Geschäft auszusteigen, aber dann von dem kargen Lohn eines Geschäftsführers zu leben ..." Ray schüttelte ungläubig den Kopf. „Und auch noch des Restaurants unserer Eltern. Du bist verrückt, Frank. Du hattest alles, Mann, und du hast es in der Toilette hinuntergespült wie ein Päckchen Kokain. Warum? Meinetwegen? Ich dachte, du hättest mehr Verstand."

„Der Punkt ist, Ray, ich habe keine zwanzigtausend, die ich dir geben könnte", erwiderte Frank, der sich bemühte, die Worte seines Bruders und die schmerzliche Wahrheit zu ignorieren, die sie offenbarten.

Das Lied „La Bamba" plärrte über die Lautsprecher, und Ray schloß einen Augenblick die Augen, bevor er zu sprechen begann. „Ein großartiges Lied, nicht, Bruder?" Mit den Händen trommelte er auf dem Tisch den Takt. „Bei so etwas bin ich stolz, Mexikaner zu sein." Bis das Lied zu Ende war, sprach er kein Wort mehr, dann schob er seinen Stuhl zurück. „Ich muß mal auf die Toilette. Bestell noch ein Bier für mich, ja?" Doch als er sich erheben wollte, legte Frank ihm die Hand auf den Arm und hielt ihn zurück.

„Zuerst führen wir unser Gespräch zu Ende", sagte er. „Dann kannst du tun, was immer du auf der Toilette vorhattest."

„Komm schon, Mann! Ich wollte nur einen schnellen Schuß – du weißt schon, um meinen Kopf klar zu bekommen. Dann können wir ..."

„Wenn du gehst, ist das Gespräch beendet." Frank wußte, mit dieser Drohung erklärte er sich bereit, sich den Vorschlag seines Bruders anzuhören, aber die alten Schuldgefühle machten sich wieder in ihm breit und zwangen ihn dazu zu bleiben.

Ramon entspannte sich auf seinem Stuhl und rief eine Kellnerin herbei, um noch ein Bier zu bestellen. Dann sagte er: „Okay, Mann, es geht um folgendes. Du brauchst gar keine zwanzig Riesen aufzubringen. Ich brauche nur fünf, um das Zeug in Mexiko zu kaufen. Ich werde es hier leicht für die zwanzig Riesen verkaufen können. Damit kann ich Hector loswerden und den anderen Deal durchziehen."

„Nur fünf?"

„Ich habe selbst noch einige Riesen, die ich einsetzen kann."

„Ich habe zweitausend auf der Bank."

Ramon schüttelte mitleidig den Kopf. „Was ist mit Shelby?"

Die Vorstellung, sich Geld von Shelby zu leihen, widerstrebte ihm. Doch vielleicht war das auf lange Sicht ein kleiner Preis, um die Bedrohung, die von Barcelona ausging, loszuwerden. Der eigentliche Preis jedoch war viel höher als die Demütigung, seine Frau um Geld bitten zu müssen. Es würde ihn nicht nur wieder ins Drogengeschäft bringen, sondern auch seinen Bruder ermutigen. Vielleicht war es das beste, daß Ramon sich allein mit Barcelona auseinandersetzte. Irgendwann mußte Frank einmal aufhören, seinen Bruder beschützen zu wollen. Aber war jetzt der richtige Zeitpunkt dafür? Falls Frank Ramon im Stich ließ, so könnte das bedeuten, daß sie beide zerstört wurden. Sehnsüchtig dachte Frank an Shelby und das wundervolle normale Leben, das er hoffte, mit ihr führen zu können. Konnte er das wegwerfen? Wenn er seinem Bruder half, bestand zumindest eine Chance, diese Angelegenheit unbeschadet zu überstehen. Es war keine sichere Sache und bestenfalls ein gefährlicher Drahtseilakt, aber es sah so aus, als wären seine Chancen bei Ramon besser als bei Poole und Liscom.

„Und das ist alles? Fünf Riesen sind alles?“ fragte Frank, der argwöhnte, daß nichts so einfach war, wie es zuerst aussah.

„Na ja ... Ich würde deine Hilfe brauchen, den Stoff in Mexiko abzuholen.“

Frank hatte das Gefühl, in einem Sumpf unterzugehen. „Mit dem Boot?“

„Ich habe schon alles geplant, Frank. Das wird ein tolles Geschäft.“

„Du weißt natürlich, daß die Polizei mit Sicherheit jeden unserer Schritte überwacht?“

„Ich habe einen Plan.“

„Welchen Plan?“ Frank haßte es zu fragen.

„Am kommenden Wochenende findet die Four Winds Yacht Club Regatta unten in San Diego statt.“ Ray begeisterte sich für seinen Plan. Frank hoffte nur, daß es mehr war als die Nachwirkungen des Kokains. „Du nimmst doch jedes Jahr daran teil, also wird es niemandem auffallen, wenn du auch dieses Jahr hinfährst – vor allem wenn du deine Frau mitnimmst.“

„Das werde ich nicht tun.“

„Du mußt, Bruder. Nur so wirkt es harmlos. Wenn nur du und ich fahren, machen wir uns verdächtig. Hör dir erst mal meinen Plan an, dann wirst du sehen, daß Shelby nicht in Gefahr sein wird. Es ist ein großes Stück vom Kuchen. Das Eröffnungsrennen findet am Samstagnachmittag statt. Wir nehmen ganz normal an dem Rennen teil. Wir legen im Jachthafen an, nach Einbruch der Dunkelheit suchen wir nach einer Ausrede, um noch einmal in den Hafen zu gehen, vielleicht, um den Sonnenuntergang zu beobachten oder so etwas.

Die Küstenwache wird sich keine Gedanken machen über ein Boot, das den Hafen verläßt - nur die einlaufenden werden unter die Lupe genommen. Auf jeden Fall fahren wir im Schutz der Dunkelheit nach Süden. Wir laufen in diese kleine Bucht ein ... Du weißt schon, zwischen Tijuana und Ensenada. Dann kehren wir nach San Diego zurück und sind rechtzeitig für das Rennen am

Sonntagmorgen wieder da. Wir stehen an der Startlinie, und niemand wird sich etwas dabei denken."

Frank hatte schon häufig erfolgreich solche Gelegenheiten genutzt. Aber er wollte einen Weg finden, um den Plan zu kippen. „Und wenn jemand bemerkt, daß unser Liegeplatz in San Diego die ganze Nacht leer ist?"

„Wem wird das schon auffallen? Zu der Regatta werden fünfzig zusätzliche Boote kommen – der Hafen wird überfüllt sein. Joe Franklin wird da sein. Er wird uns Deckung geben – du weißt schon, aus Versehen deinen Zettel nehmen, damit wir irgendwo anders anlegen müssen. Das passiert immer wieder."

„Und wo wird Shelby die ganze Zeit sein?"

„Muß ich denn alles bis ins kleinste planen? Du warst doch immer unser Denker. Ich bin sicher, dir fällt schon etwas ein."

Frank ignorierte das Problem Shelby und fragte: „Mit wem hast du in Mexiko zu tun?"

„Mit Manuel."

„Dann kaufst du Marihuana?"

„Ja. Barcelona hat seit mehr als einem Jahr keine Geschäfte mehr mit unseren Kontaktleuten für Marihuana gemacht. Er ist ganz ins Kokain- und Heroingeschäft eingestiegen. Wir kommen ihm also mit diesem Deal nicht in die Quere. Manuel ist cool. Außerdem hat er Hector noch nie gemocht."

„Und er steht noch immer auf gutem Fuß mit den *federales*?"

„Sehr gut. Das gibt keine Probleme."

„Ich muß darüber nachdenken."

„Wir haben nicht viel Zeit. Ich muß für Freitag alle Vorbereitungen treffen."

„Du verlangst sehr viel von mir, Ramon."

„Ich würde es nicht tun, wenn ich nicht verzweifelt wäre."

„Es gefällt mir nicht, Shelby da mit hineinzuziehen."

„Wenn Gloria noch am Leben wäre, würde sie mitkommen." Ramon lächelte, als wäre das eine angenehme Erinnerung. „Niemand hat sie je verdächtigt."

„Und du denkst nicht, daß ihr das den Tod gebracht hat?"

„Woher soll ich das wissen? Ich dachte, du würdest mehr darüber wissen als ich."

„Wie kommst du darauf?" fragte Frank abwehrend.

„Du hast doch mit der Polizei gesprochen, nicht?"

Frank rutschte unruhig auf seinem Stuhl hin und her. „Ja und sie denken, ich hätte sie getötet."

„Aber sie haben keine Beweise, sonst säßest du bereits im Gefängnis."

„Eine Ladung voll Marihuana zu schmuggeln würde mir nicht sehr helfen, wenn ich gefaßt würde."

„Du wirst nicht gefaßt werden", erwiderte Ray mit hohler, durch die Drogen gewonnene Zuversicht. „Du bist noch nie geschnappt worden."

„Vorher war es mir egal. Das ist jetzt anders. Ich habe eine Frau, die ich liebe, und die Gelegenheit, meine Träume zu verwirklichen. Ich werde nervös über die Schulter sehen und Angst haben."

„Du kannst es, Frank. Nur noch einmal, das ist alles. Dann kannst du ein glückliches Leben mit deiner Frau führen, das du dir so sehr zu wünschen scheinst. Ich werde dich niemals wieder belästigen. Ich verspreche es."

„Ich werde darüber nachdenken, mehr kann ich jetzt nicht sagen. Keine Versprechungen von meiner Seite, verstanden?"

„Ich muß innerhalb weniger Tage Bescheid wissen, damit ich alles vorbereiten kann."

„Ist gut." Franks Magen krampfte sich zusammen, während er sprach. Er fragte sich, ob er noch immer vor allem davonlaufen konnte. Als er seinen Bruder ansah, der bereits unruhig wurde, weil er einen Schuß brauchte, wußte Frank, daß er Ray jetzt nicht im Stich lassen konnte. Er mußte ihn retten, auch wenn er dafür dieses Opfer bringen mußte.

18

Christie konnte ihr zwar keine klugen Ratschläge geben, aber nach mehreren Tassen Milchkaffee und viel Gelächter ging es Shelby schon viel besser. Vielleicht weil Christie zu Shelbys Vergangenheit gehörte – einem Leben, das sie nicht verlieren wollte. Vielleicht auch einfach nur, weil sie wenigstens für eine kleine Weile ihre Probleme mit Frank vergessen konnte.

Als es Zeit war, sich zu verabschieden, entschuldigte sich Christie dafür, daß sie ihr keine große Hilfe gewesen sei, aber für Shelby war dies die beste Therapie gewesen. Sie versicherten sich gegenseitig, sie wollten ihre Freundschaft nicht in die Brüche gehen lassen, nur weil sie nun durch ein paar zusätzliche Meilen getrennt waren.

Es war fast Mitternacht, als Shelby in die Tiefgarage ihres Appartementhauses fuhr. Sie parkte ihren Mustang und stieg aus. Als sie zum Aufzug ging, hörte sie Schritte hinter sich. Sie drehte sich um und fand sich Hector Barcelona und seinen beiden Kameraden gegenüber, die sie an dem Abend im Restaurant bereits getroffen hatte. Unwillkürlich überlief Shelby eine Gänsehaut, und sie versuchte vergebens, sie zu ignorieren.

„Hallo ... Hector, nicht?“ sagte sie so gleichmütig wie möglich.

„Sie haben ein gutes Gedächtnis, Shelby“, erwiderte Barcelona aalglatt.

Shelby sah sich auf dem Parkdeck um und bemerkte, daß Franks Wagen noch nicht wieder an seinem Platz stand. „Frank ist nicht da.“

„Vielleicht können wir uns so ein wenig besser kennenlernen“, sagte Barcelona mit einem lüsternen Grinsen, das man nur auf eine Art deuten konnte.

„Irgendwann einmal, wenn es nicht so spät ist und Frank da ist, werde ich Sie einladen.“

„Aber ich bin doch jetzt hier.“ Er kam so dicht an sie heran, daß sie einen Schritt zurückwich. „Was ist denn los, *amante*?“

Shelby wußte, daß dieses spanische Wort dasselbe bedeutete wie

Liebling; manchmal nannte Frank sie so – zumindest hatte er es in Mexiko getan. Es von Barcelonas Lippen zu hören ließ sie zusammenzucken.

Barcelona fuhr fort. „Warum willst du denn nicht nett zu mir sein? In der Vergangenheit haben Frank und ich uns unsere Frauen geteilt. Gloria und ich ..."

„Bitte", unterbrach ihn Shelby, „warum kommen Sie nicht wieder, wenn Frank da ist?"

„Vielleicht möchte ich ja gar nicht Frank sehen." Er grinste wieder und kam immer näher, bis er sie an die Mauer der Tiefgarage gedrängt hatte. Er legte ihr eine Hand auf die Schulter und spielte mit ihren Haaren. „Du hast so hübsches helles Haar." Er beugte sich vor und brachte ihr Haar an seine Nase. „Es riecht nach Kokosnuß."

„Lassen Sie mich in Ruhe!" Ihre Stimme zitterte und war kaum zu hören.

Barcelona grinste nur noch mehr. „Du weißt natürlich, daß ich dich jetzt nehmen könnte, wenn ich wollte", sagte er, um sie zu reizen.

„Frank würde Sie töten." Sie wußte nicht, warum sie das gesagt hatte. Und vor allem hatte sie keine Ahnung, wie Frank tatsächlich reagieren würde.

„Sí, er hat es in sich, nicht? Vielleicht würde er dich auch töten, was meinst du? Ich meine, warum sollte er nicht denken, daß du es ganz bereitwillig getan hast? Welche Frau möchte schon gern mit einem solchen Macho wie deinem Mann zusammensein?"

Er begann ihr Ohr und ihren Hals zu küssen, und als sie versuchte, ihn von sich zu schieben, nahm er ihre Hände und drückte sie über ihren Kopf gegen die Mauer. Sie versuchte ihn zu treten, doch seine beiden Gefährten kamen demonstrativ näher.

„Warum denn sich wehren", sagte Barcelona drohend, „wenn ich dir doch nur ein wenig guttun will. Frank ist ein Langweiler, seit er religiös geworden ist – ich wette, du hättest gegen ein wenig Spaß nichts einzuwenden."

„Bitte!"

Er lachte. „Und jetzt bettelt sie um meine Aufmerksamkeit. Ich wußte, du würdest deine Meinung ändern."

Plötzlich wurde Shelby von der Wand fortgerissen. Da sie nicht wußte, was passierte, glaubte sie, Barcelona sei auf einmal gewalttätig geworden. Doch als sie auf dem Boden lag, erkannte sie Frank, der sie von dem Mann befreit hatte. Erleichterung machte sich in ihr breit, im selben Augenblick jedoch erkannte sie die Gefahr, in der Frank sich befand.

Barcelonas Gefährten waren von Franks plötzlichem Angriff so überrascht, daß sie nicht sofort reagieren konnten. Aber sie faßten sich schnell wieder und rannten zu Frank und Barcelona, die sich auf dem Boden wälzten. „Frank!" schrie Shelby, aber ihre Warnung kam zu spät.

Es dauerte nicht lange, bis die beiden Handlanger Franks Vorteil über Barcelona zunichte gemacht hatten. Allerdings mußten beide Männer sich anstrengen, um Frank von seiner Beute zu zerren. Er wehrte sich mit aller Kraft und wehrte sich noch immer, als sie ihn bereits an beiden Armen gepackt hatten.

Barcelona sprang auf und klopfte seine schmutzige und zerrissene Kleidung ab. Blut tropfte von einer Schürfwunde am Ellbogen und noch mehr Blut von seiner Lippe und verunreinigte sein Seidenhemd.

„Jetzt sieh dir das an", meinte Barcelona schmollend, „du hast meinen neuen Armani-Anzug ruiniert. Warum tust du das, Frank? Ich dachte, wir wären Freunde."

„Nicht mehr, Barcelona. Du bist zu weit gegangen."

„Es gab eine Zeit, wo du nichts dagegen hattest, mit mir zu teilen, Amigo."

„Hatte ich jemals die Wahl?"

„Hast du denn jetzt die Wahl?"

„Was willst du?" Frank spuckte die Worte aus und funkelte seinen Gegner an.

„Ich könnte diese hübsche kleine Frau wollen." Doch als Barcelona wieder auf Shelby zuging, wehrte sich Frank so heftig, daß es ihm gelang, sich aus dem Griff einer der Männer zu befreien. Er sprang auf Barcelona zu, aber die Leibwächter packten ihn sofort wieder. Dieses Mal rissen sie ihm die Arme mit solcher Kraft nach hinten, daß er vor Schmerz aufschrie.

„Ist ja schon gut, okay", sagte Barcelona mit einem hämischen Grinsen. „Vielleicht möchte ich sie gar nicht so dringend. Aber ich *könnte*, nicht? Wenn ich wollte. Das weißt du, nicht?"

„Du bist ein Schwein, Barcelona!"

„Laß mich ihm ein paar Manieren beibringen, Hector", sagte einer der Leibwächter.

Barcelona nickte dem Mann zu. Der andere Leibwächter hielt Frank fest, und der erste versetzte ihm drei Boxhiebe in den Magen. Frank kippte vor Schmerzen vornüber, doch seine Peiniger zwangen ihn, aufrecht stehen zu bleiben.

Shelby sprang auf und rannte auf sie zu. Sie war sich gar nicht der Tatsache bewußt, daß sie wohl kaum eine Bedrohung für die Männer darstellte. Aber sie konnte nicht tatenlos zusehen.

„Nicht, Shelby", keuchte Frank.

Doch bevor sie die beiden Leibwächter erreicht hatte, wurde sie von Barcelona gepackt. „Du bist aber ein lebhaftes Gringo-Mädchen, nicht?" Er drückte sie fest an sich, dann nickte er Ricardo zu, der Frank einen weiteren Schlag versetzte. „Wenn du dich nicht entspannst, Frau, wird dein lieber Gatte noch mehr leiden."

Shelby zwang sich selbst, sich nicht mehr zu wehren, aber keinesfalls entspannte sie sich, vor allem, als Barcelona sie nicht freigab.

„Also, Francisco, verdirb mir meine Laune nicht", sagte Barcelona aalglatt. „Ich möchte dir nicht weh tun. Wir sind Kameraden. Also laß uns wie Freunde sprechen, ja? Du hast mich gefragt, was ich will. Das habe ich dir bereits gesagt. Ich will Ramon."

„Und ich sagte, das hat nichts mit mir zu tun." Frank biß die Zähne zusammen. Schmerz, Wut und sogar Furcht schwangen in seiner Stimme mit.

„Du bist zu viel unter Gringos gewesen, Frank. In unserem Volk ist es üblich, daß Familien zusammenhalten. Die Probleme des einen Bruders betreffen auch den anderen. Rays Probleme sind also auch deine."

„Was soll ich denn tun, ihm auf den Kopf schlagen und ihn bewußtlos zu dir schleppen?"

„Du mußt tun, was du tun mußt, verstanden? Bei Gloria hat es ja auch funktioniert ..."

„Was meinst du damit?"

„Ich habe gehört, daß sie einen Schlag auf den Kopf bekommen hat, bevor sie ins Wasser geworfen wurde. Wenn man einen Menschen nur so dazu bringen kann zu kooperieren ..."

„Ray kann dich nicht bezahlen, wenn er tot ist."

„Aber lebend ist er auch zu wenig nütze."

„Gib ihm etwas mehr Zeit. Wie wäre es, wenn er dir zehn Prozent jetzt zahlt und den Rest in einem Monat? Das ist doch besser, als wenn du gar nichts bekommst."

„Ich bin keine Bank, Amigo. Wenn ich mein Geld haben will, dann will ich es haben."

„Sei doch vernünftig."

Seufzend schüttelte Barcelona den Kopf. „In Ordnung, zwei Riesen jetzt. Für den Rest habt ihr zwei Wochen Zeit."

„Zwei Wochen!"

„Wer weiß, was danach passieren wird? Die Polizei fängt an, im Mordfall Gloria tiefer zu graben. Wo bleibe ich dann, wenn Ray oder du nicht mehr da seid, um zu bezahlen?"

„Du scheinst ziemlich sicher zu sein, daß die Polizei hinter uns her ist."

Barcelona zuckte die Achseln. „Du mußt zugeben, daß du die Nummer eins auf ihrer Liste sein mußt."

„Und was ist mit dir, Hector? Vielleicht hat sie dir Geld geschuldet."

„Ich habe ein wasserdichtes Alibi. Du auch, Frank?"

Frank leckte sich die Lippen. „Ich bringe dir das Geld morgen früh."

Barcelona bedeutete seinen Männern, Frank loszulassen, und versetzte Shelby einen Stoß, bevor die drei Männer davoneilten. Ein wenig unsicher auf den Beinen eilte Frank zu Shelby.

„Bist du in Ordnung?" fragte er.

„Ich glaube schon. Was ist mit dir?"

Er nickte, obwohl er noch immer ein wenig vornübergebeugt ging. „Shelby, es tut mir leid ..."

„Frank, nicht ..."

Er schüttelte den Kopf und unterbrach sie. „Wenn es nach mir gegangen wäre, wärst du nie mit hineingezogen worden."

„Bitte ... bitte sag mir, was hier los ist. Es sieht so aus, als wäre ich in die Sache verwickelt, aber ich muß es von dir hören."

„Vielleicht hast du recht ... Ich weiß nicht ..."

* * *

Es war fast so wie in Puerto Vallarta. Die Wellen brachen sich sanft am Sandstrand, und in der Luft lag der leichte Geruch von Wasser und Salz. Shelby und Frank zogen ihre Schuhe aus und liefen über den nassen Sand. Die Wellen leckten an ihren bloßen Füßen. Sie sahen aus wie zwei Liebende bei einem romantischen Nachtspaziergang. Aber der äußere Schein trog.

„Wir waren Drogenschmuggler", erklärte Frank.

„Du und Barcelona?" fragte Shelby beherrscht.

„Und Ray ... und sogar Gloria. Unser eigenes kleines Drogenkartell."

Shelby kämpfte mit den Gedanken, die auf sie einstürmten, während Frank hinaus auf das Meer sah.

„Es ist an der Zeit, sich der Wahrheit zu stellen, Shelby. Du wolltest von meiner Vergangenheit nichts wissen. Vielleicht denkst du, das, was ich getan habe, sei nur Kinderkram gewesen. Aber so war es nicht. Wir haben Drogen auf die Straße gebracht und sie an Kinder verkauft. Es war nicht nur irgendwelches Zeug, das Achtkläßler nehmen. Ich habe für Hunderttausende Dollar Marihuana und Kokain ins Land gebracht und viel Geld damit verdient. Hast du dich nie gefragt, wie ein siebenundzwanzigjähriger Geschäftsführer eines Restaurant sich eine Wohnung unmittelbar am Strand leisten kann? Oder eine Jacht, wenn auch eine kleine? Nein, natürlich hast du das nicht." Sein Tonfall ließ sie zusammenzucken.

„Ich bin der Typ Mensch, vor dem dein Dad dich immer gewarnt hat. Du hast nicht auf ihn gehört, und jetzt mußt du dafür bezahlen. Du hättest mehr Fragen stellen sollen, Shelby. Warum hast du das nicht? Warum ...?“

„Hör auf damit, Frank! Ich habe keine Fragen gestellt, weil ich dich liebe.“

„Und jetzt ... Nein, antworte nicht darauf. Du versuchst noch immer, die Unschuldige zu spielen, du denkst, die Liebe würde alles in Ordnung bringen. So ist es nicht. Das hier nicht. Du willst noch immer denken, ich sei ein fehlgeleitetes Kind, das sich mit den falschen Leuten eingelassen hat. Ich habe Ray abhängig gemacht.“ Er blieb stehen und wandte sich ihr zu.

„O Frank ...“ Shelby wollte nicht zugeben, wie verwirrt sie war. Sie war tatsächlich naiv gewesen. Frank war früher ein Drogendealer gewesen; er hatte seinem eigenen Bruder Drogen gegeben und ihn in die Drogenabhängigkeit getrieben. Shelby wußte nichts, was verabscheuungswürdiger war. Das war nicht der Mann, in den sie sich in einer mexikanischen Bucht verliebt hatte. Dies war nicht der Mann, der ihr mit solcher Zärtlichkeit seine Liebe anbot. Aber war es möglich, daß sich ein Mensch so radikal veränderte? Shelbys Tante Lynn hatte ihr oft gesagt, daß der Glaube an Gott das Herz eines Menschen verändern würde. Aber sie glaubte nicht, daß Frank einen solchen Glauben hatte.

Plötzlich fiel ihr etwas ein, das Barcelona gesagt hatte. *„Frank ist ein Langweiler, seit er religiös geworden ist.“* Was hatte er damit gemeint? Sie wollte Frank fragen, hielt aber inne. Vielleicht klammerte sie sich nur wieder an einen Strohhalm. Vielleicht war sie immer noch naiv.

„Ich mache dir keine Vorwürfe“, sagte Frank auf ihr Schweigen. „Es ist widerlich, ekelerregend. Niemand könnte dir übelnehmen, wenn du mich verachten würdest.“

Sie wollte so gern gegen alles angehen, was er sagte. Sie wollte ihm sagen, daß er ihrer Liebe und Hingabe sicher sein kann. Doch als sie die Worte aussprach, klangen sie leer in ihren Ohren. „Ich kann dich nicht verachten. Ich kenne diesen anderen Mann nicht, aber auf jeden Fall war das nicht der Mann, der jetzt bei mir ist. Es ist nicht der Mann, den ich geheiratet habe."

Er hielt inne, dann schüttelte er den Kopf. „Es war falsch, dir die Schuld zu geben. Tief in meinem Innern wollte ich dich in Puerto Vallarta täuschen. Ich habe nichts gesagt, weil ich Angst hatte, dich zu verlieren." Er fuhr über seine Narbe, als wollte er, daß sie ihn an die Vergangenheit erinnerte. „Ich bin eine Schande, nicht nur für meine Familie, sondern für mein ganzes Volk. Das ist vielleicht die schlimmste meiner Sünden. Aber jetzt habe ich dich getäuscht, die Frau, die zu lieben ich geschworen habe."

„Soll ich dich jetzt hassen?"

„Verstehst du denn nicht? Ich habe Ray zerstört, und jetzt zerstöre ich auch dich. Du solltest mich hassen. Und du solltest davonlaufen, solange du noch kannst."

Ja, sie wollte davonlaufen. Dieser Mann hatte Menschenleben zerstört. Nicht nur das seines Bruders, sondern zahllose andere – junge Menschen, die so große Möglichkeiten hatten. Er hatte sie ihrer Jugend beraubt. Wie konnte sie ihn noch immer lieben? Doch im Augenblick fühlte Shelby sich Frank so nahe, sie spürte seine Gegenwart, obwohl sie sich körperlich nicht berührten. Er war ein Teil von ihr, und nicht einmal der Gedanke an den anderen Frank konnte das trüben, was sie fühlte. Menschen veränderten sich. Warum nicht Frank?

„Ich will dich nicht anlügen, Frank. Das alles verwirrt mich. Es gibt nur eines, was ich sicher weiß: Ich hasse dich nicht. Ich kann meine Liebe nicht so leicht abstellen. Irgendwie werden wir einen Weg finden, mit dem anderen fertig zu werden."

„Irgendwie ...", murmelte er, sagte aber nichts weiter.

Eine Zeitlang gingen sie schweigend weiter.

„Was hat dich verändert, Frank?" fragte sie.

„Vor etwa zwei Jahren wurde Ray wegen Drogenbesitzes mit Verkaufsabsicht verhaftet. Die Staatsanwaltschaft bot ihm einen Handel an, wenn er uns andere verriet. Eigentlich wollten sie Barcelona und mich - wir waren die Führer des Ringes. Aber Ray verriet nichts. Er verbrachte ein Jahr in San Quentin. Das hat mir schließlich klargemacht, was ich getan hatte. Ich war schrecklich verzweifelt. Meine Großmutter hat mir von Gottes Vergebung erzählt und daß nur das mir die Kraft geben könnte, weiterzuleben. Ich habe dir schon erzählt, daß ich mein ganzes Leben lang gegen die Religion angekämpft habe. Doch selbst ich konnte sehen, daß das, was sie sagte, anders war. Sie zeigte mir einen Gott, der mir nur geben wollte. All das ‚du sollst nicht' in der Religion meiner Eltern war nicht vorhanden. Es klang so gut."

„Und du hast getan, was meine Mutter tat? Du bist Christ geworden?"

„Ich wollte, aber das war nicht so leicht."

„Du hast gedacht, du hättest es nicht verdient, so leicht davonzukommen?"

„Nicht, als mein Bruder die Zeit absaß, die ich eigentlich im Gefängnis hätte verbringen sollen. Auch konnte ich nicht weiter mit Drogen dealen. Ich hatte begonnen, das Geschäft zu hassen. Pot war schon schlimm genug, aber im Vergleich zum Kokaingeschäft war das, als würde man Süßigkeiten verkaufen.

Ich war schon ziemlich ins Nachdenken gekommen, und Rays Verhaftung hat mir den Rest gegeben. Ich stieg also aus dem Geschäft aus. Meine Großmutter brachte meine Eltern dazu, mir den Job im Restaurant zu geben."

„Und das allein ist, was zählt. Du bist fertig damit."

„Ich kann zwar aussteigen, aber es läßt mich nicht in Ruhe. Verstehst du denn nicht?"

„Warum hast du nicht einfach Kalifornien verlassen und bist nie wieder zurückgekehrt?"

„Ich konnte Ray nicht im Stich lassen. Ich schätze, ich bin meines Bruders Hüter."

Sie griff nach seiner Hand, doch er entzog sie ihr.

„Was willst du tun?"

„Ich werde es dir leichtmachen."

„Laß uns nach Hause gehen."

„Ich werde dich noch zurückbringen. Dann werde ich die Nacht auf dem Boot verbringen."

Vielleicht hatte Frank recht. Sie brauchte Zeit, das alles zu verarbeiten, ihre Verwirrung zu überwinden. Und es waren noch so viele Fragen unbeantwortet geblieben. Das Thema Gloria hatten sie noch gar nicht angesprochen. Shelby wußte, daß sie Angst davor hatte. Sie wollte nicht wissen, was Barcelona mit all seinen verschleierten Bemerkungen gemeint hatte, aber die Fragen drängten sich ihr auf. Warum war er so sicher, daß man Frank des Mordes an Gloria verdächtigen würde? Und warum hatte Frank es nicht abgestritten? Warum war er bereit, Barcelona auszuzahlen, damit er ihn nicht an die Polizei verriet? Und warum wurde Frank so abweisend, wann immer Gloria erwähnt wurde?

Instinktiv wußte Shelby, daß sie diese Fragen besser nicht stellte. Doch sie war genauso sicher, daß sie irgendwann einmal unweigerlich gestellt werden mußten. Doch im Augenblick ließ sie sich von Frank nach Hause begleiten, und sie widersprach nicht, als er ein paar Sachen zusammenpackte und ging. Vielleicht hatte er recht gehabt mit seinem Wunsch, dem allen zu entfliehen. Wie sehr wünschte sie, sie hätte damals auf ihn gehört!

19

Am nächsten Tag ging Shelby nur zur Arbeit, weil sie in der Schule von ihren Problemen abgelenkt wurde. Doch danach fuhr sie nach San Pedro zu Mrs. Querida. Warum sie zu ihr fuhr und nicht zu Christie, wußte Shelby nicht. Sie hatte ihre Großeltern nie kennengelernt – die Eltern ihres Vaters waren schon Jahre zuvor gestorben, und die ihrer Mutter lebten in Florida. Sie hatte wenig Kontakt zu ihnen. Ohne lebende Vorbilder hatte sie eine ziemlich idealisierte Vorstellung davon, wie Großeltern sein sollten – ein Muster an Weisheit und so. Sie hatte das Gefühl, daß Mrs. Querida ihrer Idealvorstellung ziemlich nahe kam.

Die alte Dame hatte gar nichts dagegen, daß Shelby vorbeikam, ohne vorher anzurufen.

„Ich freue mich, daß du die Freiheit hattest, es zu tun“, lächelte sie. „Ich koche uns schnell eine Kanne Kaffee. Du trinkst doch Kaffee, nicht? Aber natürlich, ich erinnere mich daran.“

Sie setzten sich in die Küche, einen hellen und freundlichen Raum. Die Nachmittagssonne fiel durch die große Glasschiebetür, die hinaus in einen kleinen Garten führte. Sie tranken den Kaffee aus hübschen Porzellantassen, und auch ein Teller mit selbstgebackenen Keksen stand auf dem Tisch. Mrs. Querida war tatsächlich so, wie Shelby sich eine Großmutter vorgestellt hatte.

„Ich habe gestern mit Dolores gesprochen“, sagte Mrs. Querida.

„War sie noch immer aufgebracht?“

„Sie ist eine Frau, die ihren Groll länger hegt als irgend jemand anders, den ich kenne. Ich frage mich immer wieder, was ich bei ihrer Erziehung falsch gemacht habe. Doch dann erinnere ich mich daran, daß sie trotz ihrer Fehler im Herzen ein guter Mensch ist, und ich hoffe, das ist nicht nur eine zu verständnisvolle Mutter, die hier spricht. Drei Tage in der Woche arbeitet sie freiwillig in einem Kinderkrankenhaus, und sie gehört einem Komitee an, das Gelder beschafft für das Hospiz im Osten L. A.s Außerdem treibt sie Gelder für die D.A.R.E. Programme in mehreren Schulen im mexikanischen Viertel auf. Sie hat dafür gekämpft, ihrem Milieu zu entfliehen, aber sie hat nicht diejenigen vergessen, die zurückgeblieben sind."

„Ich habe nie angenommen, daß sie kein guter Mensch ist. Ich denke, daß die ... Probleme ihrer Kinder ihr viel zu schaffen machen."

„Ich habe auch nie gedacht, daß du schlecht von Dolores denkst, Shelby. Ich glaube, ich habe ihre Vorzüge nur meinetwegen aufgezählt. Ich bin so stolz auf sie, wie ich manchmal wütend auf sie bin. Und es macht mich verrückt zu sehen, wie sie den armen Francisco behandelt."

„Sie mögen ihn sehr?"

Mrs. Querida nickte und trank nachdenklich ihren Kaffee. „Ich denke gern, ich würde alle meine Enkelkinder gleich lieben, aber zwischen ihm und mir gibt es eine ganz besondere Bindung, die nur stärker wurde, als ich sah, wie seine Mutter ihn behandelt hat. Francisco ähnelt meinem Mann Arturo sehr stark. Er starb, als Francisco noch ein Junge war. Arturo war auch ein Rebell – darum ist er auch aus Mexiko vertrieben worden. Aber zuerst hat er mich geheiratet, die Tochter des politischen Rivalen seiner Familie." Sie schüttelte den Kopf und lächelte bei der Erinnerung daran. „Wir waren Romeo und Julia auf mexikanisch. Doch die politischen Intrigen der mexikanischen Regierung stellten das, was in Verona geschah, weit in den Schatten. Die Partei meiner Familie war damals, als wir heirateten, gerade an der Macht. Bald darauf gelang Arturos Familie ein Putsch, und die Regierungsgewalt ging an sie. Der Besitz der glühendsten Anhänger des abgesetzten Regimes wurde beschlagnahmt, auch der meiner Familie. Wir durften uns auf unser Anwesen in Puerto Vallarta zurückziehen. Aber Arturo war wütend darüber, wie wir behandelt wurden – vergebens hatte er gehofft, meine Familie würde vielleicht aufgrund unserer Verbindung verschont werden. Auf jeden Fall beteiligte er sich an einem Gegenputsch, der leider fehlschlug. Er mußte aus dem Land fliehen."

„Was für eine aufregende Geschichte!" rief Shelby. Doch plötzlich schämte sie sich ihrer Begeisterung über einen Bericht, der für die alte Frau vermutlich sehr schmerzlich war. „Es tut mir leid ... Ich bin sicher, das war für Sie beide sehr schwer."

Mrs. Querida grinste. „Wir waren jung, und natürlich war es auch schwer, aber es war auch aufregend. Vor allem in ein neues Land zu gehen und eine Zeitlang als illegale Einwanderer zu leben. Das war sicherlich auch demütigend.

In Mexiko hatten wir zu den oberen Zehntausend gehört, aber in Amerika mußten wir wie alle anderen ganz unten anfangen. Mein Mann fand Arbeit auf den Feldern des Central Valley. In Mexiko hatte mein Arturo niemals mit den Händen gearbeitet, aber er arbeitete hart und hat sich nie beklagt – außer über die Ausbeutung der Arbeiter von seiten der Landbesitzer. Es dauerte nicht lange, bis er sich dafür engagierte, die Arbeiter zu organisieren. Als Caesar Chevez kam, schloß er sich ihm mit Feuereifer an. Immer ein Rebell."

„Ja, und nach allem, was Frank mir erzählt hat, kann ich diese Züge auch bei ihm erkennen. Er hat gegen den sozialen Aufstieg seiner Eltern rebelliert, indem er sich weiterhin mit seinen Freunden aus dem Barrio identifizierte. Er rebellierte gegen ihre Moralvorstellungen, indem er sich mit Verbrechern und Drogen einließ. Der Unterschied ist, daß seine Rebellion sehr viel mehr selbstzerstörerisch war als die seines Großvaters."

„Das stimmt." Mrs. Querida seufzte.

„Ich war nicht sicher, ob ich mit Ihnen über Frank reden könnte", sagte Shelby, die sich in der Gesellschaft ihrer Schwiegeroma immer wohler fühlte, „weil ich nicht wußte, wieviel Sie über seine ... Aktivitäten wissen."

„Jeder hat versucht, mir die ganze Wahrheit zu verheimlichen. Als ob die alte, zerbrechliche Dame nicht die Kraft hätte, sie zu ertragen." Sie lächelte Shelby herzlich an. „Sie haben noch immer nicht erkannt, daß ich eine Kraftquelle habe, die größer ist, als sie sich je vorstellen können. Trotz ihrer Versuche, mich zu schützen, habe ich, glaube ich, durchaus eine Vorstellung von dem, was passiert ist. Ramon hat nicht ein Jahr im Gefängnis gesessen, weil er Bonbons verkauft hat. Ja, ich weiß, daß Francisco in einige üble

Geschichten verwickelt war und daß Dolores es nicht erfindet, wenn sie ihn beschuldigt, Ramon mit hineingezogen zu haben."

„Aber Sie haben ihn trotzdem nie zurückgewiesen? Sie haben ihn weiter geliebt?"

„Ich wußte, daß er wegen all der Dinge meine Liebe um so nötiger brauchte. Aber dich kann das doch nicht überraschen, Shelby. Du liebst ihn doch auch trotzdem." Shelby runzelte die Stirn, und Mrs. Querida fügte hinzu: „Du wußtest vor deiner Hochzeit nichts davon?"

„Nicht genau. Er wollte es mir sagen", fügte Shelby schnell hinzu, als wollte sie Frank verteidigen. „Ich wollte nichts über seine Vergangenheit wissen."

„Warum?"

„Ich nehme an ..." Aber ihr fiel keine passende Erklärung ein außer, was Frank gesagt hatte. „Vielleicht war ich einfach nur naiv."

„Aber jetzt weißt du es und bist verwirrt?"

„Es ändert nichts an meinen Gefühlen. Es ist nur, es gibt Zeiten, dann scheint er so verändert – nervös, angespannt, zornig. Mrs. Querida, sind Sie sicher ...", Shelby sah die alte Dame fragend an, „... daß er sich tatsächlich verändert hat? Daß er mit diesen Dingen wirklich nichts mehr zu tun hat?"

„Wir können nur wissen, was wir sehen. Gott allein kennt sein Herz."

„Gott ...", wiederholte Shelby unbewußt. „Ich habe Ihnen bereits gesagt, Mrs. Querida, daß ich nie ein sehr religiöser Mensch gewesen bin. Aber in letzter Zeit habe ich viel über Gott gehört. Neulich hat mir meine Mutter erzählt, sie hätte angefangen, in die Kirche zu gehen – sie sagte, sie sei ‚Christ geworden'. Ich schätze, ich dachte immer, alle wären Christen – na ja, zumindest in Amerika, abgesehen von Juden, Buddhisten und solchen Leuten. Aber nicht alle sprechen wie Sie oder meine Mutter. Es ist fast so, als wüßten Sie etwas, das wir anderen nicht wissen."

Mrs. Querida lächelte gütig. „Vielleicht ist der Grund der, daß wir Gott viel persönlicher kennen. Er ist wie ein Freund – ein Amigo."

„Vor allem habe ich noch nie gehört, daß Katholiken so sprechen wie Sie. Ich hoffe, es verletzt Sie nicht, wenn ich das sage. Ich dachte immer, beim katholischen Glauben ginge es nur um Liturgie und Zeremonie."

„Bei einigen ist das so. Aber auch bei einigen Protestanten."

„Ja, das denke ich auch."

„Ich bin mein ganzes Leben lang katholisch gewesen. Und ich stand früher auch in der Messe und leierte die Gebete hinunter, ging zur Beichte oder nahm ganz selbstverständlich das Abendmahl. Nie habe ich darüber nachgedacht, was ich tat oder was das alles bedeutete."

„Und was ist passiert?"

„Es war eigentlich nichts Spektakuläres. Ich glaube, wegen Francisco bin ich Gott näher gekommen – vor Jahren, als es mit den Schwierigkeiten anfing. Er war knapp dreizehn, hatte schlechte Noten und wurde von der Schule verwiesen. Ich begann für ihn zu beten und stellte fest, daß ich auch ohne Vermittlung eines Priesters vor Gott kommen konnte. Gott kannte mich und erhörte meine Gebete. Es war nur eine Frage der Zeit, bevor ich begann, ihn kennenzulernen."

„Aber Gott hat Ihre Gebete nicht erhört. Frank ist in noch größere Schwierigkeiten gekommen und hat seinen Bruder auch noch mit hineingezogen. Das hätte mich sehr nachdenklich gemacht."

Mrs. Querida nickte. Ein Lächeln lag auf ihrem Gesicht. Einen Augenblick schien ihr Blick nicht auf Shelby zu ruhen, sondern irgendwo anders, vielleicht in ihrem Innern, wo Gott wohnte, wie sie sagte. „Das denkst du", meinte sie schließlich. „Aber seltsamerweise war ich in der Lage, mich nicht auf das zu konzentrieren, was ich sah, sondern auf die Hoffnung, die Gott in mein Herz legte. Es ist schwer zu erklären, wenn man es nicht selbst erlebt hat."

Plötzlich war Shelby dieses Thema unangenehm. Sie befürchtete, Mrs. Querida könnte sie fragen, ob auch sie dies erleben wollte, ob sie Christ werden wollte. Die Gespräche über geistliche Themen mit Tante Lynn endeten immer so. Und Shelby hatte dann das Gefühl, im Erdboden versinken zu müssen. Sie fühlte sich wie ein elender Sünder, weil sie nie erkannte, warum sie Christ werden sollte. Darum wappnete sich Shelby nun innerlich und wartete auf dieselbe Frage von ihrer Schwiegergroßmutter.

Sie wurde angenehm enttäuscht.

„Möchtest du noch ein wenig Kaffee?" fragte Mrs. Querida.

„Wie bitte?" fragte Shelby, die ihre Überraschung kaum verbergen konnte.

„Noch Kaffee? Ich glaube, er ist noch warm."

„Ja, gern."

Mrs. Querida erhob sich, holte die Kaffeekanne und goß ihr nach. „Möchtest du dir nachher meine Hochzeitsmantilla ansehen?"

„Sehr gern."

Fünf Minuten später führte Mrs. Querida Shelby in ihr Schlafzimmer. In diesem Raum standen schwere, reich verzierte Mahagonimöbel, die anscheinend schon sehr alt waren. Natürlich konnte es sein, daß sie die Möbel in einem Antiquitätengeschäft gekauft hatte, aber Shelby glaubte es nicht.

„Was für wundervolle Möbel", sagte sie. „Sie scheinen sehr alt zu sein."

„Diese Schlafzimmermöbel sind schon seit anderthalb Jahrhunderten im Besitz meiner Familie. Wir hatten das Glück, sie während der unruhigen Zeiten in unserer Geschichte bewahren zu können. Die Möbel sind als Hochzeitsgeschenk immer an die erstgeborene Tochter weitergegeben worden. Als wir nach Amerika kamen, dachte ich, ich würde sie verlieren. Da sie auf unserem Besitz in Puerto Vallarta standen, konnten wir sie hierherholen. Allerdings dauerte es Jahre, bis wir es uns leisten konnten." Ihre Hand fuhr liebevoll über die geschnitzten Leisten der Kommode. „Aber meine Kinder wollten lieber neue amerikanische Möbel haben, vor allem, nachdem sie das Geld hatten, sie sich zu kaufen."

Mrs. Querida ging zu einer großen Kiste, die ebenso alt aussah wie die restlichen Schlafzimmermöbel. Genauso stellte sich Shelby eine Schatzkiste voller Golddoublonen und Münzen auf einer spanischen Galeone vor. Als Mrs. Querida sie öffnete, sah Shelby, daß diese Kiste mit einem ganz anderen Schatz gefüllt war – Erinnerungen an ein siebzigjähriges Leben. Sie enthielt Fotoalben, von Kinderhänden gefertigte Geschenke, alte Kleider und eine Reihe von Zigarrenkisten gefüllt mit Schätzen wie Münzen, Streichholzbriefchen und Ticketabschnitten. Mrs. Querida räumte diese Dinge liebevoll beiseite, bis sie auf eine Schachtel von etwa der Größe einer Jackenschachtel stieß. Sie hob sie heraus und öffnete den Dekkel. Im Innern lag ein Plastiksack, den sie mit Shelbys Hilfe aus der Schachtel nahm und auf das Bett legte. In dieser Plastikhülle befand sich die Mantilla, die zwar ein wenig vergilbt, doch ansonsten noch erstaunlich gut erhalten war.

„Ich wünschte, ich könnte sie für dich aus der Hülle nehmen", sagte Mrs. Querida, „aber vor mehreren Jahren bemerkte ich, daß sie vergilbte, und ich habe sie in diesen luftdichten Sack verpackt."

„Das ist schon in Ordnung. Ich freue mich, sie überhaupt sehen zu können. Ist das Handarbeit?"

„Meine Großmutter hat sie für die Hochzeit meiner Mutter gemacht." Mrs. Querida ließ ihre Hand liebevoll über das Plastik gleiten. „Ich selbst hatte keine große Hochzeit, weil unsere Familien, wie ich bereits erzählte, unsere Eheschließung nicht billigten. Arturo und ich mußten nach Mexiko City fahren, bis wir einen Priester fanden, der die Zeremonie vornahm. Doch bevor wir dorthin aufbrachen, kam meine Mutter eines Abends in mein Zimmer und sagte mir, sie könnte mir zwar ihren Segen für meine Pläne nicht geben, doch sie würde mich zu sehr lieben, um ihre einzige Tochter ohne ein Zeichen der Liebe von sich gehen zu lassen. Und dann gab sie mir die Mantilla, die ich bei unserer Hochzeit trug. Ich habe ein Bild ..." Sie drehte sich zur Kommode um, nahm ein gerahmtes Bild zur Hand und reichte es Shelby.

„Was für ein schönes Paar", sagte Shelby und sah sich das Bild genauer an. „Frank ähnelt Ihrem Mann ein wenig." Sie gab ihr das Bild zurück. „Als Frank und ich in Mismaloya waren, fand gerade eine Hochzeit statt. Ich habe die Braut nicht zu sehen bekommen, weil sie noch in der Kirche waren. Die Kirche war zu voll, darum konnten wir nicht hineingehen. An diesem Abend beschlossen Frank und ich zu heiraten."

„Hast du dir eine große Hochzeit gewünscht?"

„Ein Hochzeitskleid wäre sicher schön gewesen, aber ich habe keine Familie, die ich gern dabeigehabt hätte, und nur sehr wenige enge Freunde. Ich denke, selbst wenn wir gewartet hätten, wäre es eine kleine Hochzeit geworden, abgesehen natürlich von Franks Familie. Ich weiß nicht, wie viele von Ihnen gekommen wären."

„Das ist schwer zu sagen. Trotz aller Spannungen trifft sich die Familie immer noch zu besonderen Anlässen – Weihnachten, Ostern und so. Das sind nicht immer sehr fröhliche Zusammenkünfte, aber Dolores besteht darauf, weil sie Angst hat, daß die Leute sonst reden würden."

„Nimmt Frank auch daran teil?"

„Er schaut vorbei, wie Ramon auch, aber sie bleiben nie lange."

„Mrs. Querida, hatten ..." Shelby brach ab und fragte sich, ob die Frage, die ihr auf der Zunge lag, wirklich klug war. Aber ihre Neugier siegte. „Hatten Frank und Gloria eine große Hochzeit?"

„O ja. Dreihundert Gäste, soweit ich mich erinnere. Ich glaube nicht, daß Glorias Vater diese Verbindung recht war, weil er Francisco für einen wilden Gesellen hielt, aber Gloria war seine einzige Tochter, und er hat sie verwöhnt, gab ihr alles, was sie wollte."

„Und sie wollte Frank?"

„Sie wollten sich gegenseitig. Aber Shelby, das war vor sehr langer Zeit."

„Frank sagte, Mrs. Stefano war von ihrer Eheschließung begeistert."

„Gloria hat sie vollkommen für sich eingenommen."

„Und Sie?"

„Ich hatte große Angst um sie. Frank war ein Rebell und Gloria so verwöhnt. Ich wollte ihr die Mantilla nicht geben. Sie wollte es, und Dolores war schrecklich wütend auf mich ..., aber ich konnte es einfach nicht über mich bringen." Mrs. Querida rieb sich nachdenklich das Kinn. „Es ist eine Schande, wie alles gekommen ist. Eine solche Tragödie. Gloria hat immer das Extreme geliebt, wie man sagt. In gewisser Weise bin ich nicht überrascht, daß es vorzeitig zu Ende ging."

„Ihr Tod hat Frank sehr mitgenommen."

„Denkst du vielleicht, er würde sie immer noch lieben?"

„Manchmal schon."

Mrs. Querida lächelte und legte die Hand auf Shelbys Arm. „In diesem Punkt kann ich dich beruhigen."

„Wollen Sie mir sagen, daß ihre Ehe sehr stürmisch verlief? Manchmal ist dies das beste Anzeichen für Liebe."

„Nein, das wollte ich nicht sagen, obwohl es stimmt. Aber ich habe gesehen, wie Francisco dich angesehen hat, Shelby, und noch nie habe ich eine solche Liebe in seinen Augen entdeckt. Du brauchst dir keine Gedanken zu machen."

Als Shelby Mrs. Querida verließ, klammerte sie sich an diese Worte. Diese Bestätigung seiner Liebe kam ihr vor wie ein Rettungsboot auf tobender See. Und sie fürchtete, was passieren würde, falls sie je losließ.

20

Den ganzen folgenden Tag tauchte Frank nicht auf. Wollte er wirklich auch weiterhin auf dem Boot übernachten? Wie sollten sie ihre Probleme bewältigen, wenn er fortblieb? Einmal dachte Shelby tatsächlich daran zu beten, er möge wiederkommen. Aber sie wußte nicht einmal, wie sie es anstellen sollte. Vielleicht betete ja Mrs. Querida für ihn, denn am Mittwochabend, als Shelby sich darauf eingestellt hatte, ihr Abendessen wieder allein einzunehmen, hörte sie ein Geräusch an der Tür. Sie verließ die Küche, wo sie gerade einen Schrank aufgeräumt hatte. In diesem Augenblick ging die Haustür auf und Frank kam herein. Sie konnte das Lächeln der Erleichterung nicht unterdrücken, das sich auf ihr Gesicht stahl. Am liebsten hätte sie sich in seine Arme geworfen, aber er war schwer bepackt.

„Hast du schon zu Abend gegessen?“ fragte er und streckte ihr die zwei Tüten in seinen Händen entgegen.

Shelby schüttelte den Kopf und versuchte ihre aufgewühlten Gefühle zu beruhigen. „In der Küche gab es nichts Interessantes.“

„Wie wäre es mit Chinesisch?“

„Ich liebe chinesisches Essen.“

„Wenn auch nicht so sehr wie mexikanisches Essen.“

„Aber trotzdem gern. Was hast du?“

„Ich habe verschiedene Gerichte mitgebracht, weil ich nicht genau wußte, was du magst. Schweinefleisch süß-sauer, Rindfleisch Szechuan, heiße und saure Suppe und gebackenen Reis mit Krabben.“

„Davon können wir ein paar Tage lang satt werden.“

„Wir?“

„Natürlich wir.“ Shelby wollte den Gedanken nicht einmal zulassen, daß es anders sein könnte.

„Was ist mit neulich?“

„Ich weiß nur, daß ich dich vermisse, Frank. Du gehörst hierher – zu mir. Und jetzt wollen wir essen, solange es noch heiß ist.“

Sie gingen in die Küche, und Shelby holte Teller, während Frank die vielen kleinen Schachteln öffnete. Während des Essens achteten sie bewußt darauf, daß die Unterhaltung oberflächlich blieb. Es war nicht nötig, alles, was gesagt worden war, zu wiederholen. Irgendwie würden sie ihre Schwierigkeiten überwinden – und sie würden sie gemeinsam meistern. Shelby dachte immer wieder an das, was Mrs. Querida gesagt hatte. War denn nicht ihre Liebe zueinander das Wichtigste überhaupt?

„Shelby“, sagte Frank, während sie aßen, „ich muß dich um etwas bitten. Es paßt mir gar nicht, ehrlich, aber ich habe keine Wahl.“

„Was ist, Frank?“

„Ich brauche etwas Geld.“

„Für Barcelona?“ Sein gequältes Nicken verriet ihr, wie schwer ihm dies fiel. „Mach dir doch darüber keine Gedanken, Frank. Darum geht es doch in der Ehe – um das Teilen und für den anderen dazusein.“

„Vor mehreren Monaten mußte ich eine sehr umfangreiche Reparatur an meinem Boot vornehmen lassen. Ich legte Geld beiseite, um die Rechnung bei der Werft langsam abzustottern. Doch jetzt ist der Werftbesitzer in finanzielle Schwierigkeiten geraten und möchte, daß ich alles sofort bezahle. Er hat die ganze Zeit Geduld mit mir gehabt, aber ...“

„Frank, du brauchst mir das nicht zu erklären“, wehrte Shelby ab. „Es gibt so viel anderes, über das wir uns Gedanken machen müssen. Ich habe ein wenig Geld von der Versicherung meines Vaters und ein paar Zahlungen von der Feuerwehr. Wieviel brauchst du?“

„Fünftausend.“

Die Summe erstaunte sie, aber sie bemühte sich, es sich nicht anmerken zu lassen. Außerdem, fünftausend konnte sie ohne weiteres beschaffen. „Das ist kein Problem.“

„Ich werde es dir zurückzahlen.“

„Das brauchst du doch nicht ...“

Er schüttelte starrsinnig den Kopf. „Ich werde es dir zurückzahlen. Ein Mann sollte sich von seiner Frau kein Geld leihen. Es gefällt mir überhaupt nicht.“

„Ich erwarte das nicht, aber wenn du das Gefühl hast, du solltest es tun, werde ich dir nicht widersprechen. Vielleicht sollten wir uns eines Tages einmal zusammensetzen und über unsere Finanzen sprechen. Ob wir ein gemeinsames Bankkonto haben wollen oder lieber zwei getrennte. Wer die Rechnungen bezahlt. Jeder zur Hälfte oder ..."

Die Klingel unterbrach ihr Gespräch. Shelby sträubte sich innerlich. Sie konnte sich an keine angenehme Unterbrechung ihrer Zweisamkeit erinnern. Sie erhob sich und ging zur Tür, und sobald sie die Tür geöffnet hatte, wußte sie, daß es dieses Mal nicht anders sein würde. Die beiden Polizisten standen vor der Tür, die sie schon einmal aufgesucht hatten. Als sie nach ihrem Mann fragten, kam Frank aus dem Zimmer.

„Ich bin froh, daß wir Sie gefunden haben, Mr. Stefano", sagte der Beamte mit Namen Poole. „Wir wollen Sie nicht lange aufhalten."

„Worum geht es?" fragte Frank steif.

„Wäre es möglich, daß wir uns Ihr Boot einmal ansehen?"

„Warum?" Franks Stimme verriet seine Abwehr.

„Wir wollen nur die Möglichkeit überprüfen, daß der Körper Ihrer Exfrau auf offener See ins Wasser geworfen wurde und nicht von der Küste aufs Meer hinausgetragen wurde."

„Und deshalb wollen Sie sich mein Boot ansehen?"

„Na ja, das scheint doch logisch zu sein. Sie haben nie erwähnt, daß Sie ein Boot besitzen."

„Das schien mir nicht wichtig zu sein."

„Aber jetzt ist es wichtig", sagte Liscom barsch.

„Haben Sie einen Durchsuchungsbefehl?" konterte Frank.

„Jetzt gehen Sie doch nicht sofort wieder in Abwehrhaltung, Mr. Stefano. Wir dachten nur, Sie würden kooperieren. Haben Sie schon einmal die Möglichkeit in Betracht gezogen, daß sich vielleicht jemand Ihr Boot für diesen Zweck ‚ausgeliehen' hat – möglicherweise während Sie unten in Mexiko waren?"

„Das glauben Sie?"

„Im Augenblick haben wir uns noch keine Meinung gebildet."

„Beschaffen Sie sich einen Durchsuchungsbefehl", sagte Frank und legte seine Hand an die Tür, um sie zu schließen.

„Wir haben einen Durchsuchungsbefehl", erklärte Poole. „Trotzdem würde Ihre Kooperation uns viel bedeuten."

„Es ist mir egal ..."

„Frank", mischte sich Shelby ein, die sich nicht mehr länger bezähmen konnte, „denkst du nicht ..."

„Sei still, Shelby!" fuhr Frank sie an. „Halte dich da raus."

„Ich denke, Sie sollten auf Ihre Frau hören", meinte Liscom, der nun drohend näher kam. „Wenn wir die Türen aufbrechen müßten, könnten wir ziemlich ungehalten werden."

„Es ist mir egal, ob Sie ungehalten sind – jetzt oder später."

„Frank, bitte", sagte Shelby.

Frank funkelte sie an und schwieg eine Weile, bevor er wieder das Wort ergriff. „Okay, was interessiert es mich? Durchsuchen Sie das Boot. Sie werden nichts finden." Er holte seinen Schlüsselbund aus der Tasche. „Muß ich mitkommen?"

„Das bleibt Ihnen überlassen, aber es ist nicht notwendig", erklärte Poole.

Frank reichte ihm zwei Schlüssel von dem Schlüsselbund. „Damit kommen Sie in die Kajüte und an die Schränke."

„Wir wissen das zu schätzen", sagte Poole.

„Wie lange wird das dauern? Ich brauche das Boot vielleicht in ein paar Tagen."

„Wir werden Ihnen morgen früh die Schlüssel zurückbringen."

Nachdem Frank die Tür hinter den beiden Polizeibeamten geschlossen hatte, blieben er und Shelby noch eine Zeitlang schweigend davor stehen. Dann sah er sie an.

„Es tut mir leid, daß ich dich so angefahren habe", sagte er leise.

„Es war eine sehr stressige Situation."

Er nickte, dann packte er sie unvermittelt und zog sie an sich. Er drückte sie so fest an sich, daß es ihr beinahe unangenehm war. Aber Shelby sagte nichts. Sie spürte, wie seine Arme zitterten.

„Auf keinen Fall möchte ich dich zurückstoßen", murmelte er. „Ich brauche dich so."

„Und ich brauche dich."

„Was wird passieren?"

„Ich habe auch Angst, Frank. Wir müssen uns nur immer wieder an das erinnern, was wir haben – was wir in Mexiko hatten. Ich weiß jetzt, warum alles so gekommen ist. Es mußte so überwältigend sein, damit wir das, was im Augenblick passiert, überstehen können."

Sie spürte, wie sich seine Arme entspannten, obwohl er sie nicht losließ. „Ich liebe dich."

„Mehr brauche ich nicht." Tränen stiegen ihr in die Augen.

„Lieber Gott, ich bete, daß es so ist." Bei diesen Worten zitterte seine Stimme.

Es klopfte leise an der Tür. Dieses Mal war es Ray.

„Waren das die Bullen?" fragte er atemlos. „Mann, sie sind tatsächlich hinter dir her, nicht?" Schnellen Schrittes marschierte er ins Wohnzimmer. Er schien sehr aufgebracht oder einfach nur in Eile zu sein. Das war eigentlich zu erwarten, wenn man bedachte, daß er mit der Polizei nicht gerade auf gutem Fuß stand.

„Was wollten sie? Nein, ist auch egal. Vermutlich wollten sie dich wieder wegen Gloria verhören. Was für Mistkerle! Mich haben sie auch verhört. Ich konnte ihnen einfach nicht mehr länger aus dem Weg gehen, ohne mich verdächtig zu machen. Ich sage dir, Frank, es hat einfach keinen Zweck. Sie werden nie anerkennen, daß jemand sein Leben in Ordnung gebracht hat."

„Was willst du?" Frank unterbrach das nervöse Geschnatter seines Bruders.

„Ich habe dir gesagt, ich müßte wegen dieses Wochenendes Bescheid wissen." Ray ging im Zimmer umher, nahm hier und da einen Gegenstand auf, beachtete sie aber weiter gar nicht. Shelby fragte sich, ob er vielleicht Drogen genommen hatte, obwohl sie wenig Erfahrung mit Drogenabhängigen hatte.

„Was ist mit dem Wochenende?" fragte Shelby.

„Hast du es ihr wirklich noch nicht erzählt?" fragte Ray erstaunt. „Ich dachte, darum hättest du Zeit gebraucht. Ich muß es jetzt wissen."

„Nichts ist mit dem Wochenende“, erklärte Frank Shelby. „Ray und ich haben nur über eine Regatta gesprochen, das ist alles.“

„Was ist das, eine Regatta?“

„Eine Reihe von Booten veranstalten ein paar Rennen. Keine große Sache.“

„Das hört sich gut an“, bemerkte Shelby.

„Es ist das Ereignis“, schwärmte Ray. „Es wird das ganze Wochenende dauern – nichts als segeln, feiern. Und wie ich hörte, soll das Wetter einfach ideal werden.“

„Wo findet diese Regatta statt?“ Shelby war sicher, daß sie und Frank ein Wochenende voller Spaß dringend nötig hatten.

„In San Diego“, antwortete Ray. „Wir segeln am Freitag und Samstag hin und kommen am Sonntag und Montag zurück. Du mußt mitkommen, Shelby. Das wird dir gefallen.“

„Nein, das wird es nicht“, warf Frank ein. „Du wirst dich langweilen. Wir fahren nur ein Rennen – das hat nichts mit einer entspannenden Segeltour zu tun.“

„Natürlich!“ widersprach Ray. „Es werden ein paar beinharte Segler da sein, aber die meisten nehmen das Ganze recht locker.“

„Das hört sich gut an. Ich möchte mitkommen“, sagte Shelby.

„Du wirst dir in der Schule frei nehmen müssen ...“

„Es ist der Geburtstag von Martin Luther King. Wir haben am Montag frei. Vermutlich haben sie die Regatta deshalb auf dieses Wochenende gelegt. Ich kann gleich nach dem Unterricht am Freitag nach Hause kommen.“

„Ich habe dir doch gesagt, es wird dir nicht gefallen!“ Frank sprach mit harter, beinahe zorniger Stimme.

„Komm schon, Frank“, fuhr Ray ihn an. „Sei doch nicht ein solcher Waschlappen. Sie möchte mitkommen. Wir werden viel Spaß miteinander haben.“

„Ich sagte ...“

„Wenn du meine Gesellschaft nicht möchtest, Frank, dann sag es ruhig“, unterbrach ihn Shelby. Tränen standen ihr in den Augen.

„Das ist es doch gar nicht, es ist nur ...“

„Vielleicht ist diese Ehe tatsächlich zum Scheitern verurteilt, wenn du nicht einmal ein Wochenende mit mir verbringen möchtest!" schluchzte Shelby und lief den Flur entlang ins Schlafzimmer.

Bevor sie eintrat und die Tür hinter sich schloß, hörte sie, wie Frank seinen Bruder anfuhr. Sie knallte die Tür zu, warf sich aufs Bett, und die Tränen liefen ihr die Wangen hinunter.

Fünf Minuten später klopfte es leise an der Tür. Frank fragte sie, ob er mit ihr sprechen könnte. Ihr Schweigen deutete er als Zustimmung, denn einen Augenblick später saß er auf ihrem Bettrand.

„Shelby ..." Er legte ihr sanft die Hand auf den Rücken. „Wenn du mitkommen möchtest, dann ist das in Ordnung."

Sie hatte ihr Gesicht im Kissen vergraben und sprach mit gedämpfter Stimme. „Ich möchte mich nicht aufdrängen, wo ich nicht willkommen bin."

„Darum geht es doch gar nicht. ... Es ist schwer zu erklären."

„Vergiß es, Frank. Versuch es gar nicht erst. Wir beide wissen, worum es hier geht. Egal, wie oft du mir sagst, daß du mich liebst und mich brauchst, offensichtlich bereust du unsere Ehe."

„Das stimmt wirklich nicht!" Seine Stimme klang aufrichtig. Wie konnte er es nicht ernst meinen? Er beugte sich zu ihr herunter und drückte seine Wange gegen ihren Hinterkopf. „Ich weiß nicht, was in mich gefahren ist. Ich schätze, ich kenne zu viele Männer, deren Frauen wegen einer schlechten Erfahrung nicht mit ihnen segeln wollen, und ich wünsche mir so sehr, daß du meine Liebe für das Segeln teilst. Es wird eine lange Reise werden, ein großes Opfer für einen Neuling."

„Ich weiß, wieviel das Segeln dir bedeutet, und ich möchte es auch gern mit dir teilen. Ich möchte nicht, daß dein Boot zur ‚anderen Frau' wird." Sie drehte den Kopf und blickte in seine dunklen Augen.

Er strich ihr die feuchten Haarsträhnen aus dem Gesicht. „Das würde nie passieren. Du bedeutest mir alles. Und ich möchte, daß du mit uns nach San Diego kommst."

„Bist du sicher?"

Er zögerte nur kurz, bevor er antwortete. „Ja."

21

Am Freitag verließ Shelby die Schule gegen halb eins, sobald das letzte Kind gegangen war. Sie fuhr auf direktem Weg zum Boot, wo Frank und Ray ihre Ausrüstung verstauten. In der Kajüte zog Shelby sich um. In Jeans und T-Shirt fühlte sie sich wohler. Draußen war es fünfundzwanzig Grad, und der Himmel war klar und sonnig – ein wunderschöner Januartag. Rays Wettervorhersage schien richtig gewesen zu sein.

Für die Fahrt an der Küste entlang bis Newport würden sie sechs Stunden brauchen, und nach weiteren acht Stunden am Samstag würden sie San Diego rechtzeitig zum Rennen am Nachmittag erreichen.

Shelby machte es sich an Deck gemütlich, um die Fahrt zu genießen. Sie entdeckte bald, daß sie anfing, Franks Hobby zu lieben. Sogar Ray war ein guter Gesellschafter, obwohl er häufiger die kleine Toilette unter Deck aufsuchte. Nachdem Shelby eine hitzige Auseinandersetzung zwischen Frank und Ray mit angehört hatte, wurde ihr der Grund für diese häufigen Besuche der Toilette klar.

„Paß auf, daß du diesen Deal nicht verdirbst", hatte Frank mit leiser, wütender Stimme gesagt.

„Keine Sorge", hatte Ray sich verteidigt. „Mein Kopf ist klar. Ich kann fünf Gramm pro Tag vertragen und habe immer noch einen schärferen Verstand, als du je gehabt hast."

„Du wirst dir dein Gehirn vernebeln."

„Mein Gehirn ist ganz in Ordnung. Was mir Sorge macht, ist, daß du den Killerinstinkt verloren hast – und das ist, was diese Sache zum Scheitern bringen wird."

„Ich habe dir gesagt ..."

„Keine Sorge", gab Ray scharf zurück. „Ich schränke es ein, wenn du dich dann besser fühlst."

„Ich würde mich dann tatsächlich besser fühlen."

Shelby dachte, dies sei der Grund für Franks Anspannung. Doch sie war erstaunt über ihr Bestreben, die Regatta zu gewinnen. Sie hoffte nur, daß Frank sich bald entspannen würde, so wie er es immer tat, wenn er am Steuer seines Bootes stand. Shelby beschloß, ihn soviel wie möglich in Ruhe zu lassen in der Hoffnung, dies würde ihm helfen, seine aufgewühlten Gefühle zur Ruhe zu bringen. Und da er nicht begeistert gewesen war, daß sie hatte mitkommen wollen, wollte sie ihm zeigen, daß sie ein guter Passagier war und daß ihre Anwesenheit ihn nicht beeinträchtigte.

Nachdem sie einige Stunden zuvor King's Harbor verlassen hatten, kam Ray zu ihr an Deck. Shelby saß an einen Mast gelehnt und las einen Liebesroman. Er hielt ihr ein Sweatshirt hin.

„Der Wind nimmt zu", sagte er. „Ich dachte, du könntest das brauchen."

„Danke. Ich habe gerade überlegt, ob mir schon so kalt ist, daß ich meine hübsche kleine Ecke aufgebe." Sie nahm das Sweatshirt und zog es an.

„Wie wäre es mit ein wenig Gesellschaft?" fragte er.

„Das wäre nett." Shelby rutschte ein Stück, und Ray ließ sich neben ihr nieder. Soweit sie sich erinnern konnte, war dies das erste Mal seit Beginn ihrer Reise, daß er still saß. Wenn er sich nicht entschuldigte und die Toilette aufsuchte, lief er an Deck umher, blieb gelegentlich stehen, um eine Bemerkung zu machen oder eine oberflächliche Unterhaltung zu beginnen. Shelby setzte sich so, daß sie Frank am Steuer seines Bootes beobachten konnte. Er stand ihnen zugewandt, sah sie aber nicht an, und es lag genügend Abstand zwischen ihnen, so daß er ihre leise Unterhaltung nicht mithören konnte. Und bestimmt hätte sie ihn auch nicht interessiert, selbst wenn er sie hätte mithören können.

„Frank sagte mir, daß du Lehrerin bist", begann Ray.

„Vorschule."

„Wow, daß muß ja toll sein. Ich glaube nicht, daß ich den ganzen Tag mit zwei Dutzend schreiender Kinder klarkäme."

„Es gefällt mir. Vermutlich habe ich Talent dafür. Was tust du, Ray?"

Er sah sie erstaunt an, dann grinste er. „Das weißt du nicht?"

„Na ja ..."

„Ach, du meinst, abgesehen davon." Er lachte. „Ich habe nichts zu tun. Ich habe so viel Geld auf die Seite geschafft, daß ich für den Rest meines Lebens nicht mehr zu arbeiten brauche."

„Ich dachte, du hättest ..." Shelby fing sich gerade noch und brach ab, bevor sie den Satz zu Ende gesprochen hatte. Ein wenig verlegen fügte sie hinzu: „Es tut mir leid, das geht mich nichts an."

„Ist schon in Ordnung. Ich habe ein wenig übertrieben. Ich hätte so viel Geld, aber ich habe in letzter Zeit ein paar schlechte Investitionen getätigt. Ich werde mein Geld bald zurückbekommen." Er wurde unruhig, nahm eine Leine in die Hand und spielte daran herum. „Es ist kein besonders beständiges Geschäft, das ist sicher."

„Ich schätze, darum ist Frank auch ausgestiegen."

„Frank hat die Nerven verloren - es tut mir leid, ich wollte ihn nicht runtermachen. Ich nehme an, du bist clean?"

Sie nickte.

„Hast du je was genommen?"

Shelby wußte, daß er Drogen meinte. Sie schüttelte den Kopf.

„Noch nie?"

„Ich habe keine Notwendigkeit gesehen."

„Weil du es nie versucht hast." Ray griff in die Tasche und holte ein Plastiktütchen heraus. „Hier, probier doch mal. Du wirst sehen, wie schön das ist. Es macht alles sehr scharf und gibt unglaubliche Energie. Es gibt nichts Besseres." Er warf ihr die Tüte hin.

„Nein danke. Ich habe Energie genug."

„Na ja, falls du deine Meinung änderst, weißt du ja, an wen du dich wenden kannst. Natürlich ist es für die Familie kostenlos."

„Ich bin wirklich nicht daran interessiert."

Ray zuckte die Achseln und steckte die Tüte wieder in seine Tasche. Er sprang auf. „Ich weiß nicht, was mein Bruder am Segeln findet. Ich bekomme Platzangst auf einem Boot. Man kann nirgendwohin gehen, nur die paar Meter auf dem Deck. Ich hätte mit dem Auto nach San Diego fahren und mich dort mit ihm treffen sollen." Er ging bis zum Bug, kam wieder zurück und setzte sich erneut neben Shelby. „Ich werde mit dem Auto zurückfahren, selbst wenn ich mir eines mieten muß."

„Ich dachte, du würdest dich auf diese Regatta freuen", meinte Shelby verwirrt.

„Ach ... na ja, sicher. Die Regatta selbst ist klasse, es ist nur die lange Fahrt hin und zurück."

„Mir macht das Spaß", widersprach Shelby. „Es ist so unglaublich ruhig auf dem Wasser."

„Vermutlich nur, wenn man in sich selbst ruht." Er sprang wieder auf. „Ich bin gleich wieder da", sagte er und ging nach unten.

Shelby wandte ihren Blick Frank zu. Er runzelte die Stirn, als er sah, wie sein Bruder wieder unter Deck verschwand. Dann schien er zu bemerken, daß sie ihn beobachtete, und wandte sich ihr lächelnd zu.

„Hat Ramon dich unterhalten?" rief er ihr zu.

„Ich glaube, er ist ziemlich ruhelos. Ich hoffe nur, daß er nicht vom Boot springt."

„Ich werde ihm einen Wagen für die Heimfahrt mieten."

„Ich glaube nicht, daß er etwas dagegen hätte. Macht es dir Spaß, Frank?"

„Ich versuche, mich zu entspannen."

„Ich hoffe, du schaffst es. Ich werde dich nicht stören."

Er stellte den Autopiloten ein und setzte sich neben sie. „Du störst mich nie, Shelby."

„Ich wette, nach ein paar gemeinsamen Jahren gehen wir uns bestimmt dann und wann mal auf die Nerven", neckte sie.

„Niemals."

„Du bist wirklich ein Idealist", bemerkte sie erstaunt.

„Nur in bezug auf dich."

Er nahm sie in die Arme und küßte sie so leidenschaftlich wie schon lange nicht mehr. Vielleicht half ihm die Seeluft doch ein wenig. Ray räusperte sich höflich, und sie fuhren auseinander.

„Aber doch nicht so", schimpfte Ray neckend. „Ich werde ja ganz rot und verlegen."

„Ach, geh doch nach unten und nimm noch eine Prise!" erwiderte Frank mit gespieltem Zorn.

Ray lachte. „Na endlich wirst du ein wenig lockerer." Doch bevor er sich umwandte, um zu gehen, fügte er hinzu: „Gib mir ein Zeichen, wenn ich gefahrlos hochkommen kann."

„Es ist immer gefährlich, Bruder."

„Das stimmt, ihr seid frisch verheiratet."

Alle bemühten sich, während der restlichen Fahrt den lockeren Tonfall beizubehalten. Und sie schienen sich zu entspannen, ob es nun echt war oder nur eine unglaublich gute Tarnung. Shelby wußte es nicht, und es war ihr auch egal. Immer wieder sagte sie sich, Spaß sei genau das, was sie brauchten, und es war ihr egal, wie sie das erreichten. Sie teilte zwar nicht Ramons Vorstellung von „Spaß", aber das versuchte sie zu ignorieren.

Die Nacht verbrachten sie in Newport auf dem Boot. Ray war die ganze Nacht auf, und sein unruhiges Herumlaufen ließ Shelby nicht schlafen. Frank dagegen schlief gut und war in bester Stimmung, als er Shelby eine Stunde vor Sonnenaufgang einen Kuß gab, aus ihrer Koje schlüpfte und an Deck ging, um das Boot zum Auslaufen klarzumachen. Ray hatte eine Kanne Kaffee gekocht, und Shelby nahm sich eine Tasse, nachdem sie sich von ihrem Bett erhoben hatte. Nach zwei Tassen fühlte sie sich wieder wie ein menschliches Wesen. Sie ging zu Frank an Deck.

„Möchtest du Frühstück?" fragte sie.

„Ich esse etwas, wenn wir unterwegs sind."

„Das ist aufregend", sagte sie und setzte sich auf die Bank an der Reling. So früh am Morgen war es noch ziemlich kühl draußen, und sie zog die Knie an. „Da habe ich meiner Klasse viel zu erzählen. Wann werden wir San Diego erreichen?"

„Wir werden gegen zwei oder drei Uhr dort ankommen. Sie haben eine hübsche Nordwestbrise vorausgesagt."

„Wie schön." Sie grinste ihn an.

„Ich bin froh, daß du hier bist, Shelby."

Der Wind flaute im Lauf des Vormittags ab, und Frank mußte den Motor anwerfen, doch gegen Mittag frischte er wieder auf, und Frank hißte die Segel. Sie kamen mit einer gleichmäßigen Geschwindigkeit von fünf Knoten pro Stunde voran. Es war ein schöner, aber kühler Tag. Shelby verbrachte die meiste Zeit im Bug des Schiffes und beobachtete das Meer. Ein paar Delphine tauchten auf und begleiteten sie ein Stück. Und Shelby entdeckte auch einen fliegenden Fisch, der vom Wasser aufstieg, sich in den Himmel hob und seine prächtigen Flügel ausbreitete. Er flog mehr als dreißig Meter, bevor er wieder ins Wasser tauchte. Shelby rannte nach unten und holte ihre Kamera in der Hoffnung, dieses Schauspiel würde sich wiederholen. Eine halbe Stunde später wurde sie tatsächlich belohnt.

Frank stellte den Autopiloten ein und gesellte sich zu ihr. „Ich habe eine Idee, Shelby. Da du in der vergangenen Nacht nicht besonders gut geschlafen hast, sollten wir uns für heute nacht ein Hotelzimmer nehmen. Wir haben dann eine richtige Dusche und ein Bett, das sich nicht bewegt, und vor allem kann Ray auf dem Boot bleiben. Nur wir beide."

Shelby fand das eine wundervolle Idee.

Gegen drei Uhr liefen sie in den Hafen von San Diego ein und steuerten auf den Jachthafen zu, von dem die Regatta veranstaltet wurde. Eine Reihe anderer Boote waren vor ihnen, und es dauerte eine Weile, bis sie sich angemeldet und einen Liegeplatz zugeteilt bekommen hatten. An den meisten Landungsbrücken herrschte reges Treiben. Alle schienen sich untereinander zu kennen, und genau wie Ramon gesagt hatte, herrschte im ganzen Hafen eine fröhliche Stimmung. Viele Seeleute riefen ihnen einen freundlichen Gruß zu, als sie anlegten, und ein Mann an der Pier half ihnen, das Boot festzubinden.

„Du hast noch immer keinen Namen für dein Boot, wie ich sehe", meinte er freundlich.

„Gut Ding will Weile haben", erwiderte Frank. „Wie geht es dir, Joe?"

„Prima. Wir haben uns lange nicht gesehen."

„War beschäftigt", erklärte Frank.

„Sicher ist er beschäftigt gewesen", fügte Ramon hinzu. „Hat sich an die Kette legen lassen."

„Na, herzlichen Glückwunsch!" rief Joe. Und an Shelby gewandt: „Sie müssen seine Frau sein." Frank stellte sie vor.

„Paß nur gut auf sie auf", bemerkte Joe. „Sie sieht wirklich klasse aus!"

„Darauf kannst du wetten", erwiderte Frank und legte stolz den Arm um sie.

Shelby seufzte zufrieden. So sollte es sein – so normal, fröhlich.

Das Eröffnungsrennen sollte um vier Uhr beginnen und würde bis kurz vor Sonnenuntergang dauern. Es war ein herrlicher Anblick, wie sich alle Boote sammelten, ihre Segel in den blauen Himmel aufragten. Leider hatte sich der Wind zu einer leichten Brise abgeschwächt, und die Segel hingen ziemlich schlaff an ihren Masten. Obwohl Shelby fand, daß es ein herrlicher Nachmittag war, schienen Frank und die anderen Seeleute besorgt. Einige schlugen vor, das Rennen ausfallen zu lassen.

„Wir können kein Rennen veranstalten, wenn wir auf dem Wasser nicht von der Stelle kommen", erklärte Frank Shelby.

„Was ist denn mit unserem Motor?" fragte Shelby unschuldig.

Frank lachte. „Dann würden wir disqualifiziert."

„Nicht, wenn alle mit Motor fahren würden", schlug Ramon vor. „Das ist eine großartige Idee. Außerdem stecken wir in großen Schwierigkeiten, wenn sie das Rennen absagen würden."

„Was meinst du damit?" fragte Shelby verwirrt.

„Er meint gar nichts", erwiderte Frank. „Ich glaube, daß wieder Wind aufkommen wird."

Das Rennen begann ziemlich langsam. Das traditionelle Einnehmen der Position war bei der Flaute schwierig und frustrierend. Zwei Boote kollidierten. Nur aufgrund der geringen Windstärke wurden sie vor größerem Schaden verschont. Diese Umstände jedoch verschafften den langsameren Booten einen Vorteil, und Frank nutzte seine Chance, um eine gute Position zu bekommen, als der Startschuß gegeben wurde und das Rennen begann.

Ganz offensichtlich war Frank von seinem Können überzeugt. Zwar erklärte er, er sei schon lange kein Rennen mehr gefahren, doch Frank überholte Boote, die normalerweise schneller waren als er und die jetzt bei der Flaute nicht vorankamen. Shelby fühlte sich als Teil der Mannschaft, denn sie richtete das Spinnakersegel immer nach dem Wind aus. Als sie über die Ziellinie liefen, lobte Frank sie. Er sagte, ohne sie hätte er es nicht geschafft. Und ohne Ray natürlich. Von fünfzig Booten lief Frank als sechster ein.

Nach dem Rennen gingen sie sofort in ihr Hotelzimmer, das Frank schon vor dem Rennen für sie reserviert hatte. Von ihrem Zimmer hatten sie einen wunderschönen Ausblick auf das San Diego Hilton am Strand. Shelby dachte an einen Abend voller Leidenschaft, als sie sich vom Fenster umwandte, um ihren Mann zu umarmen. Doch der schob sie beiseite und suchte nach der Fernbedienung des Fernsehgerätes.

„Was ist los, Liebling?" fragte sie zärtlich, wenngleich es ihr nicht gelang, ihre Verwirrung zu verbergen.

„Es war ein langer Tag."

„Ich dachte, du hättest dich so großartig amüsiert und daß es dir nichts ausmacht."

Er zuckte die Achseln. „Ich weiß nicht, was los ist."

„Komm, ich massiere dir den Rücken."

„Es ist nicht mein Rücken", erwiderte er kurz angebunden.

„Ich habe eine Idee. Wir bestellen den Zimmerservice. Wie wäre es mit einem ruhigen, entspannenden Abendessen hier, und dann können wir ... sehen, was passiert." Shelby grinste schelmisch.

„Heute abend?"

„War das nicht der Grund, weswegen du ein Hotelzimmer genommen hast? Du weißt schon, ein klein wenig Romantik?"

„Du könntest wirklich ein wenig rücksichtsvoller sein. Ich bin erschöpft."

„Das Zimmer war deine Idee ..."

„Ja, damit wir uns ausruhen können."

„Jetzt verstehe ich gar nichts mehr, Frank."

Er schüttelte frustriert den Kopf. „Es ist ganz einfach. Wieder einmal befinden wir uns auf verschiedenen Wellenlängen."

„Ich wollte nicht ..."

„Sieh mal, ich bin zu erschöpft, um jetzt einen Streit mit dir anzufangen. Ich werde aufs Boot zurückkehren – vielleicht bekomme ich dort meine Ruhe."

„Das ist einfach lächerlich!“ explodierte sie. „Ich kann nicht glauben, daß du gehst.“

„Du mußt wirklich wegen allem streiten, nicht?“ fuhr er sie an. „Immer muß es so gehen, wie du es dir in den Kopf gesetzt hast!“

„Ich ... ich habe doch nur ...“ Sein Ausbruch kam so plötzlich, daß ihr keine passende Antwort einfiel.

„Du bist ein verwöhnter Fratz!“ fügte er hitzig hinzu.

„Das stimmt nicht. Ich verstehe nur einfach nicht, wo das Problem liegt.“

„Das Problem ist, daß du dich weigerst, mir Freiraum zu geben. Kannst du nicht ein wenig zurückstehen?“

Tränen traten Shelby in die Augen, als sie ihn fassungslos anstarrte. Vielleicht hatte er recht. Sie hatte immer gedacht, Ehe würde Gemeinsamkeit bedeuten, aber anscheinend hatte sie es wieder einmal geschmissen. Im schönen sonnigen Puerto Vallarta war ihr eine Ehe so einfach erschienen. Aber in Wirklichkeit war sie das Schwierigste, das sie je angefangen hatte.

Schweigend sah sie zu, wie er seine Tasche nahm und die Tür hinter sich zuknallte.

22

Franks Stimmung war sehr düster, als er auf dem Boot herumlief, seinem Bruder Anweisungen zurief, an den Leinen zerrte und beinahe die Gewinde aus ihren Verankerungen riß.

„Jetzt komm mal wieder zu dir, Bruder“, sagte Ramon, als es ihm zuviel wurde.

„Halt den Mund und hole die Luftkissen ein.“

„Was habe ich denn getan, Mann?“

„Wegen dir mußte ich einen Streit mit meiner Frau vom Zaun brechen. Vielleicht spricht sie kein Wort mehr mit mir.“

„Ach, du kennst doch die Frauen. Du kaufst ihr ein paar Blumen – hey, wie wäre es mit einem schönen Diamantarmband oder etwas anderes von dem Geld, das du dir heute nacht verdienst. Und bevor du weißt, wie dir geschieht, frißt sie dir aus der Hand.“

„Du hast keine Ahnung, Ray.“

„Du mußt mal ein bißchen lockerer werden.“ Ramon holte ein Tütchen aus seiner Tasche. „Eine kleine Prise hat dir immer gutgetan.“

Frank starrte das Tütchen Kokain an. Einen kurzen Augenblick lang war er versucht, etwas zu nehmen. Wie sonst sollte er diese Nacht überstehen? Und wie sollte er alles überstehen, was über ihn hereingebrochen war – Barcelonas Drohungen, die Untersuchung von Glorias Tod, ganz zu schweigen von den ständig größer werdenden Unstimmigkeiten in seiner Ehe? Eine kleine Prise würde ihn gefühllos machen gegen ...

In diesem Augenblick öffnete Ramon das Tütchen, nahm ein wenig von dem Pulver und inhalierte es. Jetzt brauchte er ja nicht mehr auf die Toilette zu verschwinden. Er grinste und warf seinem Bruder die Tüte zu. Frank dachte an seine gereizten Nerven und an die Aussicht, sich mitten in der Nacht in einer abgelegenen Bucht mit Drogenhändlern zu treffen. Er erinnerte sich an die Zeit, als er noch Drogen genommen hatte und wie gut ihm das getan hatte. Wenn er nur ein wenig nahm, würde er nicht gleich wieder abhängig werden, und vielleicht würde er dann diesen Alptraum einigermaßen gut überstehen.

Als Franks Finger sich um das Kokain schlossen, sagte Ramon: „Ich kann kaum glauben, daß Shelby noch nie etwas genommen hat, nicht einmal Marihuana. Wie bist du denn an so eine gekommen?“

Frank wußte, daß die Antwort auf diese Frage auch der Grund war, warum er Rays Angebot nicht akzeptieren konnte. Shelby stand für alles, was er sich so dringend im Leben wünschte. In der Drogenszene hätte er eine Frau wie sie nie gefunden. Und in diese Szene wieder zurückzufallen war der beste Weg, sie zu verlieren. Heute abend mußte er Ramon helfen, aber er hatte keine Lust, noch tiefer in die Sache hineinzugeraten. Er mußte daran glauben, daß es noch immer einen Ausweg für ihn gab – die Möglichkeit, ein normales Leben zu führen.

Frank umklammerte die Tüte in seiner Hand und warf sie mit einer schnellen Bewegung ins Wasser.

„Hey!“ rief Ramon. „Bist du verrückt? Das war fünfhundert Dollar wert und beste Qualität ...“

„Das ist mir egal. Wenn du meine Hilfe willst, dann wird es so etwas heute abend nicht mehr geben.“

„Gloria hatte recht in bezug auf dich.“

„Was meinst du?“

„Sie sagte, du würdest mich zurückhalten, und ich wäre ohne dich besser dran.“

„Gloria hatte wohl immer recht, nicht?“

„Sie hatte recht, dich fallenzulassen.“

„Und sich umzudrehen und dich zu umgarnen.“ Frank blickte seinen Bruder offen an. Noch nie hatten sie über seine Beziehung zu Gloria gesprochen. Doch Frank wußte, daß Ray, nachdem er aus dem Gefängnis entlassen worden war, angefangen hatte, mit Gloria zu schlafen. Hilflos hatte Frank zugesehen, wie Gloria Ray manipulierte und benutzte, so, wie sie ihn benutzt hatte. Darum war er an diesem letzten Abend zu ihr gegangen – er hatte sie dazu bewegen wollen, Ray in Ruhe zu lassen.

„Du willst nicht sehen, wie sie wirklich war“, sagte Ray.

„Nein, wir haben uns getrennt, weil ich endlich erkannt hatte, wie sie war. Ich kann kaum glauben, daß du sie verteidigst, Ray.“ Glaubte Ray tatsächlich, sie wäre ihm treu gewesen?

„Warum sollte ich nicht?“ gab Ray abwehrend zurück. „Ich habe sie geliebt, Mann.“ Ray sah ins Wasser. „Und jetzt ist sie tot ...“

„Weißt du, was ihr zugestoßen ist, Ray?“

„Woher sollte ich das wissen? Du wirst doch von der Polizei verfolgt.“

„Was soll denn das heißen? Denkst du, ich hätte sie etwa getötet?“

„Sie ist tot ... Ist es nicht egal?“

„Es ist nicht egal, wenn ich verhaftet werde.“

Ray wandte sich Frank zu. „Sie werden dich nie verhaften. Ich meine, wenn du unschuldig bist, wie sollten sie?“

Frank lachte über die unglaubliche Naivität seines Bruder. „Du machst Witze, nicht?“

Ray zuckte die Achseln. „Ich würde es nie zulassen, Bruder.“

„Was kannst du denn schon dagegen tun, Ray?“

Die beiden Brüder sahen sich lange an. Schließlich zuckte Ray erneut die Achseln. „Ich werde ihren Mörder finden, das kann ich tun! Vermutlich sind es die Kolumbianer, vielleicht sogar Barcelona. Ich würde dich nicht braten lassen, Mann.“

„Ray“, meinte Frank leise, aber ernst, „falls ich verhaftet werde, möchte ich nicht, daß du etwas Dummes machst, okay? Überlaß die Sache nur mir. Ich werde schon damit fertig.“

„Denkst du, du seist der einzige, der seinen Bruder beschützen kann?“

„Ray, laß es einfach!“ wiederholte Frank nachdrücklich.

„Okay, Bruder“, sagte Ray schließlich, „abgemacht.“

„Wir haben jetzt sowieso an Wichtigeres zu denken.“

Frank starrte hinaus in die Dunkelheit. Der Himmel stand voller Sterne, und der Mond war aufgegangen. Die leichte Brise störte ihn nicht, denn sie hatten den Motor eingeschaltet. In ein paar Stunden würden sie den Treffpunkt in Mexiko erreichen. Ja, er mußte über vieles nachdenken – vor allem über die Tatsache, daß er schon wieder im Drogengeschäft war.

* * *

Das anstehende Geschäft mit Manuel würde vermutlich eine todsichere Sache werden. Frank hatte schon so viele Deals gemacht, bei denen sein oberstes Ziel gewesen war, mit dem Leben davonzukommen. Es bestand immer die Gefahr, entweder ausgenommen zu werden oder, was noch schlimmer war, in eine Falle der Polizei zu tappen. Jeder Dealer hatte seine Tricks; niemals ließ er die Drogen und das Geld zusammenkommen, denn das erhöhte die Gefahr, betrogen und möglicherweise getötet zu werden. Genau diese Risiken hatten früher so anziehend auf Frank gewirkt.

Bei Manuel war das etwas anderes. Frank und Ray hatten schon häufig mit ihm zu tun gehabt. Sie hatten Vertrauen zueinander. Es war schon vorgekommen, vor allem zu Beginn ihrer Tätigkeit, daß Manuel ihnen Marihuana in Kommission gegeben hatte und mit der Bezahlung wartete, bis Frank den Stoff in den Staaten verkauft hatte. Als Frank daher in die abgelegene Bucht nördlich von Ensada einlief, hatte er keinen Grund zur Sorge. Schwierig wurde es erst, wenn er versuchte, den Stoff nach San Diego zu bringen.

Es war etwa ein Uhr morgens und sehr dunkel und kalt, als Frank in die Bucht einlief und Anker warf. Ray ließ das Beiboot zu Wasser. Bis zum Strand war es nur ein kurzer Weg. Er und Ray ließen den Außenbordmotor des Beibootes auf der Jacht, nicht nur um Lärm zu vermeiden, sondern auch um das Gewicht zu reduzieren. Die Ladung Marihuana würde das Beiboot bis an die Grenze der Belastbarkeit ausfüllen.

Der Strand wirkte verlassen, aber er rechnete damit, daß Manuel und seine Männer außer Sichtweite blieben, bis sie sicher waren, daß auf dem herankommenden Boot tatsächlich ihre Kontaktleute saßen. Mit der Taschenlampe gab Ray das vereinbarte Signal, zweimal kurz blinken, einmal lang, dann wieder kurz. Kurz darauf kam die Antwort – ein langes Blinken, ein kurzes und wieder zwei lange.

Frank steuerte das Beiboot durch die Brandung. Die Wellen schlugen ins Boot, und sie wurden sehr stark hin- und hergeworfen. Er hoffte nur, daß der Stoff gut eingepackt war und auf dem Rückweg nicht naß werden würde.

Er und Ray zogen das Boot auf den Strand, als mehrere Gestalten auftauchten. Manuel führte die anderen an. Sein dichter, langer Schnurrbart verdeckte fast vollständig seinen Mund, so daß man kaum sehen konnte, ob er lachte oder wütend war. Aber weder sein Schnurrbart noch sein Gesichtsausdruck beschäftigten Frank, als er sich Manuel und seinen Männern näherte. Was ihn viel mehr beunruhigte, war die Tatsache, daß Manuels Männer schwer bewaffnet waren. Einige trugen Maschinenpistolen und Munitionsgürtel über der Brust, außerdem steckten noch Pistolen in ihren Gürteln; andere waren mit Uzis und Gewehren bewaffnet. Mit ein paar Waffen hatte er gerechnet, auch er trug eine kleine Pistole bei sich, ebenso wie Ray. Immerhin brachen sie das Gesetz, und es war klug, auf alles vorbereitet zu sein. Aber Manuels Männer schienen sich auf einen Guerillakrieg eingestellt zu haben.

„*Que pasa, amigo?*" rief Frank. Die Unterhaltung wurde auf spanisch geführt, der einzigen Sprache, in der Manuel zu Hause war.

„*Hola, amigos!*" erwiderte Manuel und begrüßte Frank und Ramon mit Handschlag. Es war eine ziemlich beunruhigende Geste angesichts der Maschinenpistole, die über seiner Schulter hing.

„Hey, Manuel", sagte Ramon, „warum all die Waffen?"

„Ihr wißt doch, daß dies ein gefährliches Geschäft ist", erwiderte Manuel, und obwohl er versuchte, beiläufig zu klingen, bemerkte Frank die Anspannung in seiner Stimme. „Die Regierung wird von den Staaten sehr stark unter Druck gesetzt, den Drogenhandel einzudämmen."

„Du hast meinem Bruder versichert, daß ihr euch um die Federales gekümmert habt", sagte Frank.

„Ja, natürlich." Es folgte ein unbehagliches Schweigen, bevor Manuel fortfuhr. „Na ja, dann machen wir uns an die Übergabe." Er rief über seine Schulter hinweg: „Pablo, bring die ..."

„Einen Augenblick, Manuel!" unterbrach Ramon. „Warum die

Eile?" In der Vergangenheit hatten die Männer immer eine Flasche Tequila vor einem Deal getrunken.

„Wir haben dieses Mal wenig Zeit, das ist alles."

Frank kannte keinen Mexikaner, der keine Zeit hatte. *„Mañana"* hieß es südlich der Grenze immer.

Manuel trug Pablo und mehreren anderen auf, die Ware zu holen, und nachdem die Kisten am Strand standen, hielt er inne und ließ seinen Blick über die Felsen hinter ihnen schweifen. Irgend etwas stimmte hier ganz eindeutig nicht, und Frank betrachtete nun ebenfalls aufmerksam seine Umgebung. Er konnte nichts erkennen, aber trotzdem krampfte sich sein Magen zusammen.

Der Stoff war sorgfältig in mehrere Lagen Plastik eingepackt. Ramon überprüfte die Ware eher oberflächlich. Bei Manuel brauchte er keine Sorge zu haben. Frank hielt sich vollkommen heraus, bis er ein paar Päckchen entdeckte, die sich von den anderen abhoben.

„Was ist das?" fragte er und nahm ein Päckchen zur Hand.

„Das ist das Kokain. Dreißig Kilo, wie vereinbart", erklärte Manuel.

Frank starrte seinen Bruder an, der sichtlich zusammenzuckte, bevor er sich verteidigte. „Er wollte die dreißig Kilo loswerden - ich konnte mich nicht rauswinden."

Frank schüttelte frustriert den Kopf. War es nicht auch egal? Er steckte bereits bis zum Hals mittendrin. Ein wenig Kokain machte den Kohl jetzt auch nicht mehr fett.

Manuel befahl seinen Männern, das Beiboot zu beladen. Die Männer beeilten sich so gut sie konnten.

„Sieh mal, Manuel", sagte Frank, „irgend etwas geht hier vor, und ich möchte wissen, was das ist. Deine Männer benehmen sich wie die aufgescheuchten Kaninchen."

„Wie ich schon sagte ..."

„Ich dachte, wir könnten euch trauen, aber das hier stinkt mir ganz gewaltig nach einer Falle."

„Nein, Frank, nichts dergleichen. Wir sind doch Kameraden. Du kannst mir vertrauen."

„Was dann? Ich habe zwar schon lange keine Geschäfte mehr mit dir gemacht, aber so sehr kannst du dich in dieser Zeit nicht verändert haben."

„Ich sage dir, wir müssen schnell wieder in die Stadt zurück ..."

„Du warst noch nie ein guter Lügner, Manuel. Hat dich die Polizei am Wickel?"

„Ich schwöre dir, nein! Aber ..." Wieder wanderte Manuels Blick über die Hügel. „So viel Gerede! Wir müssen uns beeilen." Er hielt inne und zupfte nachdenklich an seinem Bart. Entschlossen fuhr er fort: „Wir wurden auf dem Weg hierher von den Federales verfolgt."

„Was?" riefen Frank und Ray einstimmig.

„Wir haben sie abgeschüttelt. Keine Sorge." Aber die Worte waren ein schwacher Trost angesichts Manuels Nervosität. „Sie kennen diese Berge nicht so wie ich und meine Männer. Sie werden unsere Spur nie finden."

„Warum bist du dann so nervös?"

„Es hat doch keinen Sinn, sein Schicksal herauszufordern, oder?"

„Aber du hast gesagt, du hättest die Feds geschmiert."

„Vielleicht hat ihnen jemand anderes etwas mehr gegeben."

„Wer?"

Manuel zuckte die Achseln. „Denkst du, ich hätte sie gefragt? Aber ich will dir erzählen, daß ich Ricardo Perez gestern in der Stadt gesehen habe."

„Barcelona", keuchte Frank.

„Es ist möglich, aber ich möchte keine Zeit mehr mit Gerede vergeuden. Wir müssen los. Wo ist das Geld?"

Ramon reichte Manuel einen Umschlag. Der mexikanische Drogendealer nahm ihn, überprüfte schnell seinen Inhalt und sagte: „Wir werden uns in zwei Wochen in Verbindung setzen, um die Bezahlung für das Kokain zu regeln." Dann wandte er sich an seine Männer. *„Marchamos, muchachos!"*

Die Männer brauchten keine weitere Aufforderung, um sich umzudrehen und davonzulaufen. Manuel verabschiedete sich und folgte ihnen schnell. Auch Frank und Ramon verloren keine Zeit und sprangen ins Boot. Mit dem schwer beladenen Beiboot kamen sie nur langsam voran. Keinesfalls wollte Frank von den Federales in einer so eindeutigen Situation gefaßt werden. Die Wellen schlugen jetzt höher, und es war schwierig, das Boot längsseits der Jacht zu bringen und das Beiboot zu entladen. Es dauerte beinahe eine Stunde, bis alles an Bord gebracht und das Beiboot wieder festgemacht worden war. Frank ließ den Motor auf Hochtouren laufen, um die Jacht aus der Bucht zu steuern.

Die Tatsache, daß sie unbehelligt blieben, milderte jedoch nicht ihre Anspannung. Auf hoher See schaltete Frank den Autopiloten ein. Er wandte sich seinem Bruder zu und bemerkte, daß er sehr zufrieden wirkte.

„Du weißt, daß das nicht das Ende der Geschichte ist", sagte Frank. „Barcelona könnte, bevor wir San Diego erreicht haben, herausfinden, daß sein Versuch, uns ans Messer zu liefern, fehlgeschlagen ist. Das bedeutet, wir könnten in eine Falle laufen, wenn wir anlegen."

„Warum sollte er das machen? Er schadet doch nur sich selbst damit. Er muß doch wissen, was ich durch diesen Deal verdiene und daß ich ihm damit sein Geld zurückzahlen kann."

„Vielleicht will er ja gar nicht, daß du ihm sein Geld zurückgibst. Vielleicht sucht er ja nur nach einem Grund, dich zu töten. Vielleicht hat er etwas über dein Geschäft mit den Kolumbianern erfahren."

„Und ... was nun?"

„Wir müssen ihm immer einen Schritt voraus sein."

23

Shelby verbrachte eine unruhige Nacht im Hotelzimmer. Immer wieder dachte sie, Frank würde zurückkommen, da ihr Streit so schrecklich gewesen war, und obwohl sie von dem langen Tag todmüde war, rechnete sie nicht damit, überhaupt einzuschlafen, da ihr so viele Gedanken durch den Kopf gingen. Einige Stunden vor Sonnenaufgang schlief sie dann aber doch endlich ein.

Als sie erwachte, war sie kaum ausgeruht. Zwei Tassen starken Kaffees halfen ihr, den Kopf wieder frei zu bekommen. An ihren Gefühlen änderte sich dadurch jedoch nichts. Sie überlegte lange, was sie tun sollte. Schließlich beschloß sie, zum Hafen zu fahren und den ersten Schritt zu einer Versöhnung mit Frank zu machen.

Shelby nahm ein Taxi zum Hafen und lief hinaus zur Anlegestelle, doch Franks Liegeplatz war leer. Es war sieben Uhr morgens, und alle anderen Boote lagen an ihrem Platz. Es war noch nichts los im Jachthafen, da das zweite Rennen erst um zehn Uhr beginnen würde. Zweifellos schliefen die Seeleute noch, da sie gestern bis spät in die Nacht hinein gefeiert hatten. Außer Frank. Warum war er so früh ausgelaufen? Oder war er vielleicht schon gestern abend ausgelaufen und über Nacht fortgeblieben? Plötzliche Panik machte sich in ihr breit. Und wenn ihm da draußen nun etwas passiert war? Sie hoffte, daß Joe vielleicht wußte, wo Frank abgeblieben war, aber auf Joes Boot war noch alles ruhig.

Shelby lief zu dem an den Jachthafen angrenzenden öffentlichen Hafen. Dort gab es ein Café. Nachdem sie sich ein Frühstück bestellt hatte, dachte sie darüber nach, wie schrecklich sich ihr Leben entwickelt hatte. War ihre Ehe vorüber? Frank hatte gesagt, sie gebe ihm keinen Raum. Immer wieder ging ihr dieser Satz im Kopf herum. Früher hatte sie Angst gehabt, daß das genaue Gegenteil der Fall war – auf Grund ihrer unterschiedlichen Arbeitszeiten sahen sie sich nur ganz selten. Jetzt war sie verwirrter als je zuvor. Vielleicht war ihm plötzlich klargeworden, daß er einen Fehler gemacht hatte, und jetzt suchte er nur nach einer guten Entschuldigung, die

Ehe zu beenden. Niedergeschlagen schüttelte sie den Kopf. Sogar die vier Ehen ihrer Mutter hatten länger als nur ein paar Wochen gedauert.

Shelby ging eine Weile im Hafen umher und versuchte, Klarheit zu gewinnen. Als sie gegen halb neun endlich zu Joes Boot zurückkehrte, sah sie jedoch noch immer nicht klarer.

Joe saß an Deck seines Bootes und trank eine Tasse Kaffee.

„Hi", begrüßte er sie freundlich, obwohl er sie ein wenig verwirrt ansah.

Shelby war klar, wie die ganze Situation auf ihn wirken mußte. Frank war fort und hatte sie zurückgelassen. Fieberhaft suchte sie nach einer Entschuldigung, aber ihr fiel nichts ein. Und warum sollte sie auch zimperlich sein? Falls Joe wußte, wo Frank im Augenblick steckte, wollte sie das wissen.

„Sie wissen nicht zufällig, wo Frank ist?" Eine schwierige Frage für einen Fremden.

„Ich habe gesehen, daß sein Liegeplatz leer ist", erklärte Joe. Vielleicht hatte er auch ihren traurigen Gesichtsausdruck bemerkt, und sie tat ihm leid, denn er fragte: „Möchten Sie eine Tasse Kaffee?"

„Ich habe heute morgen bereits vier Tassen getrunken – viel zuviel. Mein Blutdruck würde schwindelnde Höhen erreichen."

„Sie können gern hier warten, bis Frank zurückkommt. Meine Frau kommt auch gleich hoch."

Shelby ging an Bord und plauderte eine Weile mit Joe, bis ihr Gespräch durch das Rauschen von Joes Funkgerät unterbrochen wurde.

„Four Winds Yacht Club, hier spricht das Segelboot *Gloria's Barge* ..."

Joe ging in die Kajüte und stellte das Funkgerät an. Franks Stimme rief noch zweimal den Jachtclub an, bevor er eine Antwort bekam.

„Hier spricht Four Winds Yacht Club. Schalten Sie bitte auf Kanal zweiundzwanzig."

Joe schaltete ebenfalls diesen Kanal ein, damit er das Gespräch mitverfolgen konnte.

„Hier spricht Frank Stefano. Ist jemand von der Rennleitung anwesend, mit dem ich sprechen kann?“ fragte Frank.

„Ich gehöre der Rennleitung an, Frank. Hier spricht Wayne Sullivan“, ertönte die Antwort des Jachtclubs. „Was kann ich für Sie tun?“

„Ich habe gestern abend in der Bucht Anker geworfen“, erklärte Frank, „und jetzt habe ich verschlafen. Kann ich das Treffen der Seeleute vor dem Rennen ausfallen lassen und draußen auf dem Wasser dazustoßen?“

„Sicher, Frank. Sie kennen ja den Ablauf, da Sie schon einige Male an der Regatta teilgenommen haben. Wir sehen uns draußen auf dem Wasser.“

„Vielen Dank, Wayne. Over.“

Joe stellte das Funkgerät ab. „Na, das Geheimnis hätten wir gelöst.“

„Ich bin froh, daßs er okay ist“, etwas anderes brachte Shelby nicht über die Lippen. Vielleicht hatte sie die Situation viel zu sehr aufgebauscht. Vielleicht war er in jeder Hinsicht tatsächlich okay. Vielleicht war ihre Ehe doch noch nicht vorbei. Sie versuchte die Tatsache zu ignorieren, daß er den alten Namen des Bootes angegeben hatte. Vermutlich hatte er keine Wahl gehabt.

„Ich muß jetzt los, wenn ich an dem Rennen teilnehmen möchte. Möchten Sie mitkommen?“

„Ich würde Ihnen nur im Weg stehen.“

„Wir können immer Ballast gebrauchen.“

Shelby lachte. „Zumindest bin ich für etwas gut.“ Die Vorstellung, doch noch an dem Wettkampf teilzunehmen, gefiel ihr. Sie stellte sich vor, wie sie ihrem Mann fröhlich zuwinkte, wenn Joe als erster das Ziel erreichte. Das war natürlich kindisch, aber es tat ihr trotzdem gut.

* * *

Joe ging als zehnter ins Ziel. Frank gehörte zu den letzten. Shelby wartete am Pier in der Nähe seines Liegeplatzes auf ihn. Sie sah ihn in den Hafen einlaufen und fragte sich, was sie zu ihm sagen würde, wenn sie sich begegneten. Zwei Männer und eine Frau in der Uniform der Küstenwache kamen ihr entgegen.

„Hallo, Madam", sagte die Frau. „Warten Sie auf das Boot mit der Registrierungsnummer CF109873?"

„Ich kenne die Nummer nicht."

„Der Besitzer ist Frank Stefano."

„Ja. Stimmt etwas nicht?"

„Nur eine Routineüberprüfung, Madam."

Das beruhigte Shelby keinesfalls, vor allem, da dies bereits das zweite Mal in einer Woche war, daß jemand Franks Boot „überprüfen" wollte. Aber Frank wirkte durchaus nicht besorgt, als er sein Boot anlegte. Im Gegenteil, er grinste Shelby an. Dieses Lächeln ließ alle ihre Ängste verschwinden. Sie wollte sich in seine Arme werfen und das Fiasko des Wochenendes hinter sich lassen.

Frank warf einem der Beamten eine Leine zu, und als das Boot festgemacht war, stellte er den Motor ab.

„Sind Sie Mr. Stefano?" fragte einer der Männer.

„Ja. Was kann ich für Sie tun?" erwiderte Frank.

„Wir würden gern an Bord kommen und uns auf Ihrem Boot ein wenig umsehen."

„Ist dies eine Sicherheitsinspektion?"

„Wir würden einfach gern an Bord kommen, Sir."

Frank zuckte die Achseln. „In Ordnung, kein Problem."

Die Beamten gingen an Bord, aber Frank sprang vom Boot und ging auf Shelby zu.

„Ich bin ein Mistkerl", sagte er. „Ein verrotteter, lausiger Mistkerl. Ich habe es nicht verdient, daß du mir vergibst. Doch ich schwöre, ich werde dies alles eines Tages gutmachen."

Sie spürte, daß er sie in die Arme nehmen wollte, aber er hielt sich zurück, um ihr die Gelegenheit zu geben, den ersten Schritt zu tun.

Und natürlich tat sie den ersten Schritt. Sie streckte ihm die Arme entgegen, und mehr brauchte er nicht. Er nahm sie in die Arme und drückte sie mit unglaublicher Intensität an sich. Doch die Küstenwache nahm keine Rücksicht auf ihre Versöhnung. Die Frau sprang vom Boot.

„Sie kommen von King's Harbor?“ fragte sie.

„Ja, ich bin wegen der Regatta hergekommen.“

„Sind Sie in den vergangenen vierundzwanzig Stunden mit dem Boot irgendwo anders hingefahren?“

„Nein, natürlich nicht. Dies ist gar keine Sicherheitsüberprüfung, nicht?“

„Wir haben einen anonymen Anruf bekommen, auf Ihrem Boot würde sich Schmuggelware befinden.“

„Schmuggelware?“

„Um genau zu sein, kontrollierte Substanzen.“

„Drogen? Das ist doch lächerlich.“

„Na ja, wir müssen solchen Hinweisen nachgehen. Es tut uns leid, wenn wir Ihnen dadurch Unannehmlichkeiten bereiten.“

Mehrere Minuten später gingen die anderen beiden Beamten von Bord.

„Es ist sauber“, sagte der eine.

Der andere fügte hinzu: „Sind Sie ohne Rettungsboot von King's Harbor gekommen?“

„Ich hatte ein Beiboot, aber auf dem Weg hierher sind wir in stürmische Gewässer geraten, und ich habe es verloren.“

„Ich empfehle Ihnen dringend, es zu ersetzen, bevor Sie die Rückfahrt antreten. Vermutlich wird Ihre Versicherung dafür aufkommen.“

„Genau das habe ich auch gedacht“, erwiderte Frank. „Sonst noch etwas, Officer?“

„Das ist alles“, erklärte die Frau. „Wir entschuldigen uns noch mal für die Unannehmlichkeiten.“

Die Beamten der Küstenwache gingen davon, und Frank half Shelby an Bord. Er setzte sich auf eine Bank, streckte seine Beine von sich und lehnte den Kopf gegen die Reling. Frank wirkte sehr erschöpft. Shelby setzte sich neben ihn.

„Frank, mir ist gar nicht aufgefallen, daß das Beiboot fort ist. Bist du sicher, daß alles – einen Augenblick mal! Wo ist Ray?“

„Ich wollte ihn nicht in diese Sache mit der Küstenwache hineinziehen", seufzte er. „Ray und ich haben gestern abend draußen in der Bucht Anker geworfen, und dann hatten wir einen Streit. Er nahm das Beiboot und ist an Land gerudert. Wenn du ihn nicht gesehen hast, weiß ich nicht, wo er ist. Er war so wütend, daß es mich nicht wundern würde, wenn er mit dem Beiboot abgehauen wäre. Aber Ray ist mir egal. Ich bin froh, daß er fort ist. Jetzt können wir beide den Rest des Tages genießen und allein nach King's Harbor zurücksegeln."

Auch Shelby machte sich um Ray keine Gedanken. Vielleicht war seine Anwesenheit der Grund für Franks Anspannung. Ihr wurde immer deutlicher, daß ihr Leben sehr viel besser verlaufen würde, wenn sich die Familie aus ihrer Beziehung heraushielt.

24

Am Mittwoch rief Franks Schwester Carla an und sagte, sie würde sich freuen, wenn Frank und Shelby zur Feier des *quinceanera* ihrer Tochter Susie kommen würden.

Shelby war nicht überrascht gewesen, daß Frank dieses bevorstehende Ereignis ignoriert hatte, das für den Samstag, eine Woche nach der Regatta, geplant war. Auch sie würde viel lieber nicht hingehen, da diese Familientreffen bisher allesamt recht unangenehm verlaufen waren. Aber dies war ein großes Ereignis. Am Freitag gab es zu Ehren Susies ein Mittagessen für die Damen, und Carla wollte gern, daß Shelby daran teilnahm.

„Das *Quinceanera* ist in der mexikanischen Kultur wirklich eine große Sache", erklärte Frank. „Und so sehr sich meine Familie auch an die amerikanischen Verhältnisse angepaßt hat, gibt es doch noch einige kulturelle Traditionen, an denen wir festhalten – vor allem die älteren Leute. Ich bin sicher, dies ist genausosehr um meiner Mutter und Großmutter willen als um Susies willen. Sie ist das erste Enkelkind, das fünfzehn wird."

„Dann ist das also eine Art Geburtstagsparty?" fragte Shelby.

„Das und eine altmodische Einführung in die Gesellschaft, alles in einem. Früher wurde das Fest veranstaltet, um allen mitzuteilen, daß man eine Tochter im heiratsfähigen Alter hatte und um ihr mögliche Ehemänner vorzuführen. Jetzt ist das einfach nur noch ... Tradition. Carla würde einen Herzanfall bekommen, wenn Susie mit fünfzehn oder gar achtzehn heiraten wollte. Das ist nur ein Vorwand für ein Fest."

„Und ich sage immer, wir müßten mehr Spaß miteinander erleben."

Er lächelte. „Aber ich wette, das war nicht, was du im Sinn hattest."

„Eigentlich nicht. Trotzdem, vielleicht kommen diese Familienangelegenheiten ja doch irgendwann in Ordnung, wenn wir daran arbeiten."

Franks Lächeln verschwand, aber er küßte sie und sagte ihr, wie sehr er sie liebte.

Am Freitag verließ Shelby die Schule, sobald das letzte Kind gegangen war. Sie war so dankbar, daß sie für eine Direktorin arbeitete, die ihren Lehrern relativ flexible Arbeitszeiten zugestand. Denn als Lehrerin machte sie häufig Überstunden und arbeitete mehr als die in ihrem Vertrag vereinbarte Stundenzahl.

Shelby eilte zu ihrem Mustang und hatte gerade noch Zeit, zu dem Restaurant in Malibu zu fahren. Sie öffnete die Wagentür und wollte schon einsteigen, als sie hörte, wie ihr Name gerufen wurde.

„Shelby, ich bin froh, daß ich dich nicht verpaßt habe."

„Dawn. Was für eine Überraschung!"

Dawn lächelte sie herzlich und entwaffnend an. „Anscheinend habe ich wieder mal nicht vorher angerufen. Manchmal bin ich wirklich ein wenig impulsiv."

Das war natürlich die Untertreibung des Jahrhunderts, aber Shelby hatte den Anstand, diese Tatsache nicht zu erwähnen. Statt dessen meinte sie: „Das ist schon in Ordnung, aber es ist wirklich ein ungünstiger Zeitpunkt. Ich muß in einer Stunde in Malibu sein."

„Ich habe gehofft, wir könnten zusammen zu Mittag essen oder so etwas. Vielleicht ein anderes Mal."

„Wir könnten doch einen Termin festlegen."

„Du meinst vorausplanen?" Dawn lachte. „Das wäre wirklich mal was Neues. Wann?"

„Wie wäre es ..." Plötzlich hatte Shelby eine Idee – immerhin war sie ja Dawns Tochter. Trotz allem, sie konnte nicht abstreiten, daß Dawn ihre Mutter war und ebensogut auch eine Verbündete sein konnte, vor allem in einer Situation, die sicherlich sehr schwierig werden würde. „Dawn, hättest du Lust, mich zu begleiten? Ich bin auf dem Weg zu einem Mittagessen mit allen Damen aus der Familie meines Mannes."

„Alle? Das hört sich so an, als würdest du dich nicht gerade darauf freuen."

„Na ja ... Einige von ihnen – vor allem meine Schwiegermutter – können ganz schön schwierig sein. Es wäre nett, jemanden an meiner Seite zu haben. Ich meine, das heißt, falls du ..." Sofort bedauerte sie ihre Worte. Ihr ganzes Leben lang war sie Dawn gegenüber abwehrend eingestellt gewesen. Sie jetzt Anteil an ihrem Leben nehmen zu lassen, war nicht nur seltsam, sondern wirkte sicher auch ein wenig eigennützig.

Dawn grinste nur. „Ich bin froh, daß ich endlich mal was für dich tun kann, Shelby. Laß uns fahren!"

Dawn folgte Shelby in ihrem ziemlich mitgenommenen Honda zu dem Restaurant in Malibu. Susie hatte sich dieses Lokal ausgesucht, wie Shelby später erfuhr, weil es sehr schick und ‚in' war. Shelby hoffte, die Familie würde den ungebetenen Gast gnädig aufnehmen. Nervös folgte sie der Empfangsdame zu dem separaten Raum, in dem die Feier veranstaltet wurde.

Carla, an die sich Shelby noch von dem verunglückten Abendessen bei Mrs. Stefano her erinnerte, kam ihr an der Tür entgegen.

„Ich bin so froh, daß du gekommen bist", sagte sie, und das schien auch ehrlich gemeint zu sein.

„Ich hoffe, du hast nichts dagegen, daß ich einen Gast mitgebracht habe", erwiderte Shelby.

„Ich habe sie ganz unerwartet überfallen", erklärte Dawn.

„Carla, das ist meine Mutter Dawn ..." Shelby wollte den Nachnamen ihrer Mutter sagen, doch dann fiel ihr auf, daß sie nach den vier mißglückten Ehen ihrer Mutter gar nicht wußte, welchen Namen sie im Augenblick führte.

„Deine Mutter! Wie nett. Schließlich sind wir doch alle eine Familie, nicht? Kommen Sie herein und setzen Sie sich. Wir haben noch einen Platz." Carla wandte sich an die Gruppe, die bereits am Tisch Platz genommen hatte, und stellte Shelby und ihre Mutter vor.

Es saßen etwa zwanzig Frauen unterschiedlichen Alters an dem großen Tisch. Zwei davon waren Nonnen, außerdem Susies Kusinen und Freundinnen, die anderen wurden Shelby als verschiedene Tanten, Großtanten und Kusinen zweiten Grades vorgestellt. Mrs. Querida lächelte Shelby herzlich an, während Mrs. Stefano sie mit einem kurzen Blick und einem aufgesetzten Lächeln bedachte. Shelby fragte sich, was Franks Mutter wohl von Dawn hielt. Sie betrachteten sich eingehend, nachdem sie einander vorgestellt worden waren. Die stämmige, ein wenig matronenhafte Dolores konnte kaum älter sein als Dawn, doch Dawn paßte vom Aussehen fast besser zu Susies Freundinnen.

Was für eine Versammlung! dachte Shelby jämmerlich, als sie sich neben ihre Mutter setzte. Sie war entschlossen, sich zu amüsieren – oder zumindest diesen Nachmittag zu überleben.

Das Gespräch am Tisch verlief in den einzelnen Gruppen sehr lebhaft. Shelby saß zwischen ihrer Mutter und Tomas' Schwägerin, die darauf bestand, daß Shelby sie Tante Bev nannte. Höflich fragte sie nach Shelbys und Franks Hochzeit. Shelby war froh, daß sie Fotos mitgebracht hatte. Sie holte sie aus ihrer Tasche und bemerkte ihren Fehler erst, als es bereits zu spät war.

„Hört mal alle her. Shelby hat Fotos von ihrer und Franks Hochzeit mitgebracht", verkündete Bev.

Shelby wand sich innerlich. Sie wollte nicht, daß ihre Fotos – oder sie selbst – im Mittelpunkt standen. Dies war Susies Tag, nicht ihrer. Aber der Schaden war bereits angerichtet.

Die Fotos gingen herum, und als sie schließlich zu Mrs. Stefano kamen, mußte Shelby einfach zu ihr hinsehen, um ihre Reaktion zu beobachten. Sie warf nur einen oberflächlichen Blick darauf.

„Zu schade, daß ihr nicht auf eine große Hochzeit gewartet habt", bemerkte Dolores.

„Ich habe nie viel dafür übrig gehabt, wenn so viel Aufhebens von mir gemacht wird", erwiderte Shelby.

„Ach, aber nicht einmal ein richtiges Hochzeitskleid!" seufzte Dolores. „Alle meine Kinder hatten eine großartige Hochzeit. Carlas Kleid hat fünfzehnhundert Dollar gekostet. Marias Kleid war nicht ganz so teuer, weil sie eine Hochzeitsreise nach Europa machen wollte."

„Aber das Kleid hat trotzdem noch mindestens tausend Dollar gekostet", prahlte Maria, „und es waren zweihundert Gäste bei dem Empfang. Das Essen war köstlich, und der Champagner ist in Strömen geflossen. Ein Tag, den ich nie vergessen werde!"

„Aber ich muß gestehen, die Hochzeiten meiner Töchter waren gar nichts im Vergleich zu Franks und Glorias Hochzeit“, fuhr Dolores fort. „Man hätte denken können, sie wäre eine königliche Hoheit, so viel Geld hat ihr Vater dafür ausgegeben.“

„Hat ihr Kleid nicht fünftausend Dollar gekostet?“ fragte Tante Bev.

„Mindestens“, bejahte Dolores. „Es ist speziell für sie entworfen worden ...“

„Mutter“, unterbrach sie Carla, „ich glaube nicht, daß Shelby Glorias Hochzeit interessiert.“

„Unsinn!“ widersprach Dolores. „Ich bin davon überzeugt, sie fühlt sich in ihrer Ehe so sicher, daß ihr das nichts ausmacht. Nicht wahr, Shelby?“

„Natürlich“, erwiderte Shelby, obwohl es gelogen war. Sie hoffte nur, daß niemand die mangelnde Zuversicht in ihren Worten bemerkte. Immer wieder mußte sie an das Hochzeitsfoto denken, das sie gesehen hatte ... Diese atemberaubend schöne Frau war einst mit Frank verheiratet gewesen. Und sie erinnerte sich an den liebevollen Ausdruck auf Franks Gesicht und wie sehr ihn die Nachricht von Glorias Tod mitgenommen hatte.

„Na ja, ich kenne diese Gloria ja nicht persönlich“, meinte Dawn mit einem spitzen Blick in Dolores' Richtung, „aber selbst in einem einfachen bestickten Bauernkleid sieht Shelby einfach atemberaubend aus. Einige Leute brauchen eben mehr Drumherum als andere.“

Shelby wäre ihrer Mutter am liebsten um den Hals gefallen.

Aber Dolores ließ das nicht so stehen. „Sie haben Gloria tatsächlich nicht gekannt. Sie war das schönste Mädchen, das ich je gesehen habe. Sie hätte gut und gern Model sein können. Sogar meine Töchter, so hübsch sie auch sind, müssen das zugeben. Und bestimmt würden Sie nicht so von einer Frau sprechen, die erst vor kurzem gestorben ist.“

„Das wußte ich nicht“, entschuldigte sich Dawn. „Ich wollte niemanden beleidigen, aber ...“

„Der Kellner möchte wissen, ob er jetzt unser Dessert servieren kann“, unterbrach sie Carla, sehr zu Shelbys und der Erleichterung aller anderen.

Nachdem die Bestellungen aufgenommen worden waren, ergriff Shelby die Gelegenheit, sich zu entschuldigen und zur Toilette zu gehen. Wenn sie zurückkehrte, hatten die Frauen das Thema Hochzeit hoffentlich fallengelassen und sich anderen Gesprächsthemen zugewandt, die nichts mit Shelby zu tun hatten.

In der Toilette atmete Shelby erst mal durch und fuhr sich dann mit dem Kamm durch die Haare. Ihr Bild im Spiegel erinnerte sie wieder an Glorias Hochzeitsfoto. Shelbys Vater hatte sie so erzogen, daß sie nicht zu viel Wert auf Kleidung legte, und sie hatte nie viel auf ihr Aussehen gegeben. Sie war attraktiv, das wußte Shelby, aber nicht so gutaussehend, wie ihre Mutter den anderen hatte vormachen wollen. Bis jetzt hatte sie dem nie viel Beachtung geschenkt. Im Vergleich zu Gloria war sie nichtssagend. Gloria hatte mit ihrer Schönheit alle Blicke auf sich gezogen – von Männern wie von Frauen gleichermaßen.

Und Frank hatte sie geliebt, sie umarmt, sie mit seinen vollen Lippen geküßt.

„Ach, hier sind Sie!“

Shelby fuhr zusammen und ließ den Kamm ins Waschbecken fallen. „Hallo, Mrs. Stefano“, sagte sie leise.

„Carla meinte, ich sollte herkommen und mit Ihnen reden. Sie glaubt, ich hätte Ihre Gefühle vielleicht verletzt.“

„O nein, ganz und gar nicht ...“

„Das war auch nicht meine Absicht“, fuhr Dolores fort, die Shelbys Stammeln ignorierte. „Es ist nur ... Na ja, es ist so schwer, wissen Sie, sich mit Glorias Tod abzufinden. Sie hat mir so viel bedeutet. Ich kann ehrlich sagen, sie ist mir wie eine Tochter gewesen. Ein so fröhliches Mädchen.“

„Das war sie sicher.“

„Ich war so glücklich, als sie Frank geheiratet hat. Ich glaube, wenn sie länger zusammengeblieben wären, hätte sie es geschafft, ihn auf den rechten Weg zu bringen. Aber na ja, ich kann ihr nicht vorhalten, daß sie ihn verlassen hat ...“

„Sie hat ihn verlassen?" Franks Bemerkungen hatte Shelby entnommen, daß er Gloria nie geliebt hatte, daß er die Ehe beendet hatte.

„O ja, sie konnte die Drogen und all das ... Sie wissen schon, seine kriminellen Tätigkeiten ... einfach nicht mehr ertragen. Sie hat ihn in den Glauben geheiratet, er hätte das alles aufgegeben. Aber er hat sie getäuscht."

„Er hat sie getäuscht ...?" Shelbys Kehle war wie zugeschnürt. So hatte sie sich das alles nicht vorgestellt.

„Ich weiß, er ist mein Sohn, aber ich muß die Tatsache akzeptieren, daß er einfach ein Taugenichts ist. Es tut mir leid, wenn Sie das beunruhigt. Ich hoffe um Ihretwillen, daß es nicht stimmt. Aber ich denke, Sie sollten erkennen, daß Sie sich in etwas hineingebracht haben, das Sie vielleicht bedauern könnten. Wenigstens war Gloria klug genug, es zu beenden. Ich hoffe nur, daß es sie letzten Endes nicht doch zerstört hat."

„Was meinen Sie damit?"

„Es gibt Gerüchte, wissen Sie, daß ihr Tod kein Unfall war."

„Es könnte doch auch Selbstmord sein ..."

Dolores' Lachen erstickte Shelbys Worte. „Sie hätte sich nie selbst getötet. Niemals!"

Lange Zeit standen die beiden Frauen einfach nur da und starrten sich an.

Dann sagte Dolores: „Wie auch immer, ich wollte Ihnen nur sagen, was ich empfinde. Entschuldigen Sie, wenn das, was ich gesagt habe, ein wenig hart klang. Vielleicht werde ich eines Tages für Sie empfinden, was ich für Gloria empfand, doch das bezweifle ich. Aber ehrlich, das hat nichts mit Ihnen zu tun. Ich glaube einfach nicht, daß Sie lange genug bei ihm bleiben. Ich glaube, Sie werden meinen Sohn als das erkennen, was er ist, und dann werden Sie ihn verlassen. Das heißt, falls Sie Glück haben."

„Wie können Sie so etwas über Ihren eigenen Sohn sagen, Mrs. Stefano?" Shelby schüttelte ungläubig den Kopf. „Sie müssen doch wenigstens ein wenig Zuneigung für ihn empfinden."

„Er hat meine Gefühle getötet, als er mein Baby, meinen Ramon, zerstört hat. Nehmen Sie meinen Rat an, Shelby, und verlassen Sie ihn. Warten Sie nicht so lange, wie Gloria es getan hat. Ihr Glaube hat sie in dieser Ehe festgehalten, weil für sie als Katholikin eine Scheidung nicht in Frage kam, aber bei Ihnen ist das ja etwas anderes. Ich denke, es hat auch seine Vorteile, Heide zu sein."

„Ich ... ich ..." Shelby war zu verblüfft, um irgend etwas Vernünftiges zu sagen. Wie konnten zwei Menschen eine so vollkommen unterschiedliche Meinung von ein und derselben Person haben? Und was noch unverständlicher war, wie konnte eine Mutter ihren Sohn so verächtlich zurückweisen? Was stimmte nicht mit dieser Frau? Was stimmte nicht mit dieser Familie? Oder stimmte mit Shelby etwas nicht – hatte sie vielleicht eine falsche Vorstellung von dem Mann, den sie liebte?

Die Tür zur Toilette öffnete sich erneut, und dieses Mal war es Dawn. Instinktiv wußte Shelby, daß ihre Mutter gekommen war, um sie zu retten.

„Hier ist aber viel los", meinte Dawn fröhlich.

„Ich wollte gerade gehen", erklärte Dolores und verschwand.

„Bist du in Ordnung?" fragte Dawn, als sie allein waren.

„Ja, ich denke schon."

„Ich sehe, in bezug auf deine Schwiegermutter hast du keinesfalls übertrieben."

„Du weißt nur die Hälfte, Dawn."

„Möchtest du gehen?"

„Nein", erwiderte Shelby mit so großer Entschlossenheit, die sie selbst erstaunte. „Ich werde mich hier nicht vertreiben lassen."

„Wie gut!"

Shelby brachte ein mühsames Lächeln zustande. „Ich bin dir wirklich dankbar, daß du dich für mich eingesetzt hast."

„Deshalb bin ich ja mitgekommen. Aber du solltest wissen, daß du in deiner neuen Familie nicht vollkommen allein dastehst. Carla war sehr wütend auf die alte Schreckschraube - ich meine deine Schwiegermutter. Sie hat sie aufgefordert, dir nachzugehen und sich bei dir zu entschuldigen."

„Ich hoffe, es hat keine Szene gegeben."

„Keine große. Obwohl Mrs. Stefano nicht besonders schuldbewußt aussah, als ich hereinkam."

„Das war sie auch nicht. Vielleicht können wir später darüber reden. Jetzt möchte ich zum Fest zurückkehren. Ich hoffe für die arme Susie, daß es nicht verdorben ist."

25

Nach dem Mittagessen lud Shelby Dawn in ihre Wohnung ein. Nach allem, was sie an diesem Tag an Unglaublichem erlebt hatte, war dies wirklich die Krönung. Sie *wollte* mehr Zeit mit ihrer Mutter verbringen. Es fiel ihr noch immer schwer, das zuzugeben, und noch schwerer zu entdecken, daß Dawn doch kein so schrecklicher Mensch war.

„Eine hübsche Wohnung", sagte Dawn, als sie sich auf das Sofa setzte. „Kein Wunder, daß du beschlossen hast, hier zu wohnen und nicht in Whittier zu bleiben."

„Es tat mir gut, den Erinnerungen zu entkommen."

„Ich hoffe nur, du vergißt deine Erinnerungen nicht voll und ganz, Shelby."

„Das werde ich nicht. Es fiel mir nur so schwer, immer wieder Daddys Sachen zu sehen, wo ich ihn doch so sehr vermisse."

„Er war ein guter Mensch. Einer der besten. Du wärst nicht so gut geraten, wenn er nicht gewesen wäre."

Shelby lächelte unbehaglich. „Möchtest du etwas zu trinken?"

„Gern."

„Einen Saft?"

„Prima."

Shelby ging in die Küche. „Willst du nicht mitkommen?" rief sie. „Ich mache schnell welchen."

„Mach dir doch keine Mühe", erwiderte Dawn und gesellte sich zu ihr.

„Das dauert nur eine Minute. Setz dich." Shelby holte eine Dose gefrorenen Saft aus dem Gefrierschrank und nahm einen Krug vom Regal. Sie war froh, daß sie etwas zu tun hatte. „Dawn", fragte Shelby nach einigen Augenblicken des Schweigens, „was ist zwischen dir und Dad eigentlich passiert? Du scheinst ihn nicht zu hassen, und er hat nie – wirklich nie – schlecht von dir gesprochen."

„Das ist schon so lange her", erwiderte Dawn nachdenklich. „Ich glaube, dein Dad und ich sind aus den falschen Gründen zusammengekommen. Er war ein gutaussehender Feuerwehrmann, und ich sah auch nicht gerade übel aus. Wir waren ein wunderschönes Paar. Das war uns wichtig. Die Leute beneideten uns. Aber kurz nachdem wir geheiratet hatten, erkannte ich, daß mir das Leben als Frau eines Feuerwehrmannes nicht gefiel – die Risiken, die er einging, seine lange Arbeitszeit. Ich war einfach zu egoistisch, um mich damit abzufinden, daß ich nicht der Mittelpunkt von Mikes Leben war. Ich fing an zu trinken und auf Partys zu gehen. Dann habe ich ihn betrogen. Es war zwar nur für eine Nacht, und es hat mir auch nichts bedeutet, aber er war schrecklich aufgebracht darüber, als er es herausfand. Wir wollten uns trennen, als ich bemerkte, daß ich mit dir schwanger war."

„Dawn", sagte Shelby, und ihr Magen krampfte sich zusammen, „bist du sicher, daß er wirklich mein Dad ist?"

„Ich bin sicher. Darüber brauchst du dir keine Gedanken zu machen. Erst nachdem du geboren wurdest, ging es mit mir bergab. Mike und ich blieben deinetwegen zusammen. Mike achtete darauf, daß ich während meiner Schwangerschaft nichts trank oder Drogen nahm. Er war wirklich ein Macho, doch ich glaube, seine ‚mütterlichen' Instinkte waren größer als meine. Aber ... du mußt verstehen, Shelby, ich war so unreif, selbst noch ein Kind. Als du geboren wurdest, war ich kaum neunzehn. Mike war viel weg, und ich saß zu Hause fest. Ich konnte damit nicht umgehen. Viele Nächte verbrachte er auf der Wache, und wenn er fort war, habe ich mich fortgeschlichen und bin zu einer Party gegangen. Dich habe ich allein gelassen. Ich fing an, Drogen zu nehmen, mich mit anderen Männern abzugeben und alles. Aber das machte Mike nicht so zornig wie die Tatsache, daß ich dich allein ließ. Wow, war er wütend, als er es herausfand! Er hat mich rausgeschmissen."

„Tatsächlich?"

„Wer könnte ihm das vorwerfen? Ich hatte es verdient. Und tief in meinem Innern war das genau das, was ich wollte. Doch Mike hat mich nicht gezwungen, mich von dir fernzuhalten. Er hätte mich dich sehen lassen. Aber ich konnte es nicht. Du hast mir Angst gemacht. Mutter zu sein machte mir Angst. Und manchmal ist es noch immer so."

Shelby füllte zwei Gläser mit Eis. Vor einem Monat noch hätte sie nie verstanden, wie eine Beziehung sich zum Schlechteren verändern konnte oder wie ein Mensch zu viel Angst haben konnte, sich seiner Verantwortung im Leben zu stellen. Sie konnte sich auch nicht in Dawn hineinversetzen. Ihre Probleme mit Frank waren ganz anders gelagert, doch sie hatten trotzdem ihre Schwarz-weiß-Perspektive des Lebens erschüttert. Shelby seufzte, als sie den Saft in die beiden Gläser goß und zum Tisch brachte.

„Du hast Dad geliebt, nicht?" fragte Shelby, als sie sich Dawn gegenüber an den Tisch setzte.

„Ja."

„Ich glaube, er hat dich auch geliebt. Darum hat er nie wieder geheiratet."

Ein ironisches Lächeln umspielte Dawns Mundwinkel. „Manchmal sind die Menschen so dumm." Sie trank einen Schluck von ihrem Saft. „Als wir neulich miteinander gesprochen haben, habe ich dir erzählt, daß ich Christ geworden bin. Na ja, manchmal frage ich mich, wie sich alles entwickelt hätte, wenn ich früher angefangen hätte, Gott zu suchen. Glaubst du, Mike und ich wären dann zusammengeblieben und hätten dich gemeinsam großgezogen?"

„Ich bin die letzte, die dir Antworten in bezug auf Gott geben kann", meinte Shelby. „Vielleicht ist das das Problem in meiner Ehe", fügte sie ohne nachzudenken hinzu.

„O Shelby ..." Dawn tätschelte ihre Hand.

„Ich wollte gar nichts darüber sagen. Ich wollte nicht einmal darüber nachdenken." Shelby sah ihre Mutter an und entdeckte ein solches Verständnis und Besorgnis in ihrem Blick, daß ihr die Tränen in die Augen stiegen. „Ich weiß nicht, was passiert ..." Die Tränen liefen ihr nun die Wangen hinunter, und sie wischte sie mit dem Handrücken fort. Bevor sie es recht wußte, erzählte sie Dawn alles – von Franks Familie und alles, was Mrs. Stefano in der Toilette zu ihr gesagt hatte, von Franks Stimmungen und den Auseinandersetzungen, die wie aus dem Nichts zu entstehen schienen. Und von ihrer Furcht, daß Gloria, obwohl sie tot war, noch immer irgendwie zu Franks Leben dazugehörte.

„Was habe ich nur falsch gemacht?" fragte Shelby unter Tränen, als sie zu Ende erzählt hatte.

„Mir scheint, du machst das so gut, wie man es nur machen kann."

„Dann liegt es also an Frank? Habe ich einen Fehler gemacht? Habe ich ihn so falsch eingeschätzt?"

„Ich weiß es nicht."

„Er ist es, der sich so seltsam verhält. Ich bin noch immer davon überzeugt, daß es richtig ist, daß es kein Fehler war. Aber ich gerate ins Wanken, wenn seine Mutter mir erzählt, was für ein schrecklicher Mensch er ist. Manchmal denke ich, ich habe zwei verschiedene Menschen geheiratet, einen guten und einen bösen Zwilling. Das wäre doch was!" Sie lachte leise.

Auch Dawn lächelte. „Wenn es nur so einfach wäre, nicht?"

„Gibt es nichts Religiöses, das du dazu sagen kannst? Tante Lynn würde bestimmt etwas einfallen."

„Ja, das würde es bestimmt", bestätigte Dawn mit einem leichten Lächeln. „Ich dagegen ..." Sie schüttelte den Kopf. „Ich kann kaum den eigenen Kopf über Wasser halten. Ich wünschte, ich könnte dir einige Antworten geben. Ich schätze, ich bin ein genauso schlechter Christ, wie ich eine schlechte Mutter bin."

„Das ist schon okay, Dawn. Ich liebe Tante Lynn, aber manchmal sind ihre Antworten ein wenig zu einfach."

„Das ist das Schöne am Glauben – er ist einfach. Sonst hätte er jemanden wie mich nicht angesprochen."

„Warum gibt es ganze Geschäfte voller Bücher zu diesem Thema?"

„Wenn dich das alles wirklich interessiert, Shelby ..." Dawn brach ab und sah sie verlegen an.

„Was ist los, Dawn?"

„Ich habe dir gesagt, ich würde nicht versuchen, dich zu bekehren, und das habe ich auch so gemeint. Das ist nicht mein Ding. Aber ... na ja, wenn es dich interessiert ..."

„Ja?“ Shelby hätte das Thema wechseln können, denn sie wußte, was nun kam. Aber sie tat es nicht. Vielleicht war sie ja doch interessiert.

„Ich gehe in eine großartige Gemeinde, und vielleicht ... möchtest du ja mal mitkommen. Aber nur, wenn du möchtest.“

„Ich weiß nicht, ob ich zur Kirche gehen möchte“, stammelte Shelby. „Ich würde mir so komisch vorkommen.“

„Das habe ich auch zuerst gedacht, aber jetzt gehe ich richtig gerne. Es ist nur, ich kann dir deine Fragen nicht beantworten, aber ich kenne jemanden in der Gemeinde, der es könnte.“

„Kannst du mir eines sagen, Dawn?“ Shelby nahm einen Schluck von ihrem Saft, als Dawn nickte. „Was hat dich dazu gebracht, Christ zu werden? Ich weiß, du hast mir schon mal erzählt, dein Leben sei das reinste Chaos gewesen und so, aber warum nicht eine andere Religion?“

„Ich bin kein Philosoph oder so etwas“, erwiderte Dawn. „Ich weiß nicht viel über die anderen Religionen, aber ich hatte einen Freund, der in diese östlichen Religionen verwickelt war. Das überstieg meine Fähigkeiten, du weißt schon, philosophisch. Das Christentum dagegen ist ganz einfach. Sicher, auch das kann sehr komplex sein, aber die Aussage des Christentums ist ganz einfach. ‚Also hat Gott die Welt geliebt, daß er seinen einzigen Sohn gab, damit alle, die an ihn glauben, nicht verlorengehen.‘“

Dawn hielt errötend inne. „Das ist ein Vers, den ich auswendig gelernt habe. Shelby, Gottes bedingungslose Liebe ist es, die mir so viel bedeutet. Ich habe nicht viele Freunde. Die Frauen fühlen sich bedroht von mir wegen meines Aussehens, und die Männer benutzen mich. Ich war immer allein, wenn ich mit Menschen zusammen war. In Jesus habe ich einen Freund gefunden, der nichts von mir erwartet, der immer für mich da ist und mich immer liebt. Ich bin nicht mehr allein.“ Sie lächelte, und Shelby konnte sehen, daß das, was sie sagte, ihr mehr bedeutete, als Worte ausdrücken konnten.

„Du redest genauso wie Franks Großmutter“, sagte Shelby, und in ihrer Stimme schwang ihre Zuneigung für Mrs. Querida mit.

„Es war nett, sie heute kennenzulernen. Ich würde auch Frank gern kennenlernen."

„Hey, ich habe eine Idee. Wir könnten doch jetzt in Franks Restaurant gehen. Du würdest ihn kennenlernen, und vielleicht könnten wir dort zu Abend essen."

„Das würde ich gern, aber ich muß heute abend arbeiten. Wir können das ja ein anderes Mal nachholen."

„Ist gut. Wo arbeitest du, Dawn?"

„Ich bin Kellnerin in einem Steakhaus. Ich habe ja nicht einmal die Highschool abgeschlossen. Ich sage dir, Shelby, ich war so stolz auf dich bei deiner Abschlußfeier auf dem College."

„Du warst da?"

„Ja. Ich wollte dich eigentlich begrüßen, aber du und dein Dad, ihr habt euch gerade umarmt, und ich hatte einfach das Gefühl, daß ich nicht dazugehörte. Ich hatte kein Recht, an deinem Erfolg teilzuhaben. Aber ich war trotzdem stolz."

„Es tut mir leid."

„Das ist Vergangenheit. Ich weiß, wir können das nie vergessen, aber ..."

„Wir müssen auch nicht immer darauf herumreiten", beendete Shelby den Satz ihrer Mutter.

Dawn lächelte. „Ich hoffe es." Sie erhob sich. „Vielen Dank für einen wundervollen Tag."

„Auch ich habe ihn sehr genossen. Das müssen wir unbedingt wiederholen."

Shelby brachte ihre Mutter zur Tür. Dann legte sie aus einem Impuls heraus die Arme um sie.

„Ach du meine Güte!" sagte Dawn, und Tränen stiegen ihr in die Augen. „Danke."

Shelby sah ihrer Mutter nach. Manchmal zahlte sich ihr impulsives Handeln aus. Seufzend dachte sie über den letzten großen Impuls ihres Lebens nach - ihre überstürzte Ehe. Würde schließlich alles in Ordnung kommen? Würden sie und Frank viele Jahre miteinander leben und Kinder und Enkelkinder haben? War es wirklich möglich für sie, eine Familie zu werden wie auf Franks Foto?

Sie klammerte sich an die Hoffnung, daß dies geschehen möge, als sie sich an Mrs. Stefanos Worte erinnerte. *„Ich glaube, Sie werden meinen Sohn als das erkennen, was er ist, und dann werden Sie gehen."*

Seufzend ließ sich Shelby auf das Sofa sinken. Wer bist du, Frank? Bist du der Mann, den ich in Puerto Vallarta zu heiraten glaubte? Bist du der Mann, den mein Herz liebt? Oder ist mein Herz zu blind, die Wahrheit zu erkennen?

„Oh Gott, ich weiß gar nicht, ob ich das Recht habe, zu dir zu beten ... Vermutlich muß ich zuerst bereuen. Aber dazu bin ich noch nicht bereit. Aber wenn ich dich um etwas bitten dürfte ..." Shelby brach ab und schüttelte den Kopf. „Ist schon gut ..."

Es war wirklich verrückt, von jemandem etwas zu erbitten, den sie gar nicht kannte, und sie kannte Gott gar nicht. Es war dumm zu glauben, er würde ihr zuhören, vor allem da sie nicht bereit war, sich ihm anzuvertrauen. Und doch, wenn es etwas gab, das sie jetzt brauchte, dann war das ein Freund wie der, von dem ihre Mutter gesprochen hatte, dessen Freundschaft und Liebe nicht an Bedingungen geknüpft waren. Leider war Shelby nicht bereit, sich so bereitwillig auf etwas einzulassen.

26

Die Stefanos kamen vielleicht nicht so besonders gut miteinander aus, aber sie wußten, wie man ein Fest ausrichtet. Das *Quinceanero* für Franks Nichte wurde fast genauso großartig gefeiert wie eine Hochzeit. Das Fest fand im Ballsaal des Hyatt Regency statt. Es waren etwa fünfundsiebzig Gäste geladen, eine bunte Mischung aus Mexikanern und Gringos, Teenagern und älteren Leuten. Susies Freunde kamen als Paare und trugen großartige Abendtoilette. Sie selbst trug ein weißes Satinkleid, das, abgesehen von den Spaghettiträgern aus Bergkristall, vollkommen einfach gehalten war. Darin sah sie sehr erwachsen aus. Wie bei einer Hochzeit hatte sie ein Gefolge, sechs Mädchen, die alle dieselben burgunderfarbenen Kleider mit einem Bouquet aus weißen Gardenien trugen. In Limousinen fuhren sie vor dem Hotel vor. Für die musikalische Untermalung hatten die Stefanos eine Musikgruppe engagiert. Den Tanz eröffnete Susie traditionsgemäß mit ihrem Vater. Als Shelby bemerkte, wie gut Susie den Walzer tanzte, meinte Frank, zweifellos hätte es vor dem Fest mehrere Proben gegeben, um sicherzustellen, daß alles perfekt klappte.

Nach dem ersten Tanz, der allein Susie und ihrem Vater vorbehalten war, vergnügten sich auch alle anderen auf der Tanzfläche. Sogar Mrs. Querida tanzte mit Frank und Tomas. Und an diesem Abend gab es keine größeren Unstimmigkeiten. Sogar Ramon war erschienen. Er rauschte in den Ballsaal und verschwand wieder, bevor irgend jemand reagieren konnte. Frank und seine Mutter gingen sich aus dem Weg, ohne daß es jemandem auffiel. Frank entspannte sich sogar ein wenig – obwohl das sicherlich auf den Champagner und den Tequila zurückzuführen war, die in Strömen flossen. Trotzdem schien er wieder er selbst zu sein.

Tomas Stefano trank mehr Alkohol, als gut für ihn war. Zwar verlor er nicht die Kontrolle über sich, aber er lachte viel, was für den normalerweise recht beherrschten Mann ungewöhnlich war, wie Frank meinte. Einmal forderte er Shelby zum Tanz auf. Er war ein ziemlich guter Tänzer, sogar mit einer Partnerin, die keine Übung mehr im Tanzen hatte. Als das Lied vorbei war, nahm er Shelbys Hand und führte sie zu dem Tisch mit den Erfrischungen.

„Ich bin halb verdurstet", sagte Tomas. „Lassen Sie mich Ihnen ein Glas Champagner kaufen." Er grinste bei dieser Bemerkung, denn als Gastgeber dieses Festes bezahlte er den Champagner.

Shelby folgte ihm über die überfüllte Tanzfläche. Eigentlich war sie nicht durstig, aber ganz bestimmt würde sie die Einladung ihres Schwiegervaters nicht ausschlagen. Sie sah über die Schulter zurück nach Frank. Er lächelte sie nur an und nickte, aber er machte keine Anstalten, ihr zu folgen. Ermutigte er sie tatsächlich, sich mit seinem Vater zu unterhalten? Vielleicht war seine Einstellung seiner Familie gegenüber doch nicht so verhärtet, wie sie befürchtete.

Tomas nahm zwei Gläser Champagner von dem Tablett eines vorübergehenden Kellners und reichte eines an Shelby weiter.

„Das ist ein Tag", sagte er. „Das erste Enkelkind in diesem Alter. Eigentlich müßte ich mich jetzt alt fühlen, aber ich fühle mich prächtig." Er lachte und hob sein Glas. „Vielleicht hat das etwas damit zu tun. Aber Dolores hat mir gesagt, ich solle mich amüsieren, und ich gehorche meiner Frau immer."

„Es ist ein sehr schönes Fest", bemerkte Shelby lahm.

Tomas trank sein Glas leer und nahm sich sofort ein neues. „Also, Shelby, werden Sie die Zahl meiner Enkelkinder erhöhen? Sechs von meinen zwei Töchtern habe ich bereits, wie Sie sicher wissen."

„Na ja ... äh ..." Sie nahm einen Schluck Champagner.

Tomas lachte wieder. „Noch zu früh, um etwas dazu zu sagen, ja?"

„Ich bin sicher, wir werden irgendwann Kinder wollen."

„Natürlich werdet ihr. Wer möchte nicht? Kinder sind eine Freude. Natürlich können sie auch eine rechte Plage sein, aber so ist das nun mal im Leben. Nichts ist vollkommen gut, und nichts ist vollkommen schlecht. So sehe ich das zumindest. Man muß sich einfach bemühen, das Beste daraus zu machen."

„Frank hat mir gar nicht gesagt, daß Sie ein Philosoph sind. Das klingt sehr logisch, Mr. Stefano."

„Kann ich Sie an meiner großen Weisheit teilhaben lassen?"
„Gern."
Mr. Stefano drehte den Kopf, und Shelby folgte seinem Blick zu seiner Frau. Sie sprach angeregt mit einer kleinen Gruppe von Leuten, die in ihrem Alter zu sein schienen.
„Die Leute, die da bei Dolores stehen, unterstützen alle ihre unterschiedlichen Wohltätigkeitsvereine. Zweifellos bringt sie sie im Augenblick dazu, noch mehr Geld lockerzumachen." Er lächelte liebevoll. „Auf ihre Weise ist sie eine gute Frau. Allerdings hat sie einen Fehler. Dolores liebt ihre Kinder zu sehr."
„Auch Frank?" sagte Shelby, bevor sie sich der Gefahr bewußt wurde, die in ihren Worten lag.
„Verstehen Sie denn nicht, Shelby? Sie hat Frank mehr als die anderen geliebt, weil er ihr erster Sohn war, der erst neun Jahre nach Carla geboren wurde. Sie hatte nicht damit gerechnet, noch mehr Kinder zu bekommen, und dann hat Gott sie mit Frank gesegnet. Und außerdem ist Frank Dolores sehr ähnlich, obwohl keiner von ihnen es zugeben würde. Können Sie denn nicht verstehen, warum das, was er getan hat, sie so sehr verletzt?"
„Ich bin sicher, er wollte sie nicht verletzen. Er wollte auch Ramon nicht verletzen. Er ist sehr traurig über das, was aus Ramon geworden ist."
„Dolores kann das nicht verstehen. Der Schaden ist angerichtet, und sie kann nicht vergeben."
„Vergeben Sie ihm, Mr. Stefano?"
„In meinem Herzen ja. Aber ich muß mich auf die Seite meiner Frau stellen. Ich muß mit ihr leben, nicht mit Frank." Er grinste und trank sein Champagnerglas aus. „Sie kennen doch sicher das Sprichwort: ‚Nichts ist so schlimm wie der Zorn einer verachteten Frau'."
„Ich bin froh über dieses Gespräch, Mr. Stefano. Ich hoffe, daß zumindest wir Freunde werden können."
Er tätschelte ihr mit einem schiefen, aber herzlichen Lächeln den Arm. „Solange es die alte Señora nicht herausfindet."

* * *

Nachdem sie eine angemessene Zeit auf dem Fest geblieben waren, verabschiedeten sich Frank und Shelby und gingen.

Auf der Heimfahrt meinte Frank: „Jetzt haben wir unsere Familienverpflichtungen bis Ostern erfüllt."

„Ich fand, es ging ganz gut. Ich hatte ein nettes Gespräch mit deinem Vater. Wußtest du, daß er gar nichts gegen dich hat?"

Frank schnaubte verächtlich. „Dieser Mann ist wirklich ein schlechtes Vorbild für einen Mexikaner."

„Ich finde ihn nett."

„Das ist sein Problem. Er ist zu nett, um sich seiner Frau gegenüber durchzusetzen. Du sagst, er hätte nichts gegen mich, trotzdem grüßt er mich nicht einmal."

„Er muß vermutlich an seine Ehe denken."

„Es ist nicht richtig."

„Du bist auch nicht gerade ein dominanter Ehemann, Frank – nicht, daß ich mich beschwere." Shelby grinste und bemühte sich, das Gespräch oberflächlich zu halten.

„Dann hältst du mich also nicht für einen Macho, ja?" Seine funkelnden Augen straften seine gespielte Ernsthaftigkeit Lügen.

Sie legte ihre Hände um seinen Oberarm. „Ein großer Macho! Aber auch nett. Und sanft."

„Ich wäre verrückt, wollte ich dem widersprechen."

„Kommt es dir nicht auch manchmal komisch vor, Frank? Daß wir verheiratet sind? Daß wir eines Tages ein altes Ehepaar sein werden wie deine Eltern, mit Kindern und Enkelkindern ..."

„Ich hoffe und bete, daß es so sein wird", antwortete er bewegt.

Sie schwiegen eine Weile, dann fügte Frank hinzu: „Weißt du, wann mir am meisten bewußt wird, daß wir verheiratet sind? Wenn wir im Bett liegen ..."

„Wie typisch." Sie verdrehte neckend die Augen. „Immer nur eines im Kopf."

„Nein, nicht das. Sondern wenn ich aufwache, und du schläfst neben mir. Und dann erkenne ich, daß ich nicht mehr allein bin.

Daß mein Leben endlich vollständig ist. Und doch mischt sich immer auch Furcht in mein Glück. Wird es möglich sein, für immer zusammenzubleiben?"

„Ich kann die Zukunft nicht voraussagen, Frank. Aber ich kann sagen, daß ich dich sehr liebe und an unserer Ehe festhalten möchte. Trotzdem verstehe ich deine Ängste, denn immerhin hast du eine gescheiterte Ehe hinter dir. Und ich frage mich, ob ich dich verlassen werde, wie Gloria es getan hat. Ich kann nur sagen, daß ich es nicht glaube. Ich liebe dich zu sehr."

„Wie kommst du darauf, daß Gloria mich verlassen hätte?"

„Deine Mutter ..."

„Ist dir denn noch nicht aufgefallen, daß diese Frau in einer Phantasiewelt lebt?"

„Dann hast du Gloria verlassen?" Shelby war so erleichtert, daß sie sich kaum beherrschen konnte.

„Ja."

„Was ist passiert?"

„Das ist nicht wichtig. Ich wünschte, du hättest sie nicht erwähnt. Ich möchte mir den Tag nicht verderben."

„Thema abgeschlossen", meinte Shelby, ohne zu zögern. Sie wollte auch nicht an Gloria denken. „Dann wenden wir uns also einem anderen Thema zu. Kinder."

„Bist du bereit, Kinder zu bekommen?"

„Wir haben eigentlich nie richtig darüber gesprochen. Ich nahm an, daß du welche möchtest, wegen des Fotos. Ich möchte auch Kinder. Ich schätze, die einzige Frage ist der richtige Zeitpunkt."

„Sicher ist es klug zu warten, bis wir mehr Zeit füreinander haben." Als sie zustimmend nickte, fuhr er fort: „Ich möchte alles vermeiden, was unsere Beziehung zerstören könnte. Ich möchte ..." Frank brach ab und riß einen Blick von der Straße los, um sie anzusehen. „Ich möchte dich nicht verlieren, Shelby. Aber manchmal sieht es so aus, als hätte sich alles gegen uns verschworen. Ich frage mich, ob wir es je schaffen werden." Er hielt einen Augenblick inne und runzelte die Stirn. „Ich muß dir gestehen, daß ich neulich zu meiner Großmutter gegangen bin und wir dafür gebetet haben."

„Wirklich?“

„Ich hatte solche Angst.“

„Ich habe auch neulich gebetet. Es hat jedoch nicht funktioniert. Wie kann man zu einem Gott beten, den man nicht kennt? Aber denkst du nicht, daß wir unsere Probleme auch allein aus der Welt schaffen können? Millionen anderer Leute tun es auch. Sicher, was deine Großmutter und meine Mutter gefunden haben, klingt großartig, aber es ist mir egal, was sie sagen. Alles hat einen Haken.“

„Vermutlich hast du recht ...“ Aber Frank klang nicht sehr überzeugt.

Er sagte nichts mehr und war plötzlich so in Gedanken versunken, daß er auf Shelbys nächste Bemerkung keine Antwort gab. Es war sowieso nicht wichtig, und auch Shelby schwieg. Ja, sie wollte mit Frank Kinder haben, aber zwischen ihnen gab es noch so vieles zu bereinigen, daß es Jahre dauern konnte, bis sie bereit waren, eine solche Verantwortung zu übernehmen.

Zu Hause hörte Shelby den Anrufbeantworter ab.

Detective Pooles Stimme ertönte. „Es ist Samstag, fünf Uhr nachmittags. Wir haben noch ein paar Fragen an Sie, Mr. Stefano. Können Sie noch heute abend zum Präsidium kommen?“

Shelby sah Frank an. Er schüttelte den Kopf und zuckte die Achseln, als wäre es egal. Dann löschte er das Band.

„Es tut mir ja so leid, Detective Poole“, meinte er sarkastisch. „Unser Anrufbeantworter ist leider nicht in Ordnung, und ich habe Ihre Nachricht nie erhalten.“

„Hältst du das für eine gute Idee?“ fragte Shelby. Sie war sehr unerfahren im Umgang mit der Polizei, darum ließ sie sich auch so leicht einschüchtern. Frank dagegen spielte schon so lange mit dem Gesetz Katz und Maus, daß es ihm nichts bedeutete.

„Ich habe nicht oft einen freien Samstag, und ganz bestimmt werde ich ihn mir nicht verderben, indem ich ihn auf dem Polizeipräsidium verbringe. Nicht, wenn ich mit meiner hübschen, wundervollen Frau zusammensein kann.“

Er nahm sie in die Arme und küßte sie voller Leidenschaft. Und Shelby vergaß die Polizei.

27

Doch die Polizei ließ Shelby nicht vergessen. Am folgenden Tag schliefen Frank und Shelby bis tief in den Vormittag hinein und setzten sich dann in die Küche an den Tisch, um zu frühstücken. Shelby trug noch ihren Morgenmantel, Frank saß in Shorts und einem weißen T-Shirt am Tisch. Sie hatten sich vorgenommen, an diesem Tag zu faulenzen, ausgiebig die Zeitung zu lesen, am Strand spazierenzugehen und vielleicht einen leichten Brunch in irgendeinem Lokal einzunehmen.

Das Klingeln an der Tür änderte nicht nur ihre Pläne, es zerstörte sie vollends.

Frank ging zur Tür, denn Shelby wollte in ihrem Morgenmantel niemanden empfangen. Sie hörte aufmerksam zu für den Fall, daß sie Besuch bekamen. Dann würde sie schnell ins Schlafzimmer laufen und sich umziehen.

„Mr. Stefano." Es war Detective Poole. „Wir dachten, wir würden uns gestern sehen."

„Warum?" fragte Frank unschuldig.

„Sie haben die Nachricht nicht bekommen?" Das war Liscom.

„Sie haben eine Nachricht hinterlassen? Auf dem Anrufbeantworter? Ich habe mich schon gefragt, ob er noch richtig funktioniert, denn schon seit ein paar Tagen habe ich keine Nachricht mehr bekommen." Frank konnte so gut lügen. „Weshalb wollten Sie mich denn sprechen?"

„Als wir Sie anriefen, hatten wir noch ein paar Fragen", erklärte Poole.

„Aber gestern abend haben sich noch ein paar Dinge geklärt", fügte Liscom hinzu. „Jetzt ist es mehr als das."

„Ach ja?"

„Wir sind hier, um Sie, Mr. Stefano, wegen Mordes an Gloria Herrera zu verhaften", erklärte Liscom triumphierend. „Sie haben das Recht zu schweigen, das Recht ..."

„Das ist einfach lächerlich!" rief Frank.

Shelby hörte kaum noch etwas anderes. Ihre Gedanken überschlugen sich. Frank verhaftet? Das war doch unmöglich. Sie schwankte, als sie sich erhob, und mußte sich am Tisch festhalten. Sie machten einen schrecklichen Fehler. Sie hatten keine Ahnung, was sie taten. Frank ... Mord ...? Das war lächerlich. Unmöglich. Undenkbar ...

Als sie aufsah, stand Frank neben ihr.

„Frank ...?“

„Shelby, mach dir keine Sorgen. Es wird alles gut werden. Ich muß jetzt mit ihnen gehen, aber ich werde nicht lange fort sein.“

„Nein. Du kannst nicht ...“ Die Tränen erstickten ihre Stimme.

Er nahm sie in die Arme. „Bitte, Liebes. Es wird alles in Ordnung kommen.“

„Ich begleite dich.“

„Du bist noch nicht angezogen. Warte hier. Ich verspreche dir, ich werde bald zurückkommen.“ Er küßte sie auf die Wange und wandte sich zum Gehen. Als sie versuchte, ihm zu folgen, schüttelte er den Kopf.

Shelby sah ihm nach. Sie fühlte sich so hilflos. Ihr war übel, und sie hatte Angst. Er wirkte so ruhig, daß es ein Irrtum sein mußte. Die Beweise, die die Polizei zu haben glaubte, mußten falsch sein, denn Frank war unschuldig.

Shelby zog sich an und verbrachte den Rest des Vormittages damit, nervös in der Wohnung herumzulaufen oder sich vor dem Fernsehgerät abzulenken. Sie überlegte, ob sie ins Polizeipräsidium fahren sollte, aber sie hoffte noch immer, Frank würde jeden Augenblick durch die Tür kommen. Zwei Stunden später klingelte das Telefon. Sie klammerte sich an den Hörer wie an eine Rettungsleine.

„Shelby“, ertönte Franks Stimme.

„Bist du noch immer auf dem Polizeipräsidium?“ Eine dumme Frage, aber sie wußte nicht, was sie sonst sagen sollte.

„Dies ist mein einziger Telefonanruf.“

„Aber wenn sie dich doch gehen lassen ...“

„Es könnte länger dauern, als ich gedacht habe.“

„Frank, nein!“

„Shelby, du mußt mir einen Anwalt besorgen."

„Ich will nichts davon hören, Frank. Ich kann das nicht."

„Du darfst jetzt nicht den Kopf verlieren. Ich brauche deine Hilfe."

Sie atmete tief durch, als könnte dies ihr die Hilfe geben, die sie brauchte. „Ich ... ich kenne keinen Anwalt."

„Ich auch nicht, außer natürlich Drogenanwälte. Aber ich glaube nicht, daß die mir helfen können."

„Vielleicht kennt deine Großmutter ..."

„Nein. Ich möchte meine Familie nicht mit hineinziehen."

„Das ist ziemlich unmöglich, Frank. Sie werden es erfahren, und ich bin sicher, daß deine Großmutter gern etwas tun möchte."

„Für den Augenblick möchte ich sie gerne außen vor lassen. Vielleicht bin ich ja bald schon wieder draußen, und sie brauchen es gar nicht zu erfahren." Shelby bemerkte sehr zu ihrem Mißfallen, daß Frank *vielleicht* gesagt hatte. Seine Zuversicht war anscheinend erschüttert.

„Wie schlimm ist es, Frank?"

„Suche einen guten Anwalt, Shelby. Ich muß jetzt gehen. Komm her, wenn du kannst. Ich möchte dich sehen."

„Ich komme, sobald ich ein paar Telefonanrufe gemacht habe. Ich liebe dich." Sie hoffte, daß er ihre letzten Worte gehört hatte. Das Telefon hatte geklickt, sobald die Worte heraus waren.

* * *

Shelby rief zuerst Christie an, aber ihre Freundin war nicht zu Hause. Dann rief sie Dawn an, die sagte, sie würde sofort kommen. Dawn hatte in ihrer Gemeinde einen Anwalt kennengelernt. Sie meinte, es wäre ein sehr netter Mann. Er hatte sie sogar ein paarmal gebeten, mit ihm auszugehen, aber sie hatte seine Einladungen immer abgelehnt, weil sie sich nicht sofort wieder in eine neue Beziehung stürzen wollte. Dawn wußte zwar nicht, was für ein Anwalt er war, aber selbst wenn er den Fall nicht übernehmen konnte, kannte er bestimmt jemanden, der dafür geeignet war.

Dawn traf sich mit Shelby im Polizeipräsidium. Zusammen gingen sie hinein, um Poole und Liscom zu suchen.

„Das hier ist kein Krankenhaus“, sagte Liscom, als Shelby bat, Frank sehen zu dürfen. „Wir haben keine Besuchszeiten.“

„Aber ...“

„Haben Sie sich mit einem Anwalt in Verbindung gesetzt?“ fragte Poole.

„Ja, aber ich verstehe nicht, warum ich ihn nicht ein paar Minuten sprechen kann.“ Shelby versuchte es erneut.

„Sie ist seine Frau!“ mischte sich nun Dawn ein. „Sie hat das Recht, mit ihm zu sprechen.“

„Frank Stefano ist wegen Mordes verhaftet worden, haben Sie das verstanden?“ fragte Poole, aber Shelby konnte nur stumm nicken. „Dies ist ein sehr ernster Vorwurf und etwas, über das Sie, Mrs. Stefano, lange und intensiv nachdenken sollten. Er wird des Mordes an seiner Exfrau verdächtigt. Es stimmt doch, daß Sie Stefano kaum länger als einen Monat kennen?“

„Was bedeutet“, unterbrach ihn Liscom, „daß Sie vielleicht über Ihren eigenen Tod nachdenken sollten.“

Shelby starrte ihn ungläubig an.

Dawn legte den Arm um Shelby. „Hör gar nicht auf sie, Liebes.“ Sie funkelte Liscom wütend an, bevor sie Shelby zu dem Wartezimmer führte. „Wenn Alan kommt“, sagte sie, nachdem sie Platz genommen hatten, „wird er dir die Erlaubnis beschaffen, Frank zu sehen.

Mein Freund aus der Gemeinde ist übrigens tatsächlich Strafanwalt. Bevor er seine eigene Kanzlei gründete, hat er im Büro des Bezirksstaatsanwalts gearbeitet. Er weiß, was er macht. Sein Name ist Alan Rosenthal. Er ist sehr nett, etwa in meinem Alter, sieht hervorragend aus und hat dunkle, lockige Haare mit ein paar grauen Strähnen. Er ist Witwer und ...“ Sie brach ab. „Es tut mir leid, das alles interessiert dich im Augenblick sicher nicht.“

„Nein, mach nur weiter. Erzähle mir von ihm. Es hört sich so an, als wärst du an ihm interessiert.“ Shelby war froh über die Ablenkung.

„Wer wäre das nicht? Was für ein Fang. Aber er ist eigentlich nicht mein Typ."

„Welcher Typ ist denn dein Typ?"

„Ach, du weißt schon, sportlich, gefühllos, groß, stark und schweigsam. Grob und arrogant, mit wenig Respekt vor Frauen. Dein Dad war natürlich die Ausnahme, obwohl auch er sehr sportlich war. Aber Alan ist kleiner als ich und sehr gelehrt. Er ähnelt mehr Sokrates als Odysseus."

„Vielleicht ist er genau das, was du brauchst."

„Na ja, es sind erst sechs Monate her, seit ich Jim, meinen letzten Freund, verlassen habe. Nach der Entziehungskur und nachdem ich Christ geworden bin, habe ich mir geschworen, ich würde mich nicht schon wieder in Schwierigkeiten bringen. Nicht, daß Alan eine schlechte Wahl wäre, aber ich muß jetzt einfach einmal allein meinen Weg finden. Mit Männern habe ich kein Glück."

„Das liegt vielleicht in der Familie", meinte Shelby betrübt.

„Sag so etwas nicht. Ich bin sicher, Frank ist ein wundervoller Mann."

„Ich wünschte, du könntest ihn kennenlernen. Vielleicht würde dir etwas auffallen, was ich übersehen habe."

„Shelby, du mußt aufhören, so zu denken. Du mußt an ihn glauben."

„Ich wäre nicht die erste Frau in der Geschichte, die sich von einem glattzüngigen Mann hat täuschen lassen."

„Denkst du das wirklich? Denkst du, daß er tatsächlich ein Mörder ist?"

Dawns Worte ernüchterten sie. Es war, als hätte sie ihr kaltes Wasser ins Gesicht gespritzt.

„Ich habe solche Angst ..." Mehr brachte Shelby nicht heraus, bevor sie in Tränen ausbrach.

Dawn legte die Arme um Shelby und beruhigte sie. „Ist ja schon gut ... Ist ja schon gut."

***

Alan Rosenthal schaffte es, daß Shelby Frank ein paar Minuten sehen konnte. Sie betrat ein kleines Verhörzimmer mit grauen Wänden und in dem nur ein Metalltisch und dazu passende Stühle standen. Es gab keine Fenster in dem Zimmer, und nur eine einzige Glühbirne an der Decke spendete Licht. Frank saß zusammengesunken auf einem Stuhl. Er sah genauso grau und starr aus wie seine düstere Umgebung. In seinen Shorts und dem T-Shirt wirkte er klein und hilflos – und das hatte wenig mit den Handschellen zu tun, die um seine Handgelenke gelegt waren. Shelby hatte sich von seiner stillen Kraft immer angezogen gefühlt – aber das war nun fort, ersetzt durch etwas, das ihr noch mehr Angst machte als seine unberechenbaren Stimmungen: Hoffnungslosigkeit.

Alan erklärte den beiden, daß Frank im Gefängnis würde bleiben müssen, bis das Gericht eine Kaution festsetzte. Dann erklärte der Anwalt ihnen, daß die Polizei die Anklage auf drei Hauptpunkten aufbaute: Spuren von Glorias Blut waren auf Franks Boot gefunden worden, mehrere Zeugen hatten nicht nur gesehen, daß Frank Gloria in ihrer Wohnung besuchte, sondern sie hatten auch ihren Streit gehört, und außerdem wurde von mehreren Leuten bezeugt, daß Frank Gloria einige Tage vor ihrem Tod bedroht hatte. Als Shelby fragte, warum die Polizei so lange gebraucht hatte, Frank zu verhaften, erklärte Rosenthal, die Nachbarn würden nur ungern kooperieren. Anscheinend wußten sie von Franks Drogengeschäften und fürchteten Rachemaßnahmen der Mafia.

„Die Beweislage ist nicht lückenlos", meinte der Rechtsanwalt, „aber angesichts Ihrer Vorgeschichte mit Gloria, Frank, könnten sie eine Chance haben. Da Sie niemals im Zusammenhang mit Drogen überführt wurden, werde ich fordern, daß Ihre Drogengeschäfte nicht in der Gerichtsverhandlung zur Sprache kommen, es sei denn, die Staatsanwaltschaft kann beweisen, daß sie im Zusammenhang mit dem Mord stehen. So wie die Sache aussieht, kann die Staatsanwaltschaft nur beweisen, daß ein verärgerter und vielleicht eifersüchtiger Exehemann zu einem Mord getrieben wurde. Aber leider hat dieses Argument schon häufig den Richter und die Geschworenen überzeugt."

„Aber Frank ist unschuldig", rief Shelby.

„Und wir können nur hoffen, daß ihn das durchbringt."

Frank sah nicht sehr hoffnungsvoll aus. „Wann wird die Kaution festgesetzt?"

„Übermorgen."

„Und bis dahin muß Frank im Gefängnis bleiben?" fragte Shelby.

„Aber er wird der Kautionsverhandlung beiwohnen."

„Wieviel werden sie als Kaution verlangen?" fragte Frank.

„Das wird nicht billig werden. Auch Ihre Verteidigung wird eine Stange kosten, fürchte ich. Ich hoffe, Sie haben ein paar Rücklagen, auf die Sie zurückgreifen können."

„Ich habe noch das Haus meines Vaters", bot Shelby an.

Frank schüttelte den Kopf. „Das wird nicht nötig sein, Shelby. Ich kann eine Hypothek auf die Wohnung aufnehmen. Das sollte ein paar Hunderttausend bringen, da sie schuldenfrei ist."

Shelby konnte ihr Erstaunen über Franks Erklärung nicht verbergen, aber Frank mied ihren Blick. Statt dessen sah er den Rechtsanwalt an. „Dann werden Sie meinen Fall also übernehmen?"

„Gern." Rosenthal erhob sich. „Ich werde Ihnen beiden nun die Gelegenheit geben, noch ein paar Minuten allein miteinander zu sprechen. Ich komme morgen wieder, dann können wir uns an die Arbeit machen."

Als sie allein waren, fragte Frank: „Shelby, könntest du die Sache mit der Hypothek sofort ans Laufen bringen? Zumindest könntest du mir die Papiere besorgen, damit ich sie ausfüllen kann." Shelby nickte stumm. „In meinem Büro im Restaurant befindet sich eine Akte über die Wohnung. Könntest du die holen und herbringen? Es wird eine Weile dauern, bis die Hypothek genehmigt ist. Vermutlich muß ich hier bleiben, bis wir das Geld haben ..." Er hielt inne und sah Shelby an. „Falls ich nicht herauskomme ..., falls ich verurteilt werde ..."

„Nicht –"

„Nein, hör mir zu. Wie lange kennen wir uns nun schon, Shelby? Nicht einmal zwei Monate. Ich möchte nicht, daß du dein Leben an jemanden vergeudest, den du erst seit zwei Monaten kennst."

„Wir wußten von Anfang an, Frank, daß Zeit mit dem, was wir haben, nichts zu tun hatte. Zwei Monate, zwei Jahre, zwei Jahrzehnte – für mich ist das dasselbe. Du bist ein Teil von mir, und ich bin ein Teil von dir. Daran gibt es nichts zu rütteln. Sprich nicht so mit mir. Es macht das herunter, was wir miteinander haben." Plötzlich war Shelby sich ihrer sicher, trotz der Worte, die sie zu ihrer Mutter gesagt hatte. Ihre Gefühle für Frank hatten eine Million Facetten. Sie wußte nur, daß sie niemals die Grundlage von allem aus dem Blick verlieren durfte, ihre Liebe, denn sonst wären sie verloren.

Ein schwaches Lächeln umspielte seine Lippen. „Ich hätte es besser wissen müssen." Er wollte die Hände nach ihr ausstrecken, hatte jedoch die Handschellen vergessen. Frustriert und hilflos hielt er inne. Statt dessen legte Shelby die Arme um ihn.

Leidenschaft und Verzweiflung durchströmten sie, während sie ihn fest an sich drückte. Tränen liefen Shelbys Wangen hinunter, als der Wachbeamte kam und ihren Besuch beendete.

Zwei Tage später wurde die Kaution auf eine Million Dollar festgesetzt. Es dauerte eine Woche, um die zehn Prozent aufzubringen, die nötig waren, damit Frank aus dem Gefängnis entlassen werden konnte. Als er nach Hause kam, versuchten er und Shelby, ihr Leben möglichst normal fortzusetzen. Das schwebende Verfahren machte ihnen dies nicht gerade leicht. Sie gingen ihrer Arbeit nach, sie fuhren am Wochenende zum Segeln aufs Meer, sie kauften ein neues Sofa für ihr Wohnzimmer, und sie verlebten wie Millionen andere Ehepaare auch einen romantischen Valentinstag.

Doch ein Gewitter braute sich zusammen, und nur die Zeit würde zeigen, ob sie es überleben würden.

28

Alan Rosenthal traf sich mit dem Staatsanwalt, der mit Franks Fall beauftragt worden war. Sie kannten sich noch aus der Zeit, als Alan im Büro des Bezirksstaatsanwalts gearbeitet hatte, und konnten offen miteinander reden.

„Doug", sagte Alan bei einer Tasse Kaffee in einem Restaurant in der Nähe des Gerichts, „Sie können diesen Fall nicht gewinnen. Sie haben nur einen stichhaltigen Beweis, der Rest ist Hörensagen. Mein Klient hat keine Vorstrafen ..."

„Ach kommen Sie, Alan, wir beide wissen doch, daß er tief im Drogenhandel drinsteckt."

„Es gibt keine Verurteilung. Aber selbst wenn das so wäre, Tatsache ist, seit dem vergangenen Jahr ist er ein vorbildlicher Bürger, der einer geregelten Arbeit nachgeht, geheiratet hat und verschiedene Wohltätigkeitsorganisationen unterstützt. Auf dieser Grundlage habe ich eine Kaution für ihn erwirkt, und ich bin sicher, daß ich ihn auch freibekomme."

„Sie träumen, Alan. Er ist nicht nur schuldig, auf diese Sache wird auch enormer Druck ausgeübt – es wird eine Verurteilung wegen Mordes angestrebt."

„Druck ...?"

„Sie wissen sicherlich, daß der Vater des toten Mädchens Charles Herrera ist. Er ist nicht nur ein bekannter Anwalt, sondern auch ein Freund des Bezirksstaatsanwalts. Zweimal am Tag ruft er bei der Staatsanwaltschaft an, um Druck zu machen. Es geht hier auch um eine ethnische Frage. Wissen Sie, wie viele Mitarbeiter der Bezirksstaatsanwaltschaft spanischer Abstammung sind? In diesem Fall können wir keine Milde walten lassen."

„Man sollte meinen, die Tatsache, daß sowohl das Opfer als auch der Beschuldigte mexikanischer Abstammung sind, sollte das ausgleichen. Trotzdem, ich wäre sehr enttäuscht von Ihnen, Doug, wenn Sie sich politischem Druck beugen würden."

Doug Waller verzog das Gesicht. „Ich habe noch nie jemanden

angeklagt, den ich nicht auch für schuldig gehalten habe, und damit werde ich auch jetzt nicht anfangen – Politik hin oder her. Stefano ist schuldig, davon bin ich überzeugt. Ihr Blut war auf seinem Boot."

„Jeder hätte mit seinem Boot hinausfahren können, vor allem da er sich gar nicht im Land aufhielt."

„Was ein weiterer nachteiliger Beweis ist – seine Reise nach Mexiko kam so passend."

„Das könnte sich gut zu seinen Gunsten auswirken. Ich meine, er ist ein zu kluger Mann, um etwas zu tun, das so verdächtig wirkt."

„Was ist mit seiner Gewalttätigkeit?"

„Was? Daß er sie in einer Bar gepackt hat?"

„Dieser Zwischenfall untermauert unseren Fall. Die vorherigen Drohungen gegen sie stützen sein Motiv. Aber ich spreche von ihrer Anzeige von vor fünf Jahren." Alans verwirrter Blick zeigte, daß er von dieser Angelegenheit nichts wußte. „Dann hat er Ihnen davon also nichts erzählt? Na ja, es wird sowieso Teil der Beweisaufnahme sein. Und Sie werden zugeben, daß es den Mann nicht gerade gut dastehen läßt – auch nicht, wenn Sie ihn als vorbildlichen Bürger darstellen wollen."

„Wollen Sie mir davon erzählen? Oder soll ich warten und Ihren Bericht lesen?"

„Ich werde Ihnen davon erzählen."

* * *

Shelby versuchte, die Anschuldigungen, die möglichen Konsequenzen und sogar den nagenden Zweifel, der sich in ihr breitmachte, zu vergessen. Bis zu ihrem Treffen mit Alan Rosenthal.

„Ich habe gerade mit dem Staatsanwalt gesprochen", sagte Alan. Frank und Shelby waren zu dem vereinbarten Termin in sein Büro gekommen und saßen nun vor seinem Schreibtisch. „Ich hatte dieses Gespräch vereinbart in der Hoffnung, einen Deal aushandeln zu können. Ich war sicher, die Anklage gegen Sie auf Totschlag herunterschrauben zu können. Denn ich glaube nicht, daß die Staatsanwaltschaft vor Gericht gewinnen kann. Aber ich kann nichts für Sie tun, Frank, wenn Sie mir nicht die Wahrheit über Ihre Beziehung zu Gloria sagen."

„Sie meinen den Zwischenfall in der Bar?" fragte Frank. „Ich habe Ihnen das doch erzählt. Ich gebe zu, daß ich ihr gedroht habe. Ich habe sie sogar hart angefaßt. Ich war außer mir vor Wut."

„Ich glaube nicht, daß Sie auch nur angedeutet haben, wie groß Ihre Wut war. Erzählen Sie mir davon, Frank."

„Seit Rays Entlassung aus dem Gefängnis hat sie ihn benutzt. Ich habe sie gebeten, ich habe sie angefleht, ihre Finger von ihm zu lassen. Sie hat ihm ständig Drogen beschafft. Bei ihr brauchte er dafür nicht zu bezahlen – zumindest nicht mit Geld. Ich hatte gerade mit Ray gesprochen; er war zerstört, und ich konnte es nicht mehr ertragen. Ich ging in die Lotto Bar, da ich wußte, daß sie da sein würde."

„Sie haben sie aufgesucht?"

„Ja, ich habe sie aufgesucht! Ich wollte ..." Frank brach ab, sein Blick wanderte unsicher zu Shelby. „Ich weiß nicht, was ich wollte."

„Aber Sie gingen in die Bar, und es gab eine Auseinandersetzung?" drängte Alan.

Frank lachte trocken. „So könnte man es nennen."

„Eine sehr hitzige Auseinandersetzung?"

„Ja."

„Was genau haben Sie zu ihr gesagt?"

Frank leckte sich die Lippen. Er mied jetzt ganz bewußt Shelbys Blick. „Ich weiß es nicht. ‚Laß Ray in Ruhe, sonst ...' oder so etwas Ähnliches."

„Was waren Ihre genauen Worte? Das können Sie doch nicht vergessen haben."

„Ich sagte: ‚Wenn du Ray weiterhin zerstörst, werde ich dich zerstören.' Sie lachte mich wie immer aus und wandte mir den Rücken zu."

„Und da haben Sie sie gepackt?"

„Ich habe ihr nichts getan, aber sie hat laut geschrien! Ich bezweifle, daß ich ihr auch nur einen Kratzer verpaßt habe, aber ich wünschte, ich hätte es. Sie mußte verletzt werden ..." Wieder brach er ab, dieses Mal offensichtlich erschrocken über das, was er gesagt hatte.

„Haben Sie so auch vor fünf Jahren empfunden, Frank?", fragte Alan leise.

„Was meinen Sie mit vor fünf Jahren ...?" Wieder hielt Frank inne, als es ihm einfiel und sein Gesicht sich gequält verzerrte. „Nein, nicht das!"

Shelby blickte zuerst ihren Mann, dann den Anwalt an. Sie hörte zum ersten Mal von dem Zwischenfall in der Bar. Das war schon schwer genug, aber welche neue Eröffnung wartete nun auf sie?

„Möchten Sie, daß Shelby hinausgeht, während wir über diese Sache sprechen?" fragte Rosenthal.

Frank sah Shelby an, und sie merkte, daß dies keine leichte Entscheidung für ihn war. „Sie kann genausogut bleiben." Aber bei der Verzweiflung in seiner Stimme krampfte sich ihr Magen zusammen.

„Sagen Sie mir, was vor fünf Jahren passiert ist", forderte Alan Frank auf.

Frank fuhr sich über das Gesicht und schüttelte den Kopf. „Welche Bedeutung hat das für den vorliegenden Fall? Es ist doch fünf Jahre her!"

Alan nahm ein paar Fotos, die ganz offen vor ihm gelegen hatten, und breitete sie vor Frank und Shelby aus. Es waren vier Schnappschüsse von einer kaum zu erkennenden Gloria Herrera. Ihr hübsches Gesicht war geschwollen und aufgeplatzt, beide Augen blau umrändert.

„Diese Fotos werden vor Gericht gezeigt werden", erklärte Alan. „Niemand wird interessieren, wie alt sie sind. Alle Geschworenen werden denken, daß Sie, wenn Sie vor fünf Jahren zu so etwas fähig waren, auch jetzt noch zur Gewalt neigen."

Shelby saß wie festgenagelt auf ihrem Stuhl. Doch nicht Frank ... nicht Frank ... nicht Frank ... schrie sie innerlich. Aber die Fotos schrien zurück, daß Bilder nicht lügen.

„Shelby ...", sagte Frank leise, aber sie konnte ihn nicht ansehen. „Mir ist egal, was alle anderen denken, solange du mir glaubst, daß ich Gloria das nicht angetan habe."

„Hast du nicht, Frank?" erwiderte sie mit erstickter Stimme, und obwohl sie ihren ungläubigen Tonfall haßte, kam sie nicht dagegen an.

„Frank ist unschuldig, bis ihm seine Schuld bewiesen wird, Shelby", sagte Alan.

Aber sie erinnerte sich daran, daß Frank einmal gesagt hatte, es gebe keine Unschuldigen. Trotzdem, sie mußte ihn wenigstens anhören.

„Wir waren ein Jahr verheiratet", erklärte Frank, und obwohl in seiner Stimme Hoffnungslosigkeit mitschwang, klang er sehr entschlossen. „Mittlerweile war ich ziemlich fest davon überzeugt, daß Gloria mir nicht treu war. Ich zweifle sogar daran, daß wir auch nur einen männlichen Freund hatten, mit dem sie nicht schlief. Irgendwie schaffte sie es jedoch, nach außen die treue Ehefrau zu spielen - zumindest vor unseren Familien. Das war ihr sehr wichtig. Ich glaube, wichtiger noch war ihr, daß sie die Fähigkeit besaß, andere so ausgezeichnet zu täuschen. Sie sonnte sich darin, daß meine Mutter sie praktisch für eine Heilige hielt. Natürlich alles auf meine Kosten. Ich war der Teufel, sie der Engel. Zuerst machte mir das nichts aus – ich genoß meinen Status als der böse Junge. Aber es gefiel mir gar nicht, eine untreue Ehefrau zu haben."

„Und daraus ist das hier entstanden?" Alan deutete mit dem Kopf auf die Fotos.

„Das war ich nicht. Ich habe ihr das nicht angetan. Das war ... jemand anders. Ich erwarte nicht, daß man mir glaubt. Damals ließ ich alle sogar in dem Glauben, ich sei es gewesen. Damals schien mir das besser, als daß die Leute glaubten, ich hätte meine Frau nicht unter Kontrolle. Damals hing ich noch sehr an meinem Macho-Image – vermutlich genauso sehr wie Gloria an ihrem Image als Engel. Wir schlossen einen Kompromiß. Sie würde keine Anzeige gegen mich erstatten, wenn ich es nicht leugnete. Und, um die Wahrheit zu sagen, es brachte mir die Achtung meiner Bekannten ein. Ich hätte mir nie träumen lassen, daß mein Leben eines Tages von so dummen Lügen abhängen könnte."

„Aber so ist es, Frank. Wir werden die Geschworenen von dem überzeugen müssen, was Sie mir gerade erzählt haben."

„Die Geschworenen sind mir egal." Frank wandte sich an Shelby. „Glaubst du mir, Shelby?"

Shelby legte die Hand auf den Mund und versuchte die Tränen zu unterdrücken, mit denen sie zu kämpfen hatte, seit Alan ihr die Fotos vorgelegt hatte. Sie hatte das Gefühl zu ersticken. Das Gewicht der gebrochenen Versprechen und zerbrochenen Träume lastete auf ihr. Sie dachte an das, was er ihr einmal über die Eifersucht der mexikanischen Männer erzählt hatte. Sein Vater hatte einen Mann zusammengeschlagen, weil er seiner Frau zugezwinkert hatte. Was würde ein Mann angesichts von Ehebruch tun? Sie wußte nicht, wie sie mit der Niedergeschlagenheit umgehen sollte, die sich in seinem Gesicht spiegelte. Sie betrachtete seine Narbe und wußte, daß auch sie eine Folge von Gewaltanwendung war.

Vielleicht spürte er ihren prüfenden Blick, denn seine Hand fuhr zu der Narbe. Er rieb sie, als würde sie ihn plötzlich schmerzen.

„Ich habe vieles gemacht", sagte er nach einem langen, niederdrückenden Schweigen. „In dieser Hinsicht habe ich dir nie etwas vorgemacht, Shelby. Das habe ich dir von Anfang an erzählt. In der Drogenwelt gibt es Gewalt. Ich habe ausgeteilt, und ich habe ... eingesteckt." Wieder rieb er über seine Narbe. „Aber ich habe nie jemanden verletzt, es sei denn aus Notwehr. Auch habe ich niemanden verletzt, der sich nicht verteidigen konnte, und schon gar nicht Frauen. Nicht einmal Gloria, die wahrhaftig keine hilflose, jammernde Frau war."

Endlich fand Shelby ihre Stimme wieder. „Hast du je jemanden verletzt, um deinen Bruder zu schützen, Frank?"

„Dadurch habe ich diese Narbe bekommen."

„Was ist mit Gloria?"

Er barg sein Gesicht in seinen Händen und schüttelte den Kopf. „Nein ..." Mehr sagte er nicht.

Auf der Heimfahrt von Rosenthals Büro schwiegen Frank und

Shelby. Der Anwalt hatte gesagt, er würde weiterhin mit dem Bezirksstaatsanwalt verhandeln, um die Anklage auf Totschlag herunterzuschrauben. Shelby versuchte sich einzureden, daß auch sie Frank glauben konnte, wenn ein Mann wie Alan Rosenthal, der über eine große Menschenkenntnis verfügen mußte, es tat. Es wäre das richtige. Sie mußte sich auf die Seite ihres Mannes stellen. Wie gern wäre sie so eine Frau gewesen. Und während sie ihr Gedächtnis durchforstete und sich ihre Zeit mit Frank vor Augen führte, fiel ihr nichts ein, was ihr Vertrauen in ihn erschüttern könnte. Nie hatte er sich gewalttätig gezeigt. Manchmal war er sehr nachdenklich, finster sogar. Er hatte sie auch angelogen, aber nichts deutete darauf hin, daß er ein Mann war, der ihr oder irgend jemand anderem einen solchen Schaden zufügen könnte, wie auf den Fotos von Gloria zu sehen war.

Frank hatte ihr nichts als Liebe, Zärtlichkeit und Einfühlsamkeit entgegengebracht.

Aber Shelby kannte ihn erst seit wenigen Wochen. Wieder fragte sie sich, ob ein Mensch ein so großer Schauspieler sein konnte. Und wieder sagte ihr Herz nein – nicht Frank. Und sie hörte ihren Vater sagen: *„Folge deinem Instinkt, Shelby.“*

29

Während des Abendessens in der Wohnung sprachen sie nur wenig miteinander. Als Frank es schließlich nicht mehr ertragen konnte, sagte er: „Vermutlich kann ich froh sein, daß du noch da bist. Du hättest jedes Recht zu gehen."

„Nur wenn du tatsächlich getan hast, was behauptet wird."

„Ich habe doch keinen Grund anzunehmen, daß du das nicht denkst."

„Es tut mir leid, Frank, wenn ich so schweigsam bin. Ich glaube, in meinem Kopf geht im Augenblick alles durcheinander. Ich glaube dir ja, aber ich muß ehrlich sein und dir sagen, daß auch ein leichter – ein sehr leichter – Zweifel an mir nagt."

Er berührte zärtlich ihre Wange, aber Shelby mußte sich unwillkürlich fragen, ob dieselbe Hand Glorias Gesicht so zugerichtet hatte.

„Ich hasse mich selbst für das, was ich dir angetan habe. Ich dachte, ich könnte dem allen entfliehen und ein idyllisches Leben mit dir führen, aber statt dessen habe ich dich in einen Alptraum hineingezogen."

Wie auf ein Stichwort läutete es an der Tür. Es war Ramon, und Shelby wußte nicht, ob sie erleichtert oder wütend über die Störung sein sollte.

„Frank, ich bin in Schwierigkeiten", sagte er ohne Vorrede, nachdem sie ihn hereingebeten hatten. Er setzte sich auf das neue Sofa und fuhr sich mit der Hand durch sein ungekämmtes und fettiges Haar. Seine übliche Hyperaktivität wurde durch seine Aufregung noch gesteigert. „Ich weiß nicht, was ich tun soll."

„Was ist denn los, Ray?" fragte Frank ungeduldig.

„Frank steckt selbst in Schwierigkeiten", wehrte Shelby ab.

„Was denn? Der Mord an Gloria? Deswegen braucht er sich keine Gedanken zu machen. Ich werde dir helfen, Bruder. Ich werde nicht zulassen, daß dir etwas zustößt."

„Ich habe dir gesagt, daß ich deine Hilfe nicht will. Außerdem bist du wohl kaum in einer Position, mir helfen zu können. Und hierherzukommen war auch nicht gerade deine beste Idee.“

„Denkst du, ich wäre gekommen, wenn ich nicht verzweifelt wäre?“

Frank seufzte. „Was ist los?“

„Ich brauche einfach einen Platz, wo ich für eine Nacht unterschlüpfen kann. Seit drei Tagen habe ich nicht mehr geschlafen, und ich halte das einfach nicht mehr aus. Ich brauche einen Unterschlupf, nur für heute nacht.“

„Warum, Ray?“

„Es ist nicht meine Schuld, Frank. Alles war perfekt geplant; ich habe alles richtig gemacht. Genau wie du gesagt hast, habe ich das Beiboot zu einer dieser kleinen Inseln gerudert und bin im Schutz der Dunkelheit abgehauen. Mann, war das glitschig.“

„Wovon spricht er, Frank?“ fragte Shelby. Die Zweifel, gegen die sie seit der Rückkehr von dem Gespräch mit Rosenthal ankämpfte, überfielen sie wieder.

„Du willst Ehrlichkeit, Shelby?“ fragte Frank, und als sie vorsichtig nickte, fuhr er fort. „Bei dieser Reise nach San Diego ging es nicht um die Regatta oder um das Vergnügen. Ich habe es gemacht, um Ray zu helfen, Drogen zu kaufen, damit er Barcelona auszahlen konnte. Der Streit, den ich mit dir vom Zaun gebrochen habe? Das sollte dich davon abhalten, mitkommen zu wollen. Ich stand mit dem Rücken gegen die Wand, Shelby. Ich wollte Ray nur helfen. Das hat wirklich viel gebracht.“

„Alles, was wir an dem Wochenende getan haben, hat wunderbar geklappt“, verteidigte sich Ray. „So etwas passiert nun mal im Geschäft. Das weißt du. Es ist das Risiko, das wir alle auf uns nehmen. Davon kann ich nur Cuervo nicht überzeugen.“

„Wer ist Cuervo?“

„Der Kolumbianer, den ich im Gefängnis kennengelernt habe. Siehst du, ich konnte Barcelona auszahlen und meinen Deal mit Cuervo durchziehen. Ich stand auf richtig gutem Fuß mit ihm. Er beschaffte mir zwei Kilo Heroin ...“

„Du handelst jetzt mit Heroin?“

„Das ist die neue Welle, Mann. Ein Kügelchen von der Größe

meines Fingers bringt zehn Riesen. Es ist zehnmal mehr wert als Kokain. Weniger zu transportieren für einen höheren Gewinn. Seit wir im vergangenen Monat unsere kleine Fahrt nach Mexiko unternommen haben, habe ich fünf erfolgreiche Heroingeschäfte abgeschlossen, die jeweils hunderttausend Riesen gebracht haben. Ich und Cuervo hatten ein gutes Ding laufen, doch dann gab es Probleme. Ein Deal geht daneben, und schon ist er hinter mir her ..."

„Ein Deal?"

„Okay, es gab noch ein anderes Problem davor, aber das konnte ich mit meinem eigenen Geld ausgleichen. Aber du weißt ja, diese Kolumbianer mögen es nicht, wenn sie betrogen werden. Ich versuchte ihm zu erklären, daß keine Gefahr bestünde." Ray sprang auf und lief im Zimmer umher. „Ich habe ihn nicht betrogen, man hat mich betrogen. Das Geld war da – ich habe es gesehen. Aber irgendwie haben sie die Taschen vor der eigentlichen Übergabe vertauscht. Ich wurde betrogen. Zwei Kilo, Mann! Weißt du, wieviel das wert ist?" Ohne auf eine Antwort zu warten, fuhr Ray fort. „Cuervo glaubt mir nicht. Das war bisher unser größter Austausch. Stoff für fast eine halbe Million. Dieses Mal kann ich es nicht ausgleichen. Keine Chance. So viel Geld habe ich nicht."

„Ich dachte, du hättest bei den anderen Deals fünfhunderttausend verdient."

„Ich mußte schon den letzten Stoff aus eigener Tasche bezahlen, und dann hatte ich noch ... na ja, andere Ausgaben."

„Wieviel kostet dich deine Sucht?"

„Hey Mann, du willst doch jetzt nicht auch noch auf mir herumhacken, oder? Ich brauche keine Predigt. Ich bitte dich ja nicht um Geld. Du sagtest beim letzten Mal, du würdest nicht mehr dealen, und ich werde dich nicht fragen. Ich möchte nur einen Platz zum Unterschlüpfen. Ich sterbe, wenn ich nicht endlich ein wenig Schlaf bekomme. Ich bin schon seit einer Woche auf der Flucht. Ich muß mich ausruhen."

Wieder einmal war Shelby aus der Bahn geworfen wegen dem, was in San Diego geschehen war. Doch im Augenblick zwang sie sich, sich mit Franks Antwort auf Rays Bitte zu beschäftigen. Shelby wollte nicht kaltherzig erscheinen, aber sie machte sich mehr Gedanken um die Bedürfnisse ihres Mannes als um die von Ray. Frank mußte sich von seinem mit Drogen handelnden Bruder distanzieren, konnte ihn nicht noch als Gast aufnehmen.

„Was läßt dich glauben, daß Cuervo dir nicht hierher folgt?" fragte Frank. „Woher weißt du, daß nicht schon jemand unser Haus beobachtet? Du hast ein paar ziemlich dumme Dinge gemacht, Ray, aber das setzt allem die Krone auf. Ich muß an meine Frau denken."

„Ich habe die Augen offengehalten. Niemand ist hinter mir her. Ich verspreche dir, ich werde morgen früh sofort hier verschwinden." Ray hörte auf herumzulaufen und sah Frank und Shelby an. „Bitte, Mann. Ich werde nie wieder etwas von dir erbitten."

Frank schüttelte den Kopf. Offensichtlich glaubte er nicht einen Augenblick daran, daß damit alles zu Ende sein sollte. „In Ordnung, aber du mußt ..."

„Frank!" rief Shelby, die wütend war, daß er es tun wollte, aber auch, daß er es nicht zuerst mit ihr besprochen hatte.

„Shelby, er ist mein Bruder."

Und damit war die Sache natürlich geregelt. Es war egal, daß Frank bereits zugegeben hatte, daß seine Hilfe in der Vergangenheit Ray nicht geholfen hatte. Die beiden Brüder hatten vielleicht eine seltsame Beziehung, aber sie war trotzdem zu stark, als daß sie, eine Frau, dagegen ankämpfen könnte. Außerdem war das letzte, was Frank jetzt brauchen konnte, ein weiterer Streit mit ihr. Trotzdem war sie nicht damit einverstanden.

„Es ist spät, ich gehe zu Bett", erklärte sie. „Im Kühlschrank stehen noch Reste vom Abendessen, Ray. Ich stehe um sechs Uhr auf, um zur Arbeit zu fahren, aber zweifellos werde ich dich nicht mehr sehen, weil du dann schon fort bist, also werde ich mich jetzt von dir verabschieden."

Sie hatte sich gerade zu Bett gelegt, als Frank ins Zimmer kam. Schweigend zog er seinen Schlafanzug an und legte sich neben sie.

„Er wird fort sein", meinte er schließlich. „Ich habe ihm einen Wecker gegeben."

„Was auch immer ..."
„Du kannst nicht von mir erwarten, daß ich meinen eigenen Bruder abweise."
„Und dann kommt ein nächstes Mal und ein nächstes Mal. Wann wird das aufhören?"
„Ich weiß es nicht. Vielleicht niemals."
Frank knipste sein Licht aus und rollte sich auf die Seite. Shelby sagte ihm gute Nacht und tat dasselbe. Ihr letzter Gedanke vor dem Einschlafen war, ob sie Frank wohl auch geheiratet hätte, wenn sie gewußt hätte, welchen Ballast er in ihre Ehe mit einbrachte.

* * *

Shelby war nicht erstaunt, Ray im Gästezimmer schnarchen zu hören, als sie am folgenden Morgen erwachte. Im Gästebad brannte das Licht, und die Tür stand offen. Auf dem Waschbecken entdeckte sie eine kleine Tasse aus ihrer Küche mit einem Plastikstrohhalm daneben. In der Tasse befand sich ein Rest einer weißen, pulverigen Substanz.

Shelby war angewidert. Sie hatte das Gefühl, als wäre jemand in ihr Heim eingedrungen, als wäre ein Dieb in ihre Wohnung eingebrochen. Es war schon schlimm genug, wenn Ray high hier auftauchte, aber daß er tatsächlich in ihrer Wohnung Drogen nahm – diese Vorstellung ließ sie vor Wut erzittern. Ihr erster Impuls war, in Rays Zimmer zu stürmen und ihn aus dem Bett zu zerren. Aber ihre Wut wurde überlagert von dem Wunsch, eine häßliche Szene zu vermeiden. Statt dessen ging sie in die Küche und versuchte sich abzureagieren, indem sie eine Kanne Kaffee kochte. Dann ging sie in ihr Schlafzimmer zurück, aber sie war noch immer zu erschüttert, um Frank aufzuwecken. Da sie Angst hatte, ihren Zorn an Frank auszulassen, verzog sie sich ins Bad und duschte. Nachdem sie sich abgetrocknet hatte und in ihren Morgenrock geschlüpft war, kehrte sie ins Schlafzimmer zurück. Frank war mittlerweile aufgewacht und zog gerade seine Hose an.

„Ist er fort?" fragte er.

Sie schüttelte den Kopf.

Er wollte zur Tür gehen, doch sie legte ihm die Hand auf den Arm. „Frank, bitte versteh doch. Ich möchte nicht grausam sein, ich habe nur Angst um dich. Er hat hier Drogen genommen, Frank, und wenn die Polizei herkäme und das entdeckte ...“

„Ich verstehe“, meinte er sanft. „Ich bezweifle, daß das passieren könnte, aber ich verstehe deine Angst. Jetzt zieh dich an, und ich verspreche dir, er wird fort sein, wenn du fertig bist.“

Sie wählte einen einfachen weißen Rock und einen geblümten Pullover aus ihrem Schrank und zog sich schnell an, obwohl sie den Grund für ihre Eile nicht nennen konnte. Glaubte sie vielleicht, daß Frank entschlossener bei seinem Bruder auftreten würde, wenn sie dabei war? Vielleicht. Und nach dem Geräusch der Stimmen zu urteilen, war das vielleicht sogar so. Sie hörte, wie Frank mehrmals sagte: „Komm schon, Ray, steh auf und verschwinde.“ Als Antwort bekam er nur ein verschlafenes Grunzen.

Shelby legte ein wenig Rouge und Wimperntusche auf, steckte ein Paar Ohrringe an und trat auf den Flur hinaus. Sie fühlte sich wie der Mann aus der Bibel, der, wie sie gehört hatte, in die Löwengrube geworfen werden sollte.

Ray kam gerade sehr verschlafen aus dem Gästezimmer. Er fuhr sich mit den Händen durch die Haare und sagte: „Wo liegt dein Problem? Es ist doch erst halb sieben!“

„Das ist hier bei uns morgens ganz früh, Ray“, erklärte Frank.

„Mann, ich sterbe!“

„Komm schon, du mußt gehen. Ich habe es Shelby versprochen.“

In diesem Augenblick wurde Shelbys Anwesenheit bemerkt. Beide Männer sahen sie mit vollkommen unterschiedlichem Gesichtsausdruck an. Franks Gesichtsausdruck war entschuldigend, Rays grenzte an Feindschaft.

„Ich habe dich für cool gehalten, Shelby“, sagte Ray. „Mann, habe ich mich geirrt!“

„Ich möchte nur das Beste für Frank“, erwiderte sie mit so viel Ruhe, wie sie aufbringen konnte.

„Er ist ein großer Junge. Er kann schon selbst auf sich aufpassen!“

„Vielleicht solltest du wenigstens einmal an jemand anderen denken als an dich", gab Shelby zurück, die es plötzlich satt hatte, immer zuzusehen, wie er verwöhnt wurde.

„Du weißt nicht, was du sagst! Du weißt gar nichts – ach, vergiß es." Ramon nahm seine Jacke und stürmte zur Tür.

„Warte, Ray", sagte Shelby. „Es ist nur, daß ich ..." Aber er öffnete die Tür und schlug sie hinter sich zu und schnitt damit jeden Versuch einer Entschuldigung ab. Sie wandte sich Frank zu. „Ich glaube nicht, daß ich unrecht hatte", murmelte sie. Sie hatte noch immer das Gefühl, sich selbst verteidigen zu müssen. „Du kannst das jetzt nicht gebrauchen. *Wir* können das jetzt nicht gebrauchen!"

„Er wird darüber hinwegkommen", sagte Frank.

„Und was ist mit dir?"

„Ich muß über nichts hinwegkommen. Ich verstehe dich."

„Warum fühle ich mich dann nur so schlecht?"

Frank sagte nichts.

„Ich hätte ihm wenigstens Frühstück anbieten können", sagte sie.

„Du schuldest ihm nichts."

„Ich schätze, es geht mehr darum, was ich mir selbst und dir schulde. Wenn er ein bedürftiger Fremder auf der Straße gewesen wäre, hätte ich mehr Mitleid gezeigt als deinem eigenen Bruder gegenüber. Ich möchte nicht hart und gemein sein." Sie seufzte und öffnete die Tür. „Ich kann ihn nicht mit so harten Gefühlen gehen lassen."

Als sie in den Flur hinaustrat, hörte sie Ray, zumindest nahm sie an, daß es Ray war, die Treppe hinuntergehen. Sie eilte ihm nach, und Frank folgte ihr. Als sie unten ankam, hatte Ray bereits die Straße überquert und griff nach seiner Wagentür.

„Ray", rief sie.

Er öffnete die Tür und hielt inne. „Was ist?"

„Ich habe frischen Kaffee gekocht."

„Ich hoffe, er schmeckt dir."

„Komm schon, Ray, frühstücke mit uns zusammen, damit wir nicht im Bösen auseinandergehen."

„Vermutlich hast du recht."

„Laß uns wenigstens darüber sprechen."
Er zuckte die Achseln, knallte die Tür zu und ging auf sie zu.
Shelby drehte sich um und lächelte Frank an, der sich neben sie gestellt hatte. Und in diesem Augenblick wurden beide durch eine Explosion zu Boden gerissen. Shelby dachte zuerst, es hätte ein Erdbeben gegeben, doch die Erschütterung war zu plötzlich gekommen, zu heftig. Und das ohrenbetäubende Geräusch konnte auch nicht von einem Erdbeben stammen. Etwas flog durch die Luft und blieb vor ihr liegen. Frank warf sich über sie, um sie vor den herumfliegenden Trümmern zu schützen.
„Bist du in Ordnung?" fragte Frank, nachdem es ruhig geworden war.
„Ja, aber was ...?"
In diesem Augenblick entdeckte sie die Flammen, die aus Rays Wagen hervorschlugen. Frank rannte auf das zerstörte Fahrzeug zu.
„Ray!" schrie er.
Sein Bruder war mehrere Meter weit geschleudert worden und lag reglos auf der Straße. Frank beugte sich über ihn, dann schrie er Shelby zu: „Ruf den Notarzt!"
Shelby rannte bereits die Treppe zur Wohnung hoch.

30

Wer immer vorgehabt hatte, Ramon mit der Autobombe zu töten, war sicherlich enttäuscht. Zwar hatte er ernsthafte Verletzungen davongetragen, doch der Arzt war zuversichtlich, daß er überleben würde. Er hatte eine Gehirnerschütterung, ein gebrochenes Bein, das operativ gerichtet werden mußte, und mehrere gebrochene Rippen, einen Riß in einem Lungenflügel und mehrere innere Blutungen. Zum Glück war bei der morgendlichen Explosion niemand sonst zu Schaden gekommen, aber zwei Geschäfte gegenüber der Wohnung waren zum großen Teil zerstört worden.

Shelby und Frank saßen bei Ray, bis seine Eltern auftauchten, dann zogen sie sich still zurück. Frank versprach Ray, am folgenden Morgen wiederzukommen. Die Polizei hatte ihre Aussagen aufgenommen. Ray erzählte der Polizei, er hätte keine Ahnung, wer ihn hätte töten wollen. Aber die Beamten kannten Rays Vergangenheit und kauften ihm seine Geschichte nicht ab. Zu Frank sagte Ray, es sei bestimmt Cuervo gewesen. Shelby hatte gehört, daß kolumbianische Drogendealer ganze Familien auslöschten, wenn sie einen Verräter exekutieren wollten, damit niemand übrigblieb, der Rache nehmen konnte. Frank versicherte Shelby, das sei nur im Film so.

„Aber Ray", hatte Frank zu seinem Bruder gesagt, „dies könnte ein ganz neues Licht auf den Mord an Gloria werfen."

„Was meinst du?"

„Hatte Gloria sich auch mit Cuervo eingelassen?"

„Mit ihm eingelassen?" Ray ging auf Abwehr.

„Ich meine nicht romantisch", sagte Frank. „Hat sie Geschäfte mit ihm gemacht?"

„Du meinst, daß das Kartell sie vielleicht exekutiert hat?"

„Hältst du das nicht für möglich?"

„Ja ... sicher. Das ist eine Möglichkeit ..., eine reale Möglichkeit."

„Dann hat sie also Geschäfte mit denen gemacht?"

„Du kennst doch Gloria."

Frank nickte, und als er und Shelby das Krankenhaus verließen, sagte er, er wolle seinen Anwalt aufsuchen. Rosenthal hörte sich Franks Ausführungen in bezug auf das kolumbianische Drogenkartell an.

„Zuerst müssen wir beweisen, daß Gloria etwas mit ihnen zu tun hatte", sagte er. „Können Sie das?"

„Gloria hatte ihre Finger überall drinstecken, aber sie war Meisterin darin, sich als Unschuldslamm darzustellen. Zum Beispiel war sie nicht drogenabhängig - ein wenig Marihuana oder Kokain bei Partys, mehr hat sie nicht genommen. Sie hat immer einen klaren Kopf behalten. Die Polizei hat nichts in ihrer Wohnung gefunden, das mit Drogen zusammenhängt. Und sie war auch sehr vorsichtig mit Geld. Sie fuhr einen bescheidenen Wagen, wohnte in einer bescheidenen Wohnung, aber ich wette, sie hat Millionen auf den Cayman-Inseln oder sonstwo deponiert."

„Ich kann einen Detektiv darauf ansetzen", schlug Rosenthal ohne große Begeisterung vor, „aber Sie müssen verstehen, daß diese Art von Verteidigung dahin führen könnte, den Charakter Ihrer Exfrau in Frage zu stellen."

Frank blickte Shelby an, und ein leichtes Lächeln umspielte seine Mundwinkel. „Machen Sie nur."

Shelby war über seine Antwort sehr überrascht. Sie konnte sie nicht erklären. Vielleicht wollte sie das auch nicht.

* * *

Frank ging jeden Tag ins Krankenhaus, um seinen Bruder zu besuchen, allerdings war er sorgsam darauf bedacht, eine Begegnung mit seinen Eltern zu vermeiden. Körperlich ging es Ray mit jedem Tag besser, und nach zwei Tagen war sein Zustand stabil genug, daß sein Bein operiert werden konnte. Zuerst zeigte er keine schweren Entzugserscheinungen. Die ersten vierundzwanzig Stunden verschlief er vollends. Dem Krankenhauspersonal gegenüber verschwieg er seine Drogensucht, auch noch nachdem in seinem Blut Spuren von Kokain und Heroin nachgewiesen werden konnten. Der Arzt verordnete Vicodan gegen die Schmerzen, und die Schwestern achteten streng darauf, ihm nicht zuviel davon zu geben, aus Angst vor einer möglichen Abhängigkeit. Wenn Ray während dieser ersten Tage nicht schlief, ersann er Wege, um mehr Vicodan zu bekommen.

Doch als die Dosis der Schmerzmittel in den Tagen nach der Operation langsam herabgesetzt wurde, steigerte sich Rays Unruhe. Fünf Tage nach seiner Einweisung bekam er ernste Entzugserscheinungen. Übelkeit, Erbrechen, Krämpfe und Durchfall machten ihm schwer zu schaffen. Aber das schlimmste von allem war die durch den Entzug des Kokains bedingte Depression.

„Frank, ich brauche unbedingt etwas." Er schwitzte und war blaß.

„Dies ist eine gute Gelegenheit, davon runterzukommen, Ray."

„Hör mir auf mit diesem Mist!"

„Ich kann dafür sorgen, daß die Schwester dir noch mehr Schmerzmittel gibt."

„Das habe ich bereits versucht. Sie wollen nicht. Sie sagen, ich hätte heute schon genug gehabt. Sie wissen gar nichts. Es ist ihnen egal, daß mein Bein weh tut."

Frank ging hinaus zum Schwesternzimmer, vor allem deshalb, weil er seine eigene Hilflosigkeit nicht mehr ertragen konnte.

„Er soll dreimal pro Tag ein Schmerzmittel bekommen, und er hat es bereits zweimal bekommen", erwiderte die Schwester. „Ich habe die andere Dosis aufgehoben, damit er heute nacht schlafen kann."

„Im Augenblick hat er aber schreckliche Schmerzen", log Frank.

„Mr. Stefano, Ihr Bruder kann so große Schmerzen nicht haben. Es ist sogar so, daß wir ihn vielleicht sogar in ein paar Tagen entlassen würden, wenn sein Bein nicht ruhig gestellt werden müßte. Ich denke, er macht Ihnen etwas vor."

Als Frank ins Zimmer zurückkam, versuchte er seine Stimme ermutigend klingen zu lassen. „Du schaffst es, Ray."

„Besorge mir etwas, Bruder, bitte!"

„Ich kann nicht."

„Du mußt. Ich bringe mich um, wenn ich nichts bekomme."

„Das ist Unsinn, Ray."

„Ich kann es nicht mehr aushalten ..." Ray brach plötzlich ab und umklammerte seinen Magen. Im nächsten Augenblick beugte er sich vor und erbrach sich über das Bett und den Fußboden. „Hilf mir, Frank", stöhnte er.

Am folgenden Tag begegnete Frank seinen Eltern im Flur, als sie gerade Rays Krankenzimmer verließen. Sie waren nicht zu ihrer üblichen Zeit erschienen. Dolores Stefano funkelte ihren Sohn an.

„Na, bist du jetzt zufrieden?" fragte sie. „Er wird bestimmt sterben."

„Fang jetzt keinen Streit mit mir an", erwiderte Frank gleichmütig.

„Die Schwester sagt, er sei selbstmordgefährdet. Sie wollen ihn rund um die Uhr überwachen. Das ist deine Schuld."

„Wie kannst du mich dafür verantwortlich machen? Wie kannst du mir das antun ...?"

„Du denkst immer nur an dich."

Aber bevor der Streit richtig losbrechen konnte, legte Tomas den Arm um seine Frau. „Komm, Dolores. Wir möchten keine Szene. Laß uns gehen."

Er zog Dolores mit sich fort, als sie zögerte und Frank noch immer anfunkelte. Nur widerstrebend folgte sie ihm den Flur entlang zum Aufzug. Frank wartete, bis sie im Aufzug verschwunden waren, bevor er Rays Zimmer betrat. An der Tür blieb er stehen. Die Konfrontation mit seiner Mutter machte ihm schwer zu schaffen und auch das, was ihn erwartete.

Ray lag auf der Seite, mit dem Rücken zur Tür.

„Ray, bist du wach?"

Ray fuhr zusammen und ruckte hoch, und etwas fiel zu Boden. Ray fluchte.

„Ray?" Frank ging um das Bett herum. Ray hatte seinen Arm entblößt und eine Aderpresse um seinen Oberarm gelegt. Eine Spritze lag auf dem Boden. „Was ist das?" fragte Frank und hob die Spritze auf. Er war verwirrt, als er erkannte, daß die Spritze nur mit Luft gefüllt war. Dann wurde ihm alles klar. „Ray, nein!"

„Gib sie mir", forderte Ray. „Ich kann es nicht mehr ertragen."

„Wo hast du die her?"

Ray zuckte nur die Achseln. „Sie kommen herein, nehmen einem Blut ab. Ich lenke sie einen Augenblick ab – keine große Sache. Und jetzt gib sie mir zurück."

Frank sah, daß Ray es ernst meinte. Dies war kein vorgetäuschter Selbstmordversuch. Sein Bruder hatte sich Luft injizieren wollen, um eine Embolie herbeizuführen. Mit zitternder Hand nahm Frank ihm das Gummiband ab. Nachdenklich rieb Frank Rays Arm und die „Brandmale" an seinem Unterarm. Eigentlich sollte es ihn nicht überraschen, daß Ray die Drogen nicht nur geschnüffelt hatte. Aber es machte ihn noch immer krank. Und das Bild von dem ersten Mal, als er seinen Bruder mit den Drogen bekannt gemacht hatte, verfolgte ihn wieder, wie so oft.

„Steck den Strohhalm in die Nase, Mann, und atme tief durch die Nase ein. Es wird dir gefallen."

„Ich weiß nicht, Frank ..."

„Hey, würde dich dein großer Bruder denn vom rechten Weg abbringen?"

„Marihuana ist eine Sache, aber Kokain ..."

„Alle tun es."

„Du auch?"

„Sicher. Es ist nicht schlimmer als Alkohol. Komm schon, wir tun es zusammen und haben viel Spaß miteinander."

Frank haßte sich jetzt mehr als je zuvor in seinem Leben. Er betrachtete die Spritze in seiner Hand. Vielleicht sollte er sich Luft in seine Venen spritzen. Seine Mutter hatte jedes Recht, ihn zu hassen. Und mehr als je zuvor wünschte sich Frank, er könnte mit Ray tauschen, er könnte seiner Mutter den eifrigen Jungen zurückgeben, der eine glänzende Zukunft vor sich hatte.

Ray mußte würgen, und dieses Geräusch brachte Frank in die häßliche Wirklichkeit zurück. Er zerbrach die Nadel und warf die Spritze in den Abfalleimer.

„Frank, hilf mir!"

Er nahm einen Waschlappen zur Hand und wischte Ray liebevoll die Schweißtropfen ab, die auf seiner Stirn standen. Aber das war nicht, was Ray wollte. Er weinte und fluchte und drohte Frank sogar. Frank wollte davonlaufen, damit er es nicht mehr länger mit anhören mußte, aber er blieb neben Ray sitzen, sehr ergeben, als würde er seine Strafe annehmen. Aber das war nicht genug.

Schließlich konnte er es nicht mehr ertragen. „Ray, ich gehe jetzt für einen Augenblick, aber ich komme wieder."

„Und du wirst mir was mitbringen, Bruder?"

„Ja ... also warte auf mich. Mach keine Dummheiten, okay?"

„Ich werde warten." Ray packte Frank am Arm, als er sich erhob. „Danke, Mann, und beeile dich. Bitte!"

In der Empfangshalle des Krankenhauses rief Frank Hector Barcelona an und vereinbarte ein Treffen mit ihm in der Rettungsstation in ihrer alten Wohngegend. Warum Barcelona ausgerechnet diesen Treffpunkt vorgeschlagen hatte, wußte Frank nicht zu sagen. Vermutlich wollte er ihn nur noch mal auf seine Wurzeln hinweisen.

Die Straßen des San Pedro Barrio entlangzugehen war fast so, als würde er durch einen Ort in Mexiko laufen. Hier wurde viel häufiger Spanisch gesprochen als Englisch. Alle Aufschriften auf den unterschiedlichen Geschäften waren in Spanisch. Alles sah heruntergekommen aus, im Bürgersteig waren tiefe Risse zu finden. Dies erinnerte ihn flüchtig an Puerto Vallarta und ließ ihn an Shelby denken. Aber einen solchen Gedanken konnte er im Augenblick überhaupt nicht gebrauchen. Was er jetzt vorhatte, könnte ihrer Beziehung den letzten Rest geben. Trotzdem versuchte er sich einzureden, sie würde verstehen, daß er seinem Bruder helfen mußte. Es war ja nicht so, daß er es freiwillig tat, daß er ihn ihr vorzog. Er tat nur, was getan werden mußte. Shelby war so unschuldig, sie wußte gar nichts von der Welt. Darum liebte er sie ja auch so. Sie würde Rays Welt nie richtig verstehen können, weil sie die Dinge nur schwarz und weiß sah. Die reale Welt war grau, und sie brachte Menschen wie Frank dazu, durch den Schlamm zu waten.

Am Ende der Straße entdeckte er Barcelonas knallroten Ferrari. Er war erstaunt, daß Barcelona die Übergabe selbst übernommen hatte. Frank ging zum Wagen.

„*Que pasa, amigo?*" fragte Barcelona aus dem offenen Fenster heraus.

„Barcelona", mehr sagte Frank nicht. Er hoffte, er könnte den Deal abschließen, ohne sich auf eine Unterhaltung mit ihm einlassen zu müssen.

„Ich habe das von Ramon gehört. Welche Schande! Wie geht es ihm?"

„Ganz gut."

„Weiß man, wer ihm das angetan hat?"

„Nein."

„Du weißt, daß wir nicht auf bestem Fuß miteinander standen, aber glaube mir, wenn ich etwas höre, lasse ich es dich wissen."

„Sicher, Hector. Also, hast du es?"

Die Beifahrertür öffnete sich, und Barcelonas Mann Carlos stieg aus.

„Mach einen kleinen Spaziergang mit Carlos", sagte Barcelona. „Hey, richte Ramon aus, daß seine Freunde sich für ihn umhören werden."

Frank konnte nur verächtlich lachen über diese vorgetäuschte Freundlichkeit, als ob die Drohungen und Schläge nicht zwischen ihnen stünden.

Frank bog mit Carlos in eine Seitenstraße ab, dann nahmen sie eine kleine Gasse, die zur Mission führte. Hier holte Frank einen Umschlag mit Geld aus seiner Tasche und reichte ihn Carlos, der den Inhalt schnell überprüfte, den Umschlag in seine Jackentasche steckte und Frank ein kleines Päckchen reichte. Frank nahm es und steckte es schnell ein. Er dachte flüchtig an die Konsequenzen, die ihm drohten, wenn er mit zwei Unzen Kokain erwischt würde. Das wäre Pooles und Liscoms großer Tag.

Und Shelby wäre am Boden zerstört.

Aber er durfte jetzt nicht an Shelby denken.

Carlos verließ die Gasse, und nachdem Frank ein paar Minuten gewartet hatte, folgte er ihm langsam. Als er die Hauptstraße erreichte, war der Ferrari bereits verschwunden. Er ging weiter, bis er hochsah und sich vor der katholischen Kirche St. Markus befand.

Die Kirche hatte sich seit seiner Kindheit nicht verändert. Dort hatte er seine erste Kommunion gefeiert, doch kurz danach waren seine Eltern in eine bessere Gegend von San Pedro gezogen und hatten sich einer anderen Kirche angeschlossen, zu der höhergestellte Leute gehörten.

Impulsiv stieg Frank die Eingangsstufen hoch und trat ein. Sehr zu seiner Erleichterung war niemand sonst anwesend. Das Gebäude war nur schwach erleuchtet, das meiste Licht fiel durch die bunten Glasfenster. Ein paar Kerzen brannten neben dem Altar. Er haßte den Geruch von brennenden Wachskerzen, weil ihn dies an alles erinnerte, was er in der Kirche seiner Eltern so verachtet hatte. Die Rosenkränze, die sinnlosen Beichten, die heruntergeleierten Gebete und Liturgien der Priester. Alles nur äußere Form, keine Substanz.

Doch dann mußte er an seine Großmutter denken. Sie ging mehrmals pro Woche zur Messe; sie ging zur Beichte; sie kannte den größten Teil der Liturgie auswendig. Aber der Glaube seiner Großmutter hatte Substanz, er war nicht nur äußere Form. Dies war einer der großen Widersprüche des Lebens.

Plötzlich schien er die Last des Kokains in seiner Tasche zu spüren. Und er schämte sich mehr denn je zuvor. Abuelita würde ihn nie für das verdammen, was er tun wollte, obwohl sie sehr enttäuscht wäre. Aber wie Shelby verstand auch sie die Grauzonen des Lebens nicht. Sie glaubte, daß Gott tatsächlich alles in Ordnung bringen konnte, daß er den Schmerz, die Scham und das Versagen wegnehmen könnte. Sie glaubte, der Glaube könnte heilen und helfen. Frank würde das auch so gern glauben. Aber er hatte zu viel von der anderen Seite des Lebens gesehen, um sich so leicht davon überzeugen zu lassen. Vielleicht konnte Gott all das Böse wegnehmen. Vielleicht hatte Gott einen guten Grund dafür, daß er zuließ, daß Menschen wie Ramon litten.

Doch hier geriet Franks Glaube ins Wanken. Er konnte einfach nicht zurücktreten und Gott wirken lassen.

Frank blieb vor einer der hinteren Bänke stehen, bekreuzigte sich aus Gewohnheit und setzte sich. Seinen Blick auf den Altar gerichtet, murmelte er leise: „Gott, ich nehme an, ich brauche dich, wie meine Abuelita sagt – ich *weiß*, ich brauche dich. Ich bin kein Atheist. Das ist vermutlich die Ironie an der Geschichte. Ich wünsche mir, was meine Großmutter hat ... etwas Reales und Tiefes, das die Verderbtheit in meinem Innern überwinden kann. Aber das werde ich vermutlich nie bekommen. Ich bin einfach nicht gut genug.

Ich weiß, das, was ich tun will, ist falsch. Ich weiß, es wird Ray mehr schaden als helfen. Aber ich werde es trotzdem tun. Ich kann es ihm nicht abschlagen. Ich kann ihm nicht den Rücken zuwenden. Ich muß das für ihn tun. Verstehst du, Gott? Ich muß. Wenn du wirklich der Gott bist, an den meine Abuelita glaubt, dann kannst du mir vielleicht irgendwie vergeben. Ich schätze, so oder so werde ich leiden."

Voller Verzweiflung erhob sich Frank und verließ die Kirche. Das Gebet hatte ihm nicht die Erleichterung verschafft, die er vielleicht erwartet hatte. Als er in die helle Nachmittagssonne trat, hatte er das Gefühl, in die hellen Flammen des Höllenfeuers geworfen zu werden.

31

Rays Dankbarkeit überzeugte Frank beinahe davon, daß es sich gelohnt hatte.

„Du hast mich gerettet, Mann! Ich liebe dich, Bruder."

Frank half Ray, einen Teil des Kokains auf seinem Nachttisch auszubreiten, dann hielt er den Strohhalm an Rays Nase, damit er den Stoff inhalieren konnte.

„Okay, das reicht, Ray."

„Laß es hier", sagte Ramon und griff nach der Tüte.

„Nein, sie werden es finden. Ich bringe es morgen wieder mit."

„Vergiß es nicht."

Das wäre wirklich eine amüsante Bemerkung gewesen, wenn Frank in der Stimmung für Scherze gewesen wäre. Als ob er je vergessen könnte! Wenn er nur nach Hause zu Shelby gehen und vergessen könnte, daß außer ihnen und ihrer Liebe noch etwas anderes existierte.

Er war auf dem Weg zu seinem Wagen auf dem Parkplatz des Krankenhauses, als jemand hinter ihm auftauchte und neben ihm herging.

„*Buenas tardes*, Frank", sagte der Mann. Er war mehrere Zentimeter kleiner als Frank und ein paar Jahre jünger, gut gebaut und hatte dichtes, dunkelblondes Haar.

„Willie Cantrell. Wir haben uns lange nicht gesehen."

„Zu lange. Ich habe gehört, du wärst aus dem Geschäft ausgestiegen."

„Das ist wahr."

„Ich habe dich mit Barcelona gesehen."

„Bist du mir gefolgt?"

„Ich war nicht sicher, ob du noch immer auf unserer Seite stehst. Ich mußte sicher sein."

Cantrell war ein kleiner Drogendealer. Er gehörte zu den Surfern an dem Manhattan Beach und verkaufte nebenbei Drogen an die Teenager am Strand. Bevor Frank ins Drogengeschäft eingestiegen war, hatte er von Cantrell und Leuten wie ihm Drogen gekauft. Doch dieser Zweig des Geschäftes war viel gefährlicher als der Drogenschmuggel, weil man so viele Kontakte haben mußte, um Geld zu verdienen. Sobald Frank das Geld hatte, in den Drogenschmuggel einzusteigen, kehrte er diesem Geschäft den Rücken. Frank hatte Cantrell und Seinesgleichen ziemlich hochmütig als kleine Fische betrachtet, die Joints wie Süßigkeiten vor Schulen und an sorglose Kinder am Strand verkauften. Heute sah Frank keinen Unterschied mehr zwischen Cantrell und sich.

„Ich brauche Geld, Frank."

„Da bist du bei mir an der falschen Adresse, Willie. Ich bin pleite. Vielleicht hast du ja schon gehört, daß ich nur auf Kaution draußen bin."

„Ja, das habe ich gehört. Eine böse Sache, Mann, aber ich will ja kein Almosen von dir, *Amigo*."

„Was denn?"

„Ich verkaufe Informationen, weißt du?"

„Was für Informationen?"

„Das wird dich etwas kosten."

„Ich habe im Augenblick schon genügend Probleme, Willie."

„Du kommst in einer Stunde mit fünfhundert Dollar in die Lotto Bar. Ich schwöre dir, Frank, du wirst diese Informationen haben wollen. Es hat etwas mit Gloria zu tun."

Frank schüttelte angewidert den Kopf. Irgend etwas tief in seinem Innern sagte ihm, es würde ihn viel teurer zu stehen kommen, als ihnen beiden klar war.

* * *

Nach seinem Treffen in der Lotto Bar fuhr Frank nach Hause. Als er in die Tiefgarage einbog, sah er, daß die Motorhaube von Shelbys Wagen offenstand, dann entdeckte er Shelby, die sich über den Motor beugte.

„Hast du Probleme?" rief er, als er auf sie zuging.

„Eigentlich nicht. Es ist nur Zeit für einen Ölwechsel. Man muß diese Klassiker ein wenig verwöhnen, und ich fürchte, ich habe den Wagen in letzter Zeit zu sehr vernachlässigt."

„Schätze, du hast viel Ablenkung gehabt."

Sie hob den Kopf und lächelte ihn an. Ihr Haar war unordentlich, und auf ihrem Gesicht zeigten sich Ölspuren. Sie sah so wunderschön und begehrenswert aus, daß er am liebsten geweint hätte.

„Kannst du mir die Sperrklinke reichen?" fragte sie.

Er hielt sie ihr hin, und ihre Finger berührten sich flüchtig. Die unterschiedlichsten Gefühle durchzuckten ihn – Sehnsucht, Bedauern und Traurigkeit.

„Hast du schon zu Abend gegessen?" fragte sie, die den emotionalen Aufruhr, in dem er sich befand, nicht bemerkte.

„Ich habe keinen Hunger."

„Hast du Ray besucht?" Als er nickte, fügte sie hinzu: „Wie geht es ihm?"

„Besser."

Sie wandte ihre Aufmerksamkeit den Zündkerzen zu. Nach ein paar Minuten meinte er: „Ich gehe hoch in die Wohnung. Ich möchte dich nicht stören."

„Du störst mich nicht."

„Aber das ist doch deine Therapie, nicht?"

Sie zuckte die Achseln. „Vermutlich."

„Ich bin erstaunt, daß du dir in letzter Zeit nicht häufiger an deinem Wagen zu schaffen gemacht hast."

„Vielleicht war alles doch nicht so schlimm, wie wir gedacht haben", erwiderte sie leichthin.

Er lachte trocken, dann meinte er ernst: „Es könnte nicht schlimmer sein, Shelby."

„Was meinst du damit?" Sie richtete sich auf und sah ihn aufmerksam an. Er wünschte, er hätte nichts gesagt.

„Ich bin wegen Mordes verhaftet worden, jemand hat versucht, meinen Bruder in die Luft zu jagen, und meine Mutter gibt mir an allem die Schuld. Könnte es schlimmer sein?"

„Wir dürfen die Hoffnung nicht aufgeben, daß sich alles doch noch zum Guten wendet."

Er streckte die Hand aus und strich ihr leicht über ihre verschmutzte Wange. „Es tut mir leid, Shelby, daß ich dir kein Ende wie im Märchen bieten kann: ‚Und sie lebten glücklich bis an ihr Ende'."

„Denkst du, das möchte ich?"

„Möchten wir das nicht beide? Eine Wirbelwindromanze und Hochzeit während eines perfekten Urlaubs in Mexiko? Was sonst haben wir denn erwartet? Wir müssen doch gehofft und gedacht haben, daß Liebe und Romantik alle Probleme des Lebens auslöschen."

„Das glaube ich nicht. So oberflächlich sind wir nicht."

„Ich wünschte, wir wären es."

„Was ist los, Frank?"

„Ich würde dir so gern ein Happy-End verschaffen. Ich wollte dir alles geben. Aber zumindest hast du nicht dein ganzes Leben in diese Beziehung investiert. Es waren nur zwei Monate. Und du könntest einfach gehen ..."

„Was redest du da?" Shelbys Stimme verriet ihre Verzweiflung und Angst.

„Nichts", erwiderte er schnell. Aber er konnte den Schaden, den er angerichtet hatte, so schnell nicht wiedergutmachen. „Ich rede nur Blödsinn. Vermutlich wird mir der Druck zu stark. Vergiß, daß ich überhaupt etwas gesagt habe."

„Laß uns nach oben gehen und miteinander reden." Sie nahm ein Tuch, das auf dem Kotflügel lag, und putzte sich die Hände ab.

„Eigentlich geht das nicht. Ich muß noch einmal weg."

„Frank, tu mir das nicht an."

„Bitte glaub mir, es ist nichts – nur meine Nerven. Ich muß meinen Kopf klar bekommen. Du machst an deinem Wagen weiter. Ich glaube, ich brauche nur einen Spaziergang am Strand."

Frank stieg in seinen Wagen und fuhr davon. Shelby fand es seltsam, daß er den Wagen brauchte, wenn er einen Strandspaziergang unternehmen wollte, da der Strand doch auf der anderen Straßenseite begann. Aber das war wirklich das kleinste seiner Probleme.

* * *

Es war schon nach sieben Uhr abends, und Alan Rosenthals Kanzlei war bereits geschlossen, aber der Rechtsanwalt hatte Frank seine Privatadresse gegeben und ihm gesagt, seine Tür stünde immer für ihn offen.

Rosenthal begrüßte Frank in seinem Apartment in Beverly Hills. „Was ist los, Frank?"

„Ich habe in letzter Zeit viel nachgedacht."

„Ist Ihnen noch etwas zu den Kolumbianern eingefallen?"

„Die Kolumbianer ... Das war nur ein Ablenkungsmanöver, Alan. Ich kann nicht mehr."

„Was denn?"

„Sie anlügen."

Die beiden Männer sahen sich aufmerksam an. Der Rechtsanwalt wirkte weder schockiert noch aufgebracht. Vielleicht ein wenig verwirrt.

„Alan, ich möchte den Mord an Gloria gestehen."

Jetzt zeigte sich Überraschung in Alans Gesicht, aber er blieb ruhig. „Dann wollen Sie also sagen, Sie hätten Gloria getötet?"

„Ja, genau das sage ich."

„Was hat diese Veränderung Ihrer Einstellung bewirkt? Oder Ihrer Geschichte?"

„Ich weiß, daß die Wahrheit herauskommen wird. Vielleicht bekomme ich ein milderes Urteil, wenn ich mich schuldig bekenne und allen viel Ärger erspare."

„Ich mache uns eine Tasse Kaffee, Frank, dann können Sie mir alles erzählen."

Alan ging in die kleine Küche, während Frank auf einem Barhokker vor der Bar saß, die die Küche von dem Eßbereich trennte.

„Es ist ziemlich genau so, wie die Polizei denkt", sagte Frank, als sein Rechtsanwalt Kaffeepulver in einen Filter gab und die Kanne mit Wasser füllte. „Gloria hat mich während unserer Ehe immer wieder betrogen. Und sie hat sich gern vor mir damit gebrüstet. Emotional hat sie mich entmannt. Wissen Sie, was das für einen Mexikaner bedeutet? Ich habe die Ehe schließlich beendet, aber ich habe nie aufgehört, sie zu hassen."

„Aber Sie waren bereits mehr als ein Jahr geschieden. Warum haben Sie so lange damit gewartet, sie zu töten?"

„Es hat die ganze Zeit an mir genagt, aber ich bin kein Mörder. Ich hätte nie gedacht, daß ich dazu in der Lage wäre – bis ich sah, daß sie dasselbe meinem Bruder antat.

Sie frißt Männer auf und spuckt sie dann wieder aus. Ich konnte es nicht mehr ertragen, dann beschloß ich, sie zur Rede zu stellen, sie dazu zu bringen, ihn in Ruhe zu lassen."

„Und dann haben Sie sie in der Bar zur Rede gestellt?"

„Ja. Sie hat mich ausgelacht, und sie lachte mich noch immer aus, als ich später zu ihr ging."

„Aber Sie gingen wieder und kamen noch einmal zurück?"

„Ich habe mich betrunken und wurde noch wütender."

„Und sind also zu ihrem Apartment zurückgekehrt. Hatten Sie vor, sie zu töten?"

„Ich weiß es nicht. Ich war außer mir vor Wut, und ich habe einfach die Kontrolle über mich verloren. Ich habe sie geschlagen. Sie hat noch immer gelacht. Ich habe sie wieder und wieder geschlagen, bis sie hingefallen ist und sich den Kopf aufgeschlagen hat."

„Und das hat sie getötet?"

„Das dachte ich. Ihr Kopf blutete ziemlich stark, und sie war bewußtlos. Ich hatte nicht das Gefühl, daß sie noch atmete. Ich dachte, sie wäre tot. Das alles ist mir zuviel geworden. Ich konnte nicht mehr klar denken. Ich wickelte sie ein und brachte sie zu meinem Wagen, fuhr mit ihr zu meinem Boot und ließ sie ins Meer fallen."

„Und dann haben Sie Urlaub in Mexiko gemacht?"

„Ich hoffte, mir ein Alibi beschaffen zu können."

„Und Sie haben sich verliebt und geheiratet. Oder gehörte das nur zum Alibi dazu?"

„Nein ... Ich meine, ja. Das heißt, ich liebte Shelby, aber ich dachte, wenn ich heiratete, würde der Verdacht nicht so schnell auf mich fallen."

„Warum sind Sie nicht einfach in Mexiko geblieben?"

„Ich wollte mein Leben nicht als Flüchtling verbringen. Ich dachte, wenn ich zurückkehrte, würde das unverdächtig wirken."

Alan schwieg eine Zeitlang. Dann sagte er: „Das ist eine sehr interessante Geschichte, Frank." Er blickte Frank seltsam an. „Da bleiben ein paar Fragen offen. Erstens, nach Ihrer Verhaftung wurde Ihr Wagen überprüft und nichts gefunden. Wie kommt es, daß man dort keine Blutspuren gefunden hat, wohl aber auf Ihrem Boot?"

„Ich hatte sie gut eingewickelt, als ich sie in den Wagen legte, aber ... die ... die Decke rutschte weg, nachdem ich sie auf das Boot geschafft hatte."

„Aha."

„Was? Glauben Sie mir nicht?"

„Die Frage ist, ob der Staatsanwalt Ihnen glauben wird?"

„Warum nicht? Sie wollen mich festnageln – sie bekommen doch genau das, was sie wollen."

„Bevor Sie mit diesem Geständnis fortfahren, Frank, möchte ich, daß Sie darüber nachdenken. Die Staatsanwaltschaft hat keine stichhaltigen Beweise. Sie könnten davonkommen – vor Gericht. Zumindest könnten Sie wegen Totschlags verurteilt werden und die Höchststrafe von elf Jahren bekommen, wovon Sie nur die Hälfte absitzen müßten. Fünfeinhalb Jahre ist keine lange Zeit, Frank. Wenn Sie gestehen, hat die Staatsanwaltschaft, was sie für eine Mordanklage braucht. Sie werden Ihnen ‚lebenslang' verpassen, Frank. Gloria Herreras Vater übt Druck aus. Er möchte, daß der Anklage noch erschwerende Umstände hinzugefügt werden. Er will die Todesstrafe für Sie. Und der Mann steht auf gutem Fuß mit dem Bezirksstaatsanwalt. Sie müssen alles in Betracht ziehen, Frank."

„Es gibt nichts zu bedenken. Ich habe Gloria getötet, und ich möchte ein Geständnis ablegen. Morgen früh werde ich zur Polizei gehen."

32

Shelby erwachte zur üblichen Zeit, doch dann sank sie stöhnend in die Kissen zurück, weil ihr klar wurde, daß es Samstag war und sie nicht zur Schule zu gehen brauchte. In diesem Augenblick bemerkte sie, daß Frank nicht da war. Er war die ganze Nacht nicht zu Hause gewesen – wieder einmal.

Sie blieb noch eine Weile liegen und versuchte, alles, was passiert war, zu verstehen. Aber alles war so undurchsichtig, daß sie schließlich doch wieder einschlief. Das Klingeln des Telefons weckte sie erneut. Nun war es schon acht Uhr.

Sie nahm den Hörer ab und meldete sich.

„Hi Shelby, hier spricht Alan."

„Alan?"

„Rosenthal – Franks Rechtsanwalt."

„Oh, tut mir leid. Ich glaube, ich schlafe noch. Frank ist nicht hier."

„Ich hatte gehofft, ich würde ihn noch erwischen, bevor er Dummheiten macht. Ich möchte auf jeden Fall dabeisein, falls er beschließt, zur Polizei zu gehen."

„Was meinen Sie?"

„Er hat vor, ein Geständnis abzulegen."

„Ich verstehe nicht."

„Sie wissen das nicht?"

Zerstreut schüttelte sie den Kopf, dann antwortete sie: „Nein ... Was denn für ein Geständnis?" Es konnte ja durchaus sein, daß sie Rosenthal falsch verstanden hatte.

„Er will den Mord an Gloria gestehen ..."

„Was?"

„Er will zur Polizei gehen und ein Geständnis ablegen."

Shelby fuhr hoch. Sie war jetzt hellwach. „Das ist verrückt. Was denkt er sich denn? Er ist unschuldig."

„Nicht nach dem, was er mir gestern abend erzählt hat."

Shelby sprach noch eine Weile mit Rosenthal, dann legte sie auf, nachdem sie ihm versprochen hatte, ihn sofort zu verständigen, sobald sie etwas von Frank gehört hatte. Er versprach ihr dasselbe. Shelby sprang aus dem Bett und zog sich an. Sie mußte Frank finden und ihn aufhalten. In aller Eile verließ sie die Wohnung, stieg in ihren Wagen und fuhr aus der Garage. Erst als sie auf die Straße einbog und die Gebäude bemerkte, die von der Bombe zerstört worden waren, wußte sie, wo sie nach Frank suchen sollte.

* * *

Bevor Frank zur Polizei ging, wollte er seinen Bruder sehen. Als er ins Krankenhaus kam, lag Ray zwar im Bett, aber er war wach.

„Genau der Mann, den ich sehen wollte", rief Ray fröhlich.

„Wie geht es dir?"

„Besser, jetzt, wo du da bist. Du hast doch etwas für mich, Bruder, nicht?"

Frank holte das Päckchen Kokain aus der Tasche. Ray nahm es dieses Mal ganz allein. Als er fertig war, sah er die Tüte prüfend an. „Das wird mir eine Weile reichen", sagte er. Es war etwa noch eine Unze übrig.

„Du gehst besser sparsam damit um, Ray. Ich kann dir keines mehr besorgen."

„Ist es das Geld?"

„Du mußt damit aufhören, Ray."

„Vergiß es."

„Ray, erinnerst du dich noch daran, als du ein Kind warst? Erinnerst du dich noch an die Träume, die du hattest? Du wolltest Arzt werden und die Welt retten. Du warst ein As in Bio. Es war mir unfaßbar, wie klug du warst. Aber du warst auch so voller Mitgefühl. Die Kinder in der Nachbarschaft brachten ihre verletzten Haustiere zu dir, weil sie sich keinen Tierarzt leisten konnten. Erinnerst du dich noch an den Hund, der von einem Wagen überfahren worden war? Es war ein häßlicher Streuner, aber du hast dieses Untier Tag und Nacht gepflegt."

„Bis es gestorben ist", warf Ray bitter ein.

„Dieser Hund hat zum ersten Mal in seinem Leben Liebe kennengelernt."
„Ich habe sein Leiden verlängert. Was für ein Mitgefühl ist das?"
„Aber darum geht es doch nicht", meinte Frank frustriert. „Damals hattest du Hoffnungen und Träume. Und ich habe sie dir genommen ..."
„Komm schon! Rede nicht so. Das hört sich ja so an, als würdest du anfangen, unserer Mutter zu glauben. Sogar ich weiß, daß es nicht stimmt. Ich habe meine eigenen Entscheidungen getroffen."
Frank schüttelte den Kopf. „Du hättest dich anders entschieden, wenn ich nicht gewesen wäre. Tatsache ist, ich war derjenige, der dich mit den Drogen bekannt gemacht hat."
„Ich will davon nichts hören."
„Hör mir zu, Ray", sagte Frank mit fester Stimme. „Ich habe dir dein Leben genommen, und jetzt möchte ich es dir wiedergeben."
„Ach, und wie willst du das machen?" fragte Ray skeptisch.
„Das ist nicht wichtig. Wichtig ist nur, daß du eins tun mußt, damit es geschehen kann – du mußt auf Entzug gehen."
„Und wenn ich dieses sogenannte Leben nicht wiederhaben will? Wenn ich glücklich bin, so wie ich lebe?"
„Bist du das, Ray?"
„Das ist egal. Ich kann es nicht."
„Versprich mir das eine, Ray. Wenn die Zeit gekommen ist – und du wirst es wissen –, würdest du mein Geschenk annehmen? Würdest du dich von den Drogen abwenden und dir dein Leben wieder erobern?"
„Das klingt alles sehr seltsam, Frank, fast so, als würdest du sterben oder so etwas."
„Wenn ich sterbe, würdest du mir meinen letzten Wunsch erfüllen?"
„Das ist alles so seltsam."
„Wirst du?"
„Ja, sicher, wenn du das willst. Aber laß mich noch diese Tüte verbrauchen. Wir brauchen das Zeug ja nicht wegzuwerfen. Dann werde ich clean, ich verspreche es."

„Du brauchst doch nicht den Rest dieses ..."

Ray schüttete noch mehr Kokain aus der Tüte.

Frank fuhr zusammen, als sich die Tür plötzlich öffnete. Ray schnüffelte, und er war zu sehr in seine Tätigkeit versunken, um daran zu denken, die Beweismittel verschwinden zu lassen. Als Frank sich umdrehte, wußte er nicht, ob er erleichtert oder noch tiefer betrübt sein sollte, Shelby in der Tür stehen zu sehen.

Shelby starrte die beiden angewidert an.

„Shelby, das ist nicht so, wie es aussieht ..." Aber Frank brach ab, da er wußte, wie lahm und dumm seine Worte waren.

„Ich weiß gar nicht mehr, wie alles aussieht", brachte sie schließlich heraus.

„Hey, nun mach ihn doch nicht an", sagte Ray. Er nahm den Strohhalm heraus und fuhr sich über die Nase.

„Du hast recht, Ray, es ist nicht alles nur seine Schuld", sagte sie. „Dir ist es egal, wen du mit hinunterziehst. Du bist nichts als ein egoistischer, selbstsüchtiger Taugenichts. Ich dachte, du wärst vielleicht die Qualen wert, die Frank wegen dir erduldet, aber ich habe mich geirrt."

„Und ich habe mich auch in dir geirrt", gab Ray zurück. „Ich dachte, du wärst cool ..."

„Kommt schon", versuchte Frank zu vermitteln.

Aber Shelby kam gerade so richtig in Fahrt. „Ich sollte die Polizei rufen. Vielleicht hast du nur noch nicht die richtigen Konsequenzen für deine schmutzige Angewohnheit gespürt."

„Verschwinde hier und laß mich in Ruhe!" brüllte Ray. „Frank, mach, daß sie geht. Ich will ihre Predigt nicht hören."

Frank sah von Ray zu Shelby. Würde er tatsächlich zwischen ihnen wählen müssen? Aber war das nicht genau das, was er vorhatte, wenn er zur Polizei ging? Shelby war stark, sie brauchte ihn nicht. Sie würde auch ohne ihn gut klarkommen. Ray dagegen war so bedürftig, so verzweifelt.

„Ich werde gehen", sagte Shelby. „Ich werde dich nicht zwingen, eine solche Entscheidung zu treffen, Frank."

Shelby ging, und Frank zögerte nur einen kurzen Augenblick,

bevor er ihr nacheilte. Sie war nur wenige Schritte gegangen, als er sie einholte.

„Shelby, ich wünschte, ich könnte es dir verständlich machen ..."

„Ich auch. Warum kannst du es nicht, Frank?" Das war keine Frage, sondern eine Herausforderung.

„Ich habe es dir schon gesagt. Ray ist eine Last, die ich nicht ablegen kann."

„Ich möchte wirklich nicht, daß du zwischen uns wählen mußt."

„Aber das muß ich ..." Frank seufzte. Wie gern hätte er sie in den Arm genommen, aber er machte keine Anstalten. Es war besser so.

„Frank, hat Ray irgend etwas damit zu tun, daß du auf einmal ein Geständnis ablegen willst?"

„Nein", erwiderte er schnell. „Ich ... ich kann nur nicht mehr länger mit der Lüge leben. Ich habe das Leben vieler Menschen zerstört, von vielen, die ich nicht einmal kennengelernt habe, aber auch von mir nahestehenden Menschen, Ray, meine Eltern und sogar Gloria. Laß mich wenigstens versuchen, dich zu verschonen."

„Wie denn? Indem du mich verläßt? Indem du ins Gefängnis gehst? Woher weißt du, daß du mein Leben damit nicht auch zerstörst?"

„Ich weiß es. Zuerst wird es schlimm sein, aber dann wirst du dein Leben fortsetzen."

„Ich merke, es hat keinen Zweck, mit dir darüber zu sprechen, Frank. Ich möchte nur wissen, warum du deine Meinung auf einmal geändert hast."

„Weil ich schuldig bin."

„Das glaube ich nicht."

Er schüttelte den Kopf und lächelte fast. Aber der Schmerz in seinem Innern machte ein Lächeln unmöglich. Ihre offene Einfachheit liebte er an ihr ganz besonders. Das war durchaus nicht oberflächlich, sondern von einer solchen Tiefe, die nur ein unschuldiges Kind verstehen konnte.

„Und ich weiß, es hat keinen Zweck, mit dir darüber zu streiten", erwiderte er trocken.

„Dann hast du Gloria getötet?"

„Ja, ich habe sie getötet."

„Ich habe einen Mörder geheiratet?"

Er nickte, und sie schüttelte gleichzeitig den Kopf.

„Ich habe dir viele Lügen erzählt", sagte er. „Ich habe dich oft getäuscht. Und wenn du ehrlich bist, mußt du mir zustimmen. Tief in deinem Innern weißt du, daß ich ein Mörder bin, ein Drogenhändler, ein Betrüger. Ich hoffe, du wirst mich wegen dieser Lügen hassen. Ich verdiene nichts anderes. Aber in all den Lügen lag auch ein Körnchen Wahrheit – ich habe mich wirklich in Puerto Vallarta verliebt. Ich liebe dich immer noch. Aber in diesem Fall reicht die Liebe nicht aus. Selbst du mußt das einsehen. Mit meiner Unehrlichkeit bin ich auf deiner Liebe herumgetrampelt. Und meine eigene Liebe war so armselig, daß ich dir die Wahrheit nicht anvertrauen konnte."

„Und was ist jetzt? Warum diese plötzliche Ehrlichkeit?" In ihrem Tonfall lag Sarkasmus, sogar Hoffnung.

„Es ist zu spät", erwiderte er leichthin.

„Ich weiß, du wirst mich naiv und unschuldig nennen, vielleicht sogar oberflächlich, aber ich glaube nicht, daß es jemals zu spät ist. Es bedeutet vielleicht Arbeit, aber ..."

„Shelby!" rief er frustriert. „Ich weiß, daß du eigensinnig bist, aber ich glaube nicht, daß du richtig verstehst, was hier vorgeht. Ich bin ein Mörder. Ich werde ins Gefängnis kommen, vielleicht für den Rest meines Lebens. *Unsere Ehe ist vorbei!* Ich möchte, daß du die Wohnung verläßt. Ich möchte, daß du in dein Leben zurückkehrst." Er dachte an das, was er zu Ray gesagt hatte. Würde es für sie so unmöglich sein, wie es für Ray erschien?

„Du bist mein Leben!"

„Hör auf damit!" Er packte sie an den Schultern und schüttelte sie. Aber er hätte sie nicht berühren sollen. Bevor er noch wußte, wie ihm geschah, hatte er sie schon an sich gezogen und seine Arme um sie gelegt. „Es ist vorbei", murmelte er in ihr weiches Haar. „Ich möchte dich nicht wiedersehen." Aber seine leidenschaftliche Umarmung strafte seine Worte Lügen.

„Bitte, Frank ..."

Er löste sich abrupt von ihr, doch seine Hände und Knie zitterten. „Es tut mir leid", flüsterte er. Aber er sah nicht die erwartete Furcht in ihren Augen, auch keinen Zorn. Was war nur mit ihr los? Warum konnte sie ihm die Sache nicht erleichtern, indem sie ihn verachtete?

„Vielleicht brauchen wir ein wenig Zeit zum Nachdenken", meinte sie ungläubig. „Ich werde eine Zeitlang in mein Haus zurückkehren, aber das ist auch alles. Um nachzudenken." Sie wollte davongehen, doch dann drehte sie sich noch einmal um. „Ich habe vergessen, daß ich dir noch etwas mitgebracht hatte. Anscheinend hast du es aus deiner Brieftasche genommen." Sie hielt ihm das Foto seiner idealen Familie hin.

Er nahm es und schüttelte den Kopf. „Ich habe gedacht, ich würde es nicht mehr brauchen." Vorsichtig schob er es in seine Tasche. „Adieu, Shelby."

„Für den Augenblick ..."

Damit ging sie davon.

33

Alan Rosenthal war wütend, als er erfuhr, daß Frank ohne ihn zur Polizei gegangen war, und drohte den Fall niederzulegen. Er ließ sich jedoch von Shelby und vor allem von Dawn umstimmen. Viele Stunden verbrachte er mit Doug Waller, um zu versuchen, die Anklage auf Totschlag herunterzuschrauben, aber Franks Geständnis bestätigte den Vorwurf des Mordes mit Vorsatz, weil er zu Glorias Wohnung zurückgekehrt war. Es sah hoffnungslos aus, und Rosenthal konnte nur hoffen, daß er nur wegen Mordes zweiten Grades zu lebenslanger Haft verurteilt werden würde. Waller war gar nicht abgeneigt, weil dies bedeutete, daß eine Gerichtsverhandlung vermieden werden konnte. Außerdem würde dies Herrera und seine Leute besänftigen. Das Büro des Bezirksstaatsanwalts wollte sich die Sache durch den Kopf gehen lassen und in ein paar Tagen Bescheid geben.

Frank weigerte sich, mit Shelby zu sprechen, als sie ihn im Gefängnis besuchte. Erst nach mehreren Versuchen gab er schließlich nach. In seiner orangefarbenen Gefängniskleidung wirkte er ziemlich mitleiderregend. Er hatte dunkle Ringe unter den Augen, weil er unter Schlafstörungen litt, und er war unrasiert. Tatsächlich sah er aus wie ein Krimineller. Shelby wollte jedoch noch immer nicht an seine Schuld glauben. Endgültig von seiner Unschuld überzeugt hatte sie seltsamerweise sein Geständnis. In ihren Ohren klang es einfach nicht glaubwürdig. Er hatte sie oft genug angelogen, und sie hatte seinen Lügen Glauben geschenkt. Sie war sich sicher, daß dies die größte Lüge von allen war. Es half ihr, daß Rosenthal ihrer Meinung war.

Doch warum er trotz seiner Unschuld ein Geständnis abgelegt hatte, war ein Rätsel. Vielleicht wollte er auf irgendeine Weise seinen Bruder schützen. Aber Ray würde bestimmt nicht zulassen, daß Frank für ein Verbrechen ins Gefängnis ging, das Ray begangen hatte. Shelby konnte sich das beim besten Willen nicht vorstellen. Nur ein herzloses Ungeheuer könnte so etwas tun. Und nicht einmal Ray würde es über sich bringen, bei so etwas tatenlos zuzusehen.

Shelbys einziger Besuch bei Frank verlief recht deprimierend. Er sagte ihr, sie solle nicht wiederkommen, er würde sie nicht noch einmal sehen wollen. Sie solle mit ihrem Leben weitermachen. Ihn vergessen. Er sei es nicht wert.

Niedergeschlagen fuhr Shelby nach Hause, nach Whittier. Sie wohnte wieder in ihrem alten Haus, aus mehreren praktischen und unpraktischen Gründen. Zum einen fühlte sie sich sicherer dort. Nach dem Bombenattentat auf Ray war sie nur in der Wohnung geblieben, weil Frank bei ihr war. Jetzt war er fort, und sie fühlte sich trotz Franks Zusicherung, die kolumbianischen Drogendealer würden ihr nichts tun, nicht sicher dort.

Aber abgesehen von dem Gefühl der Sicherheit brauchte sie auch den Trost, den ihre gewohnte Umgebung ihr bieten konnte. In diesem Haus war ihr Leben schön und glücklich gewesen. Zwei Monate zuvor hatte sie versucht, den Erinnerungen an ihr Leben mit ihrem Vater zu entfliehen, indem sie nach Puerto Vallarta gefahren war und sich verliebt hatte. Jetzt hatte diese Flucht sie in ein Gefängnis geführt.

Den Rest des Nachmittags verbrachte Shelby mit dem Versuch, ihre Stunden für den kommenden Tag vorzubereiten. In der letzten Zeit hatte sie häufig in der Schule gefehlt, und gestern hatte sie mit ihrer Direktorin über einen möglichen Urlaub gesprochen. Sie würde noch bis zum Ende der Woche arbeiten, dann könnte eine Vertretung am Montag anfangen. Auf diese Weise hätte Shelby Zeit, ihre Schüler auf die Veränderung vorzubereiten, und könnte gleichzeitig Stunden für ihre Vertretung planen. Aber Shelbys Gedanken waren weit entfernt von Dinosauriern und Phonetik. Die Türklingel war eine willkommene Unterbrechung und um so mehr, als ihr unangemeldeter Besucher sich als ihre Freundin Christie entpuppte.

In der einen Hand trug sie eine Pizza, in der anderen eine Pakkung Coladosen. „Ich hoffe, du hast noch nicht zu Abend gegessen."

„Ich habe nicht einmal gemerkt, daß es schon so spät ist", erwiderte Shelby.

„Komm, laß uns die Pizza essen, solange sie noch heiß ist."

Shelby trat zur Seite, und ihre Freundin kam herein. Shelby führte Christie in die Küche, wo sie sich die Peperonipizza auf einen Teller legten und sich jede eine Dose Cola nahm. Dann gingen sie ins Wohnzimmer, um zu essen.

Christie hielt die Unterhaltung in Gang, denn Shelby fiel es schwer, mit anderen oberflächlich zu plaudern. Bevor sie noch ihr zweites Stück Pizza aufgegessen hatten, kannte Shelby allen Klatsch aus Christies Werbeagentur. Dann wandte sich Christie ihrem Liebesleben zu, das sie während des zweiten Stückes Pizza beschäftigte. Doch mittlerweile ließ sich nicht mehr verbergen, daß die Unterhaltung sehr einseitig geführt wurde. Zwischen ihnen schien die unausgesprochene Übereinkunft zu bestehen, daß an diesem Abend keine schwierigen Themen erörtert werden sollten. Shelby überlegte krampfhaft, welche Themen sie anschneiden könnte, aber sie hatte den Eindruck, daß in letzter Zeit nichts Triviales in ihrem Leben passiert war.

„Ich werde einen unbezahlten Urlaub nehmen", berichtete sie. „Sie haben eine Vertretung für mich eingestellt, die am Montag anfängt."

„Das ist ein großer Schritt, meinst du nicht?"

Shelby zuckte die Achseln. „Es ist nur bis ... Ich weiß nicht, bis wann. In der Schule bin ich ziemlich nutzlos. Ich kann nicht denken, ich ..." Sie brach ab und sah Christie entschuldigend an. „Laß uns über etwas anderes sprechen."

„Mein Repertoire an Gesprächsthemen ist bereits erschöpft", erwiderte Christie.

„Ich bin ziemlich langweilig, nicht?"

„Sieh mal, ich bin hier, ob du nun reden möchtest oder nicht. Wir können auch ins Kino gehen, wenn dir das lieber ist."

„Ich weiß nicht, was ich will."

„Ich wünschte, ich wüßte, was ich sagen soll."

„Du weißt immer, was du sagen sollst, Christie."

„Vielleicht ist das Problem, daß das, was ich zu sagen habe, nicht das ist, was du hören möchtest."

„Oh ..." Shelby überlegte, ob sie weiter in ihre Freundin dringen sollte. Aber sie wollte nicht die Art von Beziehung, bei der sie den anderen wie ein rohes Ei behandeln mußte – das hatte sie bereits in ihrer Ehe. Mit einem Seufzer sagte sie: „Sag es mir, Christie. Ich bin im Augenblick so verwirrt, ich brauche neue Erkenntnisse."

„Ich denke nur, daß du einen Fehler machst, wenn du dein Leben aufgibst, um die erduldende Ehefrau zu spielen. Auf lange Sicht kannst du dabei nur verlieren, Shelby."

„Was meinst du damit?"

„Frank ist ein Mörder ..."

„Sag nichts mehr", sagte Shelby beinahe flehend.

„Du hast mich aufgefordert, meine Meinung zu sagen, und ich wäre eine schlechte Freundin, wenn ich nicht ehrlich zu dir wäre. Er hat ein Geständnis abgelegt, um Himmels willen! Vielleicht war es ein Unfall, vielleicht war es Notwehr, aber er hat dich getäuscht. Schlimmer noch, nur wenige Tage nachdem er seine Exfrau getötet und das Verbrechen vertuscht hat, wirbt er in Puerto Vallarta um dich. Shelby, wie kannst du dich noch auf seine Seite stellen? Selbst wenn er sie nicht töten wollte, was ja noch gar nicht feststeht, was für ein Mann kann sich verlieben und heiraten, wo doch praktisch noch Blut an seinen Händen klebt?" Sie zog scharf die Luft ein. „So, jetzt habe ich es gesagt. Ich hoffe, daß du mich nicht haßt. Ich mußte es einfach mal loswerden."

„Und genau das, was du gerade gesagt hast, Christie, läßt mich glauben, daß er unschuldig ist."

„Shelby, sei doch nicht so naiv."

„Ich bin nicht naiv!" gab Shelby zurück, die es langsam satt hatte, immer für unwissend gehalten zu werden. „Ich habe keinen Mörder geheiratet!"

„Er hat ein *Geständnis* abgelegt." Und etwas sanfter fügte Christie hinzu: „Ich weiß, wie schwer es sein muß, sich einzugestehen, einen so schrecklichen Fehler begangen zu haben. Aber mach es nicht noch schlimmer, indem du daran festhältst."

Plötzlich traten Tränen in Shelbys Augen. Ohne großen Erfolg versuchte sie, sie zurückzuhalten. „Ich habe keinen Fehler gemacht. Ich ... das ist nicht möglich." Christie streckte die Hand nach ihr aus, doch Shelby zog sich zurück. „Bin ich das wirklich? Eine dumme, hohlköpfige Gans, die sich von einem glattzüngigen Mann hat täuschen lassen? Es war alles so wirklich ... so ... gut. War ich wirklich so blind?"

Die Türglocke schlug erneut an, und Christie erhob sich, um wer immer auch vor der Tür stand, fortzuschicken. Aber es war Dawn. Auch sie hielt eine Pizza in der Hand und in der anderen einige Videos.

„Es ist kein besonders günstiger Zeitpunkt", sagte Christie.

Shelby wandte sich um und wischte sich mit dem Handrücken die Tränen ab. „Dawn", sagte sie mit zitternder Stimme.

„Was ist los?" fragte Dawn und kam herein. Christie nahm ihr die Pizza ab und trug sie in die Küche, während Dawn zum Sofa ging und sich neben Shelby setzte.

„Ich bekomme gerade eine Lektion in Realität", sagte Shelby.

Christie kam ins Zimmer zurück. „Vielleicht war die Lektion ein wenig zu hart."

„Vielleicht auch nicht", entgegnete Shelby etwas gefaßter. „Erzähle Dawn, was du gesagt hast."

Widerstrebend wiederholte Christie ihre Beobachtungen.

„Wie können Sie so etwas sagen?" fragte Dawn entsetzt.

Christie war offensichtlich erstaunt über diese Reaktion. „Ich war nur ehrlich und habe ihr gesagt, was ich denke. Das ist, was Freundinnen tun sollten. Aber Sie wollen mir doch nicht sagen, Dawn, daß Sie Frank für unschuldig halten?"

„Ich habe nicht genügend Informationen, um das beurteilen zu können."

„Aber was für ein Gefühl haben Sie?" drängte Christie.

„Ich habe meinen Gefühlen nie trauen können."

„Vielleicht hat Shelby das geerbt ..." Christie brach plötzlich ab. Ihr Blick wanderte von der Mutter zur Tochter. „Ich glaube, ich halte jetzt besser den Mund, bevor ich mich vollends in die Nesseln setze. Ich verschwinde. Shelby, wir können uns ja noch mal unterhalten, wenn wir beide vielleicht ein wenig objektiver sind. Ich möchte wirklich nichts tun, was unserer Freundschaft schadet." Sie hielt inne und drückte Shelbys Schulter, dann ging sie zur Tür. „Wir hören bald voneinander, ja?" Es war sowohl eine Bemerkung als auch eine Frage.

„Du hast eine gute Freundin", meinte Dawn aufrichtig, nachdem Christie fort war.

„Und vielleicht hat sie ... recht." Wieder füllten sich Shelbys Augen mit Tränen. „Vielleicht war ich nur zu stolz und zu eigensinnig, um mir einzugestehen, daß ich mich habe täuschen lassen."

„Eines möchte ich dir sagen. Keinesfalls darfst du diesen Blödsinn glauben, du hättest vielleicht mein schlechtes Urteilsvermögen geerbt. Ich glaube nicht, daß so etwas vererbt wird, es wird gelernt. Und dein Dad hat dich gut gelehrt. Das mußt du glauben."

„Wie kann ich je sicher sein? Bei Frank gibt es so viele Dinge, die nicht zusammenpassen – oder vielleicht sogar zu seinem Nachteil zusammenpassen. Wäre ich denn nicht ein schrecklicher Dummkopf, wenn ich loyal zu ihm stehe und sich dann doch herausstellt, daß er ..."

„Du bist kein Dummkopf!" rief Dawn dazwischen. „Möchtest du einen Rat?"

„Ja, gern."

„Du mußt entscheiden, was die Wahrheit ist, und dich dann daran halten. Ich weiß, es ist schwer, das zu entscheiden. Aber ... na ja, ich hoffe, du bist nicht beleidigt, Shelby, aber ich habe für dich gebetet." Dawn lächelte sie verlegen an. „Das klingt so komisch und anmaßend, als könnten meine Gebete tatsächlich etwas bewirken oder so. Aber meine Gebete oder die eines anderen Menschen sind nur etwas wert, weil Gott auf die Menschen hört, die ihn lieben."

„Du brauchst dich nicht zu entschuldigen, Dawn. Eigentlich ... eigentlich tut es ganz gut, das zu wissen. Es ist so, als wäre ich nicht allein."

„Du brauchst nicht allein zu sein, Shelby."

„Ich weiß es wirklich zu schätzen, daß du für mich da bist ..."

„Auf *mich* kannst du nicht zählen. Sicher, ich bin jetzt da, und ich habe auch vor, für dich dazusein. Aber du weißt besser als jeder andere, daß ich recht wankelmütig bin. Ich kann dir nicht versprechen, was in Zukunft sein wird. Aber ich kann dir sagen, daß Jesus nicht wankelmütig ist. Er wird dich niemals im Stich lassen. Er wird *immer* für dich dasein."

„So wie Dad."

Dawn lächelte. „Ja, aber auch dein Vater war ein Mensch. Er konnte nichts dafür, daß er gestorben ist ..."

„Und mich verlassen hat."

„Jesus würde das nicht tun. Er ist bereits gestorben und ist auferstanden, damit er in Ewigkeit bei uns sein kann."

„Dawn, woher weißt du das? Woher weißt du, daß das, was du hast, real und nicht nur ein Gefühl ist?"

„Ich habe mich das auch gefragt, als ich zum ersten Mal mit dem Glauben an Jesus konfrontiert wurde. Und die Antwort ist so einfach. Man weiß es einfach. Und diese Gewißheit wächst mit jedem Tag. Mein Gefühl der Gegenwart Gottes ist jetzt viel größer als damals, als ich anfing zu glauben."

„Und dieser Glaube wird mich glücklich machen und all das?"

„Die Traurigkeit und der Schmerz werden nicht auf einmal weg sein. Der Glaube gibt dir nur die Kraft, dich all diesen Dingen zu stellen. Er ist keine Pille, wonach du dich wohl fühlst. Aber wenn du Gott kennst und in Schwierigkeiten gerätst, dann hast du etwas, das sehr viel besser ist, als glücklich zu sein und dich gut zu fühlen. Du hast Hilfe, Trost."

Shelby sah ihre Mutter an. Zum ersten Mal in ihrem Leben fühlte sie sich wie ein Kind, das sich an seine Mutter klammert. „Wird Gott mit Frank alles in Ordnung bringen?"

Traurig schüttelte Dawn den Kopf. „Darum geht es nicht, Liebling."

Shelby unterdrückte einen neuen Tränenstrom. „Ich weiß. Vermutlich mußte ich wenigstens fragen."

„Es tut mir so leid." Dawn ergriff Shelbys Hände.

„Mutter …“ Shelby lächelte unter Tränen. „Würdest du mit mir beten?“

Ebenfalls weinend nickte Dawn.

34

Ray machte eine schwierige Zeit durch, da sein Bruder nicht mehr ins Krankenhaus kam. Ray war nicht nur wütend, daß Frank ihn ohne Erklärung fallenließ, er litt auch körperlich. Er versuchte, ein paar Freunde zu überreden, ihm Drogen ins Krankenhaus zu schmuggeln, aber keiner von ihnen war bereit, dieses Risiko auf sich zu nehmen, zumal er ziemlich knapp bei Kasse war. Ray hatte sich angewöhnt, ein oder zwei Gramm Kokain pro Tag zu nehmen – für die meisten Leute eine riesige Menge, aber Ray schien viel zu vertragen. Seine Sucht kostete ihn fünfzehnhundert Dollar pro Woche. Er fragte sich, was er tun sollte, wenn sich seine Lage nicht bald änderte. Mehrmals überlegte er, ob er einfach aus dem Krankenhaus fliehen sollte – immerhin stand er ja nicht unter Arrest. Aber selbst wenn er es schaffte, das Krankenhaus zu verlassen, mit seinem Bein würde er nicht weit kommen. Er saß fest. Und er konnte an nichts anderes denken als an das Wohlgefühl, das eine hübsche Prise Kokain ihm bereiten würde.

Um sich abzulenken, schaltete er das Fernsehgerät ein. Die Nachrichten wurden gesendet, und Ray hätte sofort den Sender gewechselt, wenn nicht ein Satz seine Aufmerksamkeit erregt hätte.

„... der größte Drogenfang in diesem Jahr. Mehr als sechshundert Pfund Kokain wurden gestern abend von den Beamten des Drogendezernats sichergestellt. Neben mir steht gerade Detective Brian Anderson, der zusammen mit dem Bezirksstaatsanwalt diesen Fall bearbeitet hat. Mr. Anderson, haben Sie eine Verhaftung vorgenommen?“

„Ja, dieses Mal hatten wir großes Glück. Wir haben Hector Barcelona, der unserer Meinung nach eine wichtige Rolle in der Drogenszene spielt, verhaften können.“

Ray lächelte und drehte den Ton lauter.

„Detective Anderson, welchen Wert haben die beschlagnahmten Drogen, wenn sie auf der Straße verkauft werden?“

„Wir schätzen ihn auf mehrere Millionen Dollar.“

„Welche Drogen genau?“

„Kokain und Heroin.“

„Haben Sie Beweise gegen Barcelona?“

„Im Augenblick kann ich natürlich nicht über Einzelheiten sprechen, aber wir sind zuversichtlich, Barcelona für lange Zeit hinter Gitter bringen zu können. Dies ist ein großer Erfolg für unser Dezernat, und ich möchte noch einmal betonen, daß so etwas nur möglich ist, wenn mehrere Abteilungen zusammenarbeiten ...“

Ray stellte den Fernseher ab. Auf keinen Fall wollte er die Prahlereien der Cops hören, wie edel und heldenhaft sie wären. Er hatte sowieso genug gehört. Barcelona war festgenagelt. Das war die beste Nachricht, die er seit Wochen erhalten hatte. Erst am folgenden Morgen, als Detective Anderson, der Polizist aus den Nachrichten, ihn aufsuchte, dachte er darüber nach, welchen Einfluß dies auf ihn haben könnte. Detective Anderson wollte, daß Ray gegen Barcelona aussagte. Ray spielte den Unwissenden. Ihm gefiel die Vorstellung nicht, mit der Polizei zusammenzuarbeiten, auch wenn dies einen entscheidenden Schlag gegen Hector bedeutete. Außerdem hatten sie ihm für seine Kooperation nichts anzubieten.

Um elf Uhr abends bekam er erneut Besuch. Barcelona schlüpfte leise ins Zimmer. Ray fragte sich, ob er wohl aus dem Gefängnis geflohen war, aber so dumm war Barcelona nicht.

„Dann haben sie dich also wieder freigelassen, Hector?“ meinte Ray beiläufig.

„Ich habe mir einen guten Anwalt genommen, *Amigo.* Ich bin auf Kaution draußen.“

„Gratuliere“, erwiderte Ray.

„Ich höre, die Cops haben dir heute einen Besuch abgestattet.“

„Ja, haben sie.“ Jetzt kannte Ray den Grund für Barcelonas Besuch. „Haben sie dir Angst gemacht, Hector?“

„Warum sollte ich mir Sorgen machen? Alte Compadres halten doch zusammen, nicht?“

„Compadres? Ich hatte den Eindruck, daß du mich noch vor ein paar Wochen töten wolltest. Ich weiß noch immer nicht, wer meinen Wagen in die Luft gejagt hat.“

„Ich schwöre bei der Jungfrau Maria, daß ich das nicht war! Ramon, *Amigo …*" säuselte Barcelona. „Sicher, wir haben dann und wann Differenzen gehabt. Genau wie richtige Brüder, nicht? Du mußt wissen, ich liebe dich wie meinen eigenen Bruder." Er hielt inne und griff in seine Tasche. „Siehst du, wie ich für dich sorge? Ich komme nicht mit leeren Händen." Er hielt ihm eine kleine Tüte hin.

Ray reagierte sofort auf das weiße Pulver in der Tüte. Das Wasser lief ihm im Mund zusammen, und sein Herz klopfte. Es war besser, als einen alten Freund wiederzusehen. Er griff danach, dann hielt er inne. „Was willst du dafür, Hector?" Ihm war beinahe egal, wie die Antwort lautete; er wußte, er würde die Tüte nehmen.

„Dies ist ein Geschenk, Amigo. Genieße es."

Ray warf einen Blick zur Tür.

„Keine Angst, Ray", versicherte Barcelona. „Die Schwestern haben Schichtwechsel und sind abgelenkt, darum bin ich jetzt gekommen. Außerdem sind sie gerade sehr beschäftigt – ein Unfall auf dem Freeway. Und Ricardo steht vor der Tür. Niemand wird dich stören. Du bist bestimmt schon auf Entzug. Wie lange ist es her? Ich verspreche dir, keine Haken."

Ray nahm die Tüte. Nach einem tiefen Zug legte sich Ray zurück und wartete auf die Wirkung der Droge. Nach etwa drei Minuten setzte der Rausch ein. Ray liebte den Rausch. Alles wurde auf einmal so scharf und klar, als würde man aus dem Nebel in einen hellen, sonnigen Tag treten.

„Das Zeug ist ziemlich gut", bemerkte Ray.

„Darauf kannst du wetten. So rein, wie es hereinkommt. Für meine Freunde nur das Beste."

Ray nahm einen weiteren tiefen Zug.

„Paß besser auf damit, Mann", warnte Barcelona.

„Mach dir um mich keine Sorgen. Ich kann damit umgehen. Paß du nur auf, daß niemand hereinkommt."

„Niemand wird uns stören, Ramon." Barcelona nahm sich einen Stuhl und setzte sich. „Und jetzt, Ray, wie ich schon sagte, das Kokain ist ein Geschenk, aber ich muß mit dir über etwas sprechen. Ich weiß, du würdest mich nicht verraten. Du hast mich schon einmal geschützt, darum weiß ich, daß ich auf dich zählen kann. Aber ich mache mir Sorgen um Frank."

„Frank ist cool. Keinesfalls würde er dich verraten."

„Ich wünschte, ich könnte da so sicher sein. Aber jetzt, da Frank wegen des Mordes an Gloria hinter Gitter geht, könnte er denken, er hätte etwas zu verlieren."

„Er wird nicht für den Mord an Gloria hinter Gitter gehen", versicherte Ray. Er war sich seiner Sache sicher. Das kam nicht von dem Kokain, sondern weil er wußte, er würde nicht zulassen, daß Frank deswegen verurteilt wurde.

Aber Barcelona erwiderte: „Was wird denn deiner Meinung nach passieren, nachdem er ein Geständnis abgelegt hat?"

„Was meinst du damit?"

„Weißt du das denn nicht? Er hat doch ein Geständnis abgelegt. Sie werden ihn einsperren, Mann."

„Das kann nicht ..." Aber plötzlich verstand Ray, warum Frank seine Besuche im Krankenhaus eingestellt hatte. Vermutlich saß er im Gefängnis.

„Es stimmt, Ramon."

„Dieser Idiot. Dieser blöde Idiot. Was denkt er sich?" Ray stellte sich selbst diese Frage. Barcelona war schon fast vergessen. „Ich muß mit ihm sprechen. Das kann er nicht tun." Er setzte sich auf und schwang die Beine aus dem Bett. Ein heftiger Schmerz durchzuckte ihn, und er fiel ins Bett zurück.

„Darfst du das denn?" fragte Barcelona.

„Hilf mir hier heraus!"

„Ich weiß nicht, Mann. Du könntest dich verletzen."

Ray rappelte sich wieder hoch und versuchte aus dem Bett zu kommen. Schließlich reichte Barcelona ihm die Hand. Ray stützte sich auf Barcelona und ignorierte den Schmerz in seinem Bein.

„Komm schon", drängte Ray. „Laß uns gehen!"

„Willst du dich denn nicht anziehen?"

Ray dachte kurz darüber nach, doch er war von dem Kokain benebelt, und sein Herz raste zum Zerspringen. Er wollte nichts wie weg. Aber natürlich konnte er auch schlecht in seinem Schlafanzug auf die Straße gehen. „Hol mir meine Sachen."

„Okay, aber zuerst packe ich das Kokain weg, bevor es herunterfällt."

Nur widerstrebend reichte Ray ihm das Kokain. Er würde es ja später wiederbekommen.

Das Ankleiden war ein sinnloses Unterfangen. Seine Hose paßte nicht über die dicken Verbände an seinem Bein, und seine Hände zitterten so stark, daß er nicht einmal sein Hemd richtig zuknöpfen konnte. Schließlich warf er die Sachen zur Seite und machte sich auf den Weg zur Tür. Er wäre vornüber gekippt, wenn Barcelona ihn nicht aufgefangen hätte. Sie schafften es auf den Flur. Plötzlich durchzuckte Ray ein Schmerz, wie er ihn noch nie erlebt hatte. Der Schmerz in seinem Bein war gar nichts dagegen. Er traf seine Brust wie ein Vorschlaghammer. Ray klammerte sich an Barcelona und sank zu Boden.

Wie aus weiter Ferne hörte er Barcelona sagen: „Was ist denn los, Mann?"

Als Ray nur keuchte, schrie Barcelona: „Hey! Helft uns!"

Eine Schwester kam angerannt. Sie beugte sich über Ray, hob seine Augenlider an und horchte an seinem Herzen. Auch sie schrie etwas zum Schwesternzimmer hin. „Brenda, er hat einen Herzanfall!" Dann begann sie auf seine Brust zu drücken, doch an mehr erinnerte sich Ray nicht mehr.

* * *

Frank erfuhr die Nachricht am folgenden Tag von seinem Anwalt.

„Einen Herzanfall? Aber er ist doch noch nicht einmal fünfundzwanzig."

„Der Arzt sagt, er wäre gestorben, wenn er nicht bereits im Krankenhaus gewesen wäre. Er hatte Drogen genommen. Seine Blutwerte beweisen es."

Frank ließ den Kopf in die Hände sinken. So viel zu seinem Versuch, ihm sein Leben zurückzugeben.

Aber Frank hatte wenig Gelegenheit, über seinen Bruder nachzudenken, denn Rosenthal war nur gekommen, um bei einem Verhör anwesend zu sein, das von Liscom, Poole und dem stellvertretenden Bezirksstaatsanwalt durchgeführt werden sollte. Rosenthal forderte noch immer, daß die Anklage auf Totschlag heruntergeschraubt werden sollte, aber Doug Waller war entschlossen, auf vorsätzlichen Mord zu plädieren. An diesem Morgen hatte der stellvertretende Bezirksstaatsanwalt Alan angerufen und ihm gesagt, er sei bereit, darüber zu reden.

Wie es schien, hatte die Polizei einen alten Kameraden von Frank verhaftet, und sie wollten, daß Frank gegen ihn aussagte. Waller war bereit, bestimmte Zugeständnisse zu machen, falls Frank eine Aussage machte. In Anbetracht der Tatsache, daß Frank sein Leben in Ordnung gebracht zu haben schien, würde der Staat in Betracht ziehen, die Anklage im Fall Gloria Herrera auf vorsätzlichen Totschlag zu reduzieren.

Frank wollte nicht wegen Mordes hingerichtet werden, auch wollte er nicht den Rest seines Lebens hinter Gittern verbringen. Er wollte nur die Schuld für den Mord an Gloria auf sich nehmen. Wenn er dafür nur wenige Jahre im Knast verbringen müßte, um so besser. Jedoch weigerte er sich, sich selbst zu retten, indem er Barcelona ans Messer lieferte. Er und Barcelona waren Partner im Drogengeschäft gewesen. Sie waren sogar Freunde gewesen. Frank erinnerte sich an die vielen Male, wo Hector für ihn eingetreten war, ihm das Leben gerettet, ihn aus Schwierigkeiten herausgehauen hatte. Es stimmte, je tiefer sie ins Drogengeschäft abgerutscht waren, desto mehr hatte sich Barcelona verändert. Er war härter geworden, rücksichtsloser, während Frank immer mehr die Nase voll gehabt hatte. In gewisser Weise betrachtete Frank Barcelona als Opfer, genau wie Ray. Zwar war sein alter Freund in Franks Augen eine Ratte oder Schlimmeres, aber er konnte ihn nicht verraten. Obwohl sie alle auf die eine oder andere Weise für ihre Verbrechen würden zahlen müssen, konnte Frank nicht derjenige sein, der ihm die Strafe aufzwingen würde.

Nach mehreren anstrengenden Stunden des Verhörs und des Handelns wurde klar, daß Frank nicht nachgeben würde. Und Doug Waller, der mit dem Ergebnis höchst unzufrieden war, schien entschlossener denn je, Frank des vorsätzlichen Mordes anzuklagen. Alan Rosenthal brauchte zwei weitere Tage, bevor er den stellvertretenden Bezirksstaatsanwalt schließlich davon überzeugte, daß der Mord an Gloria Herrera keine vorsätzliche Tat war und daß Frank, da er keine Vorstrafen hatte, geschont werden sollte. Die Tatsache, daß mehrere andere Zeugen bereit waren, gegen Barcelona auszusagen, versetzte den Bezirksstaatsanwalt in bessere Stimmung.

Das Zugeständnis war eine formelle Anklage des Mordes zweiten Grades, worauf eine lebenslange Gefängnisstrafe ohne Möglichkeit der Begnadigung stand. Alan war entmutigt und sagte Frank, er sei bereit, vor Gericht zu gehen, um ein geringeres Strafmaß durchzufechten, doch die Chancen, den Prozeß zu gewinnen, seien gering. Frank schüttelte nur den Kopf. Er würde Shelby nicht die Qual einer Gerichtsverhandlung zumuten. In seinem Leben hatte er schon genügend Leuten weh getan. Er verdiente es, ins Gefängnis zu kommen.

35

Als Ray seine Umgebung wieder wahrnahm, bemerkte er die Schläuche und Drähte an seinem Körper, und er lag in einem anderen Zimmer als vorher. Er konnte das gleichmäßige Piepen eines Monitors hören. Aber zumindest war der schreckliche Schmerz in seiner Brust weg, wenn auch sein Bein sehr stark schmerzte. Er versuchte sich zu erinnern, was passiert war und wie er hierhergekommen war.

Barcelona ... Er hatte mit ihm gesprochen. Barcelona war verhaftet, aber auf Kaution entlassen worden. Er machte sich Sorgen ...

Plötzlich fiel es ihm wieder ein. „Frank!“ rief er und begann gegen die Drähte und Schläuche zu kämpfen. Er zog an einigen Drähten, die an seiner Brust befestigt waren, und hörte einen Alarmton. Sofort standen zwei Schwestern an seiner Seite.

„Es ist in Ordnung, Ramon“, beruhigte ihn die eine.

„Ich muß hier raus!“ rief Ray.

„Sie müssen hierbleiben, bis es Ihnen besser geht.“ Ihre Stimme klang so süß, daß Ray beinahe tatsächlich bleiben wollte.

Doch dann erinnerte er sich an seinen Bruder. „Ich muß Frank retten. Ich muß ihn sehen.“

„Sie müssen im Krankenhaus bleiben, Ray. Sie sind sehr krank.“

„Frank ist in Schwierigkeiten ...“ Er wehrte sich erneut, doch die Schwester hielt ihn fest. Ray kämpfte gegen sie an. Er mußte mit seinem Bruder sprechen.

„Ich glaube, er leidet unter einer Psychose“, meinte eine der Schwester. „Ich rufe besser den Arzt.“

Ray wehrte sich noch immer, warf den Infusionsständer um, wobei die Nadel aus seiner Vene gerissen wurde. „Holen Sie die Polizei! Ich muß mit der Polizei sprechen!“ schrie er immer wieder.

Als der Arzt erschien, verordnete er Ray Valium. Danach versuchte er mit Ray zu sprechen. „Ray, Sie werden noch einen zweiten Herzanfall bekommen, wenn Sie sich nicht beruhigen.“

„Holen Sie die Polizei.“

„Wenn es Ihnen bessergeht, können Sie mit …"

Ray packte den Arzt am Kittel. „Nein! Ich muß jetzt mit ihnen sprechen!"

„Versprechen Sie mir, sich zu beruhigen, wenn ich das erlaube?"

„Ja. Holen Sie sie nur."

Eine Stunde später erschienen Liscom und Poole.

„Sie müssen meinen Bruder freilassen", sagte Ray. Er war noch immer sehr erregt. „Er hat niemanden getötet. Ich habe es getan, hören Sie? Ich habe Gloria getötet. Lassen Sie Frank frei."

„Sie wollen den Mord an Gloria Herrera gestehen?" fragte Poole.

„Ja! Ich wollte es nicht. Die Sache ist einfach außer Kontrolle geraten. Ich war ziemlich vollgedröhnt, Sie wissen schon, mit Drogen, und ich weiß nicht, was sonst noch alles. Aber sie hat mir den Kopf verdreht. Sie hat mich betrogen, und es gefiel ihr, mich leiden zu sehen. Ich wurde zornig. Ich habe sie mehrmals geschlagen. Sie fiel hin und hat sich am Kopf verletzt."

„Das ähnelt ziemlich stark Franks Geschichte …"

„Aber ich sage die Wahrheit!" schrie Ray.

„Vielleicht legen Sie nur ein Geständnis ab, um Ihren Bruder zu schützen", meinte Liscom.

„Sie verstehen nicht! Er versucht, *mich* zu schützen!"

„Haben Sie Beweise?"

„Ich habe sie in meinen Wagen gelegt und zu dem Boot gefahren. In meinem Wagen ist Blut zu finden. Ich habe versucht, es zu reinigen, aber bestimmt werdet ihr noch Spuren finden – genau wie auf dem Boot."

„Das einzige Problem dabei ist, Ray, Ihr Wagen ist in die Luft geflogen."

Ray stöhnte vor Verzweiflung und ließ sich zurücksinken. Seit Frank des Mordes an Gloria verdächtigt wurde, war Ray zuversichtlich gewesen, daß man ihm nichts würde nachweisen können. Er war der festen Überzeugung, daß die Polizei nicht genügend Beweise finden würde, um Frank zu überführen, zumal Ray ja wußte, daß sein Bruder unschuldig war. Ray hatte Gloria tatsächlich getötet – es hatte sich genau so zugetragen, wie er der Polizei erzählt hatte. Aber für den Fall, daß Frank doch verhaftet werden sollte, wollte Ray sich selbst stellen. Durch sein Geständnis hatte Frank alles verdorben.

„Sehen Sie", sagte Poole, „wir werden über das, was Sie uns gesagt haben, nachdenken. Wir werden dem nachgehen und sehen, was dabei herauskommt. Und jetzt beruhigen Sie sich besser wieder, weil Sie Ihrem Bruder nicht helfen können, wenn Sie tot sind."

* * *

Poole und Liscom verließen die Intensivstation. Auf dem Weg zum Aufzug lachte Liscom leise.

„Was für ein Meisterwerk", sagte er. „Aber diese Mexikaner halten wirklich zusammen."

„Sie meinen, er schlägt nur Löcher in die Luft?"

„Natürlich."

„Vielleicht nicht."

„Einen Augenblick, Ed", sagte Liscom und drehte sich zu seinem Partner herum. „Wir haben den Mann, den wir verhaften wollten. Wir brauchen keinen anderen zu suchen."

„Wir haben den Mann, den wir verhaften wollten, aber haben wir auch den Mörder?"

„Wir haben einen Drogendealer gefaßt und jetzt die Gelegenheit, ihn für lange Zeit in den Knast zu bringen. Wir haben auch die Möglichkeit, einen anderen Drogendealer für lange Zeit festzunageln. Frank Stefano wird uns Barcelona ans Messer liefern, wenn er der Meinung ist, er könnte sich dadurch vor einer Mordanklage retten. Das war ein schönes Stück Arbeit."

„Ich habe gehört, daß Stefano sich weigert, gegen Barcelona auszusagen."

„Geben Sie ihm Zeit. Ein paar Wochen hinter Gittern werden ihn schon weichkochen."

„Und wenn der eigentliche Mörder in der Zeit frei herumläuft?"

„Ray Stefano ist ein Nichts, ein Niemand. Seine Sucht wird ihn über kurz oder lang ins Grab bringen. Wir wollten Barcelona und

Frank Stefano. Und jetzt haben wir beide. Ich kann Ramon gehen lassen, weil er zu dumm und keine große Bedrohung in der Drogenwelt ist. Außerdem hat Ramon vermutlich nur ein Geständnis abgelegt, weil er denkt, er würde sowieso sterben. Er wollte seinen Bruder retten, bevor er geht."

„Auf der anderen Seite möchte er vielleicht sein Gewissen erleichtern, bevor er stirbt."

„Wie ich schon sagte, wir haben den richtigen Mann verhaftet."

Sie gingen weiter und erreichten den Aufzug. Liscom drückte den Knopf.

„Ich habe gehört, daß Frank Stefano aus dem Geschäft ausgestiegen ist", meinte Poole.

„So einfach ist das nicht. Wenn man erst mal darin verwickelt ist, kommt man nie wieder raus. Und selbst wenn das so ist, sollte er trotzdem für die Vergangenheit bezahlen."

„Das ist nicht meine Aufgabe, Marv. Meine Aufgabe ist es, Gloria Herreras Mörder zu finden."

„Wir haben ihren Mörder gefunden."

„Da bin ich nicht so sicher", erklärte Poole.

Der Aufzug kam, und sie gingen hinein.

36

Von Alan hatte Shelby gehört, daß Ray einen Herzanfall gehabt hatte und daß es ihm nicht besonders gutging. Auch hatte er den Mord an Gloria gestanden, aber die Polizei hatte ihm keinen Glauben geschenkt. Sie hatte sein Geständnis als Versuch gewertet, seinen großen Bruder zu schützen. Dies bestärkte Shelby jedoch nur in ihrem Glauben an Franks Unschuld. Sie kannte Frank gut genug, um beurteilen zu können, daß Frank versuchte, seinen Bruder zu retten, nicht umgekehrt.

Bei Franks formaler Verurteilung saß Dawn an Shelbys Seite. Allein ihre Gegenwart war Shelby ein großer Trost. Shelby hatte angefangen, Dawns Gemeinde zu besuchen, und mehr und mehr bekam sie die Gewißheit, daß sie die richtige Entscheidung getroffen hatte, als sie ihr Leben Gott übergeben hatte. Sie war der festen Überzeugung, daß sie ohne ihren wachsenden Glauben nicht im Gerichtssaal sitzen und Franks Urteil hätte anhören können.

So gern hätte sie mit ihm gesprochen, aber er weigerte sich noch immer, sie zu sehen. Nachdem der Richter das Urteil gesprochen hatte, eilte sie nach vorn, wobei ihr egal war, was die Leute von ihr dachten.

„Frank ...", begann sie. Sie stand vor dem Holzgeländer, das den Zuschauerraum von dem vorderen Teil des Gerichtssaals trennte.

Als er nicht reagierte, versetzte Alan ihm einen Stoß. „Sprechen Sie mit ihr, Frank", sagte er.

Und sehr zu Shelbys Erstaunen wandte sich Frank um. „Hallo Shelby", sagte er förmlich.

„Wie geht es dir?" Etwas anderes fiel ihr nicht ein, obwohl die Antwort auf diese Frage offensichtlich war.

„Gut."

Nachdem sie so lange darauf gewartet hatte, mit ihm zu sprechen, wußte sie plötzlich nicht mehr, was sie sagen sollte. Sie wollte diese kostbare Zeit nicht mit Belanglosigkeiten vergeuden, doch dies war wohl kaum der richtige Ort für tiefgehende Geständnisse.

„Ich liebe dich, Frank." Ihre Kehle war wie zugeschnürt, und nur mühsam brachte sie diese Worte heraus.

„Shelby, ich kann dich nicht davon abhalten, daß du versuchst, mich zu sehen, aber ich kann dich bitten, es nicht zu tun." Bei diesen Worten sah er sie nicht direkt an. „Es hat keinen Zweck. Alan ist dabei, die Scheidungspapiere vorzubereiten. Du könntest es uns noch leichter machen, indem du eine Annullierung unserer Ehe beantragst. Alan sagt, du hättest gute Gründe dafür. Es wäre dann, als wäre unsere Ehe nie geschlossen worden."

„Das kannst du doch nicht im Ernst wollen."

„Ich möchte es aber."

In diesem Augenblick kamen die Polizeibeamten, und Frank ließ sich von ihnen abführen, ohne sich umzudrehen, als sie seinen Namen rief.

„Alan", sagte sie an den Rechtsanwalt gewandt, „sagen Sie mir, daß das nicht so ist."

„Er ist fest entschlossen."

„Kann er es ohne meine Zustimmung durchsetzen?"

„Möglicherweise. Aber dagegen anzukämpfen wird nichts nützen, Shelby, vor allem, weil er im Gefängnis sitzt. Sie müssen daran denken, Ihr Leben wieder in den Griff zu bekommen."

Danach lief Shelby noch eine ganze Woche in ihrem leeren Haus herum, bevor sie wieder zur Arbeit ging. Sie „setzte ihr Leben fort", wie alle ihr sagten, aber sie tat es nur, weil sie keine andere Wahl hatte.

Auch Ray schien sein Leben fortzusetzen, aber nicht so, wie Frank es vermutlich gewollt hatte. Nach einer Woche auf der Intensivstation und einer weiteren Woche auf der normalen Krankenstation wurde er aus dem Krankenhaus entlassen. Mrs. Querida erzählte Shelby, sie und seine Eltern hätten versucht, ihn dazu zu bewegen, eine Entziehungskur zu machen, aber da er erwachsen war, konnten sie es nicht erzwingen. Er versicherte ihnen jedoch, er sei clean und würde von nun an keine Drogen mehr nehmen. Niemand glaubte ihm.

Ein Monat verging, und der Frühling im südlichen Kalifornien begann. Die Santa Anna Winde vertrieben den Smog, und die Temperaturen stiegen auf über zwanzig Grad. Shelby versuchte sich über den Frühling zu freuen und mit ihrer Klasse Frühlingsthemen zu bearbeiten. Sie wollten Osterkörbchen aus echtem Gras basteln. Auch beschäftigten sie sich mit Hasen und Schmetterlingen und sprachen über das neue Leben. Shelby hatte selbst neues Leben empfangen, ihr Leben mit Christus, und trotz ihrer wachsenden Lustlosigkeit machte sie Fortschritte im Glauben. Sie war entschlossen, Gott nicht aufzugeben, nur weil sich ihr Leben nicht zu ihrer Zufriedenheit gestaltete.

Diese Entschlossenheit wurde beträchtlich durch das Lesen in der neuen Bibel gestärkt, die ihre Mutter ihr geschenkt hatte. Auf Dawns Rat hin begann sie mit dem Neuen Testament. Noch nie hatte sich Shelby mit der Bibel auseinandergesetzt, und selbst die bekanntesten Verse waren ihr unverständlich. Doch als sie das Matthäusevangelium in einer modernen Übersetzung las, stellte sie fest, daß der Text so schwierig gar nicht war. Das, was sie las, wurde für sie plötzlich lebendig auf eine Art, wie sie es sich nie vorgestellt hätte.

Schließlich kam Shelby an den Römerbrief. Dieses Buch war nicht so gut verständlich wie die Evangelien, weil es weniger eine Geschichte erzählte, sondern ihrer Meinung nach eher einer Predigt glich. Aber sie las entschlossen weiter – bis sie an das Kapitel acht kam. Dort fiel ihr ein Vers ins Auge und ließ sie nicht wieder los. Dieser Vers rührte sie an, wie es die anderen Bibelstellen nicht vermocht hatten.

„*Wir wissen aber, wenn jemand Gott liebt, muß alles dazu beitragen, daß er sein Ziel erreicht, zu dem Gott ihn nach seinem Plan berufen hat.*“

Dieser Vers klang ihr in ihren Ohren nach. Als sie ihn las, war sie fast sicher, daß sie tatsächlich ihren Namen *gehört* hatte. „*Shelby, alle Dinge müssen dazu beitragen, daß du dein Ziel erreichst, weil du mich liebst und ich dich nach meinem Plan berufen habe.*“ Sie hatte Berichte von Leuten gehört, die erzählten, wie Gott zu ihnen gesprochen hatte, und sie fragte sich, ob sie so etwas vielleicht gemeint hatten. Konnte es sein, daß Gott tatsächlich zu ihr sprach?

Allein der Gedanke daran verursachte ihr Herzklopfen und Schwindelgefühle.

Als Shelby mit Dawn darüber sprach, meinte ihre Mutter nur lächelnd: „Genau so wirkt Gott."

Shelbys einzige Antwort war: „Wow!"

Sie klammerte sich an diesen Vers. Er hob ihre Stimmung und ließ sie fröhlich werden. Sie wußte nicht, warum Frank ins Gefängnis gekommen war, wo sie doch so intensiv um ein Wunder gebetet hatte, um das zu verhindern. Aber Shelby wußte – sie wußte es wirklich! –, daß irgendwie alles gut werden würde. Vielleicht würde es doch noch ein Wunder geben.

* * *

Ed Poole hielt sich eigentlich nicht für sentimental, obwohl sein Partner Marv ihn häufig „blutendes Herz" nannte. Ihm war es genauso sehr ein Anliegen, die Drogendealer zu fassen, wie jedem anderen auch. Doch von Anfang an, bereits bei der ersten Befragung Frank Stefanos zum Herrera-Mord hatte er gemischte Gefühle bezüglich dieses Mannes. Seit Jahren wußte er, daß Stefano und Barcelona größere Mengen Drogen ins Land schmuggelten. Aber sie waren nie zu fassen gewesen. Sie waren klug und vorsichtig und durchschauten alle Fallen, die die Polizei ihnen bisher gestellt hatte.

Als sie Ramon Stefano wegen „Drogenbesitzes mit Verkaufsabsicht" verhafteten, hatten sie gehofft, die beiden anderen auch schnappen zu können, doch der jüngere Stefano war ins Gefängnis gegangen, ohne seinen Bruder zu belasten. Poole hatte von den Polizeibeamten, die Stefano und Barcelona im Auge behielten, erfahren, daß Frank nach Ramons Verhaftung seine Drogengeschäfte beträchtlich zurückgeschraubt zu haben schien – entweder das oder er hatte es gänzlich aufgegeben. Abgesehen von einem gelegentlichen Kontakt zu seinem Bruder schien Frank alle Beziehungen zur Drogenszene gekappt zu haben.

Liscom weigerte sich zu glauben, daß Frank sich geändert hatte, aber Poole, der sich für einen recht guten Menschenkenner hielt, spürte die Aufrichtigkeit in Stefano. Falls Frank Gloria ermordet hatte, dann nur aus dem einen Grund, seinen Bruder zu schützen. Aber Frank Stefano war in seinen Augen einfach nicht der Typ Mann, der brutal auf eine Frau losging, nicht einmal im Zorn, ihre Leiche dann zu seinem Boot brachte, um sie im Meer zu versenken. Dies schien eher das Verhalten eines armen, verlorenen Kindes zu sein, dessen Gehirn durch Drogen vernebelt war.

Leider fiel es Poole schwer, das zu beweisen. Vor mehreren Monaten war die Beobachtung Frank Stefanos eingestellt worden - die Beamten hatten zu viel zu tun, um sich auch noch um einen Mann zu kümmern, der sie nicht weiterbrachte. Daher wußten sie weder etwas über Stefanos Besuch bei Gloria Herrera, noch waren sie über Stefanos anschließende Reise nach Mexiko informiert. Poole bezweifelte, daß die Beweise für eine Verurteilung Franks ausgereicht hätten, wenn er nicht gestanden hätte. Und er wußte nicht, wo er stichhaltige Beweise hernehmen sollte. Gloria Herreras Wohnung war bereits weitervermietet worden. Rays Wagen war zerstört. Die Zeugen, die Frank am Tatort gesehen hatten, waren alles, was ihnen geblieben waren. Aber die Brüder sahen sich so ähnlich, daß sie miteinander verwechselt werden konnten. Frank hatte gesagt, er wäre zweimal in Glorias Wohnung gewesen. Beim ersten Mal hatte er sich mit seiner Exfrau gestritten. Dann war er gegangen und später wiedergekommen, um sie zu töten. Die Nachbarn hätten ihn tatsächlich einmal gesehen haben und annehmen können, er wäre es beim zweiten Mal auch gewesen. Wenn sie bei einer Gerichtsverhandlung befragt worden wären, wäre diese Diskrepanz vielleicht aufgefallen.

Die Tatsache, daß es keine Gerichtsverhandlung gab, bedeutete, daß Franks Schuld weder bewiesen noch widerlegt werden konnte. Das war sehr schade, weil es Ed Poole gar nicht gefiel, einen Unschuldigen ins Gefängnis zu schicken.

Das Telefon läutete. Er schob den Bericht, an dem er gerade arbeitete, beiseite und nahm den Hörer ab.

„Ja, hier spricht Poole“, meldete er sich. Nachdem er eine Weile zugehört hatte, erwiderte er: „Ja, Mr. Lazar. Ich kann verstehen, daß Sie das beunruhigt. Ehem ..." Das Gespräch dauerte noch eine Weile, wobei Poole an den passenden Stellen nickte und „ehem" sagte. Schließlich: „Ich werde mit ihm sprechen, Sir. Ich kann verstehen, daß er Sie nervös macht, aber ich bin sicher, er ist ganz harmlos. Sicher ... Ich werde mit ihm sprechen."

Poole legte amüsiert den Hörer auf. Dieser Stefano-Fall wurde immer interessanter. Ramon Stefano schien nun auf eigene Faust Nachforschungen durchzuführen – zumindest hatte er sich einige Male an einen der Zeugen gewandt. Mr. Lazar sagte, Ray würde ihn bedrängen, seine Geschichte zu ändern. Ramon hatte ihn sogar gefragt, ob es nicht er, Ramon, gewesen sein könnte, den Lazar an diesem Abend zu Glorias Wohnung hatte gehen sehen. Das war wirklich ein seltsames Verhalten, vor allem die Tatsache, daß Ramon Stefano mehrmals bei Poole aufgetaucht war, um sich nach neuen Erkenntnissen im Herrera-Fall zu erkundigen. Daß ein vorbestrafter Drogenabhängiger aus freien Stücken ins Polizeipräsidium kam, ließ einen schon nachdenklich werden.

Ramons Beharrlichkeit mußte mehr sein als ein edler Versuch, seinen Bruder zu retten. Mittlerweile mußte er erkannt haben, daß seine Bemühungen umsonst waren, es sei denn, er war sicher, daß Frank nicht der Mörder war. Aber Poole wußte einfach nicht, wie er der Wahrheit auf die Spur kommen sollte. Ein Dutzend Male hatte er alle Berichte in diesem Fall durchgearbeitet. So vieles davon war zufällig. Die Fingerabdrücke zum Beispiel bewiesen, daß sowohl Frank als auch Ramon in Glorias Wohnung gewesen waren. Aber beide kannten sie und hatten sie häufig in ihrer Wohnung besucht. Das Blut auf dem Boot war ihr bester und stichhaltigster Beweis, aber das bewies nur, daß Gloria Herrera auf dem Boot gewesen war und Blut hinterlassen hatte. Es war logisch und vermutlich korrekt anzunehmen, daß sie sich in der Nacht des Mordes auf dem Boot befunden hatte, aber möglich wäre auch gewesen, daß sie sich bei einer früheren Gelegenheit in den Finger geschnitten hatte und ihr Blut davon stammte. Das schwierigste Element bei dem Versuch, irgend etwas zu beweisen, war jedoch der Zeitfaktor. Es war schon schwer genug gewesen, Beweise zu sammeln, als Herreras Leiche drei Wochen nach ihrem Tod gefunden worden war. Und es wurde jetzt noch schwieriger. Außerdem erforderten ein Dutzend anderer Fälle Pooles Aufmerksamkeit; er hatte einfach nicht die Zeit, sich einem Fall zu widmen, der vermutlich gelöst war.

Er brauchte eine Pause in diesem Fall – eine große Pause.

37

Rays Glück verbesserte sich von Minute zu Minute. Barcelonas Verhaftung zusammen mit seinen Leibwächtern Carlos und Ricardo hatte eine Lücke in die Drogenszene gerissen, und Ray war in der Lage, einzuspringen und den Markt zu übernehmen. Es war nur wenige Monate her, seit er sich mit Barcelona zerstritten hatte, darum war er Barcelonas Kontaktleuten noch sehr gut bekannt – viele machten sogar viel lieber mit Ray Geschäfte als mit dem rücksichtslosen Barcelona. Bereits wenige Wochen nach seiner Entlassung aus dem Krankenhaus war Ray wieder im Geschäft. Und auch sein Kokainverbrauch war wieder auf sein normales Maß angestiegen. Er brauchte die Energie und die Zuversicht, die die Droge ihm geben konnte, um die Verantwortung seines Geschäfts tragen zu können.

Zwei Probleme lasteten jedoch schwer auf ihm. Wegen Cuervo konnte er nichts unternehmen. Er würde mit dieser Bedrohung leben müssen, obwohl er es immer weniger als echte Bedrohung empfand. Barcelonas kolumbianische Kontakte beteiligten sich nicht an Cuervos Rachefeldzug gegen Ray, was zeigte, daß Cuervo doch nicht so viel Einfluß im Kartell hatte, wie er Ray vorgemacht hatte. Die Drogenbosse waren sogar drauf und dran, sich vollkommen von Cuervo zu trennen. Gerüchten zufolge sollte Cuervo sogar auf der schwarzen Liste stehen.

Doch Rays größtes Problem war sein Bruder. Ray würde alle Hebel in Bewegung setzen, um Frank aus dem Gefängnis zu holen, selbst wenn das bedeutete, ihm zur Flucht verhelfen zu müssen. Darum war es so wichtig, Geld zu beschaffen. So oder so würde es Geld kosten, Frank zu retten. Und unermüdlich arbeitete er auf dieses Ziel hin. Vollgepumpt mit Kokain, konnte er tagelang ohne Schlaf auskommen, und das tat er auch häufig. Die Welt drehte sich in Zeitlupe, während er permanent vorpreschte. Selbst wenn Cuervo ihn noch immer töten wollte, wäre es ihm schwergefallen, Ray festzunageln. Nur die Krücken, an denen er sich nach wie vor fortbewegen mußte, bremsten ihn ein wenig. In zwei Wochen unternahm Ray zwei Reisen nach Miami, um ein Treffen mit den Kolumbianern zu arrangieren, und dann eine Reise nach Kolumbien. Dort hielt er sich drei Tage lang auf und bekam ein Lob eines der höchsten Drogenbosse. Während dieser drei Tage lebte er in einer Festung, trank Dom Pérignon, umgab sich mit schönen Frauen und nahm den reinsten Stoff, den die Welt zu bieten hatte.

In dieser Situation fiel es ihm schwer, sich daran zu erinnern, worum es überhaupt ging – daß sein Bruder für ein Verbrechen im Gefängnis saß, das er, Ramon, begangen hatte. Unter dem Einfluß von Drogen war Ray fest davon überzeugt, daß er Frank retten würde. Er war sogar sicher, daß er Frank und sich selbst retten konnte. Es hatte keinen Zweck, daß einer von ihnen für den Mord an Gloria bezahlte. Außerdem war Gloria gar nicht richtig ermordet worden, technisch gesehen. Es war genau so passiert, wie er es Poole gesagt hatte. Nur hatte er ein paar Einzelheiten ausgelassen. Wie zum Beispiel, daß Gloria nicht allein gewesen war, als er in ihre Wohnung eingedrungen war. In dieser Nacht war Ramon sehr high gewesen, und Glorias Betrug an ihm hatte seinen Zorn noch verstärkt. Er hatte sich eingeredet, daß Gloria nur ihm treu sei ..., und sie hatte ihn in dieser Überzeugung bestärkt. Die Erkenntnis, was für ein Narr er gewesen war, hatte er nicht verkraften können. Das war vermutlich der Grund, warum er Willie Cantrell der Polizei verschwiegen hatte. Ray war zu sehr gedemütigt – nicht nur, daß Gloria ihn betrogen hatte, sondern daß sie es mit einem Verlierer wie Cantrell getan hatte. Ray verstand nun, was Frank immer über Gloria gesagt hatte, daß es ihr Spaß mache, Männer zu demütigen. Es war ihre verdrehte Art, Macht auszuüben.

Aber Ray war noch aus einem anderen Grund froh, daß er Cantrells Rolle in dem allen für sich behalten hatte. Es hatte keinen Zweck, einen Augenzeugen zu präsentieren, oder zumindest jemanden, der beweisen konnte, daß Ray ein Motiv hatte, falls tatsächlich die Möglichkeit bestand, daß sowohl Ray als auch Frank unbeschadet aus dieser Sache hervorgingen. Und er war froh, daß Willie so viel Verstand gehabt hatte, ebenfalls den Mund zu halten. Ray war nicht so sentimental wie Frank und sah keinen Sinn darin, wie ein Schlachtlamm ins Gefängnis zu wandern, um seinen kleinen Bruder zu retten. Ray war viel pragmatischer. Außerdem hatte er diesen Weg ja schon einmal eingeschlagen. Er hatte bereits für Frank gesessen – na ja, um genau zu sein, nicht *für* Frank, aber er hätte eine sehr viel geringere Strafe bekommen, wenn er Frank verraten hätte.

Während Ray in seiner Wohnung saß, beschloß er, weder sentimental noch dumm zu handeln. Er würde seinem Bruder ein für allemal beweisen, daß er selbst auf sich aufpassen konnte und auch auf Frank. Immer häufiger überlegte er die Möglichkeiten einer Flucht aus dem Gefängnis. Problemlos könnte er Frank einen Paß beschaffen, und Frank könnte sich in Kolumbien verstecken. Niemand würde Frank wieder einfangen können, wenn er sich in der Festung des Drogenbosses verschanzte.

Morgen würde Ray die nötigen Verbindungen knüpfen, sowohl im Gefängnis als auch draußen. Er würde es schaffen. Doch im Augenblick brauchte er eine Prise. Er holte seinen Kokainvorrat hervor, schüttete etwas davon auf seinen Küchentisch und schob es mit dem Buttermesser in eine Reihe. Kurz nachdem er es mit einem Strohhalm inhaliert hatte, nahm er seine Krücken und sprang auf. Er wollte nicht bis morgen warten. Es war erst zehn Uhr abends – die beste Zeit für die meisten seiner Kontaktleute. Nachdem er sein Kokain verstaut hatte, nahm er seinen Mantel und ging zur Tür. Plötzlich blieb er stehen und keuchte, als der Schmerz in der Brust ihn wie ein Keulenschlag traf. Er taumelte rückwärts gegen die Tür. Es war nicht ganz so schlimm wie beim letzten Mal, aber doch so stark, daß ihm die Tränen in die Augen traten. Während er nach Luft schnappte, überlegte er fieberhaft, was er tun sollte.

Er schaffte es bis zum Telefon und wählte die Notrufnummer. Während er auf den Notarztwagen wartete, fragte er sich, ob es noch reichen würde. Man hatte ihm gesagt, das letzte Mal wäre er gestorben, wenn er nicht schon im Krankenhaus gewesen wäre. All seine Zuversicht und sein Optimismus waren plötzlich von Angst überschattet. Er begann zu zittern. Und wenn er jetzt starb? Dann könnte niemand Frank mehr retten.

„Was habe ich getan?“ stöhnte er.

Das Herannahen der Sirene auf der Straße vor seiner Wohnung konnte ihm keine Hoffnung geben. Er konnte immer noch sterben. Die Glyzerintabletten, die der Arzt ihm gegeben hatte, konnten den Schmerz ein wenig lindern, doch nicht so stark, daß seine Zuversicht zurückgekehrt wäre. Noch einmal griff er zum Telefonhörer und wählte die Nummer, die er mittlerweile auswendig kannte.

„Poole ..., ich muß unbedingt mit Detective Poole sprechen ... Ramon Stefano ...“

Aber der Schmerz kehrte wieder mit voller Macht zurück und drückte seine Brust wie ein Schraubstock zusammen. Ray ließ den Hörer fallen. Dann klopfte es an seiner Tür, und die Sanitäter stürmten herein.

* * *

Ramon Stefano war in schlechter Verfassung. Er würde die Nacht vermutlich nicht überleben, aber wenigstens hatte er das Richtige getan, bevor die Gelegenheit vertan war. Er hatte Poole einen Augenzeugen geliefert.

Von seinem Bett auf der Intensivstation hatte er Poole von einem gewissen Willie Cantrell erzählt, der Ramon am Abend von Glorias Tod mit ihr zusammen gesehen hatte – nach Franks Besuch. Nicht nur das, sondern Cantrells Grund für seine Anwesenheit in Glorias Wohnung stellte ein perfektes Motiv für Ray dar, Gloria zu ermorden. Alles paßte sehr viel besser zusammen als Frank Stefanos lahme Geschichte.

Poole fand Cantrell in dem Strandhaus, das er zusammen mit sechs anderen Surfern gemietet hatte. Wenigstens einmal zahlte sich Liscoms Taktik des starken Arms aus. Er hatte sich einen Durchsuchungsbefehl besorgt, bevor er Cantrell aufsuchte. Damit hatten sie die Möglichkeit, das Haus legal zu durchsuchen. Als sie zur Tür hereinstürmten, herrschte im Badezimmer hektisches Treiben, doch die Spülung der alten Toilette war nicht stark genug, um alle Tütchen und Pillen hinunterzuspülen. Poole und Liscom nahmen alle Männer im Haus fest, auch Cantrell.

Im Polizeipräsidium war der glücklose Surfer mehr als bereit auszupacken, da ihm eine saftige Gefängnisstrafe drohte. Ray war außer sich gewesen, als er Willie mit Gloria erwischt hatte. Er hatte beide angegriffen, aber Willie hatte es geschafft zu entkommen. Immer wieder betonte er, seiner Meinung nach sei er in größerer Gefahr gewesen als Gloria, und er hatte geglaubt, Ray würde sich beruhigen, nachdem er fort sei. Aber als Cantrell dreißig Minuten später zurückkam, um nachzusehen, ob mit Gloria alles in Ordnung sei, hatte er beobachtet, wie Ray etwas auf den Rücksitz seines Wagens legte - offensichtlich einen Körper. Natürlich war er nicht auf die Idee gekommen, die Polizei zu rufen.

Nach einem mehrstündigen Verhör hatte die Polizei genügend Beweismaterial, um den Mord an Gloria Herrera aufzuklären. Aber Poole war nicht glücklich darüber. Ray Stefano war genauso sehr ein Opfer wie Gloria Herrera.

Poole rief Doug Waller an, den Staatsanwalt, der den Stefano-Fall bearbeitet hatte, und erzählte ihm, was sich herausgestellt hatte. Einige Stunden später setzten sie sich zusammen. Der Staatsanwalt sah sich die neuen Beweise an und ließ sich überzeugen. Er war ziemlich aufgebracht darüber, daß er den falschen Mann eingesperrt hatte. Poole verstand das sehr gut, weil er dasselbe empfand. Natürlich hatte Frank Stefano mit seinem falschen Geständnis nicht dazu beigetragen, den Fall aufzuklären.

„Lebt Ramon Stefano noch?“ fragte Waller.

„Er hält noch durch“, antwortete Poole, „aber es ist nur eine Frage der Zeit. Wie lange wird es dauern, bis Frank aus dem Gefängnis entlassen wird?“

„Diese Dinge brauchen Zeit, Poole. Das wissen Sie doch.“

„Es wäre schrecklich, wenn Frank seinen Bruder nicht mehr sehen könnte, bevor er stirbt. Können Sie ein paar Beziehungen nutzen?“

„Ich werde sehen, was ich tun kann.“

Wundersamerweise schaffte es der Staatsanwalt, Frank innerhalb von zwei Tagen aus dem Gefängnis zu holen. Noch erstaunlicher war die Tatsache, daß Ramon noch immer am Leben war.

Als Poole zum Chino Gefängnis hinausfuhr, um persönlich für Franks Entlassung zu sorgen, erwartete ihn kein dankbarer Empfang. Frank hatte die ganze Zeit von der Schuld seines Bruders gewußt und war bereit gewesen, Rays Strafe auf sich zu nehmen. Als er von Rays Krankenhausaufenthalt und der Schwere seiner Krankheit erfuhr, trug das auch nicht dazu bei, seine Stimmung zu bessern.

Poole hoffte nur, Frank würde eines Tages erkennen, daß sein Opfer seinem Bruder vermutlich nicht geholfen hätte. Rays selbstzerstörerische Veranlagung hätte ihm auf die eine oder andere Weise den Tod gebracht.

* * *

Als Frank am Morgen seiner Entlassung aus dem Gefängnis ins Krankenhaus kam, begrüßte ihn seine Großmutter mit einer liebevollen Umarmung. Ihre Freude, Frank zu sehen, wurde durch ihre Sorge um Ramon überschattet. Aber sie küßte Frank auf die Wange und umklammerte seine Hand.

„Sie haben dich aus dem Gefängnis gelassen, damit du Ramon sehen kannst, Frank?“ fragte sie. Sie sah sich nach Franks Bewachern um.

„Sie haben mich freigelassen, *Abuelita*.“ Er hatte nicht den Mut, ihr den Grund dafür zu nennen. Sie und die Familie würden noch früh genug von Ramons Schuld erfahren. Für den Augenblick war der Schmerz groß genug.

„Dein Bruder hat nach dir gefragt.“

„Wie schlimm steht es?“

Mrs. Querida schüttelte den Kopf. „Komm, wir gehen zu ihm.“

Sie führte Frank ins Zimmer. Seine Eltern standen an Rays Bett. Als er eintrat, sah Dolores auf, und sofort wich alle Zärtlichkeit aus ihrem Blick, und sie funkelte Frank an. Er drehte den Kopf weg, weil er ihren Blick nicht ertragen konnte. Sofort ging sie auf ihn zu, als wollte sie ihn daran hindern, näher zu kommen.

„Hast du noch nicht genug angerichtet?“ schleuderte sie ihm entgegen.

Frank starrte sie an. Darauf gab es nichts zu erwidern. Statt dessen ergriff Mrs. Querida das Wort. „Dolores, du weißt, daß Ramon nach ihm gefragt hat. Tu das deinen Söhnen nicht an.“

Dolores zögerte, dann trat sie beiseite. „Nur weil es Ramon sonst schaden könnte. Er wußte noch nie, was gut für ihn war.“

„Mama ...“, begann Frank.

Doch Dolores drehte ihm den Rücken zu, verließ aber nicht das Zimmer. Frank trat an Rays Bett.

„Hey Ray, ich bin es, Frank“, sagte er leise.

Rays Augen öffneten sich. „Hey Bruder ... Sie haben mir die letzte Ölung gegeben ... Schätze, die Party ist vorbei, Mann ...“

„Sie wissen gar nichts, Ray.“

„Wenigstens waren sie klug genug, dich aus dem Gefängnis zu lassen.“ Ramon lächelte schwach. „Ich hätte dich nicht im Stich gelassen, Bruder.“

„Ich weiß.“

Es folgte eine kurze Stille, in der Ramon alle seine Kräfte zu sammeln schien, um erneut zu sprechen. „Ich kann nicht sterben, Frank, wenn ich weiß, daß du dir die Schuld an meinem Tod gibst.“

Frank senkte den Kopf, und Tränen traten in seine Augen. „In Ordnung ... Das werde ich nicht ...“

„Mach mir nichts vor, Mann!“ Ray, der bisher nur angestrengt geflüstert hatte, sprach nun lauter. „Du bist nicht deines Bruders Hüter, das warst du nie. Siehst du denn nicht, wie erniedrigend das für mich ist?“ Er hielt inne und schloß die Augen. Kurze Zeit später öffnete er sie wieder und sprach erneut. Seine Stimme war jetzt sehr viel schwächer. „Ich habe solche Angst, Bruder ... Verlaß mich nicht, okay?“

„Das werde ich nicht.“

„Schätze, ich brauche dich doch ...“

Während der nächsten Stunde blieb Frank an Rays Bett sitzen. Mrs. Querida saß bei ihm und betete leise, während Dolores und Tomas auf der anderen Seite standen. Frank mied den Blick seiner

Mutter, besonders als Ray bei einem erneuten Anfall aufschrie und in sich zusammensackte.

Die Familie wurde von den Ärzten und Schwestern beiseite geschoben, die in den Raum stürmten, um Ray wiederzubeleben. Frank hörte, wie der Arzt Anweisungen gab. Eine halbe Stunde lang bemühten sie sich um Ray, zweimal gaben sie ihm Elektroschocks, aber es hatte keinen Sinn. Die Linie auf dem Monitor blieb flach, leblos.

Ray war tot.

Als der Arzt kopfschüttelnd aus dem Zimmer trat, flüchtete Frank an den einzigen Ort, wo er hoffte, daß niemand ihn finden würde – in die Krankenhauskapelle.

In der Kapelle standen nur sechs kleine Bänke. Auf einem bemalten Fenster war ein leeres Kreuz zu sehen. Frank setzte sich in die erste Reihe und ließ seinen Gefühlen freien Lauf. Er weinte, wie er noch nie in seinem Leben geweint hatte. Wie sehr Ray auch versucht hatte, ihn von aller Schuld freizusprechen, nichts konnte die Tatsache ändern, daß er für den Tod seines Bruders verantwortlich war. Er wünschte, er wäre im Gefängnis geblieben. Er hatte es verdient. Vielleicht hatte er Gloria nicht ermordet, aber keinesfalls war er *wirklich* unschuldig.

„Francisco ..."

Er war so in seinem Schmerz gefangen gewesen, daß er seine Großmutter nicht gehört hatte.

„*Abuelita* ...", weinte er, und als sie sich neben ihn setzte, umarmte er sie, legte seinen Kopf auf ihre Schulter, während sie ihm tröstende Worte ins Ohr flüsterte. „Nein, *Abuelita,* versuche nicht, mich zu trösten."

„Dann willst du diese Last für den Rest deines Lebens mit dir herumschleppen?"

„Was denn sonst? Es ist meine Schuld. Alles, was meine Mutter sagt, stimmt. Ich weiß, du möchtest nur das Beste von mir glauben, aber mach dir nichts vor, *Abuelita.* Ich habe Ramon dahin gebracht. Ich kann dem nicht entkommen."

„So kannst du nicht leben, Francisco ..."

„Du hast recht. Vorher habe ich durchgehalten, weil ich hoffte, ich könnte Ray ändern. Aber jetzt ..., ich habe keinen Grund mehr."

„Dann willst du dich selbst töten? Willst du das sagen? O Francisco ..." Sie hielt inne und nahm sein Gesicht in ihre alten, faltigen Hände und hob es an, damit er sie ansah. „Nieto, du müßtest doch mittlerweile gelernt haben, daß du das nicht allein zu tragen brauchst."

„Nichts hat sich verändert, *Abuelita.* Ich verdiene Gottes Vergebung genausowenig wie ich Rays verdient habe."

„Natürlich verdienst du sie nicht. Was du deinem Bruder angetan hast, war schrecklich. Selbst ich muß das zugeben. Aber ein zerstörtes Leben ist genug. Was bringt es, wenn du dich weiterhin bestrafst? Nimm Gottes Vergebung an, und führe das Leben, das du dir immer erträumt hast. So kannst du Ramon ehren. Du kannst beweisen, daß sein Tod nicht ganz sinnlos war."

„Ich möchte, daß sich diese Träume erfüllen, aber wie kann ich sie haben, wenn die Last der Schuld so schwer ist?"

„Du kennst die Antwort darauf, nicht wahr?"

Frank nickte. Immer wieder hatte sie ihm erzählt, daß Gott seine Last, sogar seine Schuld tragen würde. Aber das erschien ihm noch immer zu einfach zu sein.

„Ich weiß nicht", sagte er. „Ich weiß nicht ..."

„Denk an Shelby", sagte Mrs. Querida. „Willst du auch ihr Leben zerstören?"

„Sie wird darüber hinwegkommen." Doch noch während er die Worte aussprach, wußte er, daß es nicht stimmte. Er wünschte sich so sehr, mit ihr zu leben.

„Bete mit mir, Francisco", sagte Mrs. Querida leise, aber bestimmt.

In diesem Augenblick erkannte Frank, daß seine Großmutter ihn nicht gehen lassen würde. Und er spürte, daß auch Gott ihn nicht loslassen würde. Er packte ihn mit starker Hand und ließ nicht zu, daß er über die Klippe rutschte. Es hatte immer gestimmt, obwohl er noch immer keine Ahnung hatte, warum seine Großmutter oder Gott ihn dessen für wert erachteten. Er konnte sie nur aufhalten, wenn er sich tatsächlich das Leben nahm. Aber das würde er nicht

tun. Er wollte nicht sterben. Es blieb nur noch eines zu tun – er mußte einen Weg finden, mit seiner Schuld zu leben. Und seine Großmutter zeigte ihm diesen Weg.

„In Ordnung, *Abuelita.*"

Sie neigten die Köpfe. Mrs. Querida bekreuzigte sich und betete: „Mein himmlischer Vater, bitte umgib meinen lieben Nieto mit deiner Liebe, und nimm die Last der Scham und Schuld von ihm. Zeige ihm den Weg zu wahrer Freude und wahrem Glück, indem du ihm klarmachst, daß er die Last Tag für Tag dir übergeben darf. Im Namen des Vaters und des Sohnes und des Heiligen Geistes, Amen."

In der kurzen Stille, die folgte, fragte sich Frank, was er dem Gott, vor dem er so lange davongelaufen war, sagen sollte. Es war schlimm genug, Gott zurückzuweisen, aber noch schlimmer war es, dies in dem Wissen zu tun, daß nur er die Antworten hatte, die ihm Hoffnung geben konnten. Aber eigentlich hatte er nicht Gott zurückgewiesen, sondern vielmehr seine Vergebung. Die absolute Vergebung hatte Frank so erschreckt. Er hatte noch immer Angst vor all den guten Dingen, die Gott anzubieten hatte. Aber noch mehr Angst hatte er vor der Alternative – einem leeren, elenden Leben ohne Gott mit seinen Schuldgefühlen und ohne Hoffnung, sein miserables Leben beenden zu können.

„Gott", betete Frank schließlich, „ich gebe auf. Ich ergebe mich dir. Wenn du etwas aus meinem elenden Leben machen willst, dann bitte ich dich, es zu tun. Ich kann es nicht mehr allein schaffen. Ich bitte dich, hilf mir. Nein, ich brauche mehr als nur Hilfe. Ich kann gar nichts allein. Ich bin vollkommen hilflos. Jedesmal, wenn ich die Augen schließe, sehe ich das zerstörte Leben meines Bruders vor mir. Du bist meine einzige Hoffnung. Wenn du mich nicht retten kannst, bin ich wirklich verloren."

38

Shelby konnte Frank vielleicht nicht besuchen, aber das hielt sie nicht davon ab, an ihn zu denken, sich das Leben vorzustellen, das sie zusammen führen könnten. Seit dem Tag im Gericht hatte sie nichts mehr von ihm oder seiner Familie gehört. Sie hatte überlegt, Mrs. Querida anzurufen, kam aber dann zu dem Schluß, daß ein Gespräch mit der Frau, die ihren Enkel so liebte, einfach zu schmerzlich sein würde.

Wie es schien, war dieses kurze, aber so wichtige Kapitel ihres Lebens abgeschlossen – wenn sie es nur akzeptieren könnte.

In der Zwischenzeit setzte sie ihr Leben fort – Schule, Gemeinde, ihr Verhältnis zu ihrer Mutter, Kontakte zu ihren alten Freunden. Sie hoffte, sich eine Welt aufzubauen, in der sie bald untertauchen könnte.

Am vorherigen Tag hatte es geregnet, doch nun kam die Sonne wieder durch, und die Wolken am Himmel waren groß und weiß und verhießen schönes Wetter.

Shelby wollte ihren Wagen waschen und einwachsen. Das war die richtige Arbeit nach der Schule. Sie zog sich ein graues Sweatshirt und Bluejeans an und machte sich mit dem Eifer eines Menschen an die Arbeit, der Angst vor einer stillen Untätigkeit hatte.

Seifenschaum hing an ihren Kleidern, und Wasser tropfte von einer losen Haarsträhne, als sie ein Fensterleder zur Hand nahm und anfing, ihren Wagen abzuledern. Sie dachte an ihren Dad und erinnerte sich an das letzte Mal, als sie den Wagen gewaschen hatten. Sie hatten es zusammen getan. Das schien schon so lange her zu sein, aber seit seinem Tod waren weniger als sechs Monate vergangen.

Würde er enttäuscht sein von dem, was sie in seiner Abwesenheit mit ihrem Leben angestellt hatte? Er hatte sich immer bemüht, sie vor ihrer impulsiven Art zu schützen. Zwar hatte er es nie so direkt gesagt, aber sie hatte trotzdem gewußt, daß seine größte Angst war, sie könnte werden wie ihre Mutter.

Und jetzt sah es so aus, als sei genau das passiert. *Na ja, Daddy, vielleicht ist es doch gar nicht so schlimm,* dachte sie. Dawn war ihr in den vergangenen Wochen eine große Hilfe gewesen, und Shelby staunte noch immer über ihre neue Beziehung.

Nachdem sie das Wasser ausgeschüttet und den Schwamm ausgedrückt hatte, ging Shelby zur Garage, um das Wachs zu holen. Plötzlich blieb sie stehen und holte tief Luft. Sie glaubte, eine Fata Morgana in der Wüste zu sehen. Es konnte nicht real sein. Dann begann er zu sprechen.

„Hi Shelby. Ich konnte nicht anders, ich mußte dich eine Weile beobachten.“ Er lächelte unsicher, als wäre es zuviel verlangt zu hoffen, willkommen zu sein.

„Frank ...“ Sie war völlig verblüfft, so daß sie sich nicht rühren konnte, doch ihr Herz klopfte laut. Dann wurde sie plötzlich lebendig, und ihre impulsive Art kam ihr dieses Mal wieder zugute. Sie ließ das Wachs fallen und rannte zu ihm, warf die Arme um ihn und drückte ihn so fest an sich, daß er, sollte er tatsächlich eine Fata Morgana sein, ihr nicht entgleiten konnte.

„Meine geliebte Shelby“, flüsterte er in ihr feuchtes Haar, „ich weiß nicht, was ich getan hätte, wenn du anders reagiert hättest.“

„Du bist wirklich hier ... Ich kann es kaum glauben ...“ Sie brach abrupt ab, als ihr ein schrecklicher Gedanke kam. „Frank, du bist doch nicht ...?“

Er lachte leise. „Nein, ich bin nicht geflohen. Ich bin frei – in mehr als einer Hinsicht.“

„Was meinst du?“

Widerstrebend ließ er sie los. Er nahm ihre Hand und führte sie zu den Verandastufen, wo sie sich hinsetzten. „Ich habe dir so viel zu sagen.“ Er umklammerte ihre Hand und führte sie an die Lippen. „Kannst du mir vergeben, was ich im Gerichtssaal gesagt habe?“

„Natürlich. Ich weiß, wie schwer das für dich war. Aber wie bist du herausgekommen, Frank? Was ist passiert?“

„Ich bin schon seit ein paar Wochen draußen. Ich hätte früher kommen sollen – um ehrlich zu sein, ich mußte alle meine Kraft zusammennehmen, um mich davon abzuhalten – aber es gab ein paar Dinge, die ich tun wollte, bevor ich zu dir kam." Er seufzte, und zum ersten Mal wanderte sein Blick von ihr fort. „Ray ist tot."

„O Frank! Nein! Wie ...?"

„Er hatte einen zweiten Herzanfall. Aber bevor er gestorben ist, hat er einen Augenzeugen benannt, der einwandfrei bestätigt hat, daß er ... daß er für Glorias Tod verantwortlich war. Er hat den Zeugen die ganze Zeit verschwiegen, weil er dachte, er könnte uns beide heraushauen. Das hat das Kokain ihm angetan – er wiegte sich in einer falschen Sicherheit. Doch als er den zweiten Herzanfall bekam, wurde ihm klar, daß ich, wenn er sterben würde, für immer verloren wäre."

„Er wollte sie nicht töten, nicht?"

„Nein. Es waren die Drogen. Ray war wirklich ein guter Junge."

„Ich weiß. Frank ...?" Ihre Frage brachte ihn dazu, sie wieder anzusehen. „Wie geht es dir jetzt nach dem allen?"

„Ich bin okay. Ich verlasse mich darauf, daß Gott mich durchbringt."

„Gott?"

„Ich habe endlich aufgehört, vor ihm davonzulaufen. Ich hoffe, das ist kein Problem ..."

Ihr Lächeln ließ ihn innehalten. „Ich habe nie die Gelegenheit gehabt, dir zu sagen, daß auch ich mich auf Gott eingelassen habe."

„Wirklich?"

„Ziemlich unglaublich, nicht? Daß wir beide zu derselben Entscheidung kommen, obwohl wir so weit voneinander entfernt waren."

„Vielleicht ist das nicht ganz so unglaublich, wie du denkst. Ich meine, genau so wirkt Gott. Ich möchte mir kein Urteil darüber erlauben, ob unsere Ehe nun sein Wille war oder nicht, aber ich bin sicher, daß die Erhaltung unserer Ehe, nachdem wir nun mal geheiratet hatten, ihm sehr wichtig war. Und so wie die Dinge liegen, hätte sie ohne sein Eingreifen in unser persönliches Leben niemals Bestand gehabt. Das Gefängnis war nicht das Schlimmste, das uns getrennt hat. Meine Freiheit ohne Christus hätte uns wenig bedeutet. Mit meinen Schuldgefühlen wegen Ray hätte ich deine Liebe und das Glück, das unsere Ehe verhieß, niemals richtig annehmen können."

„Und nun verfolgt dich das nicht mehr, Frank?"

„Ich schaffe es mit jedem Tag mehr, mich davon zu befreien. Ich werde immer mit dem leben müssen, was ich Ray und anderen angetan habe. Einige Wunden werden heilen, aber die Narben werden nie ganz verschwinden. Doch jetzt hoffe ich, daß die Erinnerung an diese schlimme Zeit mich näher zu Gott bringt."

„Wir werden es zusammen tun, Frank. Du, ich *und* Gott."

Er nahm sie noch einmal in die Arme, und sie staunte darüber, wie vollständig sie sich fühlte – viel mehr als je zuvor.

„Ich habe ein paar Veränderungen in meinem Leben vorgenommen, Shelby, von denen du wissen solltest. Das war auch mit ein Grund, warum ich erst jetzt zu dir zurückkomme. Ich weiß, daß Gott von mir nichts weiter erwartet als ein aufrichtiges Herz. Doch zu meinem eigenen Besten mußte ich vollkommen mit der Vergangenheit brechen. Vorher, als ich es schon einmal versuchte, konnte ich nicht alles loslassen. Ein Teil von mir hatte Angst, alles wegzugeben und nichts zu haben, das ich an diese Stelle setzen konnte. Jetzt habe ich keine Angst mehr davor. Ich freue mich sogar auf das, was vor uns liegt. Ich habe die Wohnung zum Verkauf angeboten, und es gibt auch schon ein paar interessierte Käufer. Ich werde das Geld einigen Wohltätigkeitsvereinen und einer Rehabilitationsklinik spenden. Ich habe den Wagen verkauft und auch das Boot ..."

„O Frank, nicht das Boot!" Dies zeigte ihr mehr als alles andere, daß er sich vollkommen gewandelt hatte.

„Es wird andere Boote geben – vielleicht sogar eine *Shelby Dawn*. Auch wenn wir kein Boot mehr bekommen, macht das nichts. Im Augenblick habe ich alles, was ich je brauche oder mir wünsche. Ich habe keinerlei Besitz mehr und bin nur Geschäftsführer eines Restaurants. Aber ich bin reicher und vollständiger als je zuvor." Er hielt inne, griff in seine Jackentasche und holte sein Foto der „idealen" Familie hervor. „Und das hier ist nur ein Schatten dessen, was vor mir liegt – vor uns liegt, das weiß ich." Er wollte es zerreißen, aber Shelby hinderte ihn daran.

„Nicht, Frank. Wir wollen es als Erinnerung an das behalten, was Gott getan hat und noch in unserem Leben tun wird. Stell dir nur vor, Frank! Stell dir vor, was er noch für uns bereithält!"

„Noch immer ist es für mich unbegreiflich, daß Gott einen Mann, der so viel verbrochen hat, so reich beschenkt. Bei dir ist das verständlich ..."

„Aber vor Gott sind wir alle gleich. Meine Mutter sagte, sie hatte dasselbe empfunden wie du, bis ihr klar wurde, daß Gottes Liebe für alle gleich ist. Er kann keines seiner Kinder mehr lieben als ein anderes. Er ist für uns alle gestorben."

Sie schwiegen eine Weile, und es war fast so, als sonnten sie sich in dem Wunder, das sie in ihrem neuen Glauben gefunden hatten. Shelby dachte daran, wie sie noch vor wenigen Minuten, bevor Frank gekommen war, so viele Fragen über die Richtung gehabt hatte, die ihr Leben nehmen würde. Und plötzlich waren ihre Zweifel, ihre Ängste, ihre Fragen fort. Sicherlich nicht für immer – sie gehörten zum Leben dazu. Aber diese Erfahrung stärkte bestimmt ihren Glauben für das nächste Mal. Und das war großartig.

„Shelby", sagte Frank nach einer Weile, „ich habe etwas für dich. Warte einen Augenblick." Er sprang auf und ging zu seinem Wagen – eigentlich dem Wagen seiner Großmutter. Er nahm ein Päckchen vom Rücksitz und kam damit zu ihr zurück. „Ich wollte dir etwas schenken, aber ich hatte nichts, das der Gelegenheit angemessen war. *Abuelita* hat das hier vorgeschlagen."

Shelby nahm das in Geschenkpapier gewickelte und mit einer blauen Schleife versehene Geschenk entgegen. So vorsichtig wie möglich löste sie die Verpackung und hob den Deckel der Schachtel an. Nachdem sie das Seidenpapier herausgenommen hatte, starrte sie ehrfürchtig auf den Inhalt. Tränen traten ihr in die Augen. Es war Mrs. Queridas Spitzenmantilla. „Oh ...!" sagte sie mit tränenerstickter Stimme, dann berührte sie die feine Spitze, die nun nicht mehr in ihrer Schutzhülle lag.

„Ich würde mich geehrt fühlen, wenn du dies zu unserer Hochzeit tragen würdest", sagte er.

„Unserer Hochzeit?"

„Ich bin der festen Überzeugung, Shelby, daß unsere Ehe nie zu Ende war. Und ich möchte keine kirchliche Trauung, weil ich der Meinung bin, unsere Ehe sei nicht gültig. Trotzdem, nach allem, was passiert ist, nachdem ich dich zurückgewiesen habe, denke ich, es wäre ein schöner Neuanfang."

Er lächelte, und zum ersten Mal sah Shelby Frank, wie er sein sollte – klar, unbelastet und voller Freude.

39

Es war seltsam, daß ein Hochzeitstag auf einem Friedhof begann. Aber Shelby sah eine tiefe Bedeutung in diesem Besuch.

Seit dem Tag der Beerdigung war Shelby nicht mehr am Grab ihres Vaters gewesen. Sie hatte die Erinnerung an ihn in ihrem Herzen getragen, darum war der Ort, wo sein Körper lag, von geringer Bedeutung für sie.

Heute jedoch brauchte sie eine greifbarere Verbindung zu ihm. Vielleicht wäre sein Sessel zu Hause genauso gut gewesen, und tatsächlich hatte sie heute auch in diesem Sessel gesessen. Aber ihr schien es passender, ihr ganz besonderes Geschenk am Friedhof zu lassen.

Sie legte den Blumenstrauß auf das Grab. Er war das Gegenstück ihres Brautstraußes, den sie bei ihrer Trauung in der Hand halten würde.

„Daddy", murmelte Shelby, „Frank und ich haben eine Hochzeit geplant, damit die Menschen, die wir lieben, Zeugen unseres Eheversprechens werden. Aber ich möchte, daß auch du da bist. Ich möchte, daß du diesen Tag miterlebst, wie du jedes wichtige Ereignis in meinem Leben miterlebt hast. Darum, Daddy, werde ich allein durch die Kirche schreiten, damit du im Geist an meiner Seite sein kannst.

Dawn denkt, daß Gott sich dir vielleicht in dem Augenblick deines Todes geoffenbart hat, so daß du jetzt bei ihm bist. Sie ist sicher, daß du Gott von ganzem Herzen angenommen hättest, wenn du ihn nur richtig gesehen hättest. Ich glaube das auch, Daddy. Nur weil du mir ein so guter Vater gewesen bist, habe ich Gott wirklich kennenlernen können. Du hast mir gezeigt, wie die Liebe eines Vaters aussehen sollte, und mich auf meinen himmlischen Vater hingewiesen. Ich danke dir dafür, Daddy."

Shelby seufzte und wischte sich eine Träne aus den Augen.

„Also, ich glaube, es ist Zeit zu heiraten. Mach dir keine Sorgen, Dad, ich liebe Frank, und er liebt mich. Ich meine, er liebt mich *wirklich.* Was wir in Puerto Vallarta erlebt haben, war nur ein Abklatsch unserer Liebe heute. Es wird alles gut werden, Daddy."

* * *

Frank trat aus einer Seitentür vor den Altar der Kirche. Ihm folgte sein Trauzeuge, Carlas Mann. Die Auswahl eines Trauzeugen war sehr schwierig gewesen, und es hatte Frank wieder einmal gezeigt, daß ihm, nachdem er sich von seinen kriminellen Kumpanen abgewendet hatte, nur wenige Freunde geblieben waren – und die meisten waren nicht einmal besonders gute Freunde. Und Frank wurde wieder daran erinnert, daß der einzige Mensch, der sein Trauzeuge hätte sein sollen, sein Bruder, nicht mehr da war. Doch entschlossen schob Frank diese Gedanken beiseite. Statt dessen dachte er über einen Bibelvers nach, den seine Großmutter ihm am vergangenen Abend zitiert hatte. *„Am Abend mögen Tränen fließen – am Morgen jubeln wir vor Freude."* Er klammerte sich an diese Verheißung und staunte darüber, wie treu Gott war, daß er sie an diesem wundervollen Tag erfüllte.

Die Orgel spielte leise ein Medley romantischer Melodien. Der sanfte Schein der Kerzen erfüllte die Kirche. Nur vier Bankreihen in dem großen Kirchenschiff waren besetzt. Shelbys Freundin Christie war da mit einem Freund, auch Shelbys Tante Lynn mit ihrer Familie. Und natürlich saß Dawn in der ersten Reihe neben Alan Rosenthal. Auch eine Handvoll Freunde aus Shelbys Schule waren gekommen.

Erstaunlicherweise waren auch von Franks Seite einige Leute gekommen. Seine Schwestern und ihre Familien besetzten eine ganze Bankreihe. Frank hatte gehört, daß sein Vater seinen Kindern einen seiner seltenen Befehle erteilt hatte: „Ihr erscheint auf Franks Hochzeit, sonst ..." Mrs. Querida saß zusammen mit Tomas Stefano in der ersten Reihe. Frank war verblüfft, seinen Vater in der Kirche anzutreffen, denn er hatte angenommen, er würde zusammen mit Dolores seiner Trauung fernbleiben. Seine Mutter grollte Frank noch immer. Der Anblick seines Vaters hob Franks Stimmung enorm und glich die Enttäuschung über das Fernbleiben seiner Mutter beinahe aus.

Dies war der glücklichste Augenblick seines Lebens – es war noch schöner als in Puerto Vallarta. Nachdem er Shelby beinahe verloren hätte, war ihm ihre Liebe um so kostbarer.

Als die Orgel die ersten Noten des „Hochzeitsmarsches" zu spielen begann, ging Shelby aus dem hinteren Teil der Kirche durch den Mittelgang auf ihn zu. Frank strahlte sie an. Ihr cremefarbenes Satinkleid war in seiner Einfachheit sehr elegant, aber Frank hätte sie genauso angestarrt, wenn sie ihre üblichen Jeans und ein T-Shirt getragen hätte. Er war außerordentlich beeindruckt, wie gut ihr die alte Spitzenmantilla stand, die mit Abuelitas perlenbesetztem Kamm auf ihrem Kopf befestigt worden war. Shelbys helles Haar und ihre blasse Haut standen im krassen Gegensatz zum Aussehen spanischer Frauen, aber mit der Spitzenmantilla, die ihr feines Gesicht umrahmte, sah sie einfach großartig aus.

Alle erhoben sich, und Shelby lächelte. In ihren Augen lag ein Leuchten, das ihre Freude widerspiegelte, doch es lag auch ein Hauch von Traurigkeit darin. Zweifellos dachte sie an ihren Vater. Wie stolz wäre er an ihrer Seite gegangen und hätte sie dem wartenden Bräutigam übergeben. Frank hoffte, daß Mike Martin mit der Wahl seiner Tochter einverstanden gewesen wäre.

Shelby erreichte den Altar, und der Pastor fragte: „Wer gibt diese Frau in die Ehe?"

Dawn erwiderte stolz: „Ihr Vater und ihre Mutter."

Doch bevor sie an Franks Seite trat, blieb Shelby neben ihrer Mutter stehen, umarmte sie und gab ihr einen Kuß auf die Wange. Dawn weinte nun genauso heftig wie Shelby.

„Ich liebe dich, Mom!" murmelte Shelby gerade so laut, daß nur Frank sie hören konnte.

Dann trat Shelby neben Frank, und er wünschte sich nichts sehnlicher, als sie in die Arme zu nehmen. Doch er beherrschte sich und ergriff nur ihre Hand. Sie lächelten sich an und wandten sich dem Pastor zu. Sie waren bereits seit sechs Monaten verheiratet, doch ihr Ehegelübde an diesem Tag legten sie mit großem Ernst ab. Sechs

Monate zuvor hatten sie noch keine Vorstellung gehabt von dem, was es bedeutete. Doch nun wußten sie, was sie sich gegenseitig versprachen. Sie wollten wirklich in guten wie in bösen Tagen füreinander dasein. Und sie wollten es beide.

Texas Lady - Zwei spannende Erzählungen aus der Zeit des Wilden Westens von Judith Pella

Rückkehr nach Stoner's Crossing

Bestell-Nr. 330 182
ISBN 3-86122-182-9
404 Seiten, Paperback

Als Geheimnisse aus der Vergangenheit ihrer Mutter ans Tagslicht kommen, sieht sich Carolyn in einem Zwiespalt. Sie wird hin- und hergerissen zwischen der Liebe zu ihrer Mutter und der Möglichkeit, eine neue Heimat bei ihrem Großvater zu finden - einem Mann, der ihr bisher gänzlich unbekannt ist.
Carolyn muß all ihren Mut zusammennehmen, um den Wahrheiten entgegenzutreten, die nach zwei Jahrzehnten ans Tageslicht treten.

Wohin, Blauer Himmel?

Bestell-Nr. 330 347
ISBN 3-86122-347-3
390 Seiten, Paperback

Blauer Himmel ist der Sohn einer Weißen und eines Cheyennekriegers. Hin- und hergerissen zwischen den zwei Welten seiner Eltern, sehnt er sich nur nach einem: nach Anerkennung.
Als er einem jungen Ranchersohn das Leben rettet und so dessen Freundschaft gewinnt, meint er endlich die Akzeptanz gefunden zu haben, die er suchte. Doch es kommt zu einer Tragödie, und ein feiger Verrat zwingt ihn, von zu Hause zu fliehen ...

Von Judith Pella ist in unserem Verlag außerdem erschienen:

Tür zum Herzen
Bestell-Nr. 330 348
ISBN 3-86122-348-1
312 Seiten, Paperback

Als sie die Nachricht vom gewaltsamen Tod ihres geschiedenen Mannes Greg erhält, bricht für die angehende Malerin Irene Lorenzo eine Welt zusammen. Sie setzt nun alles daran, seinen Mörder zu finden. Ihr zur Seite steht der blinde Anwalt Joel Costain. Durch die schmerzliche Aufdeckung der Geheimnisse um Gregs Vergangenheit werden die beiden grundverschiedenen Menschenleben unfreiwillig miteinander verflochten.

Judith Pella erzählt hier eine Geschichte, die mit schmerzlichem Kummer und Leid beginnt und in einem Porträt der Versöhnung und der bedingungslosen Liebe endet.